AGATHA CHRISTIE COMPLETE COLLECTION

THE SECRET ADVERSARY

AGATHA CHRISTIE COMPLETE COLLECTION
THE SECRET ADVERSARY
비밀 결사 애거서 크리스티 장편 소설 | 이수경 옮김
황금가지

THE SECRET ADVERSARY
by Agatha Christie

정식 한국어 판 출간에 부쳐

나는 한국에서 우리 할머니의 작품을 정식으로 출간한다는 소식을 듣고 무척 기뻤다. 할머니가 1920년부터 1970년 무렵까지 오랜 세월에 걸쳐 집필한 작품들은 21세기인 지금 읽어도 신선하고 재미있다. 등장 인물들이 워낙 자연스러워서 요즘 사람들과 다를 바 없고 이들이 등장하는 상황과 장소가 전 세계 사람들의 애정과 향수를 자극하기 때문이다. 한국 독자들은 이번에 새로 나온 정식 한국어 판을 통해 그 동안 접하지 못했던 애거서 크리스티의 일부 작품들을 읽을 수 있을 것이다. 덕분에 한국에 새로운 세대의 애거서 크리스티 팬들이 탄생할지도 모르겠다는 생각을 하면 가슴이 벅차다.

애거서 크리스티는 대표적인 두 명의 주인공으로 기억되는 작가이다. 14권의 작품에 등장하는 마플 양은 영국의 작은 시골 마을에서 평온한 나날을 보내며 뜨개질과 수다로 소일하는 미혼의 할머니이지만, 놀라운 기억력과 날카로운 두뇌 회전으로 주변에서 벌어진 살인 사건을 해결한다.

그리고 마플 양과 상반되는 성격을 지닌 에르퀼 푸아로는 자신만만하고 콧수염을 포함한 자신의 외모와 벨기에라는 국적에 대한 자부심이 상당하다. 그는 이집트와 이라크를 비롯한 세계 각지에서 수수께끼를 해결하며 『오리엔트 특급 살인*Murder On The Orient Express*』, 『나일 강의 죽음*Death On The Nile*』, 『애크로이드 살인 사건*The Murder Of Roger Ackroyd*』 등 애거서 크리스티의 여러 대표작에 모습을 드러낸다.

황금가지의 대담하고 참신한 표지와 전반적인 디자인 덕분에 작품의 성격이 잘 살아난 것 같아 기쁘다. 또한 한국 독자들이 할머니의 원작이 지닌 참된 묘미를 느낄 수 있도록 충실한 번역을 위해 애써 준 점도 높이 사고 싶다.

할머니의 작품이 20세기의 그 어떤 작가들보다 많이 팔리고 있는 이유는 나이와 국적에 상관없이 읽을 수 있는 재미와 감동을 갖추었기 때문이다. 모쪼록 한국 독자들도 황금가지에서 선보이는 애거서 크리스티 작품들을 즐겁게 감상하기를 바란다.

매튜 프리처드

애거서 크리스티의 손자

ACL 이사장

단조로운 생활 속에서 소설로 위험과 모험을

간접적으로 체험하고 싶은 모든 이들에게

차례

프롤로그

1915년 3월 7일 오후 2시, 루시타니아호는 연속으로 어뢰를 2번이나 맞은 뒤 빠른 속도로 가라앉고 있었다. 모두들 총력을 다해 구명보트를 내려 띄웠다. 여성들과 아이들은 줄을 서서 차례가 오길 기다리고 있었다. 남편과 아버지에게 필사적으로 매달린 여인들도 있었고, 아이들을 품에 꼭 끌어안은 여인들도 있었다. 그런데 한 아가씨는 유독 사람들과 떨어진 곳에 혼자 서 있었다. 아무리 많이 쳐도 18살이 안 돼 보였다. 그녀는 두려워하는 기색 없이 위엄 있는 눈동자로 흔들림 없이 앞을 주시하고 있었다.

"실례합니다."

옆에서 들려온 남자의 목소리에 그녀는 움찔 놀라며 몸을 돌렸다. 남자는 일등실 손님들 가운데 한 사람으로, 여러 번 본 적이 있었다. 어딘지 신비스러운 분위기를 풍겨 늘 그녀의 상상력을 자극하는 사람이었다. 그는 아무와도 대화를 나누지 않았다. 누군가가 말이라도 걸려고 하면 즉시 돌아서서 가 버렸고, 잔뜩 경계하는 듯한 눈초리로 주변을 재빠르게 살펴보았다.

그녀는 그 남자가 크게 동요하고 있다는 것을 알 수 있었다. 눈썹에까지 땀방울이 맺혀 있었다. 공포에 압도당한 것이 분명했다. 그럼에도 죽음을 두려워하는 사람처럼 보이지는 않았다!

"무슨 일이죠?"

그녀는 호기심에 찬 눈빛으로 그와 시선을 맞추었다.

그는 절박하면서도 마음의 갈피를 잡지 못한 눈빛이었다.

"어쩔 수 없어! 그래, 이 길밖에 없어."

남자가 혼잣말로 낮게 웅얼거리더니 결심한 듯 소리를 높여 물었다.

"혹시 미국인이십니까?"

"예."

"조국을 사랑하시나요?"

여자는 얼굴을 붉혔다.

"당신이 제게 그런 걸 물어볼 권리는 없어 보이는데요! 하지만 대답을 원한다면, 물론 저는 조국을 사랑합니다!"

"기분 나빠하지 마세요. 미국이 얼마나 큰 위기에 처해 있는지 안다면 그렇게 생각하지 않을 겁니다. 저는 믿을 수 있는 누군가가 필요하고…… 그건 여성이어야만 합니다."

"왜죠?"

"왜냐하면 지금은 여자들과 아이들이 우선이기 때문이죠."

그는 주변을 둘러보고 목소리를 더 낮추었다.

"저는 아주 중요한 문서를 가지고 있습니다. 연합군의 전세에 큰 변화를 가져올 수 있는 문서이지요. 아시겠어요? 절대 잃어버려서는 안 됩니다! 제가 가지고 있는 것보다 당신이 가지고 있는 편이 훨씬 안전할 것 같군요. 가져가 주시겠습니까?"

그러자 여자가 주저하지 않고 손을 내밀었다.

"잠시만요. 당신에게 먼저 확실히 해 두어야 할 게 있습니다. 누군가가 저를 미행했다면 당신 또한 위험할 수도 있습니다. 물론 아직까지는 미행을 당한 것 같지는 않지만 그건 알 수 없는 일이죠. 만약 그렇다면 당신이 위험합니다. 어떤 위험이라도 감수할 자신이 있습니까?"

여자는 미소를 지어 보였다.

"위험해도 헤쳐 나갈 겁니다. 오히려 저를 선택해 주시다니 기쁘군요! 이 문서는 어떻게 하면 되나요?"

"신문을 잘 보세요! 《타임스》의 개인 칼럼에 '배에서 만난 친구'라는 광고를 내겠습니다. 3일이 지나도 소식이 없다면 제가 죽었다고 생각하시고 문서를 미국 대사관에 직접 전달해 주십시오. 잘 아시겠죠?"

"확실해서 좋군요."

"이제 그만 작별을 해야겠습니다."

남자는 여자의 손을 붙잡고 힘주어 말했다.

"잘 가세요. 그리고 행운을 빕니다."

잠시 뒤 여자의 손에는 남자가 가지고 있던 기름 먹인 가죽 주머니가 들려 있었다. 곧 보트에 먼저 오르기로 확정된 승객들이 줄을 섰다. 이름이 호명되자 여자는 앞쪽으로 걸어 나가 보트에 자리를 잡았다.

청년 모험가 주식회사

"토미, 이 늙은 할아범!"

"터펜스, 이 늙은 할망구!"

두 젊은이가 애정을 과시하며 큰 소리로 인사를 나누는 바람에 도버에 있는 지하철역 출구가 잠시 가로막혔다. 두 사람의 '늙었다'는 말은 잘못된 표현이다. 둘의 나이를 다 더한다고 해도 마흔다섯이 채 안 됐다.

"수백 년은 된 것 같아요!"

여자의 말에 상대편 남자가 말했다.

"지금 어디 가는 길이야? 시간 있으면 나랑 어디 가서 빵이라도 한 쪽 씹자. 여기서 길을 막고 서 있자니 눈초리가 따가워. 어서 나가자."

두 사람은 도버가(街)를 걸어 피커딜리로 향했다.

"자, 우리 어디로 갈까?"

토미의 목소리에는 희미한 불안감이 깔려 있었다. 몇몇 신비로운 이유로 친한 친구들 사이에서 '터펜스'라 불리는 프루던스 카울리 양의 예리한 귀가 그것을 놓칠 리가 없었다. 그녀는 즉시 딴죽을 걸었다.

"토미, 기분이 안 좋은가 봐요?"

"전혀! 돈이 이렇게 넘쳐나는데 뭐가 걱정이야."

토미는 불만 섞인 목소리로 대답했다.

"형편없는 거짓말을 하는군요."

터펜스가 가차 없이 꼬집었다.

"의사가 맥주를 처방해 줬는데 차트에 쓰는 걸 잊어버린 것 같다고 그린뱅크 수간호사를 설득한 적도 있었죠? 기억나요?"

토미가 키득거렸다.

"나는 정말 그런 줄 알았다고! 할망구가 그 사실을 알아내고 얼마나 펄펄 뛰던지……. 뭐, 그 양반이 그렇게 나쁜 사람은 아니었지. 정말 좋은 곳이었어. 문을 닫아서 아쉽긴 하지만. 안 그래?"

터펜스가 한숨을 쉬었다.

"그래, 맞아. 제대는 한 거예요?"

토미가 고개를 끄덕였다.

"두 달 전에."

"퇴직금은요?"

터펜스가 조심스럽게 물었다.

"다 썼어."

"이런, 토미!"

"이 할망구야, 넘겨짚지 마. 술로 탕진한 건 아니니까. 내게는 그런 운도 없어! 그냥 평범한 생활비라고나 할까. 만약 잘 모른다면 내가 자세히 알려 줄 수 있는데……."

터펜스가 말을 끊었다.

"오, 생활비에 대해서라면 누구보다 잘 알아요. 벌써 라이언스에 다 왔네. 음식 값은 각자 내기로 하고 일단 들어가요. 그래도 되죠?"

터펜스는 위층으로 앞장서서 올라갔다.

가게는 꽉 차 있었고, 두 사람은 빈자리를 찾아 안을 돌아다녔다. 여기저기서 나누는 대화들이 귀에 들어왔다.

"그건 그렇고, 내가 그녀에게 아파트를 줄 수 없다고 말했더니 앉아서 펑펑 울더란 말이야."

"그건 대박이었어! 메이벌 루이스가 파리에서 산 거랑 똑같았거든."

토미가 낮은 소리로 속삭였다.

"우연히 듣게 되는 대화들이지만 참 별나. 오늘 길에서 만난 두 남자가 제인 핀이라는 사람에 대해 이야기하더라고. 혹시 그런 이름 들어 본 적 있어?"

그 순간 나이 든 숙녀 둘이 자리에서 일어나 가방을 챙겼다. 터펜스는 재빨리 빈자리에 가서 앉았다.

토미는 차와 번 빵을, 터펜스는 차와 버터 바른 토스트를 주문했다.

"참, 차는 찻주전자에 담아 주세요."

터펜스가 엄하게 덧붙였다.

반대편에 앉은 토미가 모자를 벗자 멋지게 빗어 넘긴 붉은 머리카락이 드러났다. 그다지 잘생긴 편은 아니었지만 신사답고 운동선수처럼 혈색이 좋았다. 하지만 재단이 잘된 갈색 양복은 낡아서 수명이 다해 가고 있었다.

가게 안에 앉아 있는 두 사람은 언뜻 보면 현대적인 감각을 지닌 젊은 연인처럼 보였다. 터펜스는 아름다운 얼굴은 아니었다. 하지만 작은 얼굴에 스며 있는 장난기와 결단력 있어 보이는 턱, 검은 눈썹 밑에서 앞을 똑바로 응시하고 있는 회색 눈동자에는 남다른 매력이 있었다. 검은 단발머리 위에 밝은 초록색의 작은 여성용 모자를 쓰고 있었고, 약간 낡았지만 짧은 치맛단 아래로 가느다란 발목이 드러났다. 겉모습만으로도 그녀가 얼마나 똑똑한지 알 수 있었다.

이윽고 차가 나오자 터펜스는 깊은 상념에서 깨어나 차를 따랐다.

"자, 그동안 어떻게 지냈는지 얘기해 봐. 1916년에 병원에서 본 이후로 한 번도 만난 적이 없잖아."

토미가 빵을 크게 한입 베어 물면서 말했다.

"좋아요."

터펜스는 버터 바른 토스트를 뜯으며 이야기를 시작했다.

"프루던스 카울리 양의 간추린 전기를 들려주죠. 카울리 양은 서퍽에서 미슨델 부주교의 다섯째 딸로 태어났어요. 그리고 전쟁 초기에 너무너무 사랑하는 (동시에 지긋지긋하기도 한) 고향 집을 떠나 런던으로 온 뒤 장교 병원에 들어갔어요. 첫 번째 달엔 매일 648개의 접시를 닦아야 했죠. 두 번째 달엔 승진을 해서 접시를 말리는 일을 했어요. 세 번째 달엔 감자깎이, 네 번째 달엔 빵과 버터를 자르는 일로 승진했고. 다섯 번째 달엔 한 층 위로 올라가서 걸레와 들통을 들고 청소를 했어요. 여섯 번째 달에는 테이블에서 주문을 받았죠. 일곱 번째 달에는 호감 가는 외모와 깍듯한 예의로 강한 인상을 남긴 덕분에 간호사들에게 주문을 받는 일로 승진했어요! 여덟 번째 달엔 약간 주춤했어요. 본드 간호사가 웨스트헤이븐 간호사의 계란을 먹어 버렸거든요! 난리도 그런 난리가 없었어요! 책임은 모두 잡역부가 져야 했죠! 그렇게 중요한 문제에 주의를 기울이지 않은 게 실수였죠. 다시 걸레와 들통을 들고 청소를 했어요! 그렇게나 강등당하다니! 아홉 번째 달에는 병실 바닥을 쓰는 일을 하게 되었어요. 그 덕에 어린 시절 친구인 토머스 베레스퍼드 중위를 만날 수 있었고. (고마워해야 해요, 토미!) 한 5년간 만나지 못했던 친구였기 때문에 매우 감동적인 만남이었어요! 열 번째 달엔 환자와 같이 놀러를 나갔다고 수간호사한테 혼이 났죠. 아까 말한 토머스 베레스퍼드 중위가 그 환자였어요. 열한 번째와 열두 번째 달엔 다시 식사 시중을 드는 일을 하게 됐어요. 카울리 양은 1년 뒤 영광스러운 후광을 뒤로하고 병원을 떠났어요. 그 이후에 배달 차량과 화물차를 운전하다가 장군의 차를 운전했죠! 마지막 일이 가장 재미있었어요. 그는 젊은 장군이었거든요!"

"그게 뭐 좋다는 거야? 고급 장교들이 육군성에서 사보이까지, 그리고 다시 사보이에서 육군성까지 차 타고 다니는 꼴이 얼마나 역

겨운데!"

토미가 언짢아하며 말했다.

"지금은 그 사람 이름도 잊어버렸어요."

터펜스가 솔직히 고백했다.

"이어서 말한다면 그때가 내 능력을 가장 꽃피운 시기라고 할 수 있어요. 그다음에 정부 청사에 들어갔거든요. 즐거운 일이 많았죠. 나는 농부, 우편배달부 그리고 버스 운전사가 되려고도 했어요. 하지만 휴전이 내 계획을 가로막았죠! 여러 달 거머리처럼 딱 붙어 있었는데 결국은 쫓겨났지 뭐예요. 그러고는 이렇게 직장을 찾아다니는 중이고. 자, 이제 당신 차례예요."

토미가 아쉬운 듯 입을 열었다.

"내 이력에는 그렇게 많은 승진은 없어. 게다가 그렇게 화려하지도 않아. 당신도 알다시피 나는 다시 프랑스로 갔어. 그리고 메소포타미아로 보내졌지. 거기서 나는 다시 부상을 입었고, 그곳 병원에서 치료를 받았어. 휴전이 될 때까지 이집트에 처박혀서 기다리고 있었는데, 뜬금없이 전역을 하라지 뭐야. 그 뒤 길고 지겨운 10개월 동안 이렇게 직장을 찾는 중이야! 하지만 어디에도 나를 위한 직장은 없는 것 같아! 만일 자리가 난다 하더라도 나를 고용하지는 않을 거야. 내가 무슨 소용이 있겠어? 내가 사업에 대해 무얼 알겠냐고? 아무것도 없지."

터펜스가 우울하게 고개를 끄덕이며 물었다.

"식민지는 어때요?"

토미는 힘없이 고개를 저었다.

"난 식민지는 싫어. 그리고 단언컨대 그곳에서도 날 싫어할 거야."

"부자 친척은 없어요?"

토미가 또다시 고개를 저었다.

"먼 고모할머니라도 없어요?"

"제법 돈이 많은 늙은 삼촌이 있긴 한데, 도움이 안 돼."

"왜요?"

"삼촌이 전에 나를 입양하고 싶어 했는데 싫다고 했거든."

"그 말은 들은 것 같아요. 아마 그때 당신 어머니 때문에……."

터펜스의 말에 토미가 얼굴을 붉혔다.

"그래. 그건 어머니한테 못할 짓이었어. 당신도 알겠지만 나한테는 어머니밖에 없잖아. 그 노친네는 어머니를 무척 싫어해서 나를 어머니에게서 떼어 내려고 했던 거야. 단순히 어머니를 괴롭히려는 수작이었지."

"당신 어머니 말이에요, 지금은 돌아가셨죠?"

터펜스가 다정한 목소리로 물었다. 토미가 말없이 고개를 끄덕였다.

터펜스의 커다란 회색 눈에 물기가 어렸다.

"당신은 정말 착한 사람이에요, 토미. 난 진작 알고 있었어요."

토미가 서둘러 대답했다.

"헛소리 마. 뭐, 이게 지금의 내 위치야. 나는 아주 절박한 상황에 처해 있다고."

"나도 그래요! 이제 버틸 수 있을 만큼 버텼어요. 광고를 보고 연락도 해 봤죠. 그동안 안 해 본 게 없을 정도라니까. 할 수 있는 건 다 해 보았는데 소용이 없더라고요. 이러다 집으로 돌아가야 할지도 몰라요!"

"집에 가고 싶지 않아?"

"물론이죠! 감성적으로 굴어서 뭐가 좋은데요? 아버지는 친절하신 분이에요. 난 아버지를 정말 좋아하죠. 하지만 내가 아버지한테 얼마나 큰 골칫거리인지 당신은 모를 거예요! 아버지는 초기 빅토리아 여왕 시대에나 어울릴 만한 가치관을 가지고 있기 때문에 짧은 치마를 입거나 담배를 피우는 건 도덕적이지 못하다고 생각하시죠. 그러니 아버지한테 내가 얼마나 눈엣가시 같은 존재겠어요? 전쟁이 일어나 내가 집을 떠나니까 아버지는 안도의 한숨을 내쉴 정도였다니까요. 우리 집은 아이들이 7명이나 돼요. 엄청나죠? 집안일이며 어머니 모임이며. 난 내가 무슨 다리 밑에서 주워온 애인지 알았어요. 절대 돌아가고 싶지 않아요. 하지만 과연 우리가 할 수 있는 일이 뭐가 있을까요?"

토미가 슬프게 고개를 가로저었다. 잠시 침묵이 흐른 뒤, 터펜스가 갑자기 말을 꺼냈다.

"돈, 돈, 돈! 나는 아침저녁으로 돈 생각뿐이에요! 너무 절박하게 구는 거 같지만 그럴 수밖에 없는걸요!"

"나도 마찬가지야."

토미가 수긍하며 고개를 끄덕였다.

"어떻게 하면 돈을 가질 수 있을지 모든 방법을 생각해 봤어요.

방법은 3가지뿐이더라고요. 돈을 물려받든지, 부자와 결혼하든지, 아니면 직접 버는 거예요! 첫 번째 것은 제외예요. 나에게는 부자에다 나이 많은 친척이 없거든요. 친척이라고는 하나같이 집에서 썩어 가는 늙은 부인들뿐이고! 나는 길을 건널 때마다 할머니들을 도와주고 나이 든 신사들을 위해서 짐 꾸러미를 들어 주곤 해요. 행여 그 사람들이 괴벽이 있는 백만장자일지도 모르니까. 하지만 내 이름을 묻기는커녕 고맙다는 인사도 하지 않더라고요."

터펜스는 잠시 말을 쉬었다가 다시 이어서 말했다.

"물론 지금 내게는 결혼이 제일 좋은 방법이에요. 난 아주 어릴 때부터 꼭 돈 많은 사람에게 시집가겠다고 결심했죠. 누구든 생각이 있는 여자라면 그랬을 거예요! 난 감상적인 편이 아니거든요."

터펜스는 토미를 보고 날카롭게 덧붙였다.

"말해 봐요. 당신도 내가 감상적이라곤 생각하지 않죠?"

"절대 아니지. 당신을 보고 누구도 감상적이란 단어는 떠올리지 않을 거야."

토미가 재빠르게 대답했다.

"별로 칭찬 같지는 않지만 좋은 의도로 한 말이라고 생각할게요. 어쨌든 나는 준비도 되어 있고 의도도 있지만 문제는 부자를 만날 기회가 없다는 거예요! 내가 아는 남자들은 전부 나만큼이나 힘든 상황에 처해 있더라고요."

"그 장군은 어떻게 됐어?"

"그 사람은 원래 자전거 가게 주인이래요."

터펜스가 씁쓸하게 말하고는 덧붙여 물었다.

"당신도 부자랑 결혼하고 싶지는 않았나요?"

"나도 당신과 같아. 아는 부자가 없어."

"그런 건 상관없어요. 하나만 유혹하면 되니까. 만약 리츠 호텔에서 모피를 입고 나오는 남자를 보면 그 사람한테 달려가서 말을 거는 거예요. '잠깐만요. 당신은 부자가 틀림없죠? 나는 당신이랑 친하게 지내고 싶어요.' 이렇게 말이에요."

"그럼 나는 모피를 입은 여자한테 달려가서 그래야 한다는 말이야?"

"바보 같은 소리 좀 그만해요. 여자의 발을 밟거나 손수건을 주워 주는 뭐 그런 거 있잖아요. 당신이 자기랑 친해지고 싶어 한다는 사실을 알면 그 여자는 기분이 좋아져서 어떻게든 당신을 다시 만나고 싶어 할 거예요."

"내 매력을 과대평가 하는데."

토미가 웅얼거렸다.

"그리고 아마 내가 만난 백만장자는 걸음아 날 살려라 하고 도망치고 말 거예요! 안 되겠다! 결혼은 조금 어렵겠어요. 그럼 직접 돈을 버는 수밖에 없지!"

"그건 벌써 해 봤지만 실패했잖아."

토미가 상기시켜 주었다.

"우리는 전형적인 방법으로만 시도해 봤어요. 하지만 전형적이지 않은 방법을 사용하면 어떨까요? 토미, 해결사가 되는 거예요!"

"좋아. 어떻게 시작할 건데?"

토미가 생기 있는 목소리로 물었다.

"그게 바로 어려운 점이에요. 사람들이 나쁜 짓을 하기 위해 우리를 고용할지도 모르니까."

"게다가 성직자의 딸을 말이지?"

"도덕적인 죄의식은 그 사람들의 몫이지 우리 게 아니에요. 다이아몬드 목걸이를 가지고 싶어서 훔치는 것이랑 고용되어 훔치는 것에는 차이점이 있단 말이에요."

터펜스가 지적하듯 말했다.

"붙잡힌다면 별 차이는 없을걸."

"그럴지도 몰라요. 하지만 붙잡히지는 않을 거예요. 난 제법 똑똑하거든요."

"당신의 죄는 항상 겸손하지 않다는 거였어."

토미가 웃으며 말했다.

"놀리지 마요. 이거 봐요, 토미. 할 거예요, 말 거예요? 나랑 사업 파트너가 되고 싶냐고요."

"다이아몬드 목걸이를 훔치는 회사를 만들자고?"

"그건 그냥 예를 든 것뿐이에요. 둘이서 만들자고요. 상법에선 그걸 뭐라고 부르더라?"

"글쎄, 난 상법이나 회계 같은 걸 공부한 적이 없어."

"난 공부한 적 있어요. 하지만 항상 헷갈려서 대변에 넣을 걸 차변에 넣거나 그 반대로 했어요. 그래서 결국 통과를 못 했죠. 아, 생각났다! 합작 회사! 곰팡내 나는 숫자들만 듣다가 그 말을 처음 들었을 때 어찌나 낭만적으로 들리던지! 엘리자베스 여왕 시대 느낌이 나지 않아요? 커다란 돛단배나 옛날 스페인 금화 같은 느낌이에요. '청년 모험가 주식회사'란 이름은 어때요?"

"청년 모험가 주식회사라는 이름으로 장사를 하자고? 그게 당신 생각이야, 터펜스?"

"웃어도 좋아요. 하지만 사람들의 관심은 확실히 끌 거예요."

"그럼 우리를 고용해 줄 사람들과는 어떻게 연락을 취할 건데?"

터펜스가 즉각 대답했다.

"광고. 펜이랑 종이 있어요? 남자들은 대부분 가지고 다니는 것 같던데. 여자들이 머리핀과 파우더 퍼프를 항상 들고 다니는 것처럼 말이에요."

토미가 낡은 녹색 수첩을 건네주자 터펜스는 펜을 들고 부지런히 끄적거리기 시작했다.

"이렇게 시작하면 어떨까? '전쟁에서 2번이나 다친 젊은 장교.' 어때요?"

"절대 안 돼!"

"그래요? 난 그렇게 쓰면 나이 든 노처녀들 마음에 들지 않을까 생각했죠. 혹시 당신을 양자로 데려가려고 하지 않을까요? 그러면 청년 모험가가 될 필요도 없잖아요."

"난 양자가 되고 싶은 게 아니야."

"아, 맞다, 맞다. 당신은 양자에 대해서는 선입견이 있죠? 그냥 장난 좀 쳐 본 거예요. 요즘 신문은 그런 글로 가득 차 있거든요. 자,

이건 어때요? '두 청년 모험가를 고용하십시오. 뭐든지 할 수 있고, 어디든지 갈 수 있습니다. 단, 보수는 높아야 합니다.' (이런 건 처음부터 명확하게 하는 게 좋으니까요.) 그리고 덧붙이는 거예요. '정당한 일이라면 뭐든 거절하지 않음.' 꼭 아파트나 가구 광고 같네요."

"이 광고를 내서 받게 되는 제안은 대부분 정당하지 못할 거라는 생각이 드는데!"

"토미, 당신은 천재예요! 그거 정말 멋지네요. '정당하지 못한 제안이라도 거절하지 않음. 보수만 높다면!' 이건 어때요?"

"보수 얘기는 2번 넣지 않는 게 좋겠어. 너무 절박해 보이니까."

"그러면 내 절박함이 느껴지지가 않는데! 하지만 당신 말이 옳을지도 몰라요. 처음부터 다시 읽어 볼게요. '두 청년 모험가를 고용하십시오. 무슨 일이든 할 수 있고 어디든 갈 수 있습니다. 단, 보수는 높아야 합니다. 정당하지 못한 제안이라도 거절하지 않습니다.' 이 광고를 읽는다면 당신은 무슨 생각이 들겠어요?"

"사기꾼이거나 어떤 미친 녀석이 쓴 거라고 생각하겠지."

"그래도 오늘 아침 신문에서 본 '페튜니아'에게 '최고의 소년'이 보내는 광고만큼 미친 글은 아닐걸요."

터펜스는 종이를 뜯어서 토미에게 건네주었다.

"자, 여기. 《타임스》가 어떨까요? 아마도 광고란이 있겠죠. 5실링 정도 들 거예요. 여기 내 몫의 반 크라운."

토미는 생각에 잠겨서 종이를 들여다보고 있었다. 얼굴이 붉게 달아올라 있었다. 이윽고 그가 입을 열었다.

"정말로 할 거야? 터펜스, 정말이야? 그냥 재미로 하겠다는 건 아니지?"

"토미, 당신은 정말 멋진 친구예요! 할 거죠? 그럴 줄 알았어요! 자, 성공을 위해 마셔요."

터펜스는 찻잔에 다 식어 버린 차를 따랐다.

"우리 청년 모험가 주식회사를 위해! 앞으로 무궁히 번창하길!"

"청년 모험가 주식회사 건배!"

토미도 잔을 들고 말했다.

둘은 찻잔을 비우고 조금은 불안한 듯 웃음을 지어 보였다. 터펜스가 자리에서 먼저 일어났다.

"난 이만 호텔의 궁전 같은 스위트룸으로 돌아가야겠어요."

"나는 리츠 호텔로 다시 가야 할 것 같아. 언제 다시 만날까?"

토미가 미소 지으며 물었다.

"내일 12시에 피커딜리 지하철 역에서 만나요. 그때 시간 돼요?"

"시간은 언제나 내 마음대로 정할 수 있지."

베레스퍼드 씨가 위엄 있게 말했다.

"그럼 잘 가요!"

"잘 가, 할망구."

두 젊은이는 반대 방향으로 헤어져 걸어갔다. 터펜스의 호스텔은 서던 벨그레이비어라 불리는 곳에 있었다. 경제적인 사정 때문에 그녀는 버스를 타지 않았다.

세인트제임스 공원을 반쯤 걸어가고 있을 때였다. 뒤에서 어떤 남자가 불러서 그녀는 깜짝 놀라며 뒤돌아보았다.

"실례합니다. 잠시만 이야기를 나눌 수 있을까요?"

터펜스는 몸을 휙 돌렸지만 말이 혀끝에서 맴돌다 사라지고 말았다. 왜냐하면 남자의 생김새나 행동거지가 예상한 것과는 많이 달랐기 때문이다. 그녀는 잠시 어떻게 할지 망설였다. 남자는 마치 생각을 읽은 것처럼 재빨리 설명했다.

"무례한 짓을 하려는 건 절대로 아닙니다."

터펜스는 그의 말을 믿었다. 본능적으로 그 남자가 마음에 들지도 않고 믿을 수도 없다는 인상을 받기는 했으나 그녀가 처음 생각했던 일을 하려던 것은 아니라는 주장은 받아들이기로 한 것이다. 터펜스는 얼른 그를 아래위로 훑어보았다. 덩치가 큰 편이었고 깔끔하게 면도한 얼굴과 넓은 턱이 눈길을 끌었다. 눈은 작고 교활해 보였는데, 그녀가 똑바로 쳐다보자 시선을 피했다.

"무슨 일이시죠?"

남자는 미소를 지어 보였다.

"라이언스에서 젊은 신사와 나누던 대화를 우연히 듣게 되었습니다."

"그게 어떻다는 거죠?"

"아무것도 아닙니다. 그저 제가 도움이 될 것 같아서요."

터펜스의 머릿속에 또 다른 추측이 떠올랐다.

"여기까지 저를 따라오셨어요?"

"무례를 무릅쓰고 그랬습니다."

"어떻게 도움이 될 수 있다는 거죠?"

남자는 주머니에서 명함을 꺼내 건네주었다.

터펜스는 명함을 받아 들고 조심스럽게 살펴보았다. '에드워드 휘팅턴'이라는 이름 아래 '에스토니아 유리 회사'라는 상호와 주소가 적혀 있었다.

휘팅턴이 말을 꺼냈다.

"내일 오전 11시까지 저를 찾아오시면 제안을 자세히 말씀드리겠습니다."

"11시요?"

터펜스가 의심스러운 듯 되물었다.

"네, 11시입니다."

터펜스는 그 자리에서 결정을 내렸다.

"좋아요. 내일 찾아뵙죠."

"감사합니다. 그럼 안녕히 가십시오."

그는 화려한 동작으로 모자를 들어 올린 뒤 자리를 떠났다. 터펜스는 한동안 그 자리에 서서 남자의 뒷모습을 쳐다보았다. 그리고 몹시 설레는 표정으로 마치 테리어 개가 몸을 흔드는 것처럼 어깨를 흔들어 보였다.

터펜스는 혼잣말로 웅얼거렸다.

"그래! 모험이 시작되었어. 저 사람이 나한테 바라는 게 뭘까? 정말 궁금하네. 휘팅턴 씨, 당신은 뭔가 꺼림칙해서 마음에 들지는 않지만 당신이 두렵지 않아요. 방금 전에 말했듯이 이야기 같은 건 얼마든지 할 수 있어요. 작은 터펜스는 스스로를 보호할 수 있으니까!"

그녀는 고개를 한 번 짧게 끄덕인 뒤 잰걸음으로 가던 길을 계속 갔다. 그러다 갑자기 방향을 바꾸어 우체국 안으로 들어갔다. 터펜스는 전보 용지를 손에 들고 잠시 생각에 잠겼다. 불필요하게 5실링이나 낭비할 가능성이 있다는 생각이 들자, 당장 9펜스를 잃더라도 행동에 옮기는 게 낫겠다는 생각이 들었다.

터펜스는 정부에서 우체국에 비치한 거친 펜과 끈적한 잉크에 투덜거리고는 실수로 가져온 토미의 펜을 꺼내서 썼다.

광고 내지 마요. 내일 설명할게요.

터펜스는 이렇게 적고 토미가 한 달 만에 나와야 했던 클럽 주소를 적었다. 운 좋게 다시 등록했다면 모를까, 전보를 받을 확률은 낮을 것이다.

"받을 수 있을 거야. 밑져야 본전이지, 뭐."

우체국 카운터 너머로 신청서를 건네준 뒤 그녀는 서둘러 집으로 향했다. 그리고 가는 길에 빵집에 들러서 3페니를 주고 빵을 샀다.

한참 뒤 터펜스는 건물 꼭대기에 있는 자신의 작은 방에서 빵을 씹으면서 미래를 생각해 보았다. 에스토니아 유리 회사에서 그녀를 고용하겠다고 나선 이유가 도대체 뭘까? 흥분으로 인해 기분 좋은 짜릿함이 온몸으로 퍼졌다. 어쨌든 시골 사제관으로 돌아가야 할 일은 없어졌다. 내일은 오늘보다 희망찰 것이다.

그날 저녁 터펜스는 늦게까지 잠들지 못했다. 어렵게 잠이 들었는데 그 와중에도 꿈을 꾸었다. 휘팅턴이 그녀에게 에스토니아 유리 회사의 유리 식기들을 닦게 했는데, 병원 식기와 똑같은 모양이었다!

터펜스가 에스토니아 유리 회사의 사무실이 있는 건물 앞에 도착한 시각은 11시 5분 전이었다. 약속 시간 전에 들어가는 것은 너무 절박해 보일 것 같았다. 그래서 길 끝까지 걸어갔다가 다시 돌아왔다. 11시가 되자 터펜스는 건물 안으로 들어갔다. 에스토니아 유리 회사는 꼭대기 층에 있었다. 엘리베이터가 있었지만 걸어 올라가기로 했다.

터펜스는 숨을 헐떡이며 페인트로 불투명 유리에 '에스토니아 유리 회사'라고 쓰인 문 앞에 섰다.

노크를 하자 안에서 누군가가 대답하는 소리가 들렸다. 문고리를 돌리고 들어간 곳은 약간 작고 지저분한 사무실이었다. 창가에 놓인 책상에 앉아 있던 중년의 사무원이 일어나 다가왔다.

터펜스가 말했다.

"휘팅턴 씨와 약속이 있는데요."

"이쪽으로 오십시오."

그는 방을 가로질러 '개인 사무실'이라 쓰인 문 앞으로 그녀를 안내했다. 그러고는 문을 열고 그녀가 들어가도록 옆으로 비켜섰다.

휘팅턴은 종이로 뒤덮인 커다란 책상에 앉아 있었다. 터펜스는 다시 한번 자신의 편견이 옳았다는 느낌이 들었다. 휘팅턴에게는 분명히 뭔가 마음에 안 드는 구석이 있었다. 그의 말끔한 차림새와 흔들리는 눈동자도 그런 생각을 증폭시키는 요소였다.

휘팅턴이 그녀를 올려다보고 고개를 끄덕였다.

"잘 찾아왔군요. 좋습니다. 거기 앉으세요."

터펜스는 맞은편에 놓인 의자에 앉았다. 그녀는 오늘따라 겸손하고 점잖아 보였다. 휘팅턴이 서류 뭉치를 부스럭거리며 정리하는 동안 터펜스는 눈을 아래로 깔고 조용히 앉아 있었다. 이윽고 휘팅턴이 서류를 치우고 그녀를 바라보았다.

"자, 젊은 아가씨, 이제 사업 얘기를 좀 할까요?"

그가 미소를 짓자 커다란 얼굴이 더 넓적해 보였다.

"일을 원하죠? 그렇다면 제가 아가씨한테 한 가지 일을 제안하겠습니다. 제가 100파운드를 드리고 비용까지 전부 대겠다면 조건이 괜찮습니까?"

휘팅턴은 의자에 등을 기대면서 엄지손가락을 조끼 겨드랑이에

쑤셔 넣었다.

터펜스는 경계를 풀지 않고 그를 바라보며 물었다.

"일은 어떤 것인가요?"

"평범한 겁니다. 아주 평범하지요. 즐거운 여행이라고도 할 수 있습니다. 네, 그것뿐입니다."

"어디로 가는 거죠?"

터펜스의 질문에 휘팅턴이 다시 미소 지었다.

"파리로!"

"오!"

터펜스가 짧게 탄성을 내뱉었다. 그녀는 속으로 생각했다.

'아버지가 이런 이야기를 들었다면 기절하실 거야! 어쨌든 휘팅턴 씨는 터무니없는 사기꾼으로 보이지는 않으니 좀 더 이야기를 들어 보자.'

휘팅턴이 말을 이었다.

"그래요. 그것보다 즐거운 일이 어디 있겠습니까? 몇 년 정도 시간을 되돌려서, 물론 아주 조금이겠지만, 다시 젊은 아가씨들이 들어가는 매력적인 파리의 기숙사에 잠입하는 겁니다."

터펜스가 휘팅턴의 말을 가로막았다.

"기숙사라고요?"

"그래요. 뇌이 거리에 있는 마담 콜롱비에 기숙사입니다."

터펜스는 그 이름을 잘 알고 있었다. 그보다 좋은 곳은 없을 것이다. 그녀의 몇몇 미국인 친구들도 그곳을 나왔다. 그녀는 매우 당황했다.

“저보고 마담 콜롱비에 기숙사로 들어가라고요? 얼마 동안이나요?”

“확실하진 않지만 아마도 3개월 정도일 겁니다.”

“그 외에 다른 조건은 없고요?”

“전혀 없습니다. 물론 잘 아시겠지만 당신은 제가 설정한 인물로 가야 합니다. 친구들과 연락을 해서도 안 됩니다. 절대적으로 비밀을 지켜야 합니다. 그건 그렇고, 당신은 영국인입니까?”

“예.”

“약간 미국식 억양을 가지고 있군요.”

“병원에서 일할 때 친한 친구가 미국인이었어요. 아마도 영향을 받았나 봐요. 금방 떨쳐 낼 수 있어요.”

“그 반대로 앞으로 미국인이라고 하면 일이 훨씬 더 수월할 겁니다. 영국에서 지낸 시간에 대해 세부적으로 설정하기가 힘들 테니까요. 그래요, 그게 확실히 더 좋겠군요. 그러면…….”

“잠시만요, 휘팅턴 씨! 제가 당연히 동의할 거라고 생각하시는 건가요?”

휘팅턴은 놀란 표정을 지어 보였다.

“물론 거절할 생각은 아니겠죠? 마담 콜롱비에 기숙사는 가장 전통적이고 최고급 시설을 갖춘 곳입니다. 계약 조건도 매우 자유롭잖아요.”

“바로 그 점이에요. 조건이 너무 자유롭다는 게 문제예요, 휘팅턴 씨. 이 일이 그만큼 가치가 있는지 모르겠네요.”

"그래요? 그럼 제가 말해 드리겠습니다. 물론 훨씬 낮은 금액으로 다른 사람을 고용할 수도 있습니다. 하지만 저는 그 역할을 잘 해낼 수 있는 똑똑하고 의식이 있는 젊은 아가씨를 고용하고 싶습니다. 또 너무 많은 질문을 하지 않을 만큼 분별력 있는 아가씨여야 하죠."

휘팅턴이 부드러운 어조로 말했다.

터펜스는 옅은 미소를 지었다. 휘팅턴에게 괜히 한 방 먹은 기분이었다.

"휘팅턴 씨, 한 가지가 더 있어요. 여태까지 베레스퍼드 씨에 대해서는 전혀 언급을 하지 않으셨어요. 그는 어떤 일을 하죠?"

"베레스퍼드 씨요?"

"제 파트너요. 어제 저희 둘이 같이 있는 걸 보았잖아요."

터펜스는 위엄 있게 말했다.

"아, 예. 하지만 그분이 할 일은 없습니다."

"그럼 거절하겠습니다! 둘 다 하지 않는다면 받아들일 수 없어요. 죄송합니다만 그게 저희 원칙이에요. 안녕히 계세요, 휘팅턴 씨."

터펜스가 자리에서 일어났다.

"잠시만요. 그럼 뭔가 찾아보도록 합시다. 다시 앉으세요. 그런데 당신 이름을 아직……."

휘팅턴은 질문을 던지듯이 말끝을 흐렸다.

"제인 핀."

그녀가 짧게 둘러댔다.

그 두 단어의 파급 효과는 무척 컸다.

휘팅턴의 얼굴에서 친절함이 순식간에 사라지고 만 것이다. 얼굴은 분노 때문에 보라색으로 변했고 이마에는 핏줄까지 불거져 나왔다. 심하게 당황한 것처럼 보였다. 그는 몸을 앞으로 숙이더니 목소리를 낮추어 거칠게 내뱉었다.

"오호, 이게 당신의 작은 함정인가?"

터펜스는 매우 놀랐지만 평정심을 유지했다. 그가 무슨 말을 하는 건지 전혀 알아들을 수 없었지만 지금은 항상 말해 왔듯이 머리를 꼿꼿이 세우고 있어야 할 때임을 본능적으로 깨달았다.

휘팅턴은 말을 이었다.

"여태까지 나랑 게임을 하고 있었군. 고양이가 쥐를 놀리는 것처럼 말이야. 내가 원하는 게 뭔지 정확히 알고 있었으면서 연기를 한 거야. 맞지?"

그는 애써 흥분을 가라앉혔다. 얼굴의 붉은 기운은 서서히 옅어졌지만 여전히 터펜스를 날카롭게 노려보고 있었다.

"누가 나불거린 거지? 리타?"

터펜스는 고개를 저었다. 앞으로 얼마 동안이나 휘팅턴을 속일 수 있을지는 몰랐지만 리타라는 알지도 못하는 사람은 끌어들이지 않는 것이 좋겠다고 생각했다.

"아니에요. 리타는 나에 대해서 전혀 몰라요."

그녀는 진실을 이야기했다.

휘딩턴의 눈은 아직도 그녀를 꿰뚫을 듯 노려보고 있었다.

"얼마나 알고 있는 거지?"

그가 쏘아붙였다.

"아주 조금요."

터펜스가 눈치껏 대답했다. 그녀는 휘팅턴의 불안함이 점점 가중되는 듯해서 은근히 기뻤다. 많이 알고 있다고 자랑했더라면 오히려 의심을 샀을 것이다.

"그래도 여기까지 와서 그 이름을 댈 정도는 알고 있단 말이지?"

휘팅턴이 으르렁거리며 말했다.

"그게 제 진짜 이름일지도 모르잖아요."

"그럴 수도 있겠지. 그렇다면 그 이름을 가진 여자가 둘이란 말인가?"

"아니면 정말로 우연히 그 이름이 생각나서 댄 것인지도 모르지요."

터펜스가 사실대로 말했다. 그러자 휘팅턴이 주먹으로 책상을 세게 내려치며 소리쳤다.

"헛소리 그만해! 도대체 얼마나 알고 있는 거야? 그리고 내게 얼마나 원하는 거지?"

마지막 문장을 듣고 터펜스는 속으로 뛸 듯이 기뻤다. 어제저녁에 먹은 빵 조각과 불충분한 아침 식사가 생각나자 더욱 기뻤다. 지금 그녀는 모험가라기보다는 책략가에 가까웠다. 하지만 후자라고 해도 상관없었다. 터펜스는 허리를 세우고 앉아 모든 상황을 조종하고 있다는 듯이 여유 있게 미소를 지어 보였다.

"친애하는 휘팅턴 씨, 어찌 되었든 우리는 모든 수단을 총동원해서 손에 든 카드를 탁자에 내려놓을 뿐이에요. 너무 노여워하지 마세요. 어제 제가 기지로 살아가겠다고 말한 걸 들으셨나요? 제가 먹고살 만큼의 기지를 가지고 있다는 건 적어도 입증된 셈이네요! 제가 특정한 이름에 대해 알고 있다는 건 인정하죠. 하지만 제가 아는 건 거기까지예요. 더는 없어요."

"그걸 어떻게 믿지?"

휘팅턴이 여전히 으르렁거렸다.

"저를 계속 오해하고 있군요."

터펜스는 부드럽게 한숨을 쉬었다.

"이미 말했듯이 장난은 그만하고 결론을 말해. 내 앞에서 아무것도 모르는 척 연기할 수는 없어. 지금 말한 것보다 훨씬 더 많이 알고 있는 게 분명해."

휘팅턴이 거칠게 내뱉었다.

터펜스는 다시 한번 자신의 기지에 감탄하며 최대한 부드럽게 말했다.

"휘팅턴 씨의 말에 반박할 생각은 없어요."

"그러면 다시 본론을 얘기하지. 얼마를 원하지?"

터펜스는 딜레마에 빠졌다. 여태까지는 성공적으로 휘팅턴을 속였지만 터무니없는 금액을 제시한다면 그가 의심할 것이다. 그때 한 가지 아이디어가 번쩍 떠올랐다.

"지금은 일부를 받고 나중에 더 자세하게 이야기를 나누는 게 어떨까요?"

휘팅턴은 그녀를 무섭게 노려보았다.

"협박인가?"

터펜스는 해맑게 미소 지었다.

"오, 아니에요! 뭐랄까, 선금 같은 거죠."

휘팅턴은 투덜거렸다.

터펜스는 계속해서 부드럽게 설명했다.

"저는 돈을 그다지 밝히는 성격이 아니랍니다!"

"적당한 선을 아는 아가씨로군."

휘팅턴이 조금은 화가 누그러진 목소리로 말했다. 인정하고 싶진 않지만 터펜스의 재치를 칭찬하는 듯한 투였다.

"나를 잘도 몰아세웠어. 처음엔 순한 양인 줄로만 알았는데, 꽤 머리가 똑똑하군."

"삶은 언제나 놀라운 일들로 가득하죠."

터펜스가 설교하듯 말했다.

"어쨌거나 누군가가 말을 흘렸단 말이지? 리타는 아니라고 했고, 그럼 누구지? 빨리 말해 봐."

휘팅턴이 그녀를 재촉했다.

그때 직원이 조심스럽게 문을 노크하고 들어왔다. 그는 휘팅턴의 팔꿈치 근처에 종이 한 장을 내려놓았다.

"방금 사장님께 전화가 왔습니다."

휘팅턴은 종이를 낚아채듯 들어서 읽었다. 이마가 잔뜩 찌푸려졌다.

"됐어, 브라운. 가도 좋아."

직원은 방에서 나가면서 문을 조용히 닫았다. 휘팅턴은 다시 터펜스를 바라보았다.

"내일 같은 시간에 오시오. 지금은 내가 조금 바쁘군. 우선 여기 50파운드를 주겠소."

그는 지폐를 꺼내서 터펜스에게 내밀었다. 그러고는 그녀가 빨리 사라져 주기를 바라는 것처럼 자리에서 일어났다.

터펜스는 사업가다운 자세로 지폐를 세어 보고 그것을 손가방에 넣은 다음 천천히 자리에서 일어섰다.

그녀는 예의 바르게 인사했다.

"안녕히 계세요, 휘팅턴 씨. 적어도 다시 볼 때까지 말이에요. '오르부아(다음에 봐요)!'라고 말해야겠군요."

"그렇소. 오 르부아(다음에 봅시다)!"

휘팅턴은 예전의 친절한 모습으로 돌아왔다. 갑작스러운 변화 때문에 터펜스는 약간 불안한 생각이 들었다.

"잘 가시오, 똑똑하고 매력적인 젊은 아가씨."

터펜스는 가벼운 마음으로 계단을 빠르게 내려왔다. 기분이 날아갈 것처럼 좋았다. 근처에 있는 시계를 보니 12시 5분 전이었다.

"토미를 놀래 줘야지!"

터펜스는 속삭이듯 작은 목소리로 말했다. 그리고 택시를 향해 손을 흔들었다.

택시가 지하철 역 앞에 섰다. 지하철 역 입구 안쪽에 서 있던 토미는 터펜스를 보고 눈을 동그랗게 뜨고 문을 열어 주러 달려왔다. 터펜스는 애정 어린 미소를 지어 보이면서 몹시 흥분한 목소리로 말했다.

"택시비 좀 내 줘요, 토미. 나는 5파운드 지폐보다 작은 단위의 돈은 하나도 없거든요!"

좌절

그 순간은 예상과는 달리 초라하게 마무리되었다. 우선 토미의 주머니 사정은 매우 빈약했다. 결국 택시비를 내긴 냈다. 귀부인은 2펜스짜리까지 긁어모았고, 택시 기사는 다양한 동전을 손에 들고 제발 그것만 받고 넘어가 달라는 사정에 할 수 없이 자리를 떠났다. 하지만 떠나기 전에 마지막으로 왜 멀쩡한 양반이 돈을 그런 식으로 주냐고 거칠게 쏘아붙였다.

"내 생각엔 당신이 돈을 너무 많이 준 것 같아요, 토미. 저 사람이 일부 돌려주려고 한 것 같은데……."

터펜스가 순진하게 말했다.

아마도 이 말에 기사가 떠난 듯했다.

"도대체 무슨 일로 택시를 탄 거야?"

토미가 잠시 후 기분을 가라앉히면서 물었다.

"늦으면 당신이 오래 기다릴까 봐 그랬죠."

터펜스가 부드럽게 말했다.

"늦을 것 같아서라고? 맙소사! 그게 당신한테 어울리는 말인 것 같아? 그만두자!"

토미가 어이없다는 듯이 말했다.

"정말이에요. 게다가 5파운드 지폐보다 작은 돈이 없다는 말도 사실이에요."

터펜스가 눈을 크게 떴다.

"거짓말도 정도껏 해야지, 친구. 택시 기사도 전혀 믿지 않는 눈치였어."

터펜스가 생각에 잠겨 말했다.

"그래요. 그 사람은 믿지 않았죠. 진실을 말하는데도 아무도 믿지 않다니 정말 재미있어요. 오늘 아침에야 그걸 깨달았죠. 자, 점심이나 먹으러 가죠. 사보이는 어때요?"

토미가 미소를 지으며 되물었다.

"리츠 호텔은 어때?"

"아니야, 피커딜리가 낫겠어요. 여기서 가깝잖아요. 택시를 탈 필요도 없고. 가요!"

"새로운 농담이야? 아니면 당신 정말 제정신이 아닌 거야?"

토미가 어리둥절해하며 물었다.

"아마도 후자가 맞을 거예요. 내게 갑자기 큰돈이 생겼는데, 그것 때문에 충격을 좀 받았거든요! 유명한 의사가 그러는데, 정신적 충격에서 벗어나려면 오르되브르(식욕을 돋우기 위해 식사 전에 나오는 간단한 요리 — 옮긴이), 왕새우 튀김, 뉴버그 치킨, 피치 멜바(바닐라 아이스크림에 복숭아 시럽을 끼얹은 디저트 — 옮긴이) 등을 마음껏 먹으래요! 어서 가서 먹어요!"

"터펜스, 당신 어떻게 된 것 아냐?"

"의심 많은 자여! 여기를 보시라!"

터펜스는 손가방을 활짝 열어 보였다.

"어휴, 이 불쌍한 아가씨야, 고작 1파운드 가지고 뭘 그래?"

"이건 1파운드가 아니에요. 잘 봐요, 5파운드짜리라고요. 그리고 10파운드짜리도 있어요!"

토미가 놀란 듯 신음소리를 냈다.

"오, 이런! 내가 술에 취했나? 아니면 꿈이라도 꾸는 건가, 터펜스? 내 눈앞에서 흔들리고 있는 게 정말로 5파운드 지폐 뭉치가 맞아?"

"아무러면 어때요! 이래도 점심 먹으러 가지 않을 거예요?"

"무슨 소리! 어디라도 따라가야지. 그런데 도대체 무슨 일을 하고 다닌 거야? 은행이라도 털었어?"

"운이 좋았어요. 피커딜리 광장은 정말 끔찍한 장소예요. 저기 커다란 버스가 우리를 깔아뭉개려는 것 같거든요. 5파운드 지폐들이 버스에 깔아뭉개지는 걸 생각해 봐요. 정말 끔찍하지 않아요?"

"그럴 식당은 어때?"

토미가 안전하게 길을 건너 반대편 인도에 올라서면서 물었다.

"다른 곳이 더 비싸요."

터펜스가 이의를 제기했다.

"그건 쓸데없는 낭비야. 그냥 싼 데로 가자."

"그런 데서 내가 원하는 걸 모두 먹을 수 있을까요?"

"아까 당신이 말했던 불건강한 메뉴들? 당연하지. 하지만 뭐든 적당히 먹어야 해."

터펜스가 꿈꾸던 오르되브르가 놓인 식탁에 앉자마자 토미가 더 이상 호기심을 억누르지 못하고 질문을 던졌다.

"자, 말해 봐."

터펜스는 자신에게 생긴 일을 토미에게 모두 말해 주었다.

"신기한 건 제인 핀이라는 이름은 정말로 그 순간 내가 지어낸 이름이라는 거예요! 아버지 때문에 내 이름을 밝히고 싶지 않았거든요. 뭔가 수상한 일에 연루라도 될까 봐서."

터펜스는 이 말을 마지막으로 이야기를 끝냈다.

"물론 그랬겠지. 하지만 제인 핀은 당신이 지어낸 이름이 아니야."

토미가 천천히 말했다.

"뭐라고요?"

"내가 말해 줬잖아. 기억 안 나? 어제 내가 두 남자가 지나가면서 제인 핀이라는 여자에 대해 이야기하는 걸 우연히 들었다고 했잖아. 그 순간 당신이 그 이름을 떠올리게 된 것도 그 때문이야."

"정말 그렇구나. 이제 기억나요. 정말 기묘하……."

터펜스의 말소리가 잦아들더니 갑자기 그녀가 자리에서 벌떡 일어섰다.

"토미!"

"응?"

"그 사람들 어떻게 생겼어요? 당신이 지나가면서 봤다던 두 남자 말이에요."

토미는 기억을 떠올리려고 얼굴을 찌푸렸다.

"한 사람은 좀 덩치가 있는 편이었어. 깨끗이 면도를 했고. 그리고 내 기억에…… 얼굴이 약간 검었어."

"그 사람이에요. 바로 그 사람! 그가 휘팅턴이야! 다른 사람이 어떻게 생겼어요?"

터펜스가 외쳤다. 흥분을 해서 문법에도 맞지 않는 문장이 두서없이 튀어나왔다.

"기억이 안 나. 뭐 특별히 기억나는 특징이 없어. 제인 핀이라는 독특한 이름 때문에 그나마 기억하게 된 거야."

"그래서 우연의 일치는 없다는 거예요."

터펜스는 기쁜 마음으로 피치 멜바를 먹어 치웠다.

하지만 토미는 심각해졌다.

"이봐, 터펜스. 이제 어떻게 되는 거지?"

"돈이 더 생길 거예요."

터펜스가 간략하게 대답했다.

"나도 그건 알아. 당신 머릿속엔 그 한 가지만 들어 있잖아. 내 말은 다음 단계는 뭐냐는 거야. 앞으로는 어떻게 속일 셈이야?"

"맞아요, 토미. 이건 좀 어려운 문제예요."

터펜스가 숟가락을 내려놓았다.

"당신도 알다시피 그 사람한테 앞으로 계속 허풍을 칠 수는 없어. 언젠가는 들통이 날 테니까. 그렇게 되면 더 이상 협박할 수도 없잖아."

"무슨 소리예요? 협박은 돈을 주지 않으면 비밀을 폭로하겠다고 으름장을 놓는 거예요. 지금 나는 폭로할 게 없어요. 왜냐하면 아는 게 전혀 없거든요."

"좋아. 어쨌든 이젠 어떻게 할 거야? 휘팅턴이 오늘 아침에는 당신을 일찍 보내고 싶었는지 모르지만 다음번엔 돈을 주기 전에 좀 더 캐물을지 몰라. 당신이 얼마나 알고 있는지 궁금해할 거고, 어디에서 그 정보를 얻었는지도 궁금해하겠지. 그리고 당신이 예상하지 못한 더 많은 것들을 물어볼 거라고. 그때는 어떻게 할 거지?"

토미가 신중하게 물었다. 터펜스는 얼굴을 잔뜩 찌푸렸다.

"생각을 좀 해야겠어요. 터키 커피를 주문해 줘요, 토미. 뇌를 자극해야겠어요. 이런 세상에! 내가 도대체 얼마나 많이 먹은 거야?"

"난 당신이 돼지라도 되고 싶은 줄 알았어. 뭐, 나도 마찬가지로 많이 먹었지만. 그래도 내가 고른 요리들이 당신이 고른 것보다 맛있었어. 웨이터, 여기 커피 두 잔만 주세요. 터키 커피 하나, 프렌치 커피 하나."

터펜스는 커피를 홀짝거리면서 다시 생각에 잠겼고 토미가 말이라도 걸려고 하면 가로막았다.

"조용히 해요. 나 생각하는 중이에요."

"펠먼식 기억법(20세기 초 영국에서 유행한 두뇌 훈련 게임 — 옮긴이)인가!"

토미는 한마디 던지고 조용히 물러나 있었다.

터펜스가 이윽고 입을 열었다.

"자! 계획을 세웠어요. 이 일에 대해 좀 더 알 필요가 있어요."

토미가 휘파람을 불었다.

"빈정거리지 마요. 먼저 휘팅턴을 통하는 수밖에 없어요. 그가 어디 사는지를 캐야 해요. 뭘 하는 사람인지도. 뒤를 밟는 게 낫겠다! 휘팅턴은 내 얼굴을 아니까 안 돼요. 하지만 라이언스에서 잠시 봤을 뿐인 당신을 알아보지는 못할 거예요. 젊은 남자들은 대부분 비슷해 보이잖아요."

"그건 말도 안 돼. 내 잘생긴 외모는 어디에 있어도 눈에 확 띄는걸."

터펜스는 토미의 말을 조용히 묵살하고 하려던 말을 계속했다.

"내 계획은 이래요. 우선 내일 나 혼자 휘팅턴을 찾아갈 거예요. 오늘처럼 휘팅턴을 깜짝 놀라게 하려고요. 이번에는 돈을 주지 않는다고 해도 상관없어요. 50파운드면 며칠간은 쓸 수 있을 테니까."

"그보다는 오래 쓸 수 있지!"

"당신은 밖에서 기다리고 있어요. 나는 건물을 나와도 당신한테 말을 걸지 않을 거예요. 휘팅턴이 내다볼 수도 있으니까. 하지만 근처에 있다가 그 사람이 건물에서 나오면 손수건을 떨어뜨리든지 할게요. 그럼 당신이 따라가는 거예요!"

"따라가다니, 누굴?"

"바보! 휘팅턴 말이에요. 내 생각이 어때요?"

"책에서는 쉽지. 하지만 실제로 아무것도 하지 않고 길가에 몇 시간씩 서 있는 건 바보 같은 짓이야. 사람들은 내가 무슨 이상한 꿍꿍이라도 가지고 있는지 궁금해할 거야."

"도시에선 안 그래요. 다들 바쁘잖아요. 어쩌면 아무도 당신의 존재를 눈치채지 못할 거예요."

"아까도 그런 식으로 말한 것 같은데, 뭐 용서해 주지. 어쨌든 미행은 어린애들 장난 같아. 그건 그렇고, 오늘 오후에는 뭐 하며 보낼 거지?"

"글쎄, 모자를 하나 살까 했는데, 실크 스타킹이나요. 그럼……."

터펜스가 생각에 잠겨 대답했다.

"잠깐만! 우린 돈이 50파운드밖에 없다는 걸 명심해! 하지만 저녁을 먹고 쇼를 보는 것 정도는 괜찮을 것 같은데……."

"그래, 좋아요!"

그날은 하루가 즐겁게 흘러갔다. 저녁 시간은 더할 나위 없었다. 5파운드 지폐 2장을 써 버렸지만 말이다.

다음 날 아침, 두 사람은 약속 장소에서 만난 뒤 시내까지 걸어갔다. 터펜스가 건물 안으로 들어가는 동안 토미는 길 건너편에 서 있었다. 그리고 길을 따라 끝까지 걸어갔다가 천천히 되돌아왔다. 그런데 건물 근처에 왔을 때 터펜스가 길 건너편에 나타났다.

"토미!"

"어, 왜?"

"사무실이 닫혔어요. 인기척도 전혀 없어요."

"그거 이상하네."

"그렇죠? 나랑 같이 올라가서 다시 한번 살펴볼까요?"

토미는 터펜스를 따라 계단을 올라갔다. 두 사람이 3층을 지나갈 때 젊은 직원이 한 사무실에서 나왔다. 그는 잠시 머뭇거리다가 두 사람에게 다가와 말을 걸었다.

"에스토니아 유리 회사를 찾아오셨나요?"

"네, 그래요."

"거긴 문을 닫았어요. 어제 오후부터요. 망했다고 하던데요. 사실 전에도 들어 본 이름은 아니지만, 어쨌든 사무실을 내놓았어요."

"고, 고맙습니다. 혹시 휘팅턴 씨의 주소는 모르세요?"

터펜스가 말을 더듬었다.

"미안하지만 모릅니다. 갑자기 떠나 버렸거든요."

"감사합니다. 가자, 터펜스."

토미가 말했다.

건물 밖으로 다시 나온 두 사람은 거리에 선 채로 서로를 우두커니 바라보았다.

"이걸로 끝이군."

한참 뒤에 토미가 말했다.

"전혀 예상하지 못했어요."

터펜스가 한탄했다.

"기운 내. 어쩔 수 없잖아."

"아니에요. 당신은 이게 끝이라고 생각해요? 그렇다면 당신이 틀린 거예요. 이건 시작에 불과해요!"

터펜스는 작은 턱을 도전적으로 쳐들었다.

"무엇의 시작이라는 거야?"

"우리의 모험이죠! 토미, 모르겠어요? 만일 그들이 이렇게 부랴부랴 도망갈 정도로 두려워한 일이라면, 이 제인 핀 사업에는 뭔가가 많이 걸려 있는 거예요! 끝까지 파헤칠 거예요. 정의를 위해 그들을 쫓아가는 거죠!"

"그래! 하지만 쫓아가야 할 사람이 아무도 없는걸."

"그러니까 우리도 처음부터 다시 시작해야 해요. 펜 좀 빌려줘요. 고마워요! 잠시만 기다려 봐요. 방해하지 말고."

터펜스는 펜을 돌려주고 뭔가를 끼적거린 쪽지를 만족스러운 눈으로 들여다보았다.

"그게 뭐야?"

"광고."

"결국 어제 그 광고를 내겠다는 거야?"

"아니요, 다른 내용이에요."

터펜스는 토미에게 쪽지를 건넸다.

토미가 종이에 씌어진 글을 큰 소리로 읽었다.

"제인 핀에 관한 것이라면 어떤 정보라도 사양하지 않습니다. Y. A."

이튿날은 시간이 느리게 흘러갔다. 돈을 절약할 필요가 있었다. 잘만 나누어 쓴다면 40파운드로 제법 오랫동안 버틸 수 있을 것이다. 다행히도 날씨가 화창했고, '걷는 게 남는 것'이라는 터펜스의 말을 실천하기에도 무리가 없었다. 저녁에는 시 외곽에 위치한 영화관에서 잠시 여유를 누릴 수 있었다.

수요일은 몹시 지루하게 흘러갔다. 목요일에는 신문에 광고가 실렸고, 터펜스는 금요일쯤 토미의 방으로 편지가 배달될 것이라고 기대했다.

만약 그런 편지가 온다면 열어 보지 않고 토미가 10시까지 터펜스가 기다리고 있는 런던 국립 미술관으로 가지고 오기로 했다.

약속 장소에 먼저 도착한 터펜스는 빨간 벨벳 의자에 편안하게 앉아 무료한 표정으로 터너의 그림들을 둘러보았다. 그러다 친근한 인물이 미술관 안으로 들어오는 것을 보았다.

"어떻게 됐어요?"

"그래, 어떤 그림이 네가 가장 좋아하는 그림이야?"

토미가 딴청을 부리며 물었다.

"장난치지 마요. 연락이 왔어요?"

토미는 짐짓 슬픈 표정으로 고개를 크게 저었다.

"실망시키고 싶진 않지만 당신이 잘못 생각한 것 같아. 정말 유감이야. 돈만 낭비했지 뭐야."

토미는 한숨을 내쉬며 다시 말을 이었다.

"그래도 신문에 광고가 실렸고…… 편지는 겨우 2통밖에 안 왔어!"

"토미, 이 악마!"

터펜스는 거의 비명을 질렀다.

"이리 내놔요. 당신 왜 이렇게 못되게 구는 거예요?"

"어허, 터펜스. 고운 말을 써야지! 게다가 여긴 국립 미술관이라고! 정부가 운영하는 곳이지. 그리고 잊지 마. 알다시피 당신은 성직자의 딸이니까……."

"그렇다면 나는 무대에 올라가야 맞죠!"

터펜스가 날카롭게 대꾸했다

"내 말은 그게 아니야. 절망 끝에 오는 즐거움을 충분히 만끽하게 해 주고 싶었어. 이제 편지를 읽어 보자고."

터펜스는 귀중한 편지 봉투 2개를 토미의 손에서 휙 낚아채고는 조심스럽게 살펴보았다.

“이건 종이가 두껍네요. 부자 냄새가 나는걸! 이건 나중에 열어 보고, 다른 것부터 열어 봐요.”

“당신 맘대로 해. 자, 하나, 둘, 셋, 뜯어!”

터펜스의 작은 엄지손가락이 편지 봉투를 뜯었다. 그리고 안에서 편지를 꺼내 들었다.

선생님께

오늘 아침 신문에 난 광고와 관련하여 제가 도움이 될지도 모르겠습니다. 내일 아침 11시에 아래 주소로 오시면 저를 만날 수 있을 겁니다.

카터

“카셜턴 테라스 27번지.”

터펜스가 주소를 읽었다.

“글러스터로(路)에 있는 곳이에요. 지하철을 타면 시간 안에 갈 수 있겠어요.”

“다시 계획을 세우자. 이번엔 내가 공격할 차례야. 카터 씨의 방으로 들어가면 우선은 서로 인사를 하겠지? 그런 뒤 그 사람이 ‘앉으세요. 실례지만 성함이 어떻게 되십니까?’ 이렇게 물어 오면 나는 아주 심각하게 ‘에드워드 휘팅턴이오!’라고 말할 거야. 아마 카터 씨는 새파랗게 질린 얼굴로 ‘얼마면 되지?’라고 외칠 게 분명해. 그러면 나는 저번처럼 50파운드를 받아 주머니에 챙겨 넣고 밖에서 기다리고 있는 당신과 다시 합류하는 거야. 그다음 주소로 가서도 똑같이 재연하면 돼."

"바보 같은 소리 마요, 토미. 이제 다른 편지를 열어 봐요. 와, 이건 리츠 호텔에서 온 거예요!"

"그럼 50파운드가 아니라 100파운드야!"

"내가 읽을게요."

선생님

신문에 실린 광고를 읽었습니다. 점심때쯤에 전화를 주시면 고맙겠습니다.

줄리어스 P. 헤르사이머

"하!"

토미가 탄성을 질렀다.

"독일 병사 같은 냄새가 나지 않아? 아니면 불행한 핏줄을 타고난 미국 백만장자일까? 어찌 되었든 점심시간에 한번 전화해 보자. 운이 좋아. 공짜로 두 끼니는 해결하겠는걸."

터펜스가 고개를 끄덕이며 동의했다.

"일단 카터 씨를 만나러 가요. 서둘러야 해요."

카셜턴 테라스는 터펜스의 말대로 흠잡을 데 없이 호화로운 집들이 죽 늘어선 곳이었다. 27번지 문패를 보고 초인종을 누르자 깔끔하게 차려입은 하녀가 문을 열어 주었다. 하녀가 너무 품위가 있어서 터펜스의 마음이 도리어 우울해졌다. 토미가 카터를 찾자 그녀는 1층에 있는 작은 서재로 두 사람을 안내하고 사라졌다. 1분도 채 지나지 않아 문이 열리고 매처럼 날카롭고 마른 얼굴에 키가 큰 남자가 피곤한 표정으로 들어왔다.

"신문에 광고를 내신 분들이오?"

그가 매력적인 미소를 지으며 물었다

"두 분 다 앉으시오."

두 사람은 카터의 말에 따라 자리에 앉았다. 카터도 터펜스의 맞은편에 있는 의자를 빼내서 앉으며 짧게 미소를 지어 보였다. 그의 미소에는 젊은 아가씨들의 냉정함과 기지를 도망가게 만드는 뭔가가 있었다.

그가 말을 꺼내지 않자 터펜스가 먼저 입을 열었다.

"우리는 알고 싶은 게 있어요. 제인 핀에 대해서 뭔가를 말씀해 주실 수 있다고 하셨죠?"

"아! 제인 핀?"

카터가 생각하듯 잠시 뜸을 들인 뒤 물었다.

"먼저 질문 하나 해도 되겠소? 당신들은 그녀에 대해 무얼 알고 있소?"

터펜스는 허리를 꼿꼿이 폈다.

"그것까지 말씀드릴 필요는 없을 것 같은데요."

"필요가 없다고? 하지만 나로서는 들을 필요가 있소."

카터는 피곤한 듯이 다시 웃어 보이고는 생각에 잠긴 얼굴로 신중하게 말을 계속했다.

"다시 원점이군. 제인 핀에 대해서 뭘 알고 있소?"

터펜스가 아무런 말도 하지 않자 그가 말을 계속했다.

"그렇게 광고를 낸 걸 보면 뭔가를 알고 있는 것 아니오?"

그는 앞으로 몸을 살짝 기울였다. 목소리는 매우 설득력이 있었다.

"먼저 이야기를 해 준다면……."

"그럴 수는 없어요. 안 그래요, 토미?"

그러나 놀랍게도 그녀의 동료는 그녀를 전혀 도와주지 않았다. 토미의 눈동자는 카터에게 고정되어 있었고 그의 목소리에는 비정상적인 존경심이 담겨 있었다.

"저희는 아는 내용이 거의 없어서 별 도움이 되지 않을 겁니다. 하지만 꼭 알고 싶다면 말씀드리죠."

"토미!"

터펜스가 놀라서 소리쳤다.

카터는 의자에 앉은 채 토미에게 시선을 고정시켰다. 그의 눈동자가 질문을 던지고 있었다.

토미가 고개를 끄덕이며 말했다.

"예. 저는 당신을 한눈에 알아보았습니다. 정보부에 있을 때 프랑스에서 한 번 뵌 적이 있지요. 당신이 방에 들어오자마자 저는……."

카터는 손을 들어 올려 토미의 말을 막았다.

"이름은 빼 주게나. 여기서 나는 카터로 통하고 있으니 말이네. 여긴 사촌의 집일세. 비공식적인 일을 할 때는 종종 사촌이 집을 빌려

주고 있지. 자, 그럼 누가 이야기를 해 줄 건가?"

그는 두 사람을 번갈아 바라보았다.

"터펜스, 어서 말해. 이건 당신이 잡은 사건이잖아."

토미가 말했다.

"그래요, 귀여운 아가씨. 어서 이야기해 보시오."

터펜스는 순순히 이야기를 꺼냈다. 청년 모험가 주식회사를 만든 것부터 그 이후의 일까지 모두 털어놓았다.

카터는 피곤한 얼굴로 조용히 앉아서 듣기만 했다. 가끔씩 그는 미소를 감추려는 듯이 손으로 입을 가렸다. 터펜스가 이야기를 마쳤을 때 그는 진지하게 고개를 끄덕였다,

"별것 아니지만 아주 의미심장하군. 이런 이야기를 해도 될지 모르겠지만, 당신들 두 사람은 매우 흥미로운 젊은이들이오. 다른 사람들은 모두 실패해도 두 사람은 성공할지도 모르지. 나는 언제나 행운이라는 걸 믿소."

그는 잠시 말을 멈추었다가 계속 이었다.

"이건 어떻소? 두 사람은 이왕 모험을 찾아 나섰으니, 나를 위해 일해 주는 건 어떻소? 물론 비공식적으로 말이오. 비용은 내가 지불하고 보수도 적당히 주겠소."

터펜스가 입을 벌린 채로 멍하니 그를 바라보았다. 두 눈은 점점 더 커졌다.

"우리가 해야 할 일이 뭔가요?"

터펜스가 숨을 골라 쉬었다.

카터가 미소를 지으며 말했다.

"지금 하고 있는 일을 계속하는 거요. 바로 제인 핀을 찾는 거요."

"하지만 제인 핀이 어떤 사람인지 어느 정도는 알아야 하지 않겠어요?"

카터가 진지한 얼굴로 고개를 끄덕였다.

"그렇소. 그 정도는 알 자격이 있소."

그는 의자에 기대앉으며 다리를 꼬았다. 그리고 손가락 끝을 모으며 낮고 단조로운 목소리로 말했다.

"비밀 외교 정책이지만 바람직한 정책은 아니오. 자세히 알려 줄 수는 없소. 다만 1915년에 발견된 문서에 대해 말해 주겠소. 그 문서는 비밀 협약 또는 조약(뭐라고 부르든 상관없겠지만) 초안이었소. 여러 국가의 대표들이 서명했고 미국에서 작성된 것이었소. 알다시피 그 당시 미국은 중립국이었잖소. 그 문서는 댄버스라는 특수 요원에 의해 영국으로 보내질 계획이었소. 어떤 정보도 새어 나가지 않기를 바랐지만 그런 희망 사항은 항상 실망스러운 결과를 보게 되는 법이오. 누군가는 이야기를 하게 마련이니까!

댄버스는 루시타니아호를 타고 영국으로 향했소. 그는 기름 먹인 가죽 주머니에 문서를 잘 숨겨 갔지. 그런데 그 루시타니아호가 그만 격침되고 말았소. 댄버스는 실종자 명단에 있었는데, 결국 시신이 해안가로 밀려왔고 신원이 밝혀지게 되었소. 하지만 가죽 주머니는 사라진 뒤였지!

문제는 누가 그 문서를 가져갔을까 하는 거였소. 댄버스가 다른 사람에게 스스로 건네주었을 수도 있지. 후자를 뒷받침하는 몇 가지 증거가 있었소. 배가 어뢰를 맞은 뒤 구명보트를 내리는 동안 댄버스가 몇 분간 젊은 미국 아가씨와 이야기를 나누었다더군. 그가 아가씨에게 뭔가를 건네는 걸 본 사람은 없지만 가능성은 다분하지. 내 생각에도 문서를 그 미국 아가씨에게 맡긴 것 같소. 여자라서 문서를 안전하게 뭍으로 가져갈 수 있으리라고 믿었을 거요.

하지만 만일 그게 사실이라면 그 뒤 그 아가씨는 어디로 갔으며 문서를 어떻게 했는지가 관건이오. 사건 직후 미국에서 들어온 정보에 의하면 댄버스는 항해를 하는 중에 계속 미행을 당했다고 하오. 그럼 이 아가씨도 적과 한편이었을까? 아니면 그녀도 누군가에게 미행을 당해서 중요한 문서를 빼앗긴 건 아닐까?

우리는 그 아가씨를 백방으로 찾아보았소. 하지만 예상과는 달리 그건 몹시 어려운 일이었소. 이미 눈치챘겠지만 생존자 명단에 있는 그녀의 이름이 바로 제인 핀이었소. 하지만 그녀는 완전히 사라져 버렸소. 그녀의 부모님이나 가족들에 대한 수사도 아무런 도움이 되지 않았소. 고아인 데다가 서부 외곽에 있는 작은 학교에서 잠깐 일한 게 전부였거든. 그녀의 여권은 파리로 가는 것으로 발행되어 있었소. 거기서 병원 직원들과 합류하기로 되어 있었지. 그녀는 자원해서 병원에서 일하겠다고 했고 몇 번 편지를 교환한 후 채용이 되었소. 병원 직원들은 루시타니아호의 생존자 목록에 그녀의 이름이 있었는데도 그녀가 아무런 소식도 없이 병원에 나타나지 않아 매우 당황했다고 하더군.

젊은 아가씨를 쫓기 위한 모든 노력을 다해 보았지만 결국 모두 실패했소. 아일랜드까지는 행방을 추적할 수 있었지만 그녀가 영국에 들어온 뒤로부터는 아무런 단서가 없소. 그 문서가 있었다면 일이 훨씬 쉽게 해결되었겠지만, 전쟁이 끝난 지금에 와서는 아무런 소용이 없게 되었소. 우리는 댄버스가 그 문서를 없애 버렸다고 결론을 내렸지. 전쟁은 새로운 국면으로 접어들었고 그에 따라 외교 정세도 크게 변했소. 문서는 그 이후로 잊혀졌고 그것의 존재 자체를 부정하는 소문이 돌았소. 제인 핀의 실종도, 이 모든 일이 사람들의 뇌리에서 차츰 잊혔지."

카터가 잠시 말을 끊었다. 그러자 터펜스가 참을성 없게 끼어들었다.

"하지만 왜 다시 들추어진 거죠? 전쟁은 끝났잖아요."

카터는 뭔가를 경계하는 듯한 눈치였다.

"왜냐하면 그 문서가 아직까지 폐기되지 않은 것으로 보이기 때문이오. 그리고 오늘날 그 문서가 다시 새로운 문제를 일으킬 수 있다고 보기 때문이지."

터펜스의 예리한 눈빛을 보고 카터가 고개를 끄덕였다.

"그렇소. 5년 전만 해도 그 비밀 문서는 우리 손아귀에 있는 무기였소. 하지만 지금은 그것이 우리를 위협하는 무기가 되었소. 그것은 큰 실수였소. 만약 그 문서가 공개된다면 그것은 재앙이 될 것이오. 또 다른 전쟁을 일으킬 수도 있다는 거요. 이번에는 독일과 싸우는 게 아니오! 물론 이건 극단적인 가정이오. 개인적으로도 그럴 가능성이 크다고 생각하진 않소만 그 문서로 인해 여러 정치인들이 타격을 입을 거요. 현재 아무리 신임을 얻고 있는 정치인이라 해도 말이오. 그렇게 되면 영국 노동당은 대외 정책에 있어서 큰 오점을 남기게 될 거요. 하지만 다른 위험에 비한다면 그 정도는 아무것도 아니오."

그는 잠시 말을 멈추었다가 조용이 다시 말을 꺼냈다.

"요즘 노동 분쟁이 볼셰비키의 영향 때문이라는 이야기를 듣거나 읽어 본 적이 있소?"

터펜스가 고개를 끄덕였다.

"사실이오. 볼셰비키의 돈이 이 나라에 혁명을 일으키려는 목적으로 흘러들고 있소. 실명이 밝혀지지 않은 한 사람이 자신의 목적을 위해 음지에서 일을 꾸미고 있소. 노동자들의 불만 뒤에는 볼셰비키가 있고, 볼셰비키 뒤에는 그 남자가 있소. 그가 누구인지는 우리도 모르오. 그는 '브라운'이라고 불리오. 이것 한 가지는 확실하오. 그는 현시대 최고의 범죄자라는 거요. 상상할 수 없는 어마어마하게 큰 조직을 뒤에서 마음대로 조종하고 있지. 전쟁 중에 이루어진 평화 시위도 모두 그가 조종하고 돈을 댄 거요. 그의 첩자들은 어디에든 존재하오."

"귀화한 독일인입니까?"

토미가 물었다.

"그 반대요. 그가 영국인이라는 근거가 몇 개 있소. 그는 친독일파이거나 친보어파(보어 전쟁에서 패하여 영국령 남아프리카에 병합된 네

덜란드계 백인—옮긴이)일 수도 있소. 그가 뭘 원하는지 우리는 모르오. 어쩌면 강력한 권력을 원하는 건지도 모르지. 역사상 유일무이한 강력한 권력 말이오. 그의 정체에 대해서는 우리도 전혀 모르고 있소. 심지어 그의 부하들조차도 얼굴을 모른다고 하더군. 놀랍게도 뒤를 추적할 때마다 그는 늘 보조 역할을 하고 있었소. 다른 누군가가 앞에서 주된 역할을 맡고 있는데 그 뒤에 항상 하인이나 직원 같은 중요하지 않은 인물이 있소. 아무도 눈길을 주지 않는 곳에 숨어 있는 거지. 그렇게 브라운은 우리의 손아귀를 벗어나는 거요."

"아, 그럼 혹시……?"

터펜스가 펄쩍 뛰었다.

"무슨 일이오?"

"휘팅턴의 사무실에 갔을 때 휘팅턴이 직원을 보고 브라운이라고 불렀어요. 혹시 그 사람이……?"

카터가 생각에 잠긴 듯 고개를 끄덕였다.

"그럴 가능성이 있소. 한 가지 신기한 것은 항상 그 이름이 언급된다는 거요. 천재의 특징이라고나 할까. 그가 어떻게 생겼는지 설명할 수 있소?"

"눈여겨보지 않았어요. 매우 평범했거든요. 다른 사람들처럼요."

카터는 아까처럼 피곤한 듯 한숨을 지었다.

"브라운에 대한 설명은 항상 똑같소! 그가 휘팅턴이라는 자에게 전화 메시지를 가져다주었다고 했소? 바깥 사무실에 전화기가 있었소?"

터펜스가 잠시 생각했다.

"아니요. 없었던 것 같아요."

"바로 그거요. 그 쪽지는 아마도 브라운이 부하들에게 명령을 내리는 방법이었을 거요. 물론 그는 두 사람의 대화를 전부 들었을 거요. 그 뒤에 휘팅턴이 당신에게 돈을 건넸다고 했소? 그리고 다음 날 다시 오라고 했다고?"

터펜스가 고개를 끄덕였다.

"맞소. 그는 브라운의 부하가 틀림없소!"

카터가 잠시 말을 멈추었다가 다시 이어 말했다.

"자, 그럼 그동안 당신들이 누구를 상대하려 했는지 알겠소? 현시대 최고의 범죄자와 맞선 거요. 나는 이 일이 썩 내키지는 않소. 당신들 두 사람은 정말 젊소. 두 사람에게 아무런 일도 일어나지 않길 바랄 뿐이오."

"괜찮을 거예요."

터펜스는 딱 잘라 말했다.

"제가 잘 돌봐 줄 겁니다."

토미가 말했다.

"내가 당신을 돌봐 주는 거겠죠."

터펜스가 토미의 권위적인 말에 발끈하며 말했다.

"서로 돌봐 주면 되겠군."

카터가 미소를 지으며 말했다.

"그럼 본론으로 들어가 봅시다. 그 비밀 문서에는 우리가 상상할 수 없는 위험 요소가 있소. 우리는 그것 때문에 협박을 받고 있소. 자신들 수중에 문서가 있고, 적절한 시점에 그것을 발표하겠다고 하더군. 하지만 아직 그 일을 벌이지 못하고 있소. 정부는 그들이 허풍을 떨고 있다고 판단하고 그 문서의 존재 자체를 부인하는 태도를 고수하고 있소. 하지만 나는 그 점에서 확신이 서지 않소. 위협이 진짜라는 암시가 곳곳에 있기 때문이오. 문서를 손에 넣었지만 그것이 암호로 되어 있어서 읽을 수가 없다고 가정할 수도 있소. 하지만 그 문서는 성격상 암호로 되어 있지는 않을 거요. 그럴 가능성은 전혀 없소. 다른 뭔가가 있을 거요. 제인 핀이 죽었을 거라고 가정할 수도 있소. 하지만 나는 그들이 그녀에 대한 정보를 우리에게서 얻으려고 한다는 점이 이상하오."

"뭐라고요?"

"여러 가지 사건들이 그 점을 시사하고 있소. 그리고 당신들의 이야기도 내 생각에 힘을 실어 주고 있소. 그들은 우리가 제인 핀을 찾고 있다는 것을 알고 있소. 그래서 아마 제인 핀이라는 인물을 새로 만들어서 내놓으려고 했을 거요. 파리에 있는 기숙사 학교에 말이오."

터펜스는 숨을 멈추었다. 그러자 카터가 미소를 지었다.

"아무도 그녀가 어떻게 생겼는지 모르오. 그러니 그건 상관없지. 가짜 제인 핀을 만들어 놓고 우리에게서 정보를 더 많이 빼내려는 속셈이었을 거요. 그들이 뭘 노리는지 이제 알겠소?"

터펜스는 카터의 이야기를 정확히 이해하기 위해 잠시 숨을 멈추었다.

"그럼 그 사람들은 제가 제인 핀으로 파리에 가 있기를 바란 거란 말씀이신가요?"

카터는 아까보다 훨씬 더 피곤한 표정을 지어 보였다.

"공교롭게도 그런 것 같소."

“그러고 보니 모든 게 맞아떨어지는군요.”

터펜스가 정신을 가다듬으며 말했다. 터펜스의 말에 카터가 고개를 끄덕였다.

“무슨 말인지 잘 알고 있소. 나는 미신을 믿소. 행운이나 불운 같은 것들 말이오. 내 생각엔 운명의 여신이 당신을 이 일에 밀어 넣은 것 같소.”

갑자기 토미가 키득거리며 웃기 시작했다.

“세상에! 터펜스가 그 이름을 댔을 때 휘팅턴이 얼마나 놀랐을지 상상해 보세요! 카터 씨, 우리가 시간을 너무 많이 빼앗지는 않았는지 모르겠군요. 마지막으로 가기 전에 다른 조언은 더 없습니까?”

“없소. 지금까지 우리의 숙련된 요원들이 취한 방법은 너무 전형적이라 그런지 모두 실패하고 말았소. 하지만 당신들은 넘치는 상상력과 열린 마음을 가지고 이 일에 임하리라 믿소. 혹시 실패한다고 해도 너무 실망하지는 마시오. 어쨌든 진전은 있을 테니까."

터펜스는 알아들을 수 없다는 듯이 얼굴을 찌푸렸다.

"당신이 휘팅턴과 이야기를 나눈 것만 보더라도 그들에게는 이미 시간이 없소. 내년 초에 거대한 쿠데타가 계획되고 있다는 정보가 입수되었소. 정부에서는 그 위협에 대처할 방안을 이미 준비하고 있소. 저들도 곧 눈치를 채겠지만, 그래도 미리 대비하지 못한다면 저들에게 치명상을 입힐 수도 있소. 물론 내가 바라는 바이긴 하지만 말이오. 저들에게 일을 꾸밀 시간이 부족할수록 좋겠지. 내 말은 두 사람에게도 시간이 많지 않다는 거요. 다시 한번 말하지만 실패하더라도 실망할 필요는 없소. 이 일은 그렇게 만만한 일이 아니오. 자, 이게 전부요."

터펜스가 자리에서 일어나며 말했다.

"이 일에 대해 사업적으로도 얘기할 필요가 있겠죠? 우리는 당신에게 어떤 지원을 받게 되나요?"

카터의 입술이 약간 비틀어졌지만 개의치 않은 듯 곧바로 대답했다.

"합리적인 수준의 금전적 지원을 받게 될 것이오. 또 필요한 정보도 모두 제공될 것이고. 하지만 공식적인 지원은 받을 수 없소. 내 말은 두 분이 만약 경찰에 붙잡히거나 다른 문젯거리에 봉착했을 때 공식적으로는 당신들을 도울 수 없다는 뜻이오. 그런 문제는 당신들이 알아서 처리해야 하오."

터펜스는 현명하게 고개를 끄덕거렸다.

"그건 이해할 수 있습니다. 돌아가서 저희가 원하는 정보에 대한 목록들을 만들어 보내도록 하겠습니다. 그리고 돈은……."

"알겠소, 터펜스 양. 얼마를 받고 싶소?"

"아직 정확히는 모르겠어요. 지금 당장은 돈이 충분히 있지만 더 필요하게 된다면 그때……."

"준비해 두겠소."

"좋아요. 정부 관련 일을 하시는 분이시고, 또 제 입으로 정부에 대해 무례하게 말하고 싶진 않습니다만, 요즘 정부에서 뭔가를 얻어 내기가 얼마나 힘든지 아시나요? 당장 필요한 비용을 청구서로 보내면 3개월 후에나 겨우 받을 수 있어요. 그것도 어음 같은 것으로 말이죠. 그런 건 아무 도움도 안 된답니다. 안 그런가요?"

카터는 크게 웃음을 터뜨렸다.

"걱정하지 마시오, 터펜스 양. 정부가 아니라 나한테 청구서를 직접 보내시오. 그러면 우편 지급환으로 수표를 끊어 보내 주겠소. 보수는 1년에 300파운드로 하면 어떻소? 물론 베레스퍼드 씨에게도 똑같은 금액을 드릴 거요."

터펜스는 카터를 다정한 눈빛으로 바라보았다.

"멋지군요. 정말 친절하세요. 저는 돈을 사랑해요! 비용에 대해서는 꼼꼼하게 기록해 둘게요. 잔액은 오른쪽에 정리하고, 한쪽 밑으로 붉은 줄을 그은 다음 총액을 적도록 하죠. 정말 잘할 수 있어요."

"물론 그러리라 믿소. 그럼 안녕히 가시오. 두 분 모두에게 행운을 빌겠소."

카터는 두 사람과 악수를 나누었다. 그리고 1분 뒤 터펜스와 토미는 카셜턴 테라스의 계단을 걸어 내려왔다. 두 사람 다 머릿속이 매우 복잡했다.

"토미! 빨리 말해 줘요. 카터 씨는 뭐 하는 사람이에요?"

토미가 터펜스의 귀에 대고 나직한 목소리로 속삭였다.

"오!"

터펜스가 놀랐는지 짧은 신음 소리를 냈다.

"확실한 건 그가 정보부에서 일한다는 거야!"

"아!"

터펜스가 다시 신음 소리를 냈다. 그리고 생각에 잠긴 목소리로 말했다.

"난 저 사람이 마음에 들어요. 당신은 안 그래요? 아주 피곤하고 지루한 듯 보였지만 그 이면에는 철인처럼 강인하고 날카로운 면이 있고 진심이 담겨 있어요."

갑자기 터펜스가 발을 동동 구르며 말했다.

"토미, 날 꼬집어 봐요. 어서 빨리! 이게 꿈은 아니겠죠?"

토미는 터펜스가 시킨 대로 했다.

"아얏! 됐어요! 그래, 꿈은 아니네요. 우리는 일자리를 갖게 된 거예요!"

"게다가 아주 멋진 직업이기도 하지! 청년 모험가 주식회사가 정말로 문을 연 거야."

"생각했던 것보다 훨씬 괜찮은 일이에요."

터펜스가 신중한 표정으로 말했다.

"게다가 범죄 조직에 말려들지 않게 된 것도 천만다행이고요! 지금 몇 시죠? 점심이나 먹으러 가요. 오, 이런!"

두 사람은 동시에 똑같은 생각을 했다. 토미의 목소리가 더 빨랐다.

"줄리어스 P. 헤르사이머!"

"생각해 보니 카터 씨에게는 그 사람한테 연락을 받았다는 이야기를 하지 않았네요."

"뭐 말할 만한 것도 별로 없잖아. 적어도 그 사람을 만나 보기 전이니까. 택시를 타는 게 좋겠다."

"이제 누가 사치를 부리는지 좀 봐요."

"모든 비용은 따로 지불된다고 했잖아. 빨리 타기나 해."

"어쨌거나 택시를 타고 도착하는 편이 훨씬 효과가 있을 거예요. 협박범들은 절대 버스를 타고 나타나지 않으니까."

터펜스가 택시 등받이에 우아하게 등을 기대며 말했다.

"우리는 이제 협박범들이 아니야."

토미가 정정했다.

"글쎄, 나는 아직 확신할 수 없네요."

터펜스가 음침하게 대꾸했다.

프런트에서 헤르사이머 씨를 만나러 왔다고 하자 두 사람은 곧바로 스위트룸으로 안내를 받았다. 호텔 사환이 문을 두드리자 안에서 기다렸다는 듯이 들어오라는 목소리가 들렸다. 사환은 문을 열고 두 사람이 들어갈 수 있도록 옆으로 비켜섰다.

줄리어스 P. 헤르사이머는 토미나 터펜스가 예상한 것보다 훨씬 젊었다. 대략 35살 정도 되어 보였는데, 키는 중간 정도였고, 각진 턱에 걸맞은 탄탄한 몸을 가지고 있었다. 얼굴은 호전적으로 보였지만 그래도 호남형이었다. 말투가 약간 특이하긴 했지만 미국인인 것만은 분명했다.

"제 편지를 받으셨나요? 자리에 앉아서 제 사촌에 대해 아는 대로 모두 이야기해 주십시오."

"사촌이라고요?"

"예. 제인 핀 말입니다."

"그녀가 당신의 사촌이라는 건가요?"

"제 아버지가 그녀의 어머니와 남매지간이었습니다."

헤르사이머가 자세하게 대답했다.

"아!"

터펜스가 짧게 탄성을 내뱉었다.

"그럼 그녀가 어디 있는지도 아시겠군요?"

헤르사이머가 책상을 주먹으로 내리치며 말했다.

"그렇지 않습니다! 저야말로 그걸 알고 싶습니다! 당신들은 알고 있습니까?"

"우리는 정보를 얻으려고 광고를 냈어요. 정보를 제공하는 게 아니라요."

터펜스가 날카롭게 말했다.

"그건 저도 압니다. 저도 글을 읽을 줄은 아니까요. 하지만 당신들이 알고 싶은 건 그녀의 과거일 거라 생각했습니다. 그렇다면 지금 그녀가 어디 있는지는 모른다는 거죠?"

"글쎄요. 하지만 그녀의 과거 이야기를 듣는 것도 나쁘진 않겠네요."

터펜스가 경계하듯 조심스럽게 말했다.

그러자 헤르사이머가 갑자기 의심이 들었는지 언성을 조금 높여 말을 했다.

"이것 보세요! 여기는 시실리(마피아의 본거지로 알려진 이탈리아 남쪽의 섬 — 옮긴이)가 아니라고요! 몸값을 요구한다거나 그녀의 귀를 자르겠다는 협박 같은 건 안 통해요. 여긴 영국이라는 걸 명심해요. 장난은 그만두세요. 그렇지 않으면 바깥으로 나가서 피커딜리에 있는 경찰을 부를 겁니다."

토미가 다급히 설명하려고 나섰다.

"우리는 당신 사촌을 납치한 게 아닙니다. 그 반대로 그녀를 찾고 있어요. 우리는 그 일을 의뢰받은 것뿐입니다."

헤르사이머는 의자에 기대어 앉더니 짧게 말했다.

"그렇다면 어떻게 된 일인지 귀띔해 주십시오."

토미는 할 수 없이 제인 핀의 실종에 대해서 중요한 사실만 빼놓고 모두 이야기를 해 주었다. 그녀가 '어떤 정치적인 일'에 관련되었을 가능성에 대해서도 이야기했다. 그런 다음 터펜스와 자신은 제인 핀을 찾는 일을 의뢰받은 일종의 사립 탐정이라고 소개했다. 그리고 작은 정보라도 제공해 준다면 고맙겠다는 말을 잊지 않았다.

헤르사이머는 잘 알겠다는 듯이 고개를 끄덕였다.

"그럼 괜찮을 것 같군요. 제가 조금 성급했나 봅니다. 하지만 런던에서는 저도 어쩔 수가 없습니다! 런던은 저에게 몹시 낯선 곳이니까요. 무엇이든 물어보십시오. 아는 대로 모두 말씀드리겠습니다."

그의 정중한 말에 청년 모험가들은 도리어 당황했다. 하지만 터펜스는 금세 평정을 되찾고 탐정 소설에나 나옴 직한 질문을 시작했다.

"그러니까 사촌을 마지막으로 본 게 언제죠?"

"저는 그녀를 한 번도 만난 적이 없습니다."

"뭐라고요?"

토미가 놀란 목소리로 되물었다. 그러자 헤르사이머가 그를 돌아보며 말했다.

"네, 한 번도 그녀를 본 적이 없습니다. 말씀드린 대로 제 아버지와 그녀의 어머니는 남매지간이었습니다. 당신들처럼 말입니다."

토미는 그의 추측이 틀렸다고 일부러 정정하지는 않았다.

"하지만 두 사람은 사이가 안 좋았어요. 고모가 서부에 있는 작은 학교에서 근무하는 가난한 선생인 에이머스 핀과 결혼하기로 했을 때 아버지는 노발대발했습니다! 만일 아버지가 돈을 모으게 되면, 지금 되돌아보면 아버지의 가정이 맞았습니다만, 고모에게 한 푼도 주지 않겠다고 선언했지요. 고모는 결국 서부로 떠나 버렸고 그 이후로는 소식을 듣지 못했습니다. 그 뒤로 아버지는 정말로 돈을 많이 벌었습니다. 석유 산업, 철강 산업에 뛰어들었고, 철도 공사에도 참여했어요. 결국 월가(街)를 긴장하게 만들 정도였지요."

헤르사이머가 잠시 숨을 고른 뒤 다시 말을 했다.

"아버지가 돌아가시고 제가 재산을 모두 물려받았습니다. 그리고 저는 양심에 따라 고모를 찾기로 작정했습니다. 서부로 이사 간 고모가 어떻게 지내는지 걱정이 되었거든요. 제 생각이지만 고모부인 에이머스 핀이 그다지 많은 돈을 벌었을 것 같지도 않았어요. 그런 사람이 아니니까요. 결국 저는 사람을 고용해서 고모를 수소문해 보았습니다. 그 결과 고모와 고모부는 모두 돌아가시고 두 분이 남겨 놓은 딸이 한 명 있다는 소식을 들었습니다. 이름이 제인 핀이라고 했지요. 그런데 그녀가 파리로 가던 중에 타고 가던 루시타니아호가 격침되었다지 뭡니까? 살아남기는 했다지만 그 이후로는 아무런 소식을 들을 수 없었습니다. 저는 그들의 말을 완전히 믿을 수 없어서 직접 알아보려고 나섰습니다. 가장 먼저 런던 경시청에 전화를 하고 해군성에도 전화를 했습니다. 해군성 사람들은 매우 언짢았지만 런던 경시청 사람들은 매우 신사적이더군요. 직접 수사를 해주겠다며 오늘 아침에도 그녀의 사진을 가지러 사람을 보냈답니다. 저는 내일 파리로 갑니다. 그쪽 경시청에도 알아보려고요. 아무래도 제가 왔다 갔다 귀찮게 굴면 일을 더 빨리 해결할 테니 말입니다!"

헤르사이머는 매우 의욕에 차 있었다. 터펜스와 토미도 그의 의욕만은 높이 살 수밖에 없었다.

헤르사이머가 본론을 꺼냈다.

"이제 말해 보세요. 당신들이 그녀를 찾는 이유가 뭡니까? 뭔가 다른 이유가 있는 것 같은데……. 그녀가 법정을 모독하기라도 했습니까? 도도하고 젊은 미국 아가씨가 전쟁 중에 규칙이나 법률을 조금 어겼을 수도 있잖습니까. 만일 그런 거라면 돈이 얼마가 들더라도 값을 치를 용의가 충분히 있습니다."

터펜스가 그를 안심시켜 주었다.

"잘됐군요. 당신은 우리의 좋은 파트너가 될 수 있어요. 점심이라도 함께 드시지 않겠어요? 그냥 여기서 시켜 먹을까요? 아니면 아래층 식당으로 내려갈까요?"

터펜스는 후자가 더 좋겠다고 했고 헤르사이머도 그녀의 결정에 따랐다.

소울 콜베르(프랑스식 가자미 튀김 요리 — 옮긴이)에 이어 굴 요리가 나왔을 때쯤 헤르사이머 앞으로 편지가 배달되었다.

"런던 경시청 수사과에 있는 재프 경위라는군요. 이번에는 다른 사람이네요. 아까 온 사람에게 내가 말해 주지 않은 게 있었나? 혹시 사진을 잃어버린 건 아니겠지? 서부에 있는 사진관에 불이 나서 필름이 다 타 버리는 바람에 그게 유일하게 남은 사진이라고 했는데……. 그곳 대학 총장에게 겨우 하나 얻은 사진이지요."

뭔가 불길한 생각이 터펜스의 뇌리를 스치고 지나갔다.

"오늘 아침에 찾아온 사람의 이름을 기억하나요?"

"글쎄요. 아, 아닙니다. 명함을 받았습니다. 여기 있군요. 브라운 경위입니다. 아주 조용하고 차분한 사람이었지요."

작전 계획

그다음 반 시간 동안 일어난 일은 굳이 말할 필요가 없을 것이다. 예상한 대로 브라운 경사라는 사람은 런던 경시청에 없었다. 제인 핀을 추적하는 데에 정말로 중요한 정보가 되었을 사진은 영영 되찾을 수 없게 되었다. 다시 한번 브라운이 승리한 것이다.

이 일은 줄리어스 P. 헤르사이머와 청년 모험가들의 관계를 훨씬 돈독히 하는 결과를 가져왔다. 단번에 모든 벽이 허물어졌고, 토미와 터펜스는 젊은 미국인을 옛날부터 알아온 것처럼 친숙하게 받아들였다. 사립 탐정이라는 조심스러운 가면을 벗어 던지고 그들이 청년 모험가 주식회사를 만들게 된 일부터 그동안 겪은 일들을 모조리 이야기해 주자, 젊은 미국인은 재미있어 죽겠다는 듯이 웃음을 터뜨렸다.

그들의 이야기가 끝나자 헤르사이머가 터펜스를 바라보며 말했다.

"나는 항상 영국 아가씨들을 시대에 한참 뒤떨어진 사람이라고만 생각했습니다. 상냥하고 귀엽긴 하지만 하인이나 유모가 없이는 밖으로 한 발짝도 못 나가는 여자들이라고 생각했지요."

이렇게 갑작스럽게 친밀해진 덕분에 토미와 터펜스는 거처를 리츠 호텔로 옮기게 되었다. 터펜스의 말에 의하면 제인 핀의 유일한 친척과 연락을 계속하기 위해서였다.

터펜스는 토미에게 확신에 찬 목소리로 말했다.

"이런 이유라면 비용에 대해서는 아무도 뭐라고 하진 못할 거야."

사실 토미를 비롯한 아무도 그렇게 생각하지는 않았다.

"자, 이제부터 열심히 일해야지!"

이사한 다음 날 터펜스가 의욕에 찬 목소리로 말했다.

베레스퍼드 씨가 읽고 있던《데일리 메일》을 내려놓으면서 조금은 과장되어 보일 만큼 열렬히 동의했다. 그러자 터펜스는 매우 예의 바르게 바보 같은 짓 하지 말라고 충고했다.

"토미, 돈을 벌려면 뭔가는 해야 해요."

토미가 한숨을 내쉬며 말했다.

"그래. 내가 생각해도 아무 짓도 하지 않고 리츠 호텔에서 빈둥거리고만 있다면 아무리 친절한 정부라도 돈을 대 주진 않을 것 같아."

"그러니까 뭔가를 해야 해요."

"글쎄! 뭐든 해 봐. 말리지 않을 테니!"

토미가《데일리 메일》을 다시 집어 들면서 말했다.

"있잖아요, 내가 생각해 봤는데……."

터펜스가 말하려는 찰나 토미가 갑자기 휘파람을 크게 부는 바람에 말이 끊기고 말았다.

"거기 앉아서 계속 웃기는 행동만 할 거예요, 토미? 당신이 머리를 좀 쓴다고 해도 뭐라 할 사람 하나도 없을걸요?"

"터펜스, 내가 노동 조합에 가입했다는 걸 알지? 거기에 따르면 난 11시 이전에는 일을 해서는 안 돼."

"토미, 당신 뭐로 한 대 맞아야 정신 차릴 거예요? 당장 작전 계획을 짜야 한단 말이에요."

"알고 있어!"

"그럼 빨리 계획을 세워 보자고요."

마침내 토미가 신문을 옆으로 내려놓았다.

"터펜스, 당신은 정말로 단순하면서도 대단한 두뇌를 가진 게 틀림없어. 자, 시작해 봐. 잘 듣고 있을 테니까."

"우선 우리가 해 볼 수 있는 일이 뭐가 있을까요?"

터펜스가 진지하게 물었다.

"아무것도 없지. 무슨 단서라도 있어야 말이지."

토미가 놀리듯 말했다.

"틀렸어요! 우리에게는 지금 중요한 실마리가 있다고요."

터펜스가 손가락을 흔들며 말했다.

"그게 뭔데?"

"첫 번째 실마리는 우리가 놈들의 일당을 안다는 거예요."

"휘팅턴?"

"그래요. 어디서 보더라도 단번에 알아볼 수 있죠."

"흠, 그 정도 가지고 실마리라고 하긴 힘들지. 어디서 그를 찾아야 할지 모르잖아. 우연히 그 사람과 만나게 될 확률은 1000분의 1도 안 될 거야."

토미가 의심스러워하며 말했다.

"나도 그 점에 대해서는 확신할 수 없지만, 경험에 의하면 한번 우연이 일어나면 계속해서 일어나는 법이죠. 아마도 인류가 찾아내지 못한 자연의 법칙이 아닐까 생각해요. 어쨌든 당신이 말한 것처럼 그것에만 의존할 수는 없겠죠. 하지만 런던에는 모든 사람들이 언젠가는 한 번쯤 나타나는 장소들이 있어요. 예를 들면 피커딜리 광장 같은 곳이죠. 내 계획은 그런 장소에 매일 깃발처럼 지키고 서 있는 거예요."

터펜스가 진지하게 말했다.

"식사는 어떻게 할 건데?"

토미가 현실적인 질문을 던졌다.

"누가 남자 아니랄까 봐! 먹는 게 그렇게 중요해요?"

"그러게. 하지만 당신도 방금 전 끝내주는 아침 식사를 한 걸로 기억하는걸. 당신처럼 식성이 좋은 사람도 없을 거야. 터펜스, 당신은 차를 마실 시간이 되면 아마 깃발을 먹고 있을걸. 날카로운 핀까지 말이야. 또 솔직히 말하면 휘팅턴이 런던에 없을 수도 있잖아."

"그래요, 그건 사실이에요. 하지만 나한테는 두 번째 실마리가 있어요."

"그게 뭐지? 어서 말해 봐."

"별건 아니에요. 그냥 리타라는 이름뿐이죠. 휘팅턴이 그날 그 이름을 말했거든요."

"그럼 또 광고를 내자는 거야? '리타라 부르는 여자 사기꾼에 대해 정보가 있다면 연락 바람.' 이렇게 말이지."

"그렇지 않아요. 논리적인 방법으로 추론해 보자는 거예요. 그 댄버스라는 남자가 미행을 당했다고 했죠? 미행하는 사람은 남자보다 여자였을 가능성이 커요."

"무슨 말인지 하나도 모르겠는걸."

"내 생각에는 분명히 여자였을 것 같아요. 그것도 아주 미인이었겠죠."

터펜스가 차분하게 말했다.

"현 시점에서는 당신의 생각에 감복할 수밖에 없군."

토미가 고개를 저으며 대답했다.

"그 여자가 누구였든지 간에 분명히 그 배에서 구조되었을 거예요."

"그건 어떻게 알아?"

"만약 그렇지 않다면 제인 핀이 문서를 받았다는 사실을 어떻게 알았겠어요?"

"맞아. 계속해 봐, 셜록 홈즈 씨!"

"모든 게 가설이지만 그 여자가 리타일 확률이 아주 커요."

"만약 그렇다면 그다음 행동은 뭐지?"

"만약 그렇다면 루시타니아호의 생존자들을 추적해서 그 여자를 찾아야 해요."

"생존자 명단을 구하는 게 급선무겠군."

"이미 갖고 있어요. 내가 알고 싶은 정보 목록을 만들어 카터 씨에게 보냈거든요. 오늘 아침에 그 답장을 받았어요. 그중에는 루시타니아호의 생존자 명단도 있죠. 어때요? 이 터펜스가 정말 똑똑하지 않아요?"

"노력은 백 점이지만 겸손은 빵점이군. 중요한 건 그 명단에 리타가 있냐는 거야."

"그게 사실은…… 잘 모르겠어요."

터펜스가 솔직히 고백했다.

"몰라?"

"그래요. 여길 봐요."

두 사람은 명단을 들여다보았다.

"보이죠? 여기에는 이름이 거의 없어요. 대부분 누구누구 부인, 혹은 누구누구 양이라고 써 있을 뿐이에요."

토미가 고개를 끄덕거리며 중얼거렸다.

"일이 복잡해졌네."

터펜스가 테리어 강아지처럼 어깨를 흔들었다.

"자, 그럼 일을 시작해요. 먼저 런던 일대부터 조사하는 거예요. 런던과 근교에 사는 여성들의 주소를 다 적어 놔요. 내가 모자를 쓰는 동안에."

5분 뒤 두 젊은이는 피커딜리 광장으로 나섰고, 곧바로 택시에 올라 글렌다워로(路) 7번지에 있는 로렐스란 집으로 에드거 케이스 부인을 찾아갔다. 그녀는 토미가 수첩에 적어 놓은 7개의 이름 중 가장 첫 번째 사람이었다.

로렐스는 도로에서 한참 들어가야 하는, 다 기울어진 낡은 집이었다. 정원처럼 보이는 곳에는 손질되지 않은 덤불들이 길게 자라 있었다. 터펜스가 먼저 택시에서 내린 뒤 토미가 택시비를 내고 내렸다. 토미는 터펜스를 따라 정문으로 다가갔다. 터펜스가 초인종을 울리려고 하자 토미가 그녀의 손을 잡았다.

"뭐라고 말할 건데?"

"뭐라고 말할 거냐고요? 글쎄요, 뭐라고 할 거냐면……. 이런! 잘 모르겠다. 정말 난감하네."

토미가 의기양양하게 말했다.

"그럴 줄 알았어. 여자들이란! 전혀 앞을 내다보지 않는다니까! 옆으로 비켜서서 남자들이 이런 일을 얼마나 잘 해결하는지 지켜봐."

토미가 초인종을 눌렀다. 터펜스는 적당한 위치로 물러나 있었다.

단정치 않은 차림에다 어딘지 지저분해 보이는 하인이 어울리지 않는 순진한 눈빛으로 문을 열었다.

토미가 수첩과 연필을 꺼내 들고 활기차게 말했다.

"좋은 아침입니다. 햄스테드 자치 의회에서 왔습니다. 신규 선거인 명단을 등록하려고요. 에드거 케이스 부인께서 여기 사신다고 들었는데, 맞습니까?"

"그래요."

하인이 얼떨떨하게 대답했다.

"세례명이 어떻게 되지요?"

토미가 수첩에 적을 준비를 하고 물었다.

"부인이요? 엘리너 제인이에요."

"엘리너."

토미가 이름을 따라 말하면서 적었다.

"21살 넘은 아들이나 딸은 없습니까?"

"아니요, 없어요."

"감사합니다. 좋은 아침 되십시오."

토미는 수첩을 닫으며 인사했다. 그제야 하인이 처음으로 스스로의 의지에 따라 말을 했다.

"난 또 가스 검침 때문에 오신 줄 알았어요."

하인은 그를 애매한 시선으로 바라보고는 문을 닫고 들어갔다.

토미는 동료가 있는 곳으로 돌아왔다.

"봤지, 터펜스? 남자들에겐 이런 일이 식은 죽 먹기야."

토미의 목소리에는 자부심이 가득했다.

"어쨌든 일을 잘 처리했으니 그 정도는 인정해 줄게요. 난 미처 생각지 못한 방법이네요."

"적당한 속임수였어. 안 그래? 앞으로도 계속 사용할 수 있는 방법이지."

점심시간이 되자 두 사람은 구석진 식당에서 스테이크와 칩을 허겁지겁 먹었다. 그사이 두 사람은 글래디스 메리와 마저리라는 이름을 알아냈는데, 그중 한 사람은 주소가 바뀌어서 조금 당황하기도 했다. 또 새이디라는 세례명을 가진 활기찬 미국 여인에게는 선거에 대한 기나긴 강의를 들어야 했다.

토미가 맥주를 길게 들이켠 뒤에 말했다.

"아! 이제 좀 살 것 같다. 다음은 누구야?"

터펜스가 식탁에 놓인 수첩을 집어 들고 읽었다.

"밴드마이어 부인. 사우스 오들리 맨션 20호예요. 휠러 양은 배터시 클래핑턴로(路) 43번지. 이 아가씨는 하녀인 것 같아요. 그러니 이 주소에 살고 있지 않을 수도 있지. 어쨌든 이 아가씨는 아닌 것 같아요."

"그렇다면 먼저 찾아가야 할 곳은 고급 맨션에 사는 부인이겠군."

"토미, 난 어쩐지 자신이 점점 없어지는 것 같아요."

"힘내, 친구! 원래부터 가능성이 희박한 일이었잖아. 그리고 지금은 시작일 뿐이야. 만일 런던에 없다면 영국, 아일랜드, 스코틀랜드까지 찾아 나서면 되지."

터펜스는 다시 의욕을 불태우며 대답했다.

"맞아요. 어차피 카터 씨가 경비도 모두 대 준다고 했잖아요! 하지만 토미, 난 무슨 일이든 빨리 일어났으면 좋겠어요. 여태까지는 모험이 줄지어 일어났는데, 오늘 아침에는 시간이 너무 지겹게 흘러가는 것 같아요."

"당신은 먼저 그 통속적인 감정에 대한 욕구부터 자제할 줄 알아야 해, 터펜스. 그러니 명심하라고! 만약 브라운이란 사람이 여태까지의 내용을 모두 보고받았다면 우리를 즉시 죽이지 않는 게 놀라운 일이라는 걸 말이야. 흠, 방금 전 문장은 제법 문학적인 냄새가 나지 않아?"

"우쭐거리긴! 하여튼 그 브라운이라는 사람이 아직 아무런 해코지도 하지 않은 건 분명히 이상한 일이에요. 사실 지금 우리는 아무런 제지도 받고 있지 않잖아요."

"어쩌면 제지할 가치가 전혀 없는 존재라고 생각하는 건지도 모르지."

토미가 단순하게 말했다. 터펜스는 그 말을 매우 기분 나쁘게 받아들였다.

"당신 정말 나빠요, 토미. 당신 말을 들으면 우리가 하나도 중요하지 않은 존재 같잖아요."

"미안해, 터펜스. 내가 하려던 말은 우리가 어둠 속에서 두더지처럼 일하고 있어서 그가 우리 계략을 전혀 눈치채지 못한다는 뜻이야. 하하!"

"하하!"

터펜스가 토미의 웃음소리를 되받아치더니 자리에서 벌떡 일어났다.

사우스오들리 맨션은 파크레인 근처에 있는 위풍당당한 맨션이었다. 20호는 2층에 있었다.

토미는 여러 번의 연습 덕분에 이제 거의 전문가 수준이 되었다. 우두머리 하녀처럼 보이는 나이 지긋한 여인이 문을 열고 나왔다.

토미는 주어진 공식대로 질문을 했다.

"세례명은 무엇입니까?"

"마거릿이에요."

토미가 이름을 받아 적으면서 철자를 부르자 상대방이 말을 끊었다.

"아니에요. G, U, E로 써야 해요."

"아, 마르그리트요. 프랑스식으로 쓰는군요. 알겠습니다."

그는 잠시 말을 멈추었다가 용기를 내서 질문을 던졌다.

"여기엔 리타 밴드마이어라고 적혀 있지 뭡니까. 이건 틀린 이름이겠군요?"

"대부분은 그 이름으로 불린답니다. 하지만 마르그리트가 마님의 본래 이름이지요."

"감사합니다. 이제 다 됐습니다. 그럼 좋은 아침 시간 되십시오."

토미는 흥분을 감추지 못하고 뛰듯이 계단을 내려왔다. 터펜스는 모퉁이에서 기다리고 있었다.

"들었어?"

"그래요. 오, 토미!"

토미가 깊이 공감하듯 그녀의 팔을 꽉 잡았다.

"나도 알아. 나도 당신과 같은 기분이야."

"이건…… 정말 대단한 일이에요. 진짜로 이런 일이 일어나다니!"

터펜스가 한껏 들떠서 소리쳤다.

두 사람은 건물 현관에 다다를 때까지도 서로의 손을 꽉 잡고 있었다. 그때 계단 위쪽에서 발소리가 나더니 뒤이어 말소리가 들렸다.

갑자기 터펜스가 엘리베이터 옆에 있는 그늘진 작은 공간으로 토미를 확 끌어당겼다. 토미는 무척 놀랐다.

"아니, 이게 도대체……."

"쉿!"

곧 두 남자가 계단을 내려와서 출구로 나갔다. 터펜스가 토미의 팔을 더 세게 잡았다.

"빨리 따라가요. 난 못 따라가니까. 저 사람이 나를 알아볼지도 모르거든요. 한 사람은 누군지 모르겠지만, 둘 중 덩치가 큰 사람이 바로 휘팅턴이에요."

소호의 집

휘팅턴과 그의 동행은 꽤 빠른 속도로 걸어갔다. 즉시 미행을 시작한 토미는 길모퉁이를 돌아가기 직전인 두 사람을 볼 수 있었다. 성큼성큼 걷자 곧 두 사람을 따라잡을 수 있었다. 토미가 길모퉁이에 다다랐을 때는 얼굴을 알아볼 정도로 가까워졌다. 좁은 주택가를 지날 때는 인적이 한산했기 때문에 시야에서 벗어나지 않는 정도로만 거리를 유지했다.

이런 일은 처음이었다. 책을 통해 방법론엔 익숙했지만 실제로 누군가를 직접 미행해 본 적은 없었다. 토미는 실제로 누군가를 미행한다는 것이 얼마나 어려운 일인지 새삼 깨닫게 되었다. 예를 들어 상대방이 갑자기 손을 흔들어 택시를 잡아타는 경우가 있다. 책에서는 간단하게 다른 택시를 잡아타거나 대기하고 있는 다른 택시에 올라타면 된다. 하지만 현실에서는 두 번째 택시가 대기하고 있을 가능성이 극히 희박했다. 그럴 경우 토미는 택시를 쫓아 부지런히 뛰어야만 할 것이다. 런던 거리를 젊은 남자가 질주한다면 다들 어떻게 생각할까? 큰길에서라면 그저 버스를 따라 뛰는 것이라고 생각할 수도 있다. 하지만 이런 작은 길에서 뛴다면 참견하길 좋아하는 경찰관이 그를 불러 세워 꼬치꼬치 물어볼 것이다.

이런 생각을 하고 있을 때쯤 택시 1대가 앞쪽 모퉁이를 돌아왔다. 토미는 숨을 멈추었다. 과연 두 사람이 택시를 잡을 것인가?

두 사람이 택시를 세우지 않고 지나가게 하자 토미는 안도의 한숨을 내쉬었다. 그들은 옥스퍼드가(街)까지 지름길로 가려는 듯 골목을 지그재그로 돌아 갔다. 옥스퍼드가로 들어서자 동쪽으로 방향을 잡았다. 토미는 발걸음을 더 빨리하여 거리를 좁혔다. 사람들이 많이 오가는 길이라 토미의 미행을 눈치챌 가능성은 거의 없었다. 토미는 두 사람의 대화를 한 마디라도 엿듣고 싶었지만 전혀 성과가 없었다. 거리의 소음이 대화를 나누는 두 사람의 낮은 목소리를 덮어 버렸기 때문이다.

본드가 지하철 역에서 두 사람은 길을 건넜고, 토미도 조심스럽게 길을 건너 뒤를 쫓아 라이언스로 들어갔다. 두 사람은 계단을 올라가 1층 창가 자리에 앉았다. 늦은 시간이라 사람들이 많지 않았다. 토미는 그들의 뒷자리에 앉았는데, 휘팅턴이 자신을 알아볼 경우를 대비해서 휘팅턴의 뒤쪽에서 그의 등을 보고 앉았다. 그 덕분에 휘팅턴의 동행을 정면에서 자세히 살필 수 있었다. 그는 연약하면서도 어딘지 모르게 불쾌한 인상을 가지고 있었다. 토미는 그가 러시아인이거나 폴란드인일 거라 추측했다. 나이는 대략 50살쯤 되어 보였는데, 이야기를 할 때마다 어깨가 약간씩 들썩거렸고 작고 교활한 눈이 좌우로 쉴 새 없이 움직였다.

이미 점심을 충분히 먹은 토미는 치즈 토스트와 커피 1잔을 주문했다. 휘팅턴과 그의 동행은 상당한 양의 점심을 주문했다. 여종업원이 물러가자 그들은 의자를 당겨 앉아서 낮은 목소리로 진지하게 이야기를 나누기 시작했다. 토미가 들은 수 있는 단어는 몇 개밖에 없었다. 하지만 상황을 보건대, 휘팅턴이 상대방에게 어떤 지시 사항을 내리는 것 같았다. 상대방은 가끔씩 그의 지시 사항에 불만스러운 표정을 지어 보였다. 휘팅턴은 그를 보리스라고 불렀다.

토미는 '아일랜드'라는 단어와 '선전'이라는 단어를 들었지만 제인 핀에 대한 말은 하나도 듣지 못했다. 그러다 식당 안의 소음이 갑자기 뚝 끊기는 바람에 운 좋게 한 문장을 전부 들을 수 있었다. 휘팅턴이 맞은편에 앉은 보리스에게 말했다.

"아! 자넨 플로시를 모르지? 그녀는 정말 대단해. 대주교도 그녀를 자기 어머니라고 맹세할 정도지. 성대모사가 끝내주거든. 진짜와 너무 똑같아서 구별할 수가 없어."

토미는 보리스의 답변을 듣지 못했지만 그에 대해 휘팅턴이 말하는 것을 들었다.

"물론…… 긴급 상황에서만……."

그 뒷말은 듣지 못했다. 하지만 기다리다 보니 두 사람이 무의식 중에 목소리를 높였는지, 토미의 귀가 좀 더 예민해져서인지 다시 한번 그들의 말이 확실히 들려왔다. 그중 두 단어가 토미에게는 확실한 자극제가 되었다. 보리스가 내뱉은 '브라운 씨'라는 단어였다.

휘팅턴은 그를 질책하는 것 같았지만 상대방은 그저 웃기만 할 뿐이었다.

"왜 안 된다는 거지? 가장 존경할 만하고 또 가장 평범한 이름이잖아. 그래서 더더욱 그 이름을 선택한 거 아닌가? 아, 나도 한번 만나고 싶네. 그 브라운 씨 말이야."

휘팅턴은 묵직한 종소리 같은 목소리로 대꾸했다.

"누가 알겠나? 자네가 이미 만나 봤는지도 모르지."

"하! 그건 어린애들이나 하는 말이야. 경찰들을 위해 꾸며 낸 말이지. 나는 가끔 브라운 씨가 내부에서 만들어 놓은 허구의 인물이 아닐까 생각하네. 우리를 겁주기 위해서 말이네. 그럴 수도 있지 않나?"

보리스가 반박하듯 말했다.

"아닐 수도 있지."

"그렇다면…… 브라운 씨가 늘 우리와 함께 있다는 게 사실인가? 정말 선택받은 몇 명을 빼고는 아무도 그의 정체를 모른다는 건가? 그렇다면 브라운 씨는 정말 천재라고 할 수 있어. 머리가 정말 좋아. 그래, 절대 알아낼 수 없지. 이렇게 서로를 바라보면서도 우리 중 한 사람이 브라운 씨일지도 모른다고 생각하고 있잖나. 하지만 그렇다면 우리 둘 중 누구일까? 그는 명령을 내리지만 반대로 지시를 받아서 일하기도 해. 우리들 중에 있지만 아무도 그를 모른다니……."

러시아인은 머리를 흔들며 애써 그의 환상을 떨쳐 냈다. 그러고는 자신의 손목시계를 내려다보았다.

"그래, 갈 시간이 되었군."

휘팅턴이 말했다.

그는 직원을 불러서 계산서를 달라고 했다. 토미도 그렇게 했고, 몇 분 뒤에는 두 사람을 따라 계단을 내려갔다.

밖으로 나온 휘팅턴은 손을 흔들어 택시를 불렀고 운전사에게 워털루역으로 가자고 말했다.

다행히 그곳에는 택시가 많아서 휘팅턴의 택시가 떠나기 직전에 다른 택시가 모퉁이를 돌아서 토미 앞에 멈추어 섰다.

"저 택시를 따라갑시다. 놓치면 안 돼요!"

토미가 재촉하듯 운전수에게 지시했다.

나이 든 운전수는 별 관심을 보이지 않았다. 다만 뭐라 투덜거리면서 빈 차를 표시하는 깃발을 내렸다. 차를 따라가는 동안에는 별일이 없었다. 휘팅턴의 택시가 워털루역 안으로 들어가 서자, 토미의 택시도 곧바로 따라가 섰다. 토미는 휘팅턴을 뒤따라 매표소 앞으로 갔다. 휘팅턴은 본머스로 가는 일등석 편도 티켓을 구입했고, 토미도 똑같이 구입했다. 휘팅턴이 표를 끊어 나오자 보리스가 시계를 보면서 말했다.

"너무 일찍 왔군. 아직 30분이나 남았어."

보리스의 말에 토미는 한 가지 다른 생각이 떠올랐다. 휘팅턴은 보리스를 런던에 남겨 두고 혼자서 가는 것이 분명했다. 따라서 토미로서는 두 사람 중 누구를 따라가야 할지 선택을 해야 했다. 두 사람을 한꺼번에 따라간다는 것은 불가능했다. 보리스처럼 그도 시계를 보고 나서 기차 시간표를 쳐다보았다. 본머스행 기차는 3시 30분에 출발할 예정이었고, 지금은 3시 10분이 지나고 있었다. 휘팅턴과 보리스는 역에 있는 신문 가판대 옆을 왔다 갔다 하고 있었다. 토미는 두 사람을 슬쩍 보고는 옆에 있는 전화 부스 안으로 서둘러 들어갔다. 그는 터펜스와 연락을 취하기 위해 시간을 낭비하지 않았다. 아마도 그녀는 여전히 사우스오들리 맨션 근처에 남아 있을 가능성이 컸다. 다행히 토미에게는 또 다른 아군이 있었다. 그는 리츠 호텔로 전화해서 줄리어스 헤르사이머를 찾았다. 전화 연결음이 울렸다. 토미는 젊은 미국인이 제발 호텔 방에 있기를 간절히 빌었다. 잠시 뒤 딸깍 소리가 나더니 독특한 억양의 목소리가 수화기 너머에서 들려왔다.

"줄리어스? 나야, 토미."

토미는 상대방을 확인하고 다급히 말했다.

"지금 워털루 역에 있네. 휘팅턴과 다른 한 사람을 쫓아왔지. 길게 설명할 시간이 없네. 휘팅턴이 3시 30분 기차로 본머스로 떠나. 그때까지 여기로 올 수 있겠나?"

그러자 든든한 답변이 들려왔다.

"물론이야. 서둘러 가지."

토미는 안도의 한숨을 내쉬며 수화기를 내려놓았다. 줄리어스의 서두르겠다는 말은 큰 의지가 됐다. 느낌상 그가 제시간에 도착할 것 같았다.

휘팅턴과 보리스는 여전히 그 자리에 있었다. 토미의 생각대로 보리스가 휘팅턴을 배웅하기 위해 남아 있다면 이제 문제 될 것이 없다. 토미는 생각에 잠긴 채로 주머니 속을 뒤적거렸다. 든든한 백지 수표를 받았는데도 그는 푼돈만을 집어넣고 다니는 버릇을 버리지 못했다. 본머스로 가는 일등석 표를 끊는 바람에 그의 주머니에는 고작 몇 실링만 남았을 뿐이다. 줄리어스가 돈을 조금 가지고 오기를 바랄 수밖에 없었다.

그러는 동안 시간은 계속 흘러갔다. 3시 15분, 3시 20분, 3시 25분, 3시 27분. 줄리어스가 제시간에 도착하지 않는다면 큰일이다. 3시 29분! 문이 닫히고 있었다. 토미는 절망이 파도처럼 자신을 훑고 지나가는 것을 느꼈다. 바로 그 순간 누군가의 손이 어깨를 눌렀다.

"이제야 왔네. 당신네 나라는 교통이 말도 못 할 정도로 심각하더군! 악당들이 누군지 어서 귀띔해 줘."

"저자가 바로 휘팅턴이야. 저기! 지금 기차에 타고 있는 덩치 큰 남자. 그와 이야기를 나누는 사람은 외국인 같네."

"알았네. 둘 중 어느 쪽이 내 몫인가?"

토미는 이미 그 질문에 대한 답을 생각하고 있었다.

"혹시 돈을 좀 가져왔나?"

"아니, 너무 급히 나오는 바람에……."

줄리어스가 고개를 저으며 말하자 토미는 머리를 푹 떨구었다.

"지금 당장은 삼사백 달러밖에는 없는데……."

미국인이 미안해하며 말했다. 토미는 희미하게 안도의 한숨을 내뱉었다.

"이런, 세상에! 당신네 백만장자들은 우리와는 다른 언어를 사용하는군! 그 정도면 충분하니 어서 기차에 올라타기나 해. 여기 표가 있네. 휘팅턴이 당신 몫이야."

"내가 휘팅턴을 쫓는다고?"

줄리어스는 짐짓 어두운 목소리로 말했다. 그가 기차에 발을 올려놓자마자 기차가 출발했다.

"그럼 나중에 보세."

기차는 미끄러지듯 역을 빠져나갔다.

토미는 숨을 깊게 몰아쉬었다. 보리스가 플랫폼을 걸어 자신이 있는 쪽으로 다가오는 게 보였다. 토미는 그가 지나쳐 가도록 내버려 두었다가 조심스럽게 그를 미행했다.

보리스는 워털루 역에서 피커딜리 광장까지 지하철을 타고 갔다. 그러고는 섀프츠베리 거리까지 걸어간 뒤 소호 둘레의 복잡한 미로로 들어섰다. 토미는 적절한 거리를 두고 그를 따라갔다.

한참 뒤에 그들은 황폐한 작은 광장으로 접어들었다. 주변 건물들은 모두 먼지로 뒤덮인 데다 다 무너져 가고 있어서 매우 음산한 느낌을 주었다. 보리스가 주변을 살피자 토미는 재빨리 남의 집 현관 그늘로 숨어들었다. 그곳은 사람들이 거의 지나다니지 않았다. 막다른 골목이라서 차도 전혀 들어오지 않았다. 보리스가 비밀스럽게 주변을 둘러보는 모습은 토미의 상상력을 한껏 자극했다. 현관 그늘에 숨어서 보리스가 특별히 더 음산해 보이는 집의 계단을 올라가는 것을 보았다. 보리스가 불규칙한 박자로 현관문을 두드렸다. 즉시 문이 열렸다. 보리스는 문지기에게 뭐라고 한두 마디를 하고 안으로 들어갔고, 그 뒤로 문이 닫혔다.

그 시점에서 토미의 사고가 멈추었다. 정상적인 사람이라면 그 자리에 남아 사람이 나올 때까지 끈질기게 기다렸을 것이다. 그러나 토미가 취한 행동은 전혀 상식을 벗어난 것이었다. 그 나름대로 어떠한 생각이 머릿속에 반짝 떠올랐는지도 모른다. 토미는 깊이 생각해 볼 여유도 없이 계단을 따라 올라갔고, 보리스처럼 불규칙한 박자로 노크를 했다.

조금 전처럼 문이 즉시 열렸다. 악당처럼 험악한 인상을 가진 짧은 머리의 남자가 문간에 서서 그를 노려보았다.

"무슨 일이오?"

그가 불쾌하다는 듯이 물었다.

토미는 그제야 자신이 한 짓이 얼마나 바보 같은지 깨달았다. 하지만 망설이지 않고 머릿속에 떠오른 첫 번째 단어를 내뱉었다.

"브라운 씨는?"

그러자 놀랍게도 남자가 옆으로 물러섰다.

"위층이오."

그가 엄지손가락으로 어깨 뒤를 가리키면서 말했다.

"왼쪽 두 번째 문이오."

남자의 말에 토미는 속으로 무척 놀랐지만 애써 태연함을 유지했다. 배짱이 여태까지는 잘 먹혀들었으니 앞으로도 조금만 더 유지되기를 빌 뿐이었다. 침착하게 안으로 들어선 토미는 금방이라도 무너질 것 같은 계단을 천천히 올라갔다. 집 안 구석구석이 말로 설명하기 힘들 정도로 지저분했다. 벽지는 때가 묻어서 무늬를 알아볼 수 없었고 구석마다 회색 거미줄이 뭉쳐 있었다.

토미는 여유롭게 계단을 올라갔다. 층계참을 돌아설 때는 문지기가 뒤쪽 방으로 들어가는 소리를 들었다. 아무런 의심도 하지 않는 게 분명했다. 그 집에 와서 브라운을 찾는 건 일종의 절차인 모양이었다.

계단 꼭대기에서 토미는 이제 어떻게 할 것인지 생각하기 위해 잠시 걸음을 멈추었다. 토미 앞에는 양쪽으로 문이 있는 좁다란 복도가 놓여 있었다. 왼쪽의 가장 앞쪽에 있는 문안에서 낮은 웅얼거림이 들려왔다. 문지기가 일러 준 방이었다. 하지만 막상 토미의 시선을 잡아끈 것은 오른쪽 바로 앞에 보이는 약간 움푹 들어간 공간이었다. 낡은 벨벳 커튼으로 반쯤 가려진 그곳은 왼쪽의 문과 마주 보고 있는 공간이었고, 계단 위쪽을 살피기에도 아주 좋은 위치였다. 깊이가 약 60센티미터에 넓이가 1미터 정도 되었는데, 위급할 때는 한 사람 혹은 두 사람이 숨기에 안성맞춤일 것 같았다. 토미는 언제나처럼 차분하게 생각을 한 결과 '브라운'을 언급해도 그 사람을 실제로 만난다는 뜻은 아니었고 이곳 악당들이 사용하는 암호 같은 것이라고 결론을 내렸다. 토미는 운 좋게 내뱉은 말로 집 안으로 들어올 수 있었던 것이다. 여태까지 그는 아무런 의심도 사지 않았다. 하지만 다음 단계는 빨리 결정을 내려야 했다.

토미는 대담하게 복도 왼쪽에 있는 방 안으로 들어가 볼 생각도 했다. 집 안에 들어왔다고 자격이 충분할까? 어쩌면 더 많은 암호가 필요할지도 모른다. 적어도 정체를 입증할 수 있는 다른 증표가 필요할 것이다. 문지기는 자기네 동료들의 생김새를 전부 알고 있지는 않은 것 같지만 위층에 있는 사람들은 다를지도 모른다. 여기까지는 운이 매우 좋았지만, 그렇다고 계속해서 운에만 의지할 수는 없는 노릇이었다. 방에 들어가는 것은 너무나 큰 모험이었다. 조금 전처럼 어수룩한 토미의 행동이 계속 먹혀들지는 아무도 장담할 수 없는 일이었다. 정체가 금세 드러날 것이고, 그렇게 되면 바보 같은 행동 덕분에 정말 중요한 기회를 놓치게 될 수도 있다.

아래층 현관문을 노크하는 소리가 다시 들려왔다. 토미는 결심을 하고 재빨리 커튼 안쪽 공간으로 미끄러져 들어갔다. 그러고는 조심스럽게 커튼을 당겨서 자신의 모습을 완벽하게 가렸다. 낡아빠진 커튼에는 헤진 틈과 구멍들이 있어서 바깥을 충분히 관찰할 수 있었다. 안에서 일의 추이를 지켜본 다음에 상황에 따라서는 새로운 방문객의 행동을 따라 할 수도 있을 것이다.

새로운 방문객은 소리 나지 않게 계단을 조용히 올라왔다. 토미에게는 무척 낯선 사람이었다. 외모만 보자면 그는 분명히 사회의 암적인 존재였다. 아래쪽이 툭 튀어나온 이마에다 범죄자 같은 턱, 얼굴 전체에서 풍기는 흉악한 인상은 토미에게는 낯설지 모르지만 런던 경시청에 있는 사람이라면 단번에 알아볼 타입이었다.

그 남자는 토미가 숨어 있는 곳을 지나가면서 거칠게 숨을 내쉬었다. 그리고 맞은편 문 앞에 멈추어 서서는 아까처럼 독특한 박자로 문을 두드렸다. 안에서 목소리가 들리자 남자는 문을 열고 안으로 들어갔다. 그사이에 토미는 잠시 방 안을 엿볼 수 있었다. 방 안 공간을 대부분 차지하고 있는 긴 탁자를 중심으로 네다섯 명 정도의 남자들이 둘러앉아 있었다. 탁자 상석에 앉아 있는 키가 큰 한 남자가 토미의 시선을 사로잡았다. 짧은 머리카락에 뾰족하고 좁은 턱을 가진 그는 해군 같은 턱수염을 기르고 있었다. 그 사람 앞에는 서류들이 펼쳐져 있었다. 새로운 방문객이 방 안으로 들어서자 그가 흘끗 올려다보더니 이상하게 여겨질 만큼 정확한 발음으로 물었다.

"동지, 번호는?"

"14번이오."

질문을 받은 남자가 거칠게 대답했다.

"좋아."

문이 닫혔다.

토미는 속으로 생각했다.

'저놈이 독일인이 아니라면 내가 네덜란드인이다! 지독할 정도로 운영 체계가 조직적이군. 다들 몸에 밴 것 같아. 저 안으로 들어가지 않은 게 천만다행이야. 만약 들어갔다면 잘못된 번호를 댔을 게 뻔하고, 큰 대가를 치러야 했겠지. 그래, 여기 숨기 잘했어. 이런! 또 누가 문을 두드리는군.'

이번 방문객은 먼저 온 남자와는 영 딴판이었다. 토미는 그가 아일랜드 신페인당(아일랜드 독립 운동을 이끄는 당 — 옮긴이)의 일원일 것이라고 생각했다. 브라운의 조직은 매우 넓은 영역에 걸쳐져 있는 게 분명했다. 범죄자, 아일랜드의 지체 높은 신사, 허여멀건 러시아인, 그리고 조직을 효율적으로 운영하는 독일 출신의 총책임자! 정말 이상하고 신기한 모임이었다! 이런 다채로운 사람들로 이루어진 비밀 조직을 손가락 끝으로 조종하는 사람은 도대체 어떤 사람일까?

이번에도 확인 과정은 동일했다. 독특한 박자로 문을 두드리고, 번호를 물어보고, 그리고 '좋아!'라는 응답까지!

아래층 현관문에서 다시 2번의 노크가 잇달아 들려왔다. 첫 번째 사내는 뜻밖에도 평범한 회사원처럼 보였다. 조용하고 똑똑해 보였지만 약간은 허술한 차림이었다. 그다음 사람은 노동자 계층으로 보였는데, 왠지 낯이 익었다.

3분 뒤에 또 다른 노크 소리가 들려왔는데, 이번에 올라온 사람은 당당한 모습과 비싼 옷을 입은 것으로 보아 분명히 잘사는 집 태생 같았다. 그도 역시 토미에게는 낯설지 않았지만 이름은 생각나지 않았다.

그가 도착한 이후로는 한동안 아무도 오지 않았다. 토미는 더 이상 올 사람이 없다고 생각하고는 조심스럽게 은신처에서 빠져나오려고 했다. 그러나 아래층에서 다시 노크 소리가 들려오는 바람에 허겁지겁 숨어 있던 자리로 되돌아왔다.

마지막 참가자는 너무 조용히 계단을 올라와서 토미는 그가 앞에 설 때까지 미처 알아채지 못했다.

그는 키가 작고 얼굴이 매우 하얀 편이었으며, 여성스러운 분위기를 풍기고 있었다. 광대뼈로 봐서 슬라브계의 피를 이어받은 것 같았지만, 그 외에 국적을 드러낼 만한 다른 특징은 없었다. 그가 토미의 앞을 지나가면서 머리를 천천히 돌렸는데, 기묘한 빛깔의 눈동자가 마치 커튼 속을 꿰뚫어 보는 듯했다. 토미는 그가 자신의 존재를 눈치채지 못하고 있다는 것을 분명히 알고 있었지만, 그럼에도 소름이 끼치는 것을 참을 수 없었다. 토미는 영국 젊은이들의 평균적인 수준보다 상상력이 뛰어난 편은 아니었지만 왠지 그에게서 비범한 잠재력 같은 게 뿜어져 나오고 있다는 느낌을 지울 수가 없었다. 남자를 보면 맹독을 지닌 뱀이 떠올랐다.

잠시 후 토미는 그 느낌이 틀리지 않았다는 것을 확인할 수 있었다. 그는 다른 사람들과 마찬가지로 문을 두드렸는데, 안에서 맞이하는 반응이 매우 달랐다. 독일인은 자리에서 벌떡 일어났고 다른 사람들도 그를 따라 일어났다. 독일인이 앞으로 나와 그와 악수를 나누었다. 그러고는 뒤꿈치를 소리가 날 정도로 부딪치며 말했다.

"대단히 영광입니다. 불가능할까 봐 걱정했습니다."

독일인이 흥분하여 말했다. 상대방은 뱀이 쉭쉭거리는 것처럼 낮고 음산하게 대꾸했다.

"어려움이 많았지. 나도 불가능할 거라고 생각하고 있었네. 하지만 어떻게든 한 번은 만나서 내 정책을 설명해야 할 필요는 있다고 생각했지. 나는 브라운 씨가 없으면 아무것도 못 할 거라는 걸 알고 있네. 그도 여기 왔나?"

독일인이 약간 망설이며 대답했는데, 그의 목소리가 달라진 것만 봐도 눈치챌 수 있었다.

"메시지를 받았습니다. 직접 나오시는 건 불가능하다고 합니다."

독일인은 말을 멈추고 뭔가 더 할 말이 있는 듯한 표정을 지어 보였다.

상대방의 얼굴에 아주 천천히 미소가 번졌다. 그는 나머지 사람들의 굳은 얼굴을 둘러보며 말했다.

"아! 이해할 수 있네. 그의 방법에 대해서는 나도 익히 알고 있어. 드러나지 않은 곳에서 일하고 아무도 믿지 않는다고 하더군. 어쩌면 지금 우리 중에 있을지도 모르지……."

그는 다시 주변을 휙 둘러보았다. 참석자들의 얼굴에 또다시 두려움이 스치고 지나가더니 서로 의심의 눈초리로 옆에 있는 사람들을 바라보았다.

러시아인이 자신의 뺨을 가볍게 톡톡 두드렸다.

"그건 그렇고, 어서 시작합시다."

독일인은 다시 정신을 가다듬고는 자신이 앉아 있던 상석으로 마지막에 들어온 러시아인을 안내했다. 러시아인은 사양했지만 독일인은 뜻을 굽히지 않고 말했다.

"이 자리는 오직 1번을 위한 자리입니다. 14번께서 문을 닫아 주십시오."

그다음 순간 토미의 눈에는 아무런 장식이 없는 널빤지 문만 보였고, 문 안쪽의 목소리도 알아들을 수 없을 만큼 잦아들었다. 토미는 초조해졌다. 여태까지 엿들은 대화가 호기심을 강하게 자극했다. 그는 어떤 방법을 동원해서라도 더 들어야만 한다고 느꼈다.

아래쪽에서는 아무런 소리도 들리지 않았고 문지기가 위로 올라올 것 같지도 않았다. 토미는 2분 정도 유심히 귀를 기울이다가 커튼 밖으로 머리를 내밀었다. 복도는 비어 있었다. 토미는 허리를 숙여 조심스럽게 신발을 벗었다. 그러고는 커튼 뒤에 신발을 잘 감추고 맨발로 살금살금 걸어 나왔다. 토미는 닫혀 있는 문 앞에 무릎을 꿇고 귀를 문틈에 갖다 대었다. 하지만 목소리가 거의 들리지 않아 답답하기만 했다. 목소리가 높아질 경우에나 겨우 단어 한두 개를 알아들을 수 있을 정도였다. 토미의 호기심을 충족시키기에는 턱없이 부족했다.

그는 조심스럽게 문손잡이를 잡았다. 안에 있는 사람들이 눈치채지 못하도록 소리없이 돌릴 수 있을까? 최대한 조심히 돌리면 가능할 것도 같았다. 토미는 숨을 멈추고 아주 조심히, 아주 천천히 문손잡이를 돌렸다. 조금만 더, 조금만 더, 도대체 얼마나 더 돌려야 하는 걸까? 아! 드디어 문손잡이가 다 돌아갔다.

그는 잠시 그대로 있다가 깊게 숨을 들이쉬고는 안쪽으로 문을 조금만 밀어 보았다. 문은 움직이지 않았다. 토미는 은근히 부아가 치밀었다. 좀 더 세게 밀면 분명히 소리가 날 것이다. 토미는 사람들의 목소리가 높아질 때까지 기다렸다가 다시 시도했다. 하지만 이번에도 역시 문은 꼼짝도 하지 않았다. 그는 좀 더 힘을 주었다. 문이 바닥에 붙어 버리기라도 한 걸까? 그는 절박한 심정으로 온 힘을 다해 문을 밀어 보았다. 하지만 문은 꼼짝도 하지 않았다. 그제야 토미는 문이 안쪽에서 잠겼다는 사실을 깨달았다.

잠시 동안 토미는 분노가 치밀어 어찌할 바를 몰랐다.

"내가 미쳤지. 이런 어리석은 방법을 쓰려 하다니!"

분노가 식자 그는 상황을 인식했다. 지금 해야 할 첫 번째 일은 문손잡이를 원래 상태로 되돌리는 것이었다. 갑자기 놓아 버리면 안에 있는 남자들이 눈치를 챌 것이다. 따라서 문손잡이를 처음 돌릴 때와 마찬가지로 천천히 되돌려 놓는 수밖에 없었다. 손잡이를 되돌려 놓는 일에 성공하자, 토미는 그제야 안도의 한숨을 내쉬며 자리에서 일어났다. 하지만 불독처럼 끈질긴 성격을 가진 토미는 자신의 실패를 쉽게 인정하지 않았다. 사면초가인 그 순간에도 그는 그 자리를 떠날 생각을 하지 못했다. 방 안에서 어떤 대화가 오가는지 꼭 엿듣고 싶었다. 첫 번째 계획이 수포로 돌아갔으니 다른 방법을 찾아야 했다.

토미는 주변을 돌아보았다. 복도 왼쪽으로 있는 두 번째 방문이 보였다. 그는 조용히 두 번째 방문 앞으로 다가갔다. 그러고는 잠시 동안 방 안의 기척을 살피고는 문손잡이를 돌렸다. 문은 쉽게 열렸고, 그는 안으로 들어갔다.

침실처럼 꾸며진 그 방은 오랫동안 비어 있던 듯했다. 건물 안에 있는 다른 곳처럼 가구들이 거의 망가져 가고 있었는데, 차이점이 있다면 먼지가 좀 더 두껍게 쌓여 있다는 것이다.

하지만 토미의 관심을 끈 것은 옆방과 통하는 문이었다. 그는 들어온 문을 닫은 뒤, 옆방과 통하는 문으로 다가가서 조심스럽게 살펴보았다. 문에는 빗장이 걸려 있었는데, 녹이 슬어 있는 것으로 보아 오랫동안 사용하지 않은 것이 분명했다. 부드럽게 앞뒤로 조금씩 움직이자 소음을 거의 내지 않고 빗장이 풀렸다. 토미는 아까처럼 문손잡이를 천천히 돌리기 시작했다. 이번에는 성공했다. 문이 열린 것이다. 아주 작은 틈이 생겼는데, 그 정도면 안에서 무슨 이야기가 오가는지 충분히 들을 수 있었다. 방 안에는 벨벳 휘장이 드리워져 있었다. 토미의 눈에는 아무것도 보이지 않았지만 목소리만 들어도 누구인지 웬만큼 알아맞힐 수는 있었다.

신페인당원이 말하고 있었다. 그의 아일랜드 억양은 누구라도 알아차릴 수 있을 것이다.

"그건 좋습니다. 하지만 자금이 더 필요합니다. 자금이 없다면 일을 성공시킬 수 없습니다!"

그러자 보리스일 거라고 여겨지는 목소리가 대답을 했다.

"그러면 결과를 장담할 수 있소?"

"앞으로 한 달 안에 당신이 바라는 대로 아일랜드에서 영국을 뿌리까지 흔들어 놓을 쿠데타가 일어날 것입니다."

잠시 동안 아무도 입을 열지 않았다. 곧이어 쉭쉭거리는 듯한 1번의 목소리가 들렸다.

"좋소! 자금을 주겠소. 보리스, 자네가 이 일을 맡아서 처리하게."

보리스가 질문을 던졌다.

"평소처럼 아일랜드계 미국인들과 포터 씨를 통해 전달할까요?"

"그러면 될 것 같습니다! 하지만 한 가지는 말씀드리고 싶습니다. 근래 들어 상황이 더 어려워지고 있습니다. 예전과 같은 동조는 없어졌습니다. 미국의 참견 없이 아일랜드인들 스스로 일을 처리하자는 움직임도 강해지고 있습니다."

미국인 억양의 새로운 목소리였다.

토미는 보지 않고도 보리스가 대답하면서 어깨를 으쓱할 거라고 장담했다.

"그게 문제가 됩니까? 자금은 명목상으로만 미국에서 오는데 말입니다."

"가장 큰 문제는 무기를 반입하는 겁니다. 자금을 운반하는 건 그다지 어렵지 않습니다. 여기 있는 우리 동료들이 애써 준 덕분이죠."

신페인당원이 말했다.

또 다른 목소리가 들렸다. 토미는 그것이 조금 전에 본 키 크고 당당해 보이던 신사의 목소리일 거라고 생각했다. 왠지 낯익은 얼굴이었다.

"그들이 당신 이야기를 듣는다면 벨파스트(아일랜드의 도시 — 옮긴이)를 의심하게 될 거요."

"그건 결정된 걸로 하겠네. 그러면 이제 영국 신문사를 매수하는 건에 대해서 이야기해 보세. 보리스, 모든 세부 사항은 점검했겠지?"

쉭쉭거리는 목소리였다.

"예."

"좋아! 필요하다면 모스크바에서도 공식적으로 거부를 할 계획이네."

잠시 침묵이 흘렀다.

한참 후, 독일인의 낭랑한 목소리가 침묵을 깼다.

"브라운 씨의 명령에 따라 여러 조합에서 받은 보고서를 요약했습니다. 탄광 노조가 가장 만족스러웠습니다. 철도 노조는 잠시 보류해야만 합니다. ASE 조합과 마찰이 있을 것 같습니다."

제법 오랫동안 침묵이 흘렀다. 간간이 종이 부스럭거리는 소리와 독일인의 설명이 들려왔다. 그러다가 가볍게 책상을 톡톡 두드리는 소리가 들렸다.

"그러면 날짜는?"

1번이 물었다.

"29일입니다."

러시아인은 잠시 고민하는 것 같았다.

"그건 좀 이른 것 같지 않나?"

"압니다. 하지만 노조 간부들이 이미 합의를 보았습니다. 우리는 더 이상 그들에 간섭할 수 없습니다. 이번 일은 전적으로 그들이 직접 진행하는 거라고 믿게 해야 합니다."

러시아인은 즐거운 듯이 가볍게 웃음을 터뜨렸다.

"그래, 그렇지."

그가 이어서 말했다.

"그렇게 해야지. 우리가 그들을 이용하고 있다는 것을 알아서는 안 돼. 아주 정직한 사람들이거든. 그래서 더욱 가치가 있지. 놀라운 건 정직한 사람들 없이는 혁명을 일으킬 수 없다는 거야. 민중의 본능만큼 더 확실한 건 없어."

그는 잠시 말을 멈추었다가 자신이 말한 문장이 마음에 들었는지 반복했다.

"모든 혁명의 뒤에는 정직한 사람들이 있었네. 혁명이 성공한 후에는 모두 사라졌지만."

그의 목소리에는 사악한 기운이 담겨 있었다.

독일인이 말을 이었다.

"클라임스는 제거해야 합니다. 눈치가 너무 빨라요. 14번이 확실히 처리할 겁니다."

웅얼거리는 듯한 거친 목소리가 들렸다.

"맡겨만 주십시오."

그리고 잠시 뒤에 그의 목소리가 다시 들렸다.

"제가 체포된다면 어떻게 됩니까?"

"최고의 변호사가 당신을 변호할 거요. 하지만 어떤 경우에라도 악명 높은 강도의 지문이 묻어 있는 장갑을 끼어야 하오. 다른 건 염려하지 마시오."

독일인이 조용히 대답했다.

"염려하지 않습니다. 모두 조직을 위한 일이잖습니까. 사람들 말대로 거리마다 피로 물들 것입니다."

그는 무자비한 어조로 계속 말을 했다.

"저는 가끔 꿈을 꿉니다. 다이아몬드와 진주가 하수도에 굴러다녀서 아무나 주울 수 있는 꿈 말입니다!"

토미는 의자를 움직이는 소리를 들었다. 그리고 1번이 말했다.

"이제 모든 게 결정된 셈이군. 성공을 확신할 수 있나?"

"그런 것 같습니다."

독일인의 목소리에는 평상시보다 자신감이 떨어져 있었다. 그러자 1번이 위협적인 어조로 다그치듯 물었다.

"뭐 잘못된 점이라도 있나?"

"아무것도 아닙니다. 하지만……."

"하지만 뭔가?"

"노조 간부들 말입니다. 말씀하셨듯이 그들이 없다면 저희는 아무것도 할 수 없습니다. 만일 그들이 29일에 파업을 하지 않는다면……."

"왜 그렇게 생각하지?"

"아까도 말했지만 그 사람들은 정직한 사람들입니다. 그들이 정부를 불신하도록 모든 작업을 했지만, 그럼에도 어느 한편에 정부에 대한 믿음이 여전히 남아 있을지도 모릅니다."

"하지만……."

"물론 저도 알고 있습니다. 그들은 끊임없이 정부를 비난하지요. 하지만 일반 대중은 정부를 크게 거스르려고 하지 않습니다. 그러다 보니 노조도 대중을 거스르면서까지 파업을 일으킬 수는 없다는 겁니다."

다시 러시아인이 손가락으로 탁자를 두드리는 소리가 들렸다.

"그 점에 대해서라면 우리의 성공을 보장할 수 있는 특별한 문서가 있다고 들었네."

"그건 사실입니다. 만일 그 문서를 노조 간부들이 본다면 결과는 보나 마나일 겁니다. 그들은 그 문서를 온 영국에 배포할 것이고, 주저하지 않고 혁명을 선언할 겁니다. 정부가 일순간에 와르르 무너지는 거죠."

"그럼 뭘 더 걱정하는 건가?"

"그 문서가 문제입니다."

독일인이 무뚝뚝하게 대답했다.

"아! 문서를 아직 손에 넣지 못한 건가? 하지만 그게 어디 있는지는 알겠지?"

"아니요, 모릅니다."

"그게 어디 있는지 아는 사람은 있나?"

"한 사람이 있지만 그조차도 확실하지는 않습니다."

"그 사람이 누구지?"

"젊은 여자입니다."

토미는 숨을 멈추었다.

러시아인의 목소리가 경멸하듯이 높아졌다.

"젊은 여자라고? 그런데 아직까지 자백을 못 받았단 말인가? 러시아에서 쓰는 젊은 여자들의 입을 여는 방법이 있지."

"이번 건은 좀 다릅니다."

독일인은 가라앉은 목소리로 말했다.

"어떻게 다르다는 거지?"

러시아인은 잠시 말을 멈추었다가 연이어 물었다.

"지금 그 여자는 어디 있는가?"

"여자 말입니까?"

"그렇네."

"그 여자는……."

토미는 더 이상 엿듣지 못했다. 뭔가가 그의 머리를 세게 내리쳤고 갑자기 주변이 깜깜해졌기 때문이다.

하녀가 되어 잠입한 터펜스

토미가 두 남자의 뒤를 쫓기 시작했을 때 터펜스는 그를 따라가지 않기 위해 모든 자제력을 발휘해야 했다. 그녀는 온 힘을 다해 침착함을 유지했고, 추리가 맞아떨어졌다는 자부심으로 스스로를 달랬다. 두 남자는 분명히 맨션의 2층에서 내려왔다. 리타라는 작은 단서를 시작으로 제인 핀의 납치범들을 쫓는 청년 모험가들의 수색이 본격적으로 시작된 것이다.

문제는 이제 뭘 할 것인가 하는 것이다. 터펜스는 발밑에 있는 잔디를 가만두지 못하고 발로 걷어찼다. 토미는 이미 그들을 따라 가버렸고, 이제 와서 터펜스가 토미와 합류하기 위해 뒤를 쫓는 것도 부질없는 짓이었다. 터펜스는 갈피를 잡지 못하고 서 있다가 맨션의 입구 쪽으로 발길을 돌렸다. 엘리베이터 사환인 듯한 소년이 현관에서 놋쇠 장식물에 광을 내면서 최근 유행하는 노래를 휘파람으로 활기차게 부르고 있었다.

터펜스가 다가가자 소년이 흘긋 올려다보았다. 말괄량이 기질이 다분한 터펜스는 어린 소년들과 스스럼없이 사귀는 편이었다. 둘 사이에 즉각적으로 공감대가 형성되고 있었다. 그녀는 말하자면 적진에 자기편 하나를 둬도 크게 문제될 것은 없다고 생각했다.

"안녕, 윌리엄! 광은 잘 나고 있니?"

그녀는 이른 아침 병원에서 사람들이 좋아하던 활기찬 어조로 인사했다.

소년은 싱긋 웃으며 터펜스의 말을 정정했다.

"앨버트예요."

"그래, 앨버트구나."

터펜스가 고쳐 말했다. 그녀는 은밀하게 주변을 둘러보는 시늉을 했다. 혹시나 앨버트가 눈치채지 못할 경우를 대비해서 일부러 동작을 크게 했다. 터펜스는 앨버트 쪽으로 몸을 숙이고 낮은 목소리로 말했다.

"너랑 이야기를 좀 했으면 좋겠어, 앨버트."

앨버트는 장식물을 닦던 손을 멈추고 약간 입을 벌린 채로 터펜스를 올려다보았다.

"봐! 이게 뭔지 아니?"

그녀는 과장된 동작으로 코트의 왼쪽 깃을 뒤집어서 에나멜이 씌워진 작은 배지를 보여 주었다. 앨버트가 그게 무엇인지 알아볼 가능성은 거의 없었다. 혹시라도 알아본다면 터펜스의 계획은 물거품이 되고 말 것이다. 그 배지는 전쟁 초기에 터펜스의 아버지가 만든 지역 훈련단 배지였기 때문이다. 며칠 전에 코트에 꽃을 달기 위해 핀 대신 사용했는데, 다행히 그때까지 코트 자락에 붙어 있었다. 앨버트의 주머니에서 약간 삐져 나온 삼류 탐정 소설에 터펜스의 날카로운 시선이 머물렀다. 앨버트가 눈을 동그랗게 뜨자 터펜스는 전략이 들어맞았음을 직감했다. 물고기가 낚싯밥을 문 것이다.

"난 미국 경찰이야!"

그녀가 낮은 소리로 말했다.

앨버트는 그 말을 곧이곧대로 믿었다.

"세상에!"

앨버트가 황홀한 듯 웅얼거리자, 터펜스는 모든 것을 이해한다는 듯이 고개를 끄덕여 보이며 상냥하게 물었다.

"내가 누굴 쫓고 있는지 궁금하지 않니?"

앨버트는 눈을 동그랗게 뜬 채로 숨을 멈추고 물었다.

"이곳 맨션에 사는 사람인가요?"

터펜스가 고개를 끄덕이면서 계단 위를 엄지손가락으로 가리켰다.

"20호야. 자기 스스로 밴드마이어라고 한다지? 밴드마이어라니! 하하하!"

앨버트는 긴장했는지 손을 주머니에 밀어 넣었다. 그가 진지하게 물었다.

"범죄자인가요?"

"범죄자? 그렇다고 할 수 있지. 미국에선 레디 리타라고 부르지."

"레디 리타."

앨버트가 무엇에 홀린 듯 이름을 되풀이했다.

"정말 영화랑 똑같아요!"

정말 그랬다. 터펜스는 영화광이었으니까.

"애니가 항상 그랬어요. 그녀가 얼마나 나쁜 짓을 했는지 모른다고요."

앨버트가 그제야 알겠다는 듯이 고개를 끄덕이며 말했다.

"애니가 누구지?"

터펜스는 애써 태연한 목소리로 물었다.

"그 집 하녀예요. 오늘 일을 그만두고 떠난다고 했어요. 애니가 저한테 여러 번 이렇게 말했어요. '내 말 잘 들어, 앨버트. 언젠가 경찰이 그녀를 잡으러 온다고 해도 난 놀라지 않을 거야.' 하지만 보기엔 정말 미인인데…… 안 그런가요?"

"정말 예쁘긴 하지."

터펜스는 맞장구쳐 주고는 조심스럽게 대화를 이어 갔다.

"외모가 특출나면 그쪽 일을 하는 데 아주 유용하거든. 그런데 혹시 그녀가 에메랄드를 하고 다니는 것을 본 적 있니?"

"에메랄드요? 그게 녹색 보석이죠, 그렇죠?"

터펜스가 고개를 끄덕였다.

"우리가 그녀를 쫓고 있는 것도 다 그 때문이란다. 혹시 리즈데일이란 사람을 아니?"

앨버트가 고개를 저었다.

"석유왕 피터 B. 리즈데일을 모른다고?"

"들어 본 것도 같아요."

"원래 그 사람 보석이었어. 세계에서 제일가는 에메랄드지. 수백만 달러는 될걸!"

"이야! 정말 영화에서 본 거랑 너무 똑같아요!"

앨버트가 흥분한 듯 외쳤다.

터펜스는 자신의 노력이 성공을 거두자 흡족한 미소를 지었다.

"아직 확실한 증거는 잡지 못했어. 하지만 계속 쫓고 있는 중이야."

터펜스는 과장되게 윙크를 하며 다음 말을 강조했다.

"이번에는 그녀도 도망가지 못할 거야."

앨버트는 또다시 즐거운 비명을 질렀다.

"이런, 앨버트, 조심해야 해. 한마디도 발설해선 안 돼."

터펜스가 경고를 했다.

"너한테 이런 얘기를 해서는 안 되는 거였는데……. 하지만 우리 미국인들은 정말 똑똑한 사람을 보면 즉시 알아볼 수 있단다."

"한마디도 하지 않을 거예요. 제가 도울 수 있는 일은 없을까요? 뒤를 밟는다든가 하는 그런 일 말이에요."

앨버트가 의욕에 찬 목소리로 말했다.

터펜스는 잠시 생각하듯 연기하고는 고개를 가로저었다.

"지금은 아니야. 하지만 언제든 필요하면 부탁할게. 그런데 아까 네가 말한 그 하녀는 왜 갑자기 그만둔대?"

"애니요? 흔히 있는 일이죠. 애니 말에 의하면 하인들도 요즘은 다른 사람들처럼 합당한 대우를 받아야 한대요. 그리고 지나가는 말로 다른 사람 구하기도 힘들 거라고 했어요."

"그래?"

터펜스가 생각에 잠긴 목소리로 말했다.

"그렇다면 혹시……."

그녀의 머릿속에 기발한 생각이 떠올랐다. 그녀는 순식간에 생각을 끝내고 앨버트의 어깨를 가볍게 두드리며 말했다.

"좋았어! 앨버트, 이렇게 하면 어떨까? 네게 젊은 사촌 혹은 친구의 사촌이 있다고 하고 그 자리에 나를 소개해 줄 수 있겠니? 무슨 말인지 알지?"

"물론이죠. 맡겨만 주세요. 눈 깜짝할 사이에 해결할 수 있어요."

앨버트가 신이 나서 대답했다.

"넌 정말 대단한 친구야!"

터펜스는 칭찬하듯 고개를 끄덕이며 한마디 덧붙였다.

"바로 일할 수 있는 젊은 여자가 있다고만 하면 돼. 그리고 일이 잘 성사되면 내게 알려 줘. 내일 11시에 다시 올게."

"어디로 알려 드리면 되죠?"

"리츠 호텔. 카울리 양을 찾으면 돼."

터펜스가 간결하게 대답했다.

그러자 앨버트가 부러운 듯 그녀를 바라보았다.

"경찰도 좋은 직업인 것 같네요."

"그렇다고 할 수 있지."

터펜스가 점잔을 빼며 말했다.

"특히나 늙은 리즈데일이 돈을 대면 말이지. 하지만 너무 불평하지 마렴. 이번 일이 잘되면, 너도 처음부터 작전에 뛰어들 수 있을 거야."

터펜스는 새로운 아군에게 다시 한번 다짐을 받고 그 자리를 떠났다. 맨션을 잰걸음으로 나오면서 그녀는 오전의 일과에 대해 흡족해했다.

하지만 낭비할 시간이 없었다. 그녀는 즉시 리츠 호텔로 돌아와 카터에게 짧은 편지를 썼다. 편지를 보낸 뒤에도 토미가 돌아오지 않아서 조금 놀라기는 했지만 크게 신경 쓰지 않고 쇼핑을 하러 나갔다. 티타임에는 차와 부드러운 케이크를 먹었고 저녁 6시쯤이나 되어서 호텔로 돌아왔다. 지칠 대로 지쳤지만 그녀는 구입한 물건에 대해 그런대로 만족했다. 싸구려 옷 상점부터 시작해서 중고품 판매점 한두 군데를 거치고 마지막으로 유명한 미용실에서 마무리를 했다.

터펜스는 자신의 방에 숨어서 마지막으로 구입한 물건의 포장을 풀었다. 5분 뒤, 그녀는 거울에 비친 자신의 모습을 보며 만족스러운 미소를 지었다. 분장용 펜슬로 눈썹을 약간 다르게 그린 데다 풍성한 금발 가발을 쓰자, 휘팅턴과 직접 마주치더라도 전혀 못 알아볼 만큼 달라 보였다. 신발 안에는 키 높이 깔창을 넣고 모자와 앞치마를 두르면 완벽한 변장이 될 것이다. 터펜스는 병원에서의 경험을 통해 간호사가 간호사복만 벗어도 환자들이 잘 알아보지 못한다는 사실을 알고 있었다.

"그래! 이 정도면 됐어."

터펜스는 거울 속 자신의 모습을 보며 고개를 끄덕였다. 그러고는 다시 원래 모습으로 돌아왔다.

저녁 식사는 혼자 먹었다. 터펜스는 토미가 그때까지 돌아오지 않아 은근히 걱정이 되었다. 줄리어스 역시 없었다. 하지만 터펜스는 낙관적으로 생각했다. 먼저 토미의 활동 노선은 런던 지역에만 국한된 것은 아니었다. 게다가 갑작스러운 출현이나 실종은 청년 모험가라면 일상적인 일일 수 있다고 생각했다. 줄리어스 P. 헤르사이머도 콘스탄티노플(지금의 이스탄불 — 옮긴이)에서 사촌의 실종에 대한 단서가 발견되었다고 한다면 바로 그곳으로 날아갈 사람이었다. 너무 활발한 나머지 이미 런던 경시청에 있는 여러 사람들을 수없이 귀찮게 했고, 해군 본부에서 전화를 받는 아가씨도 그의 전화 목소리만 들으면 슬슬 피하기 바빴다. 어쩌면 파리 장관을 3시간 정도 못살게 굴다가 지친 프랑스 공무원으로부터 아일랜드에 단서가 있을 거란 정보를 주워듣고 나서야 겨우 뒤돌아설 것이다.

"아마도 또 거기로 뛰어가겠지?"

터펜스는 나름대로 추론을 했다.

"어쨌든 좋아. 하지만 정말 답답해 미치겠군! 새로운 뉴스가 가득한데 들어 줄 사람이 아무도 없다니! 토미는 전화를 했을지도 모르는데……. 도대체 어디에 있는 걸까? 미행을 하다가 놓치진 않았겠지? 아차! 그러고 보니 나도 할 일이 있어."

터펜스는 생각을 멈추고 호텔 사환을 불렀다.

10분 뒤, 터펜스는 침대에 편안히 누운 자세로 담배를 1대 피우고 있었다. 그녀는 호텔 사환을 시켜 사 온 삼류 탐정 소설인 『소년 탐정 바너비 윌리엄스』를 읽고 있었다. 앨버트를 확실히 포섭하려면 더 많은 정보로 무장해야 할 필요가 있다고 느꼈기 때문이다.

다음 날 아침이 되자 카터에게서 답장이 왔다.

친애하는 터펜스 양

시작이 멋지군요. 정말 축하를 드리오. 하지만 나는 당신들이 얼마나 위험한 일에 뛰어들었는지 다시 한번 지적하고 싶소. 특히 당신이 말한 방향으로 일을 추진한다면 더더욱 그럴 것이오. 그자들은 매우 잔인할 뿐만 아니라 동정이나 자비심 같은 것도 찾아볼 수 없소. 당신들이 상대를 너무 과소평가하고 있지는 않은지 우려되는군요. 나로서는 어떤 보호책도 제공할 수가 없소. 당신들은 이미 우리에게 중요한 정보를 주었으니, 지금 이 일에서 손을 뗀다고 해도 아무도 당신들을 욕하지는 않을 거요. 그러니 결정을 내리기 전에 다시 한번 신중하게 고려해 주시오.

이러한 경고를 무시하고 이 일을 계속하겠다면 필요한 모든 것을 마련해 주겠소. 당신은 2년간 라넬리에 있는 사제관에서 듀퍼린 양과 일한 것으로 해 두었으니, 밴드마이어 부인이 신원 조회를 해도 아무 문제가 없을 거요.

마지막으로 한두 가지 조언을 하겠소. 가능한 한 진실에 가깝게 위장하시오. 그러면 실수를 할 위험을 최소화할 수 있기 때문이오. 다시 말해서 본인의 이력을 어느 정도 밝히는 것도 좋을 것이오. 전직 구급 간호사 출신인데, 가사 전문 자원봉사 일을 하게 되었다고 말이오. 요즘은 그런 사람들이 제법 많소. 그러면 의심을 살 수 있는 어투나 어색한 행동을 모두 설명할 수 있을 것이오.

어떤 방법을 택하든 행운을 빌겠소.

당신의 진실한 친구 카터

터펜스의 기세는 하늘을 찌를 것 같았다. 카터의 경고 따위는 귀에 들어오지도 않았다. 그런 경고를 귀담아듣기에는 자만심이 너무 컸다.

터펜스는 약간 망설인 끝에 나름대로 잡아 놓았던 설정을 버리기로 했다. 그러한 설정을 끝까지 유지할 자신은 있었지만 카터의 논리정연한 말을 이해할 정도의 상식은 있었기 때문이다.

토미에게는 여전히 아무런 소식도 없었다. 하지만 아침 우편 배달 시간에 '일이 잘 성사되었음.'이라는 내용의 지저분한 엽서 1통이 왔다. 앨버트였다.

10시 30분, 터펜스는 새로운 물건들이 가득 들어 있는 찌그러진 양철 트렁크를 뿌듯하게 바라보았다. 노끈이 트렁크와 한 쌍이라도 되는 것처럼 잘 묶여 있었다. 그녀는 전화로 사람을 부른 뒤 약간 상기된 얼굴로 트렁크를 택시에 실어 달라고 했다. 그녀는 패딩턴역까지 가서 트렁크를 소화물 보관소에 넣었다. 그러고는 핸드백을

메고 여성용 화장실로 재빨리 들어갔다. 10분 뒤 분장을 마친 터펜스는 갖은 얌전을 다 떨면서 기차역을 나와 버스를 탔다.

11시 몇 분 전 터펜스는 사우스오들리 맨션의 현관 안으로 들어섰다. 앨버트는 조금은 산만하게 바깥을 주시하고 있었다. 그는 터펜스를 곧바로 알아보지 못했다. 하지만 잠시 뒤 감탄사를 내뱉었다.

"전혀 딴사람인 줄 알았어요! 변장이 끝내주는데요!"

"마음에 든다니 다행이구나."

터펜스가 겸손하게 말했다.

"그건 그렇고, 나를 사촌이라고 소개했니?"

"목소리까지!"

소년은 즐거워하며 탄성을 질렀다.

"정말 영국 사람 같아요. 아! 그냥 제가 잘 아는 아가씨라고만 했어요. 애니는 별로 좋아하지 않았지만 어쨌든 오늘까지는 온다고 하더군요. 배려 차원에서요. 말은 그렇게 했지만 사실은 이곳에 대해 당신에게 해 줄 말이 많아서일 거예요."

"착한 여자네."

터펜스가 말했다. 하지만 앨버트는 터펜스의 말이 오히려 비꼬는 말이라는 것을 눈치채지 못했다.

"밴드마이어 부인은 스타일이 독특해요. 항상 은화로 팁을 주지요. 하지만 성격이 못됐어요. 올라가실 건가요? 엘리베이터에 타세요. 20호라고 하셨죠?"

앨버트가 윙크를 하며 말했다.

터펜스는 단호한 시선으로 그를 자제시키고 엘리베이터에 올라탔다. 20호의 초인종을 누르면서 그녀는 앨버트의 시선이 아래쪽을 향하는 걸 의식했다. 제법 영리해 보이는 한 젊은 여인이 문을 열어 주었다.

"일자리 때문에 왔는데요."

터펜스가 공손하게 말했다.

"그다지 좋은 일자리가 못 돼요."

젊은 여인이 망설이지 않고 말했다.

"전형적인 늙은 고양이가 항상 참견하거든요. 자기 편지를 건드렸다고 얼마나 심하게 저를 나무라는지 원. 그 편지는 원래부터 반쯤 뜯어져 있었다고요. 쓰레기통에도 아무것도 버리지 않아요. 다 태워 버리지요. 수상한 사람이에요. 그래요. 분명히 수상한 낌새가 있어요. 옷은 멋지지만 품위가 없어요. 요리사는 뭔가 아는 것 같은데 말을 안 해 주네요. 뭔가를 무서워하고 있죠. 게다가 의심은 또 얼마나 많은지! 다른 사람과 1분이라도 이야기한다 싶으면 곧바로 불러서 다그쳐요. 내가 장담컨대……."

애니가 무슨 말을 더 하려던 것이었는지 터펜스는 영영 알 수 없었다. 그 순간 독특하면서도 금속성이 울리는 것 같은 낭랑한 목소리가 들려왔기 때문이다.

"애니!"

애니는 마치 총이라도 맞은 것처럼 펄쩍 뛰었다.

"예, 부인."

"누구랑 말하는 거니?"

"일자리 때문에 온 젊은 아가씨예요, 부인."

"그럼 즉시 이리로 들여보내."

"예, 부인."

터펜스는 기다란 복도를 지나 오른쪽에 있는 방으로 곧바로 안내되었다. 한 여인이 벽난로 옆에 서 있었다. 비록 세월이 지나 그 아름다움이 퇴색되긴 했지만 젊은 시절에는 뛰어난 미모를 자랑했음이 분명했다. 옅은 금발은 손질이 잘되어서 목덜미 부근을 부드럽게 감싸고 있었고, 날카로운 푸른 눈동자는 사람의 영혼까지도 꿰뚫어 볼 수 있을 것 같았다. 짙은 청색의 공단으로 만든 멋진 드레스도 매혹적인 몸매를 더욱 돋보이게 했다. 그러나 온몸 가득 흘러넘치는 우아함과 환상적인 미모에도 불구하고 금속성의 날카로운 목소리와 송곳처럼 예리한 시선을 대하자니 차가우면서도 강렬한 위협이 느껴졌다.

터펜스는 처음으로 겁이 났다. 이 여자는 휘팅턴과는 달랐다. 터펜스는 홀린 듯이 그녀의 잔인해 보이는 붉고 긴 입술 선을 바라보았다. 그러자니 다시 한번 당혹감이 밀려왔다. 평상시와 달리 자신감이 싹 달아나 버렸다. 어쩌면 이 여자를 속이는 것은 휘팅턴을 속이는 것보다 훨씬 힘들 것이다. 카터의 경고가 다시 머릿속에 떠올랐다. 정말 이곳에서는 터럭만큼의 자비심도 바랄 수 없을 것 같았다.

밴드마이어 부인은 터펜스의 첫인상이 만족스러웠는지 의자를 가리켰다.

"거기 앉아요. 내가 하녀를 구한다는 사실은 어떻게 알았지요?"

"여기 엘리베이터 사환과 잘 아는 친구가 소개해 줬어요. 이곳 일자리가 제게 적합할 거 같다면서요."

터펜스는 다시 한번 도마뱀처럼 싸늘한 시선이 자신을 꿰뚫어 보는 것을 느꼈다.

"말투가 교육을 받은 사람 같군요."

터펜스는 입심 좋게 카터가 제안했던 가상의 이력을 늘어놓았다. 이야기를 하는 동안 밴드마이어 부인의 태도가 훨씬 누그러지는 것 같았다.

한참 뒤에 부인이 말했다.

"그렇군요. 혹시 내가 당신 신분을 확인해 볼 만한 사람이 있나요?"

"최근에 라넬리 목사관에서 듀퍼린 양과 함께 일했어요. 2년 동안 같이 있었죠."

"그래요? 런던에 오면 돈을 더 받을 수 있다고 생각했나 보죠? 뭐, 나랑은 상관없지만. 50파운드든 60파운드든 원하는 대로 줄 수 있어요. 즉시 올 수 있나요?"

"예, 부인. 원하시면 오늘부터라도 일할 수 있어요. 제 짐은 패딩턴 역에 있어요."

"그럼 택시를 타고 가서 가져오도록 해요. 일은 수월할 거예요. 나는 자주 외출하니까. 그런데 이름이 뭐죠?"

"프루던스 쿠퍼입니다, 부인."

"좋아요, 프루던스. 가서 짐을 가지고 오세요. 난 오늘 점심은 밖에서 먹을 예정이에요. 짐을 가져오면 요리사가 집 안을 잘 안내해 줄 거예요."

"감사합니다, 부인."

터펜스는 방에서 나왔다. 애니는 보이지 않았다. 현관으로 내려오자 짐을 나르는 건물 경비원이 앨버트를 밖으로 내보낸 뒤였다. 터펜스는 밖으로 나오면서 앨버트에게는 일부러 시선을 주지 않았다.

모험은 시작되었다. 하지만 터펜스는 오늘 아침처럼 득의양양하지는 않았다. 만일 제인 핀이라는 여자가 밴드마이어 부인의 손에 잡혔다면 아마도 매우 시달렸을 거라는 생각이 들었다.

제임스 필 에저턴의 등장

터펜스는 새로운 임무에 그다지 큰 어려움을 느끼지 못했다. 부주교의 딸들은 집안일에 잘 숙련되어 있는 편이었고, 풋내기들을 훈련시키는 데에도 전문가들이었다. 훈련 과정이 끝나면 소녀들은 배운 것을 활용할 수 있는 다른 곳을 찾아 떠나는 일이 많기 때문이다. 부주교의 얄팍한 지갑보다 수입이 짭짤한 곳을 찾아가는 것이다.

터펜스는 무능함에 대한 두려움은 전혀 없었다. 하지만 요리사는 그녀를 매우 당황하게 만들었다. 요리사는 밴드마이어 부인에 대해 극심한 두려움을 가지고 있는 게 분명했다. 터펜스는 밴드마이어 부인이 뭔가 그의 약점을 꽉 쥐고 있을 것이라 생각했다. 그날 저녁 터펜스는 요리사가 나무랄 데 없이 솜씨를 발휘하는 것을 보고 더욱 의문이 들었다. 밴드마이어 부인은 그날 저녁 손님을 초대했고, 터펜스는 손님을 맞기 위해 식탁을 완벽하게 차렸다. 터펜스는 손님이 누구일지 내심 신경이 쓰였다. 휘팅턴일 가능성도 매우 컸다. 휘팅턴이 터펜스를 알아볼 확률은 거의 없었지만 아직은 마주칠 준비가 되어 있지 않았다. 그녀로서는 요행을 바랄 수밖에 없었다.

8시가 막 지났을 무렵 초인종이 울렸다. 터펜스는 두근거리는 가슴을 애써 진정시키며 문을 열러 나갔다. 다행히 찾아온 손님은 토미가 따라간 두 사람 중 휘팅턴 옆에 있던 다른 사람이었다.

손님은 자신을 스테파노프 백작이라고 밝혔다. 터펜스가 스테파노프 백작의 도착을 알리자 밴드마이어 부인은 호들갑스럽게 자리에서 일어나며 백작을 맞았다.

"정말 반가워요, 보리스 이바노비치."

밴드마이어 부인이 말했다.

"나도 반갑소, 부인!"

그는 밴드마이어 부인의 손을 붙잡고 고개를 숙여 인사를 했다.

터펜스는 부엌으로 돌아와 요리사에게 물었다.

"스테파노프 백작이라고 하던데, 누구예요?"

그저 순수한 호기심처럼 보여야 했다.

"러시아에서 온 신사분이에요."

"여기 자주 오나요?"

"가끔요. 그런데 그게 왜 궁금하죠?"

"그냥 주인 마님의 애인이 아닐까 궁금했을 뿐이에요. 그게 그렇게 이상한 질문인가요?"

터펜스는 뾰로통해져서 말했다.

"난 그냥…… 수플레 때문에 신경이 쓰여서 그랬어요."

요리사가 난처해하며 설명했다.

'당신, 뭔가 알고 있군.'

터펜스는 속의 생각을 밖으로 표현하지는 않고 말했다.

"음식을 담아서 낼까요?"

터펜스는 식사 시중을 들면서 밴드마이어 부인과 보리스가 하는 말에 귀를 기울였다. 기억에 의하면 보리스는 토미가 뒤따라간 사람이었다. 슬슬 자신의 파트너에 대해 불안한 생각이 드는 것을 인정할 수밖에 없었다. 토미는 지금 어디에 있는 걸까? 왜 아무런 연락이 없는 걸까? 그녀는 리츠 호텔을 떠나기 전에 편지나 다른 연락이 오면 맨션 근처에 있는 작은 문구점으로 보내 달라고 해 두었다. 문구점에는 앨버트가 수시로 드나들면서 확인하기로 했다. 토미와 헤어진 것은 어제 아침이었다. 터펜스는 지레 걱정을 할 정도는 아니라고 스스로를 타일렀다. 그럼에도 아무런 연락도 오지 않는 것은 분명 이상한 일이었다.

터펜스는 보리스와 밴드마이어 부인의 대화를 열심히 엿들었지만 아무런 단서도 찾을 수가 없었다. 그들은 사건과는 전혀 상관없는 평범한 대화를 나누었다. 두 사람이 같이 보러 간 연극과 새로운 댄스, 그리고 최근 사교계의 소문에 대해서 한참을 떠들어 댔다. 저녁을 먹고 난 뒤, 두 사람은 작은 내실로 장소를 옮겼다. 밴드마이어 부인은 의자에 반쯤 누운 자세로 앉아 있었는데, 다른 어느 때보다 매혹적으로 보였다. 터펜스는 커피와 술을 내실로 가져다주고는 억지로 몸을 돌려 나왔다. 방을 나오다 보리스가 하는 말을 들었다.

"새로 온 하녀인가?"

"오늘 들어왔어요. 그 전에 있던 하녀는 정말 짜증 났어요. 하지만 이번 하녀는 그런대로 괜찮아요. 시중도 잘 들고요."

터펜스는 문을 일부러 조금 열어 둔 뒤, 문 뒤에서 그들의 말을 엿들었다.

"믿어도 되는 사람인가?"

"정말이지 보리스, 당신은 쓸데없는 의심이 너무 많아요. 저 하녀는 여기 엘리베이터 사환이랑 아는 사이예요. 그리고 나나 당신이 브라운 씨와 연관되어 있다는 건 꿈에도 생각지 못할 거예요."

"조심해, 리타! 문이 안 닫혔어."

"그럼 닫으면 되지, 뭘 걱정이에요?"

밴드마이어 부인이 웃음을 터뜨렸다.

터펜스는 재빨리 그 자리를 떠나 부엌으로 갔다. 일거리를 두고 자리를 오래 비울 수도 없었다. 터펜스는 식탁을 치운 뒤 병원에서 익힌 요령으로 번개같이 설거지를 마쳤다. 그러고는 다시 조용히 내실 문 앞으로 다가갔다. 요리사는 좀 더 느긋하게 일을 하는 타입이었다. 만약 터펜스가 부엌에 없다는 것을 알아차리더라도 잠자리를 준비하러 갔으려니 생각할 것이다.

그런데 불행히도 밴드마이어 부인과 보리스가 안에서 너무 낮은 목소리로 대화를 나누는 바람에 아무것도 들을 수가 없었다. 터펜스로서는 아무리 소리 없이 문을 열 수 있다고 하더라도 감히 모험을 할 수는 없었다. 문 쪽을 보고 앉아 있는 밴드마이어 부인의 표범처럼 날카로운 눈은 피할 수 없다고 생각했기 때문이다.

터펜스는 어떻게 해서라도 안에서 무슨 이야기가 오가는지 엿듣고 싶었다. 토미에게 무슨 안 좋은 일이 생겼다면 두 사람의 대화에서 그에 관한 정보를 들을 수도 있을 것이다. 터펜스는 짧은 시간 동안 필사적으로 머리를 굴렸다. 그러다가 그녀의 얼굴이 환해졌다. 그녀는 재빨리 밴드마이어 부인의 침실로 들어갔다. 밴드마이어 부인의 침실에는 기다란 프랑스식 창문이 나 있었고, 그 바깥으로 내실까지 연결되어 있는 긴 베란다가 있었다. 터펜스는 재빨리 창문 밖으로 나간 뒤, 내실 창문 앞까지 소리 없이 다가갔다. 예상대로 창문이 약간 열려 있어서 안에서 이야기하는 소리가 잘 들렸다.

터펜스는 바짝 긴장한 상태로 귀를 기울였다. 하지만 토미와 관련된 이야기는 언급되지 않았다. 밴드마이어 부인과 보리스는 뭔가에 대해 한참을 티격태격하다가 결국에는 서로를 향해 심하게 소리를 질렀다.

"당신, 계속 제멋대로 굴다가는 일을 망치게 될 거야!"

"하!"

여인은 짧은 웃음을 터뜨렸다.

"의심을 사지 않으려면 적당히 어울릴 줄도 알아야 해요. 당신도 언젠가는 그 사실을 깨닫게 될 거예요. 어쩌면 생각보다 빨리 알게 될지도 모르겠네요!"

"요즘에 필 에저턴이랑 계속 붙어 다니던데, 그는 영국 왕실 변호사인 데다가 범죄학에 정통한 사람이야. 명심해! 그건 미친 짓이야!"

"그 사람이 얼마나 많은 사람들을 교수대로부터 구해 냈는지 몰라요?"

밴드마이어 부인이 흥분을 가라앉히며 말을 이었다.

"언젠가는 나도 그쪽 분야의 도움이 필요할지도 몰라요. 법조계 사람과 친분을 쌓아 두면 얼마나 큰 도움이 되는지 모르진 않겠죠? 아주 유리한 입장이 된다고요."

보리스는 벌떡 일어나 방 안을 서성거리기 시작했다. 매우 흥분한 것처럼 보였다.

"리타, 당신은 똑똑한 사람이지만 때로는 너무 어리석어. 내 말을 듣는 게 좋을 거야. 필 에저턴과는 당장 인연을 끊도록 해."

밴드마이어 부인은 부드럽게 고개를 저었다.

"난 그렇게 생각하지 않아요."

"싫다는 거야?"

보리스의 목소리에는 매우 불쾌한 울림이 있었다.

"그래요!"

"그렇다면 어디 두고 보자고!"

보리스가 으르렁거렸다. 하지만 밴드마이어 부인도 사나운 눈빛으로 자리에서 일어서며 말했다.

"잊어버린 모양인데요, 보리스. 나는 그 누구에게도 내 행동을 설명할 의무가 없어요. 나는 브라운 씨에게서만 명령을 받으니까요."

그러자 보리스가 절망한 듯 두 손을 들더니 투덜댔다.

"당신은 정말 어떻게 할 수 없는 사람이로군. 그래! 어쩌면 너무 늦었는지도 모르지. 사람들 말에 의하면 필 에저턴은 범죄 냄새를 맡는 데는 도사라고 하더군! 그 사람이 갑자기 당신한테 관심을 가지는 이유가 뭔지 곰곰이 생각해 봐. 어쩌면 벌써 당신을 의심하고 있는 건지도 몰라. 그 사람은 아마도……."

밴드마이어 부인이 그를 경멸하며 말했다.

"친애하는 보리스, 안심하세요. 그 사람은 아무런 의심도 하고 있지 않아요. 평소에도 기사도가 부족했던 당신은 내가 다른 사람들이 다 인정할 만큼 아름답다는 사실을 잊어버린 것 같군요. 장담하건대 필 에저턴이 관심을 갖는 건 그것뿐이에요."

보리스는 의심스러운 듯 고개를 저었다.

"그는 다른 사람들보다 범죄에 대해서 훨씬 더 눈치가 빠른 사람이야. 설마 당신이 그를 속일 수 있을 거라고 착각하는 건 아니겠지?"

밴드마이어 부인은 눈을 가늘게 떴다.

"정말로 그 사람이 당신이 말한 대로라면 한번 시험해 보는 것도 즐거운 일이겠군요!"

"이것 봐, 리타……."

"게다가 그 사람은 엄청나게 돈이 많아요. 나도 돈을 그다지 싫어하지는 않잖아요. 이른바 '군자금'이 될 수도 있어요. 그렇지 않나요, 보리스?"

"돈, 돈! 당신은 그게 가장 위험해, 리타. 당신은 돈이라면 영혼이라도 팔 사람이야. 내 생각엔 말이지……."

그는 잠시 말을 멈추었다가 낮은 목소리로 천천히 말했다.

"가끔 당신이 우리를 팔아넘길지도 모른다는 생각이 들 때가 있어!"

밴드마이어 부인은 미소를 지으며 어깨를 으쓱하더니 농담조로 가볍게 말했다.

"그러려면 그 대가가 실로 어마어마해야 할 거예요. 아마 백만장자나 되어야 협상할 수 있지 않을까 싶은데요."

"하! 그럴 줄 알았어. 내 추측이 맞았군!"

러시아인이 다시 으르렁거렸다.

"보리스, 당신은 농담도 몰라요?"

"그게 농담이라고?"

"당연하지요."

"그렇다면 당신의 유머 감각도 정상은 아닌 것 같군."

밴드마이어 부인이 미소 지었다.

"이제 말다툼은 그만둬요, 보리스. 그 벨을 눌러 줄래요? 뭔가를 좀 마시고 싶어요."

터펜스는 급히 자리를 떴다. 그리고 밴드마이어 부인의 방에 있는 긴 거울 앞에서 잠시 멈추어 옷매무새를 점검했다. 이상이 없는 것을 확인한 뒤, 터펜스는 태연한 척 벨 소리에 응답을 했다.

터펜스는 리타와 보리스도 사건에 연루되어 있다는 사실을 알아내서 매우 흥미로웠지만 막상 알고 싶어 한 것에 대해서는 별다른 단서를 얻지 못했다. 제인 핀이라는 이름도 전혀 언급되지 않았다.

다음 날 아침, 앨버트는 그녀에게 문구점에 어떤 연락도 오지 않았다고 넌지시 알려 주었다. 토미는 일이 잘 풀리고 있는데도 아무런 연락을 취하지 않을 사람이 아니었다. 차가운 손이 심장을 움켜쥐는 것 같았다. 만약…… 터펜스는 엄습하는 두려움을 애써 떨쳐냈다. 걱정한다고 해서 도움이 되는 것은 아니기 때문이다. 그러던 중 밴드마이어 부인이 뜻밖에도 그녀에게 한 가지 제안을 하여 기분이 날아갈 것처럼 좋아졌다.

"프루던스, 당신은 전에 무슨 요일에 쉬었지?"

"저는 주로 금요일에 쉬었어요, 부인."

밴드마이어 부인이 눈썹을 치켜 올리며 말했다.

"오늘이 금요일이잖아! 하지만 어제부터 출근했는데 오늘 쉬고 싶다는 건 아니겠지?"

"그렇지 않아도 오늘 외출을 하면 어떨지 부인께 여쭤보려고 했어요."

밴드마이어 부인은 그녀를 한참 바라보다가 미소를 지으며 말했다.

"스테파노프 백작이 당신 말을 들었더라면 좋았을걸. 어젯밤에 그가 당신을 의심하더군."

밴드마이어 부인이 고양이처럼 웃어 보였다.

"당신의 요청은 아주 전형적이라서 마음에 들어. 아마 무슨 뜻인지 못 알아듣겠지만, 어찌 됐든 오늘 외출해도 좋아. 어차피 나는 오늘 집에서 저녁을 먹지 않을 생각이니까 크게 상관없거든."

"감사합니다, 부인."

터펜스는 밴드마이어 부인에게서 벗어나 밖으로 나오자마자 저도 모르게 안도의 한숨을 내쉬었다. 다시 한번 잔인한 눈을 가진 그 아름다운 여성을 심히 두려워하고 있다는 사실을 인정해야만 했다.

터펜스는 은식기를 반짝반짝 윤이 나게 닦다가 초인종 소리를 듣고 문을 열어 주러 나갔다. 이번에는 휘팅턴도, 보리스도 아니었지만 눈에 확 띄는 외모를 가진 남자였다.

그는 평균 키보다 약간 클 뿐이었지만 꽤 크다는 느낌을 주었다. 얼굴은 깔끔하게 면도가 되어 있었는데, 세련되고 활동적으로 보였으며 비범한 권력과 힘이 느껴졌다. 자석처럼 끌리는 얼굴이었다.

터펜스는 그를 보고 잠시 동안 변호사인지 아니면 배우인지 결정을 내리지 못했다. 하지만 그가 자신의 이름을 '제임스 필 에저턴 경'이라고 밝히자 곧 모든 의문이 풀렸다.

터펜스는 다시 불끈 솟아난 호기심으로 그를 관찰했다. 그는 영국 전역에 알려진 유명한 왕실 고문 변호사였다. 언젠가는 그가 총리가 될지도 모른다고 말하는 사람들도 있었다. 하지만 그는 자신의 일을 더 사랑해서 그냥 스코틀랜드의 선거권자로만 남고 싶다며 그 제안을 정중히 거절했다고 한다.

터펜스는 다시 식품 저장실로 돌아가면서 곰곰이 생각했다. 그녀는 그 위대한 사람에게 너무 깊은 인상을 받은 나머지 보리스의 불안감을 어느 정도는 이해할 수 있었다. 제임스 경은 쉽게 속일 수 있는 사람이 아니었다.

15분 정도 뒤에 벨이 울리자 터펜스는 손님을 밖으로 안내하기 위해 현관으로 달려갔다. 그는 아까와 마찬가지로 터펜스를 예리하게 훑어보았다. 터펜스는 모자와 지팡이를 건네주면서 그의 시선이 마음속을 꿰뚫어 보는 것 같은 느낌을 받았다. 터펜스가 문을 열어 주며 나가도록 비켜서자 제임스 경이 문간에 멈추어 서며 물었다.

"이런 일은 별로 경력이 없지요?"

터펜스는 깜짝 놀라 시선을 들었다. 친절한 그의 눈빛 속에는 그녀가 헤아릴 수 없는 뭔가가 있었다.

마치 대답을 듣기라도 한 것처럼 그가 고개를 끄덕이며 말했다.

"구급 간호 봉사대원으로 일했고 돈이 궁했던 것 같은데, 맞소?"

"밴드마이어 부인이 이야기를 하셨나요?"

터펜스가 의심스럽다는 듯이 물었다.

"아니요, 귀여운 아가씨. 척 보면 알 수 있지. 여기 일은 마음에 드는 편이오?"

"예, 아주 좋습니다, 선생님."

"아! 하지만 요즘은 이보다 좋은 일거리가 더 많아요. 가끔은 변화를 주는 것도 괜찮아요."

"무슨 말씀이신지……?"

터펜스가 어리둥절해하며 물어보려고 했지만, 제임스 경은 벌써 계단을 내려가고 있었다. 그는 돌아보며 예의 그 친절하면서도 날카로운 시선을 다시 던지며 말했다.

"그냥 조언일 뿐이오. 그뿐이오."

터펜스는 더 깊은 생각에 잠겨 식품 저장실로 돌아왔다.

줄리어스의 이야기

옷을 적당히 갈아입고 터펜스는 '오후의 외출'을 위해 출격했다. 앨버트도 있었지만 터펜스는 자신에게 온 연락이 없는지 직접 확인하기 위해 문구점에 들렀다. 그러고는 리츠 호텔로 가서 프런트에 있는 직원에게도 물어보았다. 토미는 돌아오지 않았다고 했다. 그럴 것이라고 예상은 하고 있었지만 일말의 희망까지 꺾이고 말았다. 터펜스는 토미가 언제 나갔는지 카터에게 알리기로 했다. 그리고 그의 행적을 쫓으려면 뭘 해야 할지 물어보고 도움을 청하기로 마음먹었다. 카터가 도와줄 거라 생각하자 활기찬 기운을 되찾을 수 있었다. 직원에게 내친김에 줄리어스 헤르사이머에 대해서도 물어보았다. 직원은 그가 30분 전쯤에 들어왔다가 다시 서둘러 외출을 했다고 전해 주었다.

터펜스는 더 기운이 났다. 줄리어스를 만나면 답답한 심정이 조금은 풀릴 것이다. 어쩌면 그는 토미를 찾을 방법을 알고 있을지도 모른다. 그녀는 줄리어스의 방에서 카터에게 보낼 편지를 썼다. 편지 봉투에 주소를 쓰려는 찰나 문이 벌컥 열렸다.

"도대체가……."

줄리어스가 문을 열고 들어오며 거칠게 말을 내뱉다가 터펜스를 보고 말을 멈추었다.

"미안해요, 터펜스 양. 그 바보들이 토미가 돌아오지 않은 지 한참이 됐는데도 사무실에만 앉아 있어서 말입니다. 정확히 수요일부터 오지 않았다던데, 정말인가요?"

터펜스가 고개를 끄덕이고는 힘없이 물었다.

"그럼 당신도 토미가 어디 있는지 모르세요?"

"나요? 내가 어떻게 알겠어요? 나도 아무런 연락도 받지 못했어요. 어제 아침에 그에게 전보를 보냈지만 아무런 답이 없더군요."

"아마 전보 사무실에 전보가 그대로 있을 거예요."

"도대체 어디 있는 거죠?"

"나도 몰라요. 혹시나 당신이 알고 있나 했는데……."

"수요일에 기차역에서 헤어진 뒤로 전혀 연락을 받지 못했어요."

"무슨 기차역이요?"

"사우스웨스턴로(路)에 있는 워털루역인데요."

"워털루역이요?"

터펜스가 얼굴을 찡그렸다.

"그래요. 그가 아무 말 안 하던가요?"

"나는 토미의 얼굴도 구경 못 했어요."

터펜스가 참을 수 없다는 듯이 말하고는 다시 물었다.

"워털루역 얘기 좀 해 보세요. 거기서 뭘 했죠?"

"토미가 나를 전화로 불러냈어요. 악당 두 놈을 쫓고 있으니 당장 와 달라고 하더군요."

"아! 알겠어요. 계속해 봐요."

터펜스는 눈을 크게 뜨면서 말했다.

"나는 총알같이 뛰어나갔어요. 토미가 거기서 기다리고 있다가 나에게 누가 악당인지 알려 주더군요. 내가 쫓을 놈은 그중 덩치가 큰 사람이었어요. 당신이 속였다는 그 사람 말이에요. 토미가 내 손에 표를 덥석 쥐여 주더니 열차에 오르라고 하더군요. 자기는 다른 놈을 쫓아갈 거라고 했어요."

줄리어스가 잠시 말을 멈추었다.

"당신이 거기까지는 알고 있을 거라 생각했어요."

"줄리어스, 자꾸 왔다 갔다 하지 말아요. 내가 다 정신이 어지러워요. 저 안락의자에 앉아서 그동안 있었던 일을 더도 덜도 말고 있었던 대로만 이야기해 주세요."

터펜스가 단호하게 말했다. 줄리어스는 그녀의 말에 순순히 따랐다.

"좋아요. 어디서부터 시작할까요?"

줄리어스가 말했다.

"워털루역을 떠난 시점부터요."

"그렇게 하죠."

줄리어스가 이야기를 시작했다.

"나는 그렇게 해서 존경해 마지않는 당신네 영국 기차의 일등석 칸에 탔어요. 기차는 바로 출발했지요. 차장이 와서 아주 예의 바르게 내가 금연석에 앉아 있다는 사실을 지적해 주더군요. 그래서 그에게 50센트를 쥐여 주었더니 문제가 해결되었어요. 통로를 따라 걸어가 다음 칸을 살펴보자, 휘팅턴이 거기에 있었어요. 놈의 기름지고 둥글넓적한 얼굴을 보니 그 마수에 붙잡혀 있을 불쌍한 제인이 떠올라 울화가 치밀어 오르더군요. 총을 가지고 가지 않은 게 후회가 되었지요. 그랬더라면 혼내 줄 수도 있었을 텐데…….

본머스까지는 아무 일도 없었어요. 휘팅턴은 본머스에서 택시를 잡고 호텔 이름을 대더군요. 나도 똑같이 따라 했죠. 우리는 약 3분 정도 택시를 타고 갔어요. 호텔에 도착해서 그가 방을 잡기에 나도 따라서 방을 잡았어요. 그때까지 모든 게 순조로웠어요. 휘팅턴은 누군가가 자신을 미행하고 있다는 걸 전혀 눈치채지 못했어요. 저녁 시간이 될 때까지 그는 호텔 라운지에 앉아서 신문을 읽으며 시간을 보내더군요. 전혀 서두르는 기색이 없었죠.

나는 혹시 아무 일도 일어나지 않는 게 아닌가 생각했어요. 그가 그냥 여행이나 휴식을 위해 간 것일 수도 있으니까요. 하지만 그는 저녁 식사를 위해 옷을 갈아입지 않았어요. 그곳은 일류 호텔이었는데도 말이죠. 그래서 그가 곧 진짜 볼일을 보러 나갈 것이라고 생각했지요.

정말 그랬어요. 9시쯤 되자 휘팅턴이 밖으로 나가서 차를 타더니 시내를 가로질러 갔어요. 정말 예쁜 동네더군요. 나중에 제인을 찾으면 데려가고 싶을 정도로 말입니다. 얼마 뒤 휘팅턴은 차에서 내려 택시비를 내고는 절벽 위에 소나무가 죽 늘어선 길을 따라 씩씩하게 걸어갔어요. 물론 나도 그 뒤를 밟았죠. 아마도 반 시간 정도 걸었을 거예요. 길을 따라 빌라들이 보였어요. 하지만 점점 숫자가 줄어들었고 결국 마지막 집으로 보이는 곳에 도착하게 되었지요. 소나무 숲에 둘러싸인 아주 큰 집이었어요.

아주 어두운 밤이었답니다. 그 집으로 들어서는 길도 캄캄해서 거의 앞이 안 보였지요. 휘팅턴이 앞에서 걸어가는 소리는 들을 수 있었지만 그 모습은 볼 수 없었어요. 나는 휘팅턴이 미행을 눈치챌까 봐 더욱 주의해서 걸어야 했어요. 굽어진 길을 돌자 휘팅턴이 초인종을 누르고 집 안으로 들어가는 게 보였어요. 나는 거기서 멈추어 섰어요. 그런데 갑자기 비가 내리기 시작하지 뭡니까? 온몸이 비에 흠뻑 젖고 말았지요. 나는 추워서 부들부들 떨었어요. 정말 추웠어요.

휘팅턴은 밖으로 나올 기미가 전혀 보이지 않았어요. 시간이 지날수록 나는 초조해져서 그 근처를 배회하기 시작했어요. 1층 창문은 모두 굳게 닫혀 있었지만 2층에는(그 집은 2층집이었어요.) 커튼이 내려지지 않아서 불빛이 새어 나오는 창문 하나가 있었습니다.

창문과 마주 보는 자리에 나무가 한 그루 있었죠. 나무는 집에서 9미터 정도 떨어져 있었는데, 나무를 타고 올라가면 방 안이 들여다보일 것 같더군요. 물론 휘팅턴이 그 방에 있으리란 법은 없었어요. 오히려 아래층 접견실에 있을 확률이 훨씬 높았지요. 하지만 나는 빗속에 너무 오래 서 있어서 무척 짜증이 난 데다가 아무것도 하지 않는 것보다는 뭔가라도 하는 게 낫겠다는 생각이 들었어요. 그래서 나무를 타고 올라가기로 마음먹었답니다.

나무를 올라가는 건 생각보다 쉬운 일이 아니었어요! 비 때문에 나무가 매우 미끄러웠고 발 디딜 곳도 마땅치가 않았거든요. 나는 젖 먹던 힘까지 다 써서 겨우겨우 기어 올라가는 데 성공했고, 결국에는 2층 창문 높이까지 올라갈 수 있었어요.

하지만 실망스럽게도 나무 위치가 왼쪽으로 너무 치우쳐 있지 뭡니까. 나는 그 방의 한쪽 구석밖에 볼 수 없었지요. 눈에 보이는 거라고는 고작 커튼과 벽지뿐이었어요. 어쨌든 별로 소득이 없을 것 같아서 그만 포기하고 내려가려고 했는데, 방 안에서 누군가가 움직였는지 벽지에 그림자가 생기지 뭡니까. 운 좋게도 휘팅턴이었습니다!

나는 갑자기 기운이 솟았어요. 어떻게든 방 안을 들여다봐야겠다는 생각뿐이었지요. 그때 오른쪽으로 길게 뻗어 있는 나뭇가지가 눈에 띄었습니다. 나뭇가지를 타고 중간까지만 가도 문제는 해결될 것 같았어요. 하지만 나뭇가지가 내 몸무게를 버텨 낼지는 미지수였습니다. 나는 위험을 감수하기로 마음먹고 조심스럽게 나뭇가지를 타고 한 뼘씩 움직였어요. 나뭇가지는 우지직 소리를 내며 크게 휘청거렸지요. 금방이라도 아래로 떨어질 것 같았지만 다행히 가지 중간까지는 안전하게 갈 수 있었어요.

그 방은 적당한 크기의 방이었는데, 가구는 아주 단출하고 위생

적으로 꾸며져 있었습니다. 방 한가운데에 램프가 놓인 탁자와 의자가 있었고, 거기에 휘팅턴이 내 쪽을 향해 앉아 있었어요. 그는 간호사 복장을 한 여인과 이야기를 나누고 있었지요. 하지만 그녀가 내게 등을 돌리고 앉아 있어서 얼굴은 볼 수 없었어요. 커튼이 내려져 있지는 않았지만 창문이 닫혀서 이야기 소리가 들리지 않았어요. 휘팅턴이 주로 말을 하고 간호사는 듣기만 하는 것 같더군요. 가끔씩 간호사가 고개를 끄덕이기도 하고 고개를 흔들기도 했는데, 내 생각에는 질문에 대답하는 것 같았어요. 휘팅턴은 아주 흥분한 것처럼 보였어요. 한두 번 탁자를 주먹으로 내리치기도 했지요. 그쯤에 비가 멈추었고 하늘이 맑게 개었습니다.

이윽고 휘팅턴이 말을 멈추고 자리에서 일어나자 간호사도 뒤따라 일어났어요. 휘팅턴이 창문 쪽을 바라보며 무언가를 물었어요. 아마도 비가 그쳤는지 묻는 말 같았어요. 간호사가 방을 가로질러 창가로 다가오더니 밖을 내다보았어요. 바로 그 순간 구름에 가려 있던 달이 모습을 드러냈지요. 무방비 상태로 달빛에 노출된 나는 간호사가 볼까 봐 덜컥 겁이 났답니다. 그래서 살짝 뒤쪽으로 몸을 움직여 숨으려고 했어요. 그 바람에 낡고 오래된 나뭇가지가 버티지 못하고 우지끈 부러지고 말았네요. 그와 함께 나도 쿵 소리를 내며 바닥으로 떨어지고 말았지요."

"저런, 줄리어스!"

터펜스가 숨을 가쁘게 몰아쉬었다.

"정말 흥미진진하군요! 어서 계속해 봐요."

"그래도 운이 좋았는지 부드러운 땅에 떨어졌어요. 하지만 한동안 의식을 잃고 있었죠. 정신을 차리니 나는 침대에 누워 있었고, 웬 간호사가(휘팅턴과 함께 있던 간호사는 아니었어요.) 옆에 서 있더라고요. 다른 한쪽에는 검은 턱수염에 금색 안경을 쓴 의사인 듯한 남자가 서 있었답니다. 내가 눈을 뜨고 의사를 바라보자 그가 손을 비비더니 눈썹을 치켜 올리며 말했죠. '아! 이제야 우리 젊은 친구가 정신을 차렸군. 좋아, 좋아!'

나는 태연하게 연기를 했습니다. '무슨 일이 있었죠? 여기가 어딘가요?' 사실 나는 그 질문에 대한 답을 이미 알고 있었어요. 머리에 이상이 생긴 건 아니었거든요. 그 작은 남자가 간호사에게 '이제 됐네!'라고 말하자 간호사가 훈련을 잘 받은 사람처럼 서둘러서 방을 나가더군요. 하지만 나는 그녀가 문을 나가면서 나에게 호기심 어린 시선을 던지는 걸 봤어요.

그녀의 시선에 나는 퍼뜩 몸이 다치지 않았는지 걱정이 되었습니다. '그러니까…… 의사 선생님.' 하고 말하며 자리에서 일어나려는데 오른쪽 다리가 심하게 아팠어요. 그러자 의사가 '살짝 삐었습니다. 심각하진 않아요. 한 이틀 정도면 괜찮아질 겁니다.'라고 말하더군요."

"어쩐지 조금 절뚝거리더라니!"

터펜스가 참견했다.

줄리어스는 고개를 끄덕이며 계속해서 말을 했다.

"나는 의사에게 다시 물었어요. '어떻게 된 거죠?' 그러자 그가 무미건조하게 '당신이 나무 위에서 새로 만든 내 꽃밭으로 떨어졌어요. 그것도 내 나무의 큰 가지 하나와 말입니다.'라고 대답하더군요. 나는 그 사람이 마음에 들었어요. 유머 감각이 있어 보였거든요. 적어도 솔직하게 말할 줄 아는 사람이었지요. '그렇군요, 선생님. 나무는 죄송하게 됐습니다. 꽃값도 변상하겠습니다. 그렇지만 무엇보다 제가 여기서 뭘 하고 있었는지가 가장 궁금하겠지요?' 하고 말하자, 그가 '내 생각에도 해명이 필요할 것 같네요.'라고 하더군요. '우선 여자들을 엿보러 온 건 아니겠죠?' 그가 웃으면서 말했어요. '사실 그게 내 첫 번째 가설이었소. 하지만 곧 생각을 바꾸었죠. 당신은 미국 사람이지요?' 그 질문에 나는 이름을 솔직하게 말하고 다시 질문을 되돌렸습니다. '선생님의 성함은요?' '나는 홀이라고 합니다. 그리고 여기는 이미 알겠지만 내가 개인적으로 운영하는 요양소랍니다.'

나는 그것까지는 모르고 있었지만 그 사람한테 일일이 알려 줄 필요는 없다고 생각했어요. 도리어 그런 정보가 고마울 따름이었지요. 나는 그 사람이 마음에 들었고 그를 솔직한 사람이라고 생각했지만 그렇다고 모든 이야기를 해 줄 필요는 없다고 생각했어요. 더구나 그 사람이 내 이야기를 믿어 줄 것 같지도 않았지요.

그때 한 가지 생각이 머리를 스쳤어요. 나는 홀 씨에게 매우 진실한 표정으로 말했어요. '의사 선생님, 제가 얼마나 바보 같은 짓을 했는지 잘 압니다. 하지만 저는 빌 사이크스(『올리버 트위스트』에 나오는 소매치기 일당의 우두머리 — 옮긴이) 같은 악당은 절대 아니라는 걸 설명해 주고 싶군요.' 나는 여자 문제라고 제법 그럴듯하게 꾸며

댔어요. 엄격한 후견인 때문에 신경 쇠약에 걸린 아가씨가 요양소로 갔다고 말이죠. 그리고 그녀를 여기서 본 것 같아서 어쩔 수 없이 한밤중에 그런 모험을 하게 되었다고요. 아마도 홀 씨도 그런 식으로 추측하고 있었던 게 분명합니다. 내가 이야기를 끝내자 '대단한 로맨스군요.'라고 그가 다정하게 말했어요. 그래서 내가 다시 이야기했지요. '그럼 선생님, 저한테 솔직히 말씀해 주시겠습니까? 지금 여기에 혹은 예전에라도 제인 핀이라는 이름을 가진 젊은 아가씨가 있었나요?' 홀 씨는 생각에 잠긴 듯 '제인 핀?' 하고 이름을 되뇌더니, '아니요.'라고 대답하더군요. 나는 실망했고, 그것이 얼굴이 그대로 드러났지요. '확실합니까?' 나는 의사에게 다시 물었어요. '확실합니다, 헤르사이머 씨. 흔한 이름이 아니니 잊어버리지는 않았을 것 같군요.'

어쨌든 그 문제는 그렇게 넘어갔습니다. 하지만 그 덕분에 내게는 여유가 조금 생겼지요. 나는 추적을 끝내기 위해 마지막으로 물었습니다. '그건 그렇고, 그 끔찍한 나무와 씨름하고 있는 동안 제 오래된 친구로 보이는 사람이 여기 간호사와 이야기하는 걸 보았습니다.' 나는 일부러 이름은 언급하지 않았어요. 휘팅턴이 다른 이름을 사용할 수도 있었으니까요. 그러자 의사가 곧바로 대답을 하더군요. '휘팅턴 씨 말씀입니까?' '예, 그 사람입니다. 그가 여기에 뭐 하러 온 거죠? 설마 그도 신경 쇠약 같은 병에 걸린 건 아니겠지요?' 나는 애써 태연하게 물었어요.

홀 씨는 빙그레 웃으며 대답했지요. '아니에요, 그분은 여기 간호사인 이디스 양을 만나러 온 겁니다. 그분 조카거든요.' 나는 일부러 큰 소리로 말했어요. '이거 참 대단한 우연입니다! 아직도 여기에 있나요?' '아니요. 곧바로 시내로 돌아갔어요.' 나는 안타까운 듯 고개를 저으며 다시 말했어요. '유감이군요! 그럼 혹시 그 조카라는 이디스 양과 이야기라도 좀 나눌 수 있을까요?'

하지만 홀 씨는 고개를 가로저었어요. '미안합니다만 그것도 불가능합니다. 이디스 양은 오늘 저녁에 환자 한 분과 이곳을 떠났거든요.' '운이 나쁘군요. 혹시 휘팅턴 씨 주소를 알고 있나요? 돌아가면 한번 찾아가 볼까 해서요.' 내가 물었어요. '나는 주소는 모릅니다. 하지만 이디스 양에게 편지를 써서 물어볼 수는 있을 거예요.' 나는 홀 씨에게 고맙다고 인사를 했어요. '누가 주소를 달라고 했는지 말하지는 마세요. 놀라게 해 주고 싶거든요.' 그 상황에서는 그 말밖에 할 수 없었어요. 물론 그 간호사가 정말로 휘팅턴의 조카라면 그런 함정에 빠질 정도로 순진하진 않을 거예요. 하지만 시도는 해 볼 필요가 있다고 생각했지요. 그다음에는 토미에게 내가 어디에 있는지, 그리고 다리를 삐어서 못 움직인다는 소식과 함께 바쁘지 않다면 와 달라는 전보를 보냈어요. 전보의 내용도 매우 조심스러울 수밖에 없었어요. 그런데 토미에게서는 아무런 답변이 없었고 그러는 사이 다리도 좋아졌어요. 약간 접질리기만 한 정도였거든요. 그렇게 해서 오늘은 홀 씨에게 만약 이디스 양에게 연락이 오면 내게 꼭 전해 달라고 한 뒤, 작별 인사를 하고 이곳으로 돌아온 겁니다. 이런, 터펜스 양! 얼굴이 많이 창백해 보이는데요!"

"토미 때문이에요. 그에게 무슨 일이 일어난 걸까요?"

"기운 내요. 아마 괜찮을 거예요. 설마 무슨 문제가 있겠어요? 그 때 토미가 따라간 사람은 외국인처럼 보였어요. 어쩌면 외국으로 나간 건지도 모르죠. 폴란드라든가 뭐 그런 곳으로요."

터펜스는 고개를 저었다.

"여권을 가지고 있지 않았으니 그건 불가능해요. 게다가 토미가 따라간 그 보리스라는 남자는 내가 다시 봤는걸요. 어제저녁에 밴드마이어 부인과 식사를 같이 하더군요."

"무슨 부인이요?"

"잊었네요. 당신은 그 얘기를 모르고 있는 게 당연해요."

"지금 듣고 있잖아요. 귀띔해 주세요."

줄리어스가 자주 쓰는 표현이 나온 것이다.

터펜스는 지난 이틀간의 사건들을 모두 이야기해 주었다. 줄리어스는 터펜스에게 끊임없는 감탄과 칭찬을 퍼부었다.

"정말 당신은 대단해요! 하녀라니! 설마 나를 웃겨 죽이려는 건 아니겠죠?"

그러고는 심각하게 말했다.

"하지만 그건 마음에 안 들어요, 터펜스 양. 정말이에요. 당신은 정말 용감한 사람이긴 하지만 이번 일은 그만두도록 해요. 우리가 쫓고 있는 그 악당들은 여자라고 봐주지는 않을 거예요."

"제가 두려워하는 것처럼 보이나요?"

터펜스가 발끈한 목소리로 물었다. 밴드마이어 부인의 차가운 시선이 머릿속에 떠올랐지만 단호히 지웠다.

"당신이 얼마나 용감한지는 알아요. 하지만 현실을 무시할 순 없어요."

터펜스가 참을 수 없다는 듯 말했다.

"내가 하는 일에 대해서는 신경 쓰지 마세요! 토미에게 무슨 일이 있는지에 대해서만 생각하자고요. 카터 씨에게 그 점에 대해 편지를 썼어요."

그녀는 줄리어스에게 편지의 내용을 이야기해 주었다.

줄리어스는 진지하게 고개를 끄덕였다.

"내 생각에도 그것이 최선인 것 같군요. 하지만 우리도 뭔가를 해야 하지 않겠어요?"

"어떻게 해야 할까요?"

터펜스가 금세 쾌활해진 목소리로 물었다.

"아마도 보리스 뒤를 쫓아야 하지 않을까요? 당신이 일하는 집에 온 적이 있다고 했지요? 그가 다시 올 것 같나요?"

"그럴지도 몰라요. 하지만 확신할 수는 없어요."

"좋아요. 그럼 일단 차를 1대 사는 게 좋겠군요. 그것도 아주 고급 차로 말입니다. 그리고 운전기사처럼 변장을 하고 밖에서 기다리고 있는 거예요. 만약 보리스가 오면 당신이 나한테 신호를 보내세요. 그럼 내가 그를 쫓아갈 테니까요. 어때요?"

"좋아요. 하지만 그가 몇 주 동안 찾아오지 않을지도 모르잖아요."

"언젠가는 기회를 잡을 수 있을 거예요. 어쨌든 내 계획이 마음에 든다니 다행이에요."

줄리어스가 자리에서 일어나며 말했다.

"어디 가는 거예요?"

줄리어스가 조금 놀라는 표정으로 대답했다.

"차를 사러 가야죠. 어떤 차를 좋아하죠? 내 생각에는 일이 끝나기 전에 제법 타고 다니게 될 것 같은데요."

"아! 저는 롤스로이스가 좋긴 한데……."

터펜스가 수줍게 대답했다.

"좋아요. 당신 말대로 하죠. 롤스로이스로 장만할게요."

줄리어스가 동의했다.

"하지만 곧바로 살 순 없잖아요. 수년씩 기다려야 겨우 살 수 있다고 하던데……."

터펜스가 놀라며 말했다.

"이 줄리어스 헤르사이머는 그럴 필요가 없어요. 염려하지 말고 기다리고 있어요. 30분 내에 끌고 올 테니 말이에요."

줄리어스가 큰소리를 쳤다. 그러자 터펜스가 자리에서 일어서며 말했다.

"당신은 정말 대단해요, 줄리어스. 하지만 헛된 꿈이라는 생각을 떨칠 수가 없네요. 나는 차라리 카터에게 기대를 걸고 있겠어요."

"나는 그렇게 생각하지 않아요."

"왜요?"

"그냥 내 생각일 뿐이에요."

"하지만 그 사람이 도와줘야 해요. 그 사람 말고는 우리를 도와줄 사람이 없어요. 참, 오늘 아침에 있었던 이상한 일에 대해서 말해 주는 걸 잊었군요."

터펜스는 줄리어스에게 제임스 필 에저턴 경과의 만남에 대해 이야기해 주었다. 줄리어스는 매우 흥미를 보였다.

"그 사람이 무슨 의도로 그런 말을 한 걸까요?"

"잘 모르겠어요. 하지만 내 생각에는 그가 아주 객관적인 입장에서 나에게 일종의 경고를 한 것 같아요."

터펜스가 생각에 잠긴 채로 대답했다.

"왜 그랬을까요?"

"모르죠. 하지만 친절한 사람 같았어요. 그리고 아주 똑똑해 보였죠. 그 사람을 찾아가서 모두 털어놓고 의논해 보는 것도 나쁘지 않을 것 같아요."

터펜스의 제안에 줄리어스는 당장 반박을 하고 나섰다.

"이것 봐요, 나는 이 일에 변호사가 얽히는 것은 반대합니다. 그 사람은 우리를 도와줄 수 없어요."

"글쎄요. 나는 꼭 그렇게 생각하지 않아요."

터펜스는 집요하게 고집을 부렸다.

"그건 생각지도 말아요. 그럼 이만 나가 볼게요. 30분쯤 뒤에 돌아올 거예요."

줄리어스는 35분 뒤에 돌아왔다. 그는 터펜스의 팔을 붙잡더니 창가로 데리고 갔다.

"저게 우리 차예요."

"와!"

터펜스는 주차장에 있는 거대한 차를 보며 탄성을 질렀다.

"당신에게만 말해 줄게요. 저 차에는 속도 조절 장치도 장착돼 있어요."

줄리어스가 흡족한 듯 말했다.

"어떻게 구했어요?"

터펜스는 간신히 물었다.

"저 차는 어떤 거물의 집으로 막 보내질 찰나였어요."

"그래서요?"

"직접 그 거물의 집으로 찾아갔어요. 그리고 저 차는 잘해야 2만 달러 나갈 텐데, 나에게 판다면 5만 달러를 주겠다고 했지요."

줄리어스가 자랑스레 말했다.

"그래서요?"

터펜스가 홀린 듯 물었다. 그러자 줄리어스가 아주 간략하게 대답했다.

"그래서 그가 차에서 내렸어요. 그게 다예요."

금요일과 토요일은 아무런 일 없이 지나갔다. 터펜스는 카터에게 짧은 답변을 받았다. 그는 청년 모험가 주식회사가 스스로 위험을 감수하고 일을 받아들인 것과 자신이 위험에 대해 미리 경고를 한 점을 다시 한번 지적했다. 그리고 만약 토미에게 무슨 일이 생긴다 하더라도 미안한 일이지만 해 줄 수 있는 일은 아무것도 없다고 했다. 냉정한 답변이었다.

터펜스는 토미가 곁에 없다는 생각에 모험에 대한 흥미도 싹 달아나고, 성공에 대해서도 처음으로 의구심이 들었다. 토미와 함께 있을 때에는 한 번도 의심해 본 적이 없었다. 늘 일을 앞장서서 주도해 왔으며 스스로 재빠르고 재치가 있다고 자부해 왔던 그녀는 생각했던 것보다 토미에게 훨씬 의지하고 있었다. 토미는 매우 명석한 머리와 뛰어난 현실 감각을 가진 사람이었고, 그의 상식과 날카로운 관찰력은 한결같이 중심을 잡아 주는 역할을 했다. 그가 곁에 없자 터펜스로서는 마치 방향타가 없는 배 같았다. 훨씬 능력 있어 보이는 줄리어스도 왠지 토미만큼 든든해 보이지 않는 게 신기할 따름이었다. 그녀는 늘 토미를 비관론자라고 몰아세웠다. 자신이 낙관적으로 지나치는 문제들을 사사건건 문제 삼아서 비관적으로 해석했기 때문이다. 그럼에도 그의 결정에 많은 부분을 의지해 온 것이 분명했다. 토미는 느릴지는 모르지만 항상 정확했다.

터펜스는 처음으로 그동안 가볍게만 생각해 온 임무의 불길한 이면을 실감하게 되었다. 그것은 마치 로맨스의 한 자락처럼 흥분으로 시작되었지만 그 반짝거림이 사라지자 냉혹한 현실만이 눈앞에 놓여 있었다. 이제 중요한 것은 토미뿐이었다. 하루에도 몇 번씩 터펜스는 눈을 껌벅거리다가 눈물을 흘리곤 했다.

"바보같이! 훌쩍거리지 마, 터펜스. 물론 토미를 좋아하긴 해. 평생 동안 알고 지냈으니까. 그렇다고 감상적이 될 필요는 없잖아."

그녀는 애써 자신을 타일렀다.

시간은 자꾸 흘러가고 있었지만 보리스는 찾아올 기미를 보이지 않았다. 줄리어스와 그의 멋진 자동차는 마냥 기다리고만 있었다. 그쯤 되자 터펜스는 다른 생각을 하게 되었다. 반대하는 줄리어스의 의견도 전혀 틀린 건 아니겠지만, 제임스 필 에저턴 경을 찾아가 의논해 보는 것을 다시 한번 진지하게 생각했다. 사실 터펜스는 전화번호부에서 제임스 경의 주소를 이미 찾아 놓았다. 그날 제임스 경이 정말로 경고를 한 것일까? 만일 그렇다면 이유가 뭘까? 그녀로서는 제임스 경에게 그에 대한 설명을 요구할 권리가 충분히 있었다. 그는 너무나 친절하게 그녀를 바라보았다. 어쩌면 밴드마이어 부인과 관련되면서도 토미의 위치를 알려 줄 만한 중요한 단서를 그가 제공할지 모른다.

터펜스는 늘 하던 습관대로 어깨를 테리어 개처럼 흔들었다. 그러고는 다분히 시도해 볼 만한 일이며 꼭 그렇게 하고야 말겠다는 결심을 내리기에 이르렀다. 일요일에 외출을 하게 되면 줄리어스를 만나 설득한 다음, 둘이 함께 사자 굴로 들어가 볼 것이다.

일요일이 되자 터펜스는 밖에서 줄리어스를 만났다. 줄리어스를 설득하는 데는 무척 힘이 들었지만 터펜스는 집요하게 물고 늘어졌다.

"전혀 해로울 건 없어요."

그녀는 그 말을 거듭 강조했다. 결국 줄리어스는 항복을 했고, 두 사람은 차를 타고 제임스 경이 사는 칼턴 하우스 테라스로 향했다.

흠잡을 데 없이 완벽해 보이는 집사가 문을 열어 주었다. 터펜스는 약간 불안했다. 어쨌든 그녀의 행동은 매우 뻔뻔스럽다고 할 수도 있기 때문이다. 그녀는 제임스 경이 집에 있는지 물어보지 않고 좀 더 개인적인 용무로 찾아온 것처럼 물었다.

"제임스 경에게 잠시만 만나 뵐 수 있는지 여쭈어 주시겠어요? 그분에게 전할 중요한 전갈이 있거든요."

집사는 안으로 들어갔다가 금세 다시 나왔다.

"제임스 경께서 만나시겠답니다. 이쪽으로 오십시오."

집사는 두 사람을 집 뒤쪽에 있는 서재로 안내했다. 책장마다 책이 빼곡히 꽂혀 있었는데, 한쪽 벽에 있는 책장에는 범죄학에 관련된 책으로만 채워져 있는 것이 인상적이었다. 방 안에는 가죽으로 된 푹신한 의자들이 몇 개 있었고 고풍스러운 벽난로가 있었다. 창가에는 커다란 접이식 뚜껑이 달린 책상이 놓여 있었는데, 서류가 잔뜩 쌓인 책상 뒤에 그 집의 주인이 앉아 있었다.

두 사람이 서재로 들어가자 제임스 경이 자리에서 일어나며 맞았다.

"나한테 전할 말이 있다고 했나? 아, 당신은?"

그는 터펜스를 알아보고는 미소를 지어 보였다.

"당신이군! 혹시 밴드마이어 부인이 내게 무슨 전갈이라도 보낸 건가?"

"그건 아닙니다."

터펜스가 조심스럽게 대답했다.

"죄송하지만 꼭 만나 뵙고 싶어서 그렇게 둘러댄 거예요. 그리고 이쪽은 헤르사이머 씨입니다."

"만나서 반갑습니다."

줄리어스는 손을 내밀어 악수를 했다.

"두 사람 모두 앉으시오."

제임스 경이 의자 두 개를 끌어다 놓으면서 말했다.

터펜스가 먼저 용감하게 입을 열었다.

"제임스 경, 제가 이렇게 쳐들어온 것에 대해서 매우 무례하다고 생각하실지 모르겠습니다. 왜냐하면 제가 찾아온 건 제임스 경과는 전혀 상관이 없는 일일 테니까요. 그리고 제임스 경은 매우 바쁘신

분인 데 비해 저와 토미는 그렇지 않은 사람들이니까요."

터펜스는 숨을 쉬려고 말을 잠시 멈추었다.

그러자 제임스 경이 줄리어스를 바라보면서 물었다.

"당신이 토미?"

터펜스가 설명하기 시작했다.

"아니요, 이 사람은 줄리어스입니다. 제가 좀 긴장해서 두서없이 이야기하다 보니……. 제가 정말 알고 싶은 건 지난번 제게 말씀하신 것에 대해서입니다. 밴드마이어 부인에 대해 제게 일종의 충고를 하신 것 같은데, 제 생각이 맞는지요?"

"사랑스러운 아가씨, 내가 기억하는 게 맞다면, 좋은 일자리는 다른 곳에도 얼마든지 많다고 했을 뿐이오."

"예, 알고 있습니다. 그렇지만 그건 일종의 경고였어요. 그렇지 않나요?"

"그렇다고 볼 수도 있소."

제임스 경이 근엄하게 대답했다.

"그래서 더 궁금해요. 왜 제게 그런 경고를 하신 건지 꼭 알고 싶어요."

제임스 경은 터펜스의 진지한 모습에 미소를 지었다.

"그 부인이 나를 명예 훼손죄로 고소하면 어떡할 거요?"

"물론 변호사들이 항상 신중하다는 건 저도 알고 있습니다. 하지만 선을 넘지 않는 범위 내에서라도 말씀해 주시면 안 될까요?"

터펜스가 말했다.

"좋소. 딱 그 선까지만 말하겠소. 만일 내게 여동생이 있어서 돈을 벌어야 했다면 밴드마이어 부인의 하녀로는 일하지 않게 했을 거요. 나는 당신에게 조언을 해 주는 게 당연한 의무라고 생각했을 뿐이오. 거기는 젊고 경험 없는 아가씨가 있을 곳이 아니기 때문이지. 내가 해 줄 수 있는 말은 이것뿐이오."

제임스 경은 여전히 미소를 지은 채였다.

터펜스가 신중하게 대답했다.

"그렇군요. 대단히 감사합니다. 하지만 제가 그렇게 경험이 없는 건 아니에요. 저도 그곳에 가기로 했을 때 이미 밴드마이어 부인이 썩 좋은 사람은 아니라는 것쯤은 알고 있었으니까요. 물론 그것이 제가 그곳에 들어간 이유이기도 하지요……."

터펜스는 제임스 경이 놀란 표정을 짓는 것을 보고 잠시 말을 끊었다가 다시 시작했다.

"솔직하게 이야기를 다 하는 게 나을 것 같군요. 왠지 제임스 경은 제가 이야기를 하지 않더라도 단번에 모든 것을 알아채실 것 같아요. 아니 어쩌면 이미 처음부터 아셨는지도 모르겠군요. 어떻게 생각해요, 줄리어스?"

여태까지 아무 말도 하지 않고 있던 줄리어스가 그제야 입을 열었다.

"그렇게 하려고 이미 마음먹은 것 같은데, 그대로 따라야지 별 수 있나요?"

"좋소! 어떤 일인지 내게 다 말해 보시오. 도대체 토미가 누구인지 궁금하군."

제임스 경이 말했다.

힘을 얻은 터펜스가 이야기를 시작했고 제임스 경은 매우 진지한 태도로 이야기를 들었다.

"아주 흥미롭군."

터펜스의 이야기가 끝나자 제임스 경이 말했다.

"지금 아가씨가 이야기한 내용은 나도 거의 아는 얘기라오. 제인 핀에 대해서는 나도 나름대로 가설을 세우고 있지. 여태까지는 매우 잘해 왔지만, 아까 이름을 카터라고 했던가요? 그 카터라는 사람이 아가씨와 그 젊은이를 이런 일에 밀어 넣은 건 정말 유감이오. 그건 그렇고, 헤르사이머 씨는 이 일과 어떻게 관련되어 있소? 그건 명확하게 이야기하지 않은 것 같소만."

그 질문에는 줄리어스가 직접 대답했다.

"저는 제인의 사촌입니다."

줄리어스는 제임스 경의 날카로운 시선을 똑바로 마주 보면서 설명했다.

"아!"

"제임스 경, 토미에게 도대체 무슨 일이 일어난 걸까요?"

터펜스가 궁금함을 참지 못하고 초조하게 물었다.

"흠."

변호사는 자리에서 일어나 천천히 서성거렸다.

"당신들이 찾아오기 바로 전에 나는 가방을 싸고 있었소. 밤 기차로 스코틀랜드에 가서 며칠간 낚시나 즐길 생각이었지. 하지만 다른 종류의 낚시를 하게 생겼군. 나도 여기에 남아서 그 젊은이가 어디에 있는지 함께 찾아보겠소."

"오!"

터펜스는 기쁜 듯 손을 모았다.

"그렇지만 아까도 말했다시피 그 카터라는 사람이 당신들을 이 일에 끌어들인 건 정말 어리석은 짓이오. 그렇다고 내 말에 너무 상심하지 마시오. 이름이……?"

"프루던스 카울리입니다. 친구들은 편하게 터펜스라고 부르지요."

"좋소, 터펜스 양. 이제 나도 확실히 친구가 된 게 맞소? 내가 당신을 어리다고 한 걸 너무 기분 나쁘게 받아들이진 말았으면 좋겠소. 젊은이들은 간혹 너무 가볍게 생각하는 경향이 있어서 일을 그르칠 때가 많기 때문이오. 자, 그럼 우리의 젊은 친구인 토미에 대해서 말해 봅시다."

"예."

터펜스는 두 손을 앞으로 모으며 대답했다.

"솔직히 말한다면 그 친구는 매우 안 좋은 상황에 처해 있는 것 같소. 어딘가로 누군가에게 강제로 끌려간 게 아닐까 싶소만. 의심의 여지가 없소. 하지만 희망을 버리진 마시오."

"정말로 저희를 도와주실 생각이군요. 그것 봐요, 줄리어스! 사실 줄리어스는 제임스 경을 찾아오는 걸 반대했어요."

터펜스는 설명처럼 뒷말을 덧붙였다.

"흠, 이유가 뭔지 말해 줄 수 있겠소?"

제임스 경은 다시 그 예리한 시선으로 줄리어스를 훑어보며 물었다.

"이런 별 볼 일 없는 일로 제임스 경을 귀찮게 할 수는 없다고 생각했기 때문입니다."

"그렇군."

제임스 경은 잠시 생각을 하고는 진지하게 말했다.

"당신 말대로 이건 별 볼 일 없는 일일 수도 있소. 하지만 어쩌면 당신이나 터펜스 양이 알고 있는 것보다 훨씬 커다란 문제일 수도 있소. 만일 토미가 살아 있다면 매우 중요한 정보를 가지고 있을지도 모르오. 그러니까 더더욱 그를 꼭 찾아내야만 하는 거요."

"물론이에요. 하지만 무슨 수로 그를 찾지요? 저희도 모든 방법을 다 생각해 봤지만……."

터펜스가 힘없이 말했다.

제임스 경은 미소를 지어 보였다.

"그가 어디에 있는지 알려 줄 사람이 아주 가까운 곳에 있소. 적어도 어떻게 되었는지는 알려 줄 수 있을 거요."

"그게 누구죠?"

터펜스가 의아해하며 물었다.

"밴드마이어 부인."

"하지만 그녀가 우리에게 말해 줄까요?"

"아, 그래서 내가 필요한 거요. 나는 밴드마이어 부인이 우리가 알고 싶은 걸 털어놓도록 만들 자신이 있소."

"어떻게요?"

터펜스가 눈을 동그랗게 뜨고 물었다.

"그냥 우리 식대로 질문을 하면 될 거요."

제임스 경은 아주 쉽게 대답했다.

제임스 경이 책상 위를 손가락으로 톡톡 두들기는 것을 보고 터펜스는 다시 한번 그에게서 뿜어져 나오는 강력한 힘을 느낄 수 있었다.

"그래도 만약 밴드마이어 부인이 털어놓지 않으면 어떻게 하죠?"

줄리어스가 불쑥 물었다.

"내 생각엔 털어놓을 것 같소만. 그리고 내게도 한두 가지 강력한 열쇠가 있다오. 그래도 만에 하나 그녀가 입을 열지 않는다면 돈으로 구워삶는 방법도 있소."

"물론입니다. 그래서 제가 필요한 게 아니겠습니까? 필요하다면 100만 달러라도 댈 수 있습니다. 예! 100만 달러도 문제없습니다!"

줄리어스가 책상을 주먹으로 내리치며 소리쳤다.

제임스 경은 자리에 앉아서 한참 동안 줄리어스를 쳐다보았다. 이윽고 그가 입을 열었다.

"헤르사이머 씨, 그건 매우 큰 돈이오."

"필요하다면 아무리 많더라도 내야죠. 6펜스에 넘어올 사람들은 아니잖습니까?"

"현재 환율이라면 어림잡아 25만 파운드는 넘을 거요."

"그렇습니다. 물론 제임스 경이 보기에는 제가 헛소리를 하는 것처럼 여겨질 테지만 그 정도 돈은 충분히 내고도 남습니다. 추가로 선생님께 사례금을 드릴 수도 있습니다."

제임스 경은 얼굴을 약간 붉혔다.

"헤르사이머 씨, 사례금은 필요 없소. 나는 사립 탐정이 아니오."

"죄송합니다. 제가 또 성급했나 봅니다. 돈에 대해 불쾌한 기억을 가지고 있어서 저도 모르게 그만……. 며칠 전에 제인의 소식을 가져오면 거액의 포상금을 주겠다는 광고를 내려고 했는데, 그놈의 런던 경시청에서 그러지 말라고 하더군요. 그렇게 하면 돈을 노리는 사람들 때문에 상황이 더 악화될 뿐이라고요."

"그들의 말이 맞소."

제임스 경이 냉담하게 말했다.

"줄리어스에게는 정말 아무런 문제가 되지 않아요. 그냥 하는 말이 아니라 정말로 돈이 많거든요."

터펜스가 끼어들며 말했다. 그러자 줄리어스가 설명을 덧붙였다.

"부친께서는 돈을 쌓아 두시기만 하셨어요. 이제 그것을 쓸 때가 된 거죠. 자, 어떻게 하면 될까요?"

제임스 경은 잠시 생각에 잠겼다.

"우리에게는 낭비할 시간이 없소. 빨리 진행할수록 유리할 거요."

제임스 경은 터펜스를 돌아보며 말했다.

"오늘 저녁에 밴드마이어 부인이 외식을 한다고 했소?"

"예. 하지만 일찍 돌아올 거예요. 늦게 올 거였다면 현관문 열쇠를 가져갔을 테니까요."

"좋아! 10시쯤에 내가 밴드마이어 부인을 방문하겠소. 당신은 언제쯤 돌아갈 거요?"

"9시 30분 정도요. 하지만 더 일찍 돌아갈 수도 있어요."

"절대 그렇게 하지 마시오. 평상시보다 일찍 돌아가면 의심을 살지도 모르니까. 9시 30분까지 가도록 해요. 나는 정확히 10시에 도착하겠소. 헤르사이머 씨는 아래층에서 택시를 타고 기다리는 게 좋겠소."

"줄리어스는 새 롤스로이스를 가지고 있어요."

터펜스는 줄리어스 대신 자랑하듯 말했다.

"잘됐소. 만약 밴드마이어 부인에게 주소를 알아내는 데 성공하면 즉시 그곳으로 갈 거요. 필요하다면 밴드마이어 부인도 같이 데려가야 할 거요. 알겠소?"

"예."

터펜스는 기쁨에 넘쳐 발을 구르며 힘차게 일어났다.

"아, 이제야 마음이 놓여요!"

"너무 앞서가지는 마시오, 터펜스 양. 마음을 차분히 가라앉혀야 하오."

"그러면 제가 9시 30쯤에 자동차를 가지고 이리로 오죠. 그럼 되겠죠?"

줄리어스가 제임스 경을 보고 말했다.

"그게 좋을 것 같군. 차를 2대나 대기시킬 필요는 없을 테니까. 자, 터펜스 양, 이제 가서 저녁을 든든하게 먹어 두도록 해요. 아주 든든하게 말이오. 그리고 할 수 있는 한 차분히 생각하도록 하시오."

두 사람은 제임스 경과 악수를 나눈 뒤 곧 밖으로 나왔다.

"정말 마음에 드는 사람 아네요? 줄리어스, 당신은 그렇게 생각하지 않나요?"

터펜스가 즐거움에 겨워 한 계단씩 폴짝폴짝 뛰어 내려오며 말했다.

"글쎄요. 일단은 제법 괜찮아 보이더군요. '그 사람에게 가 봤자'라고 했던 말은 취소할게요. 곧바로 리츠 호텔로 돌아갈 건가요?"

"나는 좀 걷고 싶어요. 너무 흥분이 되어서요. 공원에서 먼저 내려주세요. 아니면 같이 걸을래요?"

"난 자동차에 기름을 넣어야 해요. 전보도 한두 개 보내야 하고요."

줄리어스는 그녀의 제안을 거절했다.

"좋아요. 그럼 7시에 리츠 호텔에서 만나요. 식사는 위층에서 하는 게 어때요? 이렇게 남루하게 입고 나다닐 수는 없잖아요."

"물론 좋아요. 필릭스에게 메뉴 고르는 걸 도와주라고 하죠. 그 사람은 아주 유능한 웨이터랍니다. 그럼 이만!"

터펜스는 손목시계를 흘긋 본 뒤 잰걸음으로 서펜타인 호수를 향해 걸어갔다. 거의 6시가 다 되어 가고 있었다. 그녀는 티타임에 차를 마시지 않았다는 사실이 생각났지만 너무 흥분해 있어서 허기를 느낄 겨를이 없었다. 터펜스는 켄징턴 가든까지 걸어갔다가 천천히 다시 되돌아왔다. 맑은 공기를 마시며 산책을 해서 그런지 기분이 훨씬 좋아졌다. 제임스 경의 조언에 따라 저녁에 일어날 일을 머릿속에서 지우기란 그렇게 쉬운 일이 아니었다. 하이드 파크의 모퉁이가 가까워질수록 사우스오들리 맨션 쪽으로 가고 싶은 욕구를 참을 수가 없었다.

결국 터펜스는 가서 살펴보는 것 정도는 아무런 해가 되지 않을 것이라고 결론을 내렸다. 일단 보고 나면 10시까지 어느 정도 참을 수 있을 것 같았다.

사우스오들리 맨션은 다른 날과 똑같았다. 터펜스는 스스로 무엇을 기대하고 있었는지 모르지만 그 견고한 붉은 벽돌 건물을 보자 알 수 없는 불안감이 그녀를 사로잡는 걸 느낄 수 있었다. 몸을 돌려 막 자리를 뜨려고 하는데 날카로운 휘파람 소리가 들리더니 충실한 앨버트가 건물 밖으로 달려나와 그녀 쪽으로 왔다.

터펜스는 얼굴을 찌푸렸다. 근처에 그녀가 있다는 사실을 누군가라도 보면 안 되기 때문이었다. 하지만 앨버트는 흥분을 억누르느라 얼굴이 새하얗게 변했다.

"부인이 떠나려고 해요!"

"누가 떠난다고?"

터펜스가 날카롭게 물었다.

"악당이요! 레디 리타, 그러니까 밴드마이어 부인 말이에요. 지금 짐을 싸고 있어요. 밴드마이어 부인이 저한테 택시를 잡아 달라고 했어요."

"뭐?"

터펜스가 앨버트의 팔을 꽉 붙잡았다.

"정말이에요, 아가씨. 나는 당신이 이 사실을 분명히 모를 거라고 생각했어요."

"앨버트, 넌 정말 대단해. 네가 아니었으면 우리는 그 여자를 놓칠 뻔했어."

터펜스가 외쳤다.

앨버트는 자신이 큰 공을 세웠다는 기쁨에 얼굴이 빨갛게 달아올랐다.

"꾸물거릴 시간이 없어. 그 여자를 막아야 해. 무슨 일이 있어도 그녀를 붙잡고 있어야 할 텐데……."

터펜스는 길을 건너며 앨버트에게 물었다.

"앨버트, 근처에 전화가 있니?"

앨버트는 고개를 가로저으며 말했다.

"여기는 다들 집에 전화가 있어서 밖에는 따로 없어요. 하지만 저쪽 모퉁이를 돌면 공중전화가 하나 있어요."

"그럼 지금 당장 그리로 가. 그리고 리츠 호텔에 전화해서 헤르사이머 씨를 찾아. 통화가 되면 제임스 경을 이리로 지금 즉시 데려오라고 전해 줘. 밴드마이어 부인이 달아나려 하고 있다고 말이야. 만약 통화가 안 되면 제임스 필 에저턴 경에게 전화를 걸어. 전화번호부를 뒤지면 번호를 찾을 수 있을 거야. 그리고 무슨 일이 있는지 모두 말씀드려. 이름을 잊어버리지 않을 수 있지?"

앨버트는 거침없이 이름을 반복해서 읊었다.

"저만 믿으세요. 괜찮을 거예요. 그런데 아가씨는 어떻게 하실 건가요? 안으로 들어가서 그 여자를 만나는 게 두렵지 않으세요?"

"아니, 전혀! 나는 걱정 말고 지금 당장 가서 전화를 걸어. 서둘러!"

터펜스는 깊게 숨을 들이쉰 다음 맨션으로 들어가서 2층으로 달려갔다. 두 사람이 도착할 때까지 어떻게 밴드마이어 부인을 붙잡아 둘 것인지 전혀 생각나지 않았지만 어떻게든 그녀를 붙잡고 있어야 했다. 그것도 혼자서 말이다. 무엇 때문에 갑작스럽게 떠나려고 한 걸까? 터펜스를 의심하고 있는 건 아닐까?

생각만 하고 있을 수는 없었다. 터펜스는 초인종을 꾹 눌렀다. 요리사에게서 뭔가를 알아낼 수 있을 것이다.

안에서는 아무도 나오지 않았다. 몇 분 동안 밖에서 기다리다가 터펜스는 초인종을 다시 눌렀다. 이번에는 손가락으로 좀 더 오랫동안 초인종을 눌렀다. 마침내 안에서 발소리가 들렸고, 조금 뒤에 밴드마이어 부인이 직접 문을 열어 주었다. 그녀는 터펜스를 보고 눈썹을 치켜 올렸다.

"너군."

"치통이 있어서요, 부인. 집에 와서 쉬는 게 나을 것 같아서 일찍 왔어요."

터펜스가 천연덕스럽게 설명했다.

밴드마이어 부인은 아무 말도 하지 않고 터펜스가 현관으로 들어설 수 있게 비켜서 주었다.

"그거 안됐구나. 어서 침대로 들어가 쉬도록 해."

터펜스가 안으로 들어가자 밴드마이어 부인이 차가운 목소리로 말했다.

"먼저 부엌에 좀 갔다가요, 부인. 요리사가……."

밴드마이어 부인은 기분이 많이 나빠 보였다.

"요리사는 없어. 내가 내보냈어. 보아하니 너도 빨리 침대로 들어가 쉬는 게 낫겠군."

갑자기 터펜스는 겁이 났다. 밴드마이어 부인의 목소리에는 그녀가 싫어하는 기분 나쁜 울림이 있었다. 밴드마이어 부인은 복도를 천천히 걸어가기 시작했다. 터펜스는 궁지에 몰린 느낌이었다.

"제 생각엔……."

그 순간 차가운 물건이 관자놀이에 닿았다. 밴드마이어 부인은 차갑고 위협적인 목소리로 말했다.

"어리석은 계집 같으니라고! 내가 모를 줄 알았어? 아니, 입도 뻥긋하지 마. 소리를 지르면 그대로 쏠 테니 명심해."

쇠로 된 총부리가 터펜스의 관자놀이를 조금 더 세게 눌렀다. 밴드마이어 부인이 말했다.

"자, 이제 이쪽으로 그대로 걸어서 내 방으로 가. 너는 내가 시킨 대로 1분 안에 침대로 얌전히 들어가 자야 해. 그래, 이 앙큼한 스파이. 너는 계속 잠을 자는 거야!"

그녀의 마지막 말은 상냥했지만 오싹하기 짝이 없어서 터펜스를 더 불안하게 했다. 그 상황에서 터펜스가 할 수 있는 일은 아무것도 없었다. 그녀는 순순히 밴드마이어 부인의 침실로 걸어갔다. 총부리는 그녀의 관자놀이에서 조금도 떨어지지 않았다. 방은 매우 어지럽혀져 있었다. 옷은 여기저기에 널브러져 있었고, 가방과 모자 상자들은 반쯤 채워진 상태로 방바닥 한가운데 놓여 있었다.

터펜스는 애써 침착함을 유지했다. 목소리가 조금 떨렸지만 그녀는 용감하게 말을 꺼냈다.

"이러지 마세요. 이건 말도 안 돼요. 저를 쏠 수는 없을 거예요. 이 건물에 있는 사람들이 모두 총소리를 들을 거라고요."

밴드마이어 부인이 활기차게 말했다.

"그 정도는 감수할 수 있어. 하지만 도움을 요청하려고 소리만 지르지 않는다면 쏘지 않을 테니 걱정 마. 난 네가 그렇게 어리석다고 생각지 않아. 넌 꽤 똑똑한 아이지. 나까지 속였으니 말이야. 조금도 의심하지 않았지! 지금 네가 어떤 상황에 처했는지 잘 이해하리라 믿어. 내가 우위에 있고, 네가 아주 불리한 입장이란 걸 알겠지? 자, 침대에 앉아서 머리에 손을 올려. 살고 싶다면 손을 머리에서 떼지 마."

터펜스는 순순히 명령에 따랐다. 그녀의 뛰어난 예감이 지금 이 상황을 받아들이는 것 외에는 할 수 있는 일이 없다는 것을 가르쳐주고 있었다. 만약 도움을 청하려고 소리를 지른다 하더라도 밖에서 누군가가 비명 소리를 들을 확률은 매우 낮았다. 반면에 밴드마이어 부인에게는 그녀를 쏠 좋은 기회가 될 것이다. 하지만 그러느라 시간이 조금이라도 지체된다면 그 또한 가치가 있는 일일 것이다.

밴드마이어 부인은 손만 뻗으면 닿을 수 있도록 세면대 귀퉁이에 리볼버를 내려놓았다. 그리고 살쾡이처럼 터펜스가 움직이지 않는지 살피더니, 대리석 위에 놓인 작은 병의 뚜껑을 열어 그 내용물을 잔에 따르고 물을 부었다.

"그게 뭐죠?"

터펜스가 날카롭게 물었다.

"네가 잠을 푹 자도록 도와줄 거야."

터펜스의 얼굴이 창백해졌다.

"제게 독약을 먹이려는 건가요?"

터펜스가 숨죽여 물었다.

"그럴지도 모르지."

밴드마이어 부인이 즐거운 듯 미소를 지었다.

터펜스가 단호하게 말했다.

"절대 마시지 않을 거예요. 차라리 총에 맞죠. 총소리가 나면 누군가라도 달려오겠지요. 순한 양처럼 얌전히 죽진 않을 거라고요."

그러자 밴드마이어 부인이 발을 세게 굴렀다.

"바보 같은 소리 하지도 마! 넌 정말로 내가 살인자로 지목되고 싶어 할 거라고 생각해? 네게 조금이라도 분별이 있다면, 널 죽이는 건 내가 할 법한 일이 아니란 걸 알 텐데! 이건 수면제일 뿐이야. 내일 아침이면 멀쩡하게 깨어날 거야. 재갈을 물리거나 다른 방법을 찾는 게 귀찮아서 이 방법을 택한 것뿐이야. 뭐 둘 중 하나를 고를 수도 있겠지만 너도 다른 건 그다지 좋아하지 않을 거야. 하지만 확실히 알아 둘 게 있어. 난 필요하면 널 아주 거칠게 다룰 수도 있다는 걸. 그러니까 착한 아이처럼 이걸 마셔. 멀쩡할 테니까."

터펜스는 그녀의 말이 진심이라는 것을 믿었다. 아마 그것이 자신을 일시적으로나마 방해하지 못하게 만드는 가장 효과적인 방법일 것이다. 그렇지만 밴드마이어 부인이 도망가도록 순한 양처럼 명령에 순순히 따를 수도 없었다. 만약 밴드마이어 부인이 도망가게 내버려 둔다면 토미를 찾아낼 희망도 완전히 사라져 버릴 것이다.

터펜스는 재빨리 머리를 굴렸다. 많은 생각들이 번개처럼 뇌리를 스쳐 지나간 뒤 그녀는 한 가지 수를 생각해 냈다. 허술한 작전이었지만 모험을 감행하기로 했다.

터펜스는 갑자기 침대에서 미끄러져 내려와 밴드마이어 부인 앞에 무릎을 꿇었다. 그리고 미친 듯이 그녀의 치맛자락을 붙잡고 울부짖었다.

"믿을 수 없어요. 이건 독약이 분명해요. 오! 제발 저더러 먹으라고 하지 마세요."

그녀의 목소리는 비명에 가까웠다.

"제발요, 제발 먹이지 마세요!"

터펜스가 갑자기 허물어지는 모습을 본 밴드마이어 부인은 잔을 손에 들고 입을 살짝 비틀었다.

"일어나, 이 바보야! 제발 질질 짜지 마. 너 같은 겁쟁이가 어떻게 스파이 노릇을 할 배짱이나 있었는지 모르겠다."

밴드마이어 부인은 발을 세게 굴렀다.

"일어나! 일어나라잖아!"

하지만 터펜스는 여전히 치맛자락에 매달려 훌쩍거리면서 간간이 말도 되지 않는 소리로 밴드마이어 부인에게 자비를 구했다. 밴드마이어 부인이 조금이라도 지체한다면 그것만으로도 매우 유리

할 것이다. 터펜스는 최대한 비굴하게 굽실거리면서도 상대방이 눈치채지 못하게 자신의 목적을 달성하고 있었다.

밴드마이어 부인은 참을 수 없다는 듯이 버럭 신경질을 내면서 터펜스를 무릎으로 확 밀쳐 버렸다.

"당장 마셔!"

그녀는 억지로 터펜스의 입술에 잔을 갖다 대었다.

터펜스는 마지막으로 자포자기한 듯이 신음 소리를 내며 말했다.

"정말로 죽는 건 아니죠?"

그녀는 우물쭈물하며 시간을 끌었다.

"절대로 죽지 않아. 바보 같은 소리 마."

"맹세할 수 있어요?"

"그래, 그래. 맹세해!"

밴드마이어 부인은 참을 수 없다는 듯이 말했다.

"좋아요."

그녀는 온순하게 입을 열었다.

밴드마이어 부인은 그제야 안심을 했는지 한숨을 쉬며 긴장을 늦추었다. 그 순간 터펜스가 전광석화처럼 온 힘을 다해 잔을 위로 쳐서 올렸다. 잔에 있던 액체가 밴드마이어 부인의 얼굴에 흩뿌려졌다. 밴드마이어 부인이 정신을 못 차리는 틈을 타 터펜스는 오른손으로 세면대에 놓인 권총을 집어 들었다. 그러고는 한 걸음 뒤로 물러나서 조금도 흔들림 없이 밴드마이어 부인의 심장을 향해 총을 겨누었다.

정정당당했다고 할 수는 없지만, 승리의 순간, 터펜스는 의기양양한 표정을 감추지 못했다.

"자, 이제 누가 우위에 있고 누가 불리한 입장이죠?"

그녀가 기뻐서 소리를 질렀다.

밴드마이어 부인의 얼굴에 파르르 경련이 일었다. 터펜스는 그녀가 자신에게 달려들어 혹시라도 총을 쏴야 하는 상황이 생긴다면 어떻게 할지 고민했다. 그것은 정말로 그녀가 원치 않는 일이었다. 다행히 밴드마이어 부인은 애써 평정을 유지하더니, 이윽고 다시 사악한 미소를 지어 보였다.

"완전히 바보는 아니었군! 아주 칭찬할 만한 행동이야. 하지만 곧 그 대가를 치르게 될 거야. 그래, 대가를 치르게 될 테니 명심해! 나는 기억력이 아주 좋거든!"

"그렇게 쉽게 넘어갈 줄은 몰랐어요. 정말로 내가 바닥을 기면서 당신에게 자비를 구할 사람처럼 보였나요?"

터펜스가 깔보듯 말했다.

"언젠가는 꼭 그렇게 될 거야…… 언젠가는!"

밴드마이어 부인이 의미심장하게 말했다.

그녀의 악의적이고 차가운 말투는 등골을 서늘하게 할 정도였지만 거기에 굴할 터펜스가 아니었다.

터펜스는 기분 좋게 말했다.

"이제 좀 앉도록 하죠. 지금 우리 자세가 너무 신파적이라고 생각하지 않아요? 아니, 침대는 안 돼요. 탁자 앞으로 의자를 가지고 오세요. 좋아요! 자, 나는 반대편에 앉아서 총을 앞에 내려놓고 있을게요. 만약의 경우에 대비해서 말이지요. 자, 이야기를 시작해 볼까요?"

"무슨 이야기를 한단 말이지?"

밴드마이어 부인이 샐쭉하게 대답했다.

터펜스는 잠시 그녀를 진지하게 바라보았다. 여러 가지 말이 떠올랐다. 보리스가 밴드마이어 부인을 보고 '당신이 우리를 팔아넘길지도 모른다는 생각이 들어!'라고 했던 말도 떠올랐다. 거기에 대해 밴드마이어 부인은 '그 대가는 실로 어마어마해야 할 거예요.'라고 대답했다. 사실 그 말 아래 그녀의 진심이 깔려 있지는 않았을까? 오래전에 휘팅턴도 터펜스에게 '누가 나불거렸지? 리타?'라고 물었다. 어쩌면 리타 밴드마이어가 브라운의 약점을 말해 줄지도 모른다.

터펜스는 밴드마이어 부인의 얼굴을 주시하며 조용히 입을 열었다.

"돈은 어떤가요?"

전혀 예상 밖이었는지 밴드마이어 부인이 놀라며 물었다.

"무슨 말이지?"

"자세히 설명해 주죠. 방금 기억력이 아주 좋다고 했지요? 하지만 기억력보다 좋은 건 두둑한 지갑이라고 할 수 있어요! 나한테 맺힌 원한을 풀면 물론 기분이야 좋을 테죠. 하지만 그게 무슨 이득이 있을까요? 복수를 하고 나면 허무할 뿐이잖아요. 다들 그렇다고 해요. 하지만 돈은 그렇지 않지요, 안 그래요?"

터펜스는 자신의 주특기를 십분 발휘했다.

밴드마이어 부인은 경멸하듯 말했다.

"내가 친구들을 팔아넘길 만한 사람으로 보인다는 거야?"

"그래요, 대가만 충분하다면 말이죠."

터펜스가 즉각 말했다.

"고작 몇백 파운드에 내가 넘어갈 것 같아?"

"그건 아니죠. 내가 제시하는 금액은 10만 파운드예요."

터펜스가 정정하며 말했다. 줄리어스는 100만 달러를 제시했지만 그녀의 경제관념으로는 차마 그 금액을 그대로 말할 수 없었다.

"뭐라고?"

밴드마이어 부인의 얼굴이 붉어지더니, 그녀는 초조한 듯 가슴에 차고 있던 브로치를 만지작거리면서 되물었다. 그 순간 터펜스는 낚싯바늘에 물고기가 걸렸음을 직감했다. 그리고 처음으로 돈을 좋아하는 자신의 취향에 대해 두려움을 느꼈다. 눈앞에 있는 여인과 자신이 같은 부류라는 끔찍한 생각이 떠올랐기 때문이다.

"10만 파운드예요."

터펜스가 다시 말했다.

밴드마이어 부인의 눈빛이 흐려졌다. 그녀는 의자에 기대어 앉으며 냉소적으로 말했다.

"너한테는 그런 돈이 없어."

터펜스가 사실대로 인정했다.

"맞아요. 하지만 돈을 가지고 있는 사람을 알고 있어요."

"누구지?"

"내 친구지요."

"백만장자인 모양이지?"

밴드마이어 부인은 여전히 미심쩍은 듯 물었다.

"사실대로 말하자면 그는 미국인이에요. 그 정도 돈은 조금도 망설이지 않고 내놓을 수 있답니다. 이 제안은 진짜예요. 내가 장담하지요."

밴드마이어 부인이 다시 몸을 일으켜 앉으며 천천히 입을 열었다.

"네 말을 믿도록 하지."

한동안 두 사람 사이에 침묵이 흘렀다. 그러다가 밴드마이어 부인이 시선을 들고 물었다.

"네 친구라는 사람 말이야, 그가 뭘 알고 싶어 하지?"

터펜스는 무엇부터 물을지 잠시 갈등했지만 돈은 줄리어스가 낼 것이라서 우선은 그의 관심사부터 듣기로 했다.

"제인 핀이 어디 있는지 알고 싶어 해요."

터펜스가 주저하지 않고 말했다.

밴드마이어 부인도 놀라지 않고 대답했다.

"지금 당장은 그녀가 어디 있는지 나도 잘 몰라."

"하지만 알아낼 수는 있다는 말인가요?"

"당연하지. 그건 전혀 어렵지 않아."

밴드마이어 부인은 대수롭지 않다는 듯 대답했다.

"또 한 가지가 있어요."

터펜스의 목소리가 약간 흔들렸다.

"내 친구에게 무슨 일이 생긴 것 같은데, 당신 친구인 보리스의 소행 같아요."

"이름이 뭐지?"

"토미 베레스퍼드."

"들어 본 적은 없는데……. 하지만 보리스에게 물어볼 수는 있어. 그가 알고 있다면 말해 줄 거야."

"고맙군요."

터펜스는 기분이 매우 좋아졌다. 그래서 더욱 무리한 수를 두었다.

"한 가지가 더 있어요."

"뭐지?"

터펜스는 몸을 앞으로 숙이고 목소리를 낮추었다.

"브라운 씨가 누구죠?"

터펜스는 밴드마이어 부인의 아름다운 얼굴이 갑자기 창백해지는 것을 놓치지 않았다. 밴드마이어 부인은 애써 평정을 유지하려고 했다. 하지만 그것은 헛된 노력일 뿐이었다.

밴드마이어 부인은 어깨를 으쓱하며 대답했다.

"아무도 브라운 씨가 누군지 모른다는 사실을 못 들었나? 그렇다면 우리 조직에 대해서 아는 바가 거의 없다는 건가?"

"당신은 알고 있잖아요."

터펜스가 조용히 물었다.

또다시 상대방의 얼굴이 백지장처럼 하얘졌다.

"왜 그렇게 생각하지?"

"나도 몰라요. 하지만 그런 확신이 들어요."

터펜스는 솔직하게 대답했다.

밴드마이어 부인은 한동안 앞을 바라보더니, 이윽고 쉰 목소리로 대답했다.

"그래, 알고 있어. 나는 그 당시 무척 아름다웠거든. 정말 아름다웠지……."

"지금도 아름다워요."

터펜스는 진심을 담아 칭찬했다.

밴드마이어 부인은 고개를 저었다. 그녀의 푸른 눈동자에 기이한 빛이 서렸다. 그녀는 부드럽지만 위험한 목소리로 말했다.

"예전 같지는 않아! 최근 들어서 나는 가끔씩 두려워. 너무 많이 안다는 건 위험한 일이지!"

밴드마이어 부인이 탁자 위로 몸을 숙이고 말했다.

"내 이름은 언급하지 않을 거라고 맹세해. 아무도 내 이름을 알아선 안 돼."

"맹세하지요. 게다가 일단 그가 잡히고 나면 당신도 위험하지는 않을 거예요."

밴드마이어 부인의 얼굴은 두려움에 사로잡혔다.

"정말 그렇게 생각해? 내가 과연 안전할까?"

그녀는 터펜스의 팔을 꽉 잡고 다시 물었다.

"돈은 확실한 거지?"

"그럼요."

"언제 건네줄 거지? 조금이라도 지체되어서는 안 돼."

"내 친구가 곧 이리로 올 거예요. 아마도 전보를 보내 처리할지도 몰라요. 하지만 지체하지는 않을 거예요. 그 사람은 뭐든지 즉시 처리하는 성격이니까요."

이제 밴드마이어 부인의 얼굴은 무척 결연해 보였다.

"좋아. 모두 말하겠어. 그 정도면 정말로 엄청난 돈이니까. 게다가……."

그녀는 의미심장한 미소를 지어 보였다.

"나 같은 여자를 퇴짜 놓는 건 현명한 일이 아니야!"

잠시 동안 밴드마이어 부인은 미소를 짓고서 탁자를 손가락으로 두들겼다. 그러다가 갑자기 얼굴이 하얗게 질려서 물었다.

"방금 그 소리는 뭐지?"

"난 아무 소리도 못 들었는데요."

밴드마이어 부인은 두려운 표정으로 주변을 둘러보았다.

"누군가 엿듣고 있다면……."

"말도 안 돼요. 도대체 누가 엿듣고 있다는 거죠?"

밴드마이어 부인이 낮은 목소리로 속삭였다.

"벽에도 귀가 있어. 나는 너무 무서워. 너는 그가 어떤 사람인지 몰라!"

"10만 파운드를 생각해 봐요."

터펜스가 달래듯 말했다.

밴드마이어 부인은 혀로 마른 입술을 적셨다.

"넌 그 사람을 몰라."

그녀는 거칠게 말을 반복했다.

"그 사람은…… 아!"

그녀는 비명을 지르며 자리에서 벌떡 일어났다. 그러고는 손을 뻗어 터펜스의 머리 너머를 가리키더니 바닥에 푹 쓰러지고 말았다.

터펜스는 밴드마이어 부인이 무엇 때문에 놀랐는지 보려고 뒤돌아보았다.

문간에는 제임스 필 에저턴 경과 줄리어스 헤르사이머가 서 있었다.

불침번

제임스 경은 줄리어스보다 앞으로 먼저 달려 나와 몸을 숙이고 쓰러진 여인을 살폈다.

"심장 발작이오."

그가 날카롭게 말했다.

"우리를 갑자기 봐서 충격을 받았나 보군. 어서 브랜디를 가져오시오. 서두르지 않으면 죽을 수도 있소."

줄리어스는 서둘러 세면대로 달려갔다.

"거기가 아니에요. 식당에 술병 진열장이 있어요. 복도에서 두 번째 문이에요."

터펜스가 돌아보면서 말했다.

제임스 경과 터펜스가 밴드마이어 부인을 양쪽에서 들어 올려 침대로 옮겼다. 밴드마이어 부인을 침대에 눕히고 얼굴에 물을 뿌렸지만 아무런 반응이 없었다. 제임스 경이 손가락으로 그녀의 맥박을 재더니 낮은 목소리로 중얼거렸다.

"아슬아슬하군. 브랜디를 빨리 가지고 와야 할 텐데……."

그 순간 줄리어스가 브랜디가 반 정도 들어 있는 잔을 가지고 들어와 제임스 경에게 건네주었다. 터펜스가 밴드마이어 부인의 머리를 들어 올리자 제임스 경이 꾹 다문 입술 사이로 술을 조금씩 흘려 넣었다. 이윽고 밴드마이어 부인이 눈을 가늘게 떴다. 터펜스가 술잔을 그녀의 입술에 갖다 대며 말했다.

"이걸 마셔요."

밴드마이어 부인은 순순히 명령에 따랐다. 브랜디 덕분에 창백한 볼에 금세 혈색이 돌아왔다. 그녀는 놀라울 정도로 빨리 회복했다. 그녀는 일어나 앉으려다 손을 옆구리에 대고 다시 신음 소리를 내며 쓰러졌다.

"심장 때문에…… 말을 해선 안 돼……."

그녀는 힘없이 말하고는 다시 눈을 감았다.

제임스 경은 잠시 그녀의 손목에 손가락을 대고 맥박을 재더니 고개를 끄덕이며 말했다.

"이제 괜찮을 거요."

세 사람은 그녀에게서 조금 떨어져서 선 채로 낮게 이야기를 나누었다. 세 사람 모두 일이 수포로 돌아갈 수 있다는 생각에 기분이 떨떠름했다. 지금 당장은 부인에게 질문을 던질 수도 없었다. 그들은 이 상황이 당황스러웠지만 어쩔 수 없는 일이었다.

터펜스는 밴드마이어 부인이 브라운의 정체를 밝히려고 한 것과 제인 핀의 위치를 알아봐 주겠다고 한 것을 다른 사람들에게 이야기해 주었다. 줄리어스가 축하하며 말했다.

"잘했어요. 터펜스 양. 정말 대단해요! 10만 파운드는 내일 아침에라도 저 부인에게 줄 수 있어요. 그 점에 대해서라면 걱정할 것 없습니다. 어차피 돈을 주지 않으면 입을 열지 않을 테니까."

줄리어스의 말은 제법 합리적이었다. 터펜스는 약간 마음이 놓였다.

제임스 경이 생각에 잠긴 채로 말했다.

"당신 말이 맞소. 솔직히 말하자면, 우리가 결정적인 순간에 뛰어들어서 일을 그르친 것 같아 후회스럽군. 어쨌든 지금은 아침까지 기다리는 수밖에 없소."

제임스 경은 침대에 무방비 상태로 누워 눈을 감고 꼼짝도 하지 않는 밴드마이어 부인을 쳐다보았다. 그리고 고개를 가로저었다.

"어쨌든 내일 아침까지 꼼짝없이 기다려야겠죠? 하지만 맨션을 떠나서는 안 될 것 같아요."

터펜스가 기운을 북돋으며 말했다.

"그 똘똘한 꼬마 친구에게 지키도록 하는 건 어때요?"

"앨버트요? 만약 밴드마이어 부인이 다시 정신을 차리고 도망치려고 한다고 생각해 봐요. 앨버트는 그녀를 막을 수가 없어요."

"내 생각엔 부인이 돈에서 멀어지려고 하지는 않을 것 같은데요."

"그럴지도 모르죠. 하지만 브라운을 매우 겁내는 것 같았어요."

"뭐라고요? 같은 패거리면서도 그를 겁낸다고요?"

"그래요. 주변을 돌아보면서 벽에도 귀가 있다고 했어요."

"어쩌면 도청 장치 같은 걸 말한 건지도 모르죠."

줄리어스가 흥미롭다는 듯이 말했다.

"어쨌든 터펜스 양의 말대로 우리는 여기를 떠나서는 안 되오. 밴드마이어 부인의 안전을 위해서라도 그렇고."

제임스 경이 침착하게 말했다. 그러자 줄리어스가 제임스 경을 바라보며 물었다.

"그럼 그자가 밴드마이어 부인을 죽이려 한다는 말인가요? 그것도 지금부터 내일 아침 사이에? 그가 이 일에 대해 어떻게 알겠어요?"

제임스 경이 무뚝뚝하게 대답했다.

"방금 전에 당신이 도청 장치 얘기를 했잖소. 우리는 무시무시한 적을 상대하고 있소. 하지만 매사에 주의를 기울인다면 그를 우리 손으로 잡을 수 있을지도 모르지. 작은 것에라도 소홀히 해서는 안 되오. 우리는 지금 아주 중요한 증인을 확보한 셈이오. 따라서 그녀가 안전하도록 철저하게 보호해야 하오. 터펜스 양은 침대로 가서 잠을 자고, 나와 당신이 번갈아 가며 불침번을 서는 게 좋을 것 같군."

터펜스는 항의하려다가 침대를 흘깃 쳐다보고 나서 입을 다물어 버렸다. 눈을 반쯤 뜨고 누워 있는 밴드마이어 부인의 표정에 두려움과 적의가 섞여 있는 것 같았기 때문이다.

잠시 터펜스는 밴드마이어 부인이 속임수로 심장 마비를 일으킨 게 아닐까 생각했다. 하지만 연기라고 보기엔 백지장처럼 창백해진 얼굴이 너무 생생했다. 그러는 사이 마술처럼 밴드마이어 부인의 얼굴에 있던 표정들이 순식간에 사라지더니 조금 전과 마찬가지로 미동 없이 누워 있었다. 터펜스는 자신이 잠시 꿈을 꾼 게 아닐까 생각했다. 어쨌거나 지금은 방심해서는 안 된다고 생각했다.

"그럼 일단은 여기서 나가는 게 좋겠군요."

줄리어스의 제안에 다른 두 사람도 동의했다. 제임스 경은 다시 한번 밴드마이어 부인의 맥박을 짚어 보았다.

제임스 경은 터펜스에게 낮은 목소리로 말했다.

"이젠 정말 괜찮아졌소. 오늘 밤 푹 자고 나면 내일은 완전히 나을 거예요."

터펜스는 침대 곁에서 잠시 망설였다. 아까 본 부인의 표정이 뇌리에 강하게 남았기 때문이다. 밴드마이어 부인은 간신히 눈을 뜨고 뭔가를 말하려고 애쓰는 것 같았다. 터펜스는 그녀에게 몸을 숙였다.

"가지…… 마."

그녀는 더 이상 말을 잇지 못하는 것 같았고, 그다음 말은 '졸려.'라는 단어로 들렸다. 그녀는 어떻게 해서든지 다시 말을 꺼내려고 애를 썼다. 터펜스는 자세를 좀 더 낮추었다. 하지만 숨소리만 겨우 들릴 뿐이었다.

"브라운 씨는……."

목소리가 더 이상 들리지 않았다. 하지만 밴드마이어 부인은 반쯤 뜬 눈으로 터펜스에게 뭔가를 애타게 전달하려는 것처럼 보였다.

터펜스는 자기도 모르게 재빨리 말했다.

"여기서 나가지 않을 거예요. 오늘 밤 내내 당신 곁에 있을게요."

막 감기려는 그녀의 눈에 안도의 빛이 떠올랐다. 밴드마이어 부인은 잠이 든 것이 분명했다. 하지만 그녀의 말 때문에 새로운 불안감이 생겼다. 그녀가 낮은 목소리로 '브라운 씨'라고 말한 것은 무슨 의미였을까? 터펜스는 불안한 눈으로 주변을 돌아보았다. 매우 의심스러워 보이는 커다란 옷장 하나가 눈에 들어왔다. 한 사람 정도는 충분히 숨을 수 있을 것 같았다. 터펜스는 조금 쑥스러운 기분이 들었지만 문을 열고 조심스럽게 안을 살펴보았다. 당연히 아무도 없었다. 그녀는 몸을 숙여 침대 밑까지 살폈다. 그 외에는 숨을 수 있는 장소가 없었다.

터펜스는 언제나처럼 어깨를 흔들었다. 이렇게 불안감에 휘둘리다니! 그녀는 천천히 방을 나왔다. 밖에서 줄리어스와 제임스 경이 낮은 목소리로 이야기를 나누고 있었다. 제임스 경이 그녀를 보고 말했다.

"밖에서 문을 잠가요, 터펜스 양. 그리고 아무도 그 방에 들어갈 수 없도록 열쇠를 챙기시오."

제임스 경의 듬직한 행동은 참으로 인상적이었다. 터펜스는 잠시나마 불안감에 휘둘린 것이 창피하게 느껴졌다.

"터펜스 양의 그 똘똘한 꼬마 친구 말인데요, 내려가서 안심시키고 와야 하지 않을까요? 참 대단한 녀석이에요."

줄리어스가 불현듯 말을 꺼냈다.

"그런데 어떻게 방 안으로 들어왔어요? 물어본다는 것을 잊었어요."

터펜스가 불쑥 물었다.

"앨버트에게 연락을 받았어요. 그래서 제임스 경을 모시고 바로 이곳으로 왔지요. 앨버트는 밖에서 우리를 기다리고 있더군요. 당신한테 무슨 일이 일어날까 봐 걱정을 많이 하고 있었어요. 문밖에서 무슨 소리가 나는지 들으려고도 했는데 아무런 소리도 들리지 않았다고 하더군요. 그 아이는 초인종을 울리는 대신 석탄 운반용으로 쓰는 엘리베이터로 올라가는 게 좋겠다고 했어요. 그 덕분에 우리는 부엌으로 곧바로 올라와 당신을 찾아 그 방으로 간 거예요. 앨버트는 아직 아래에 있을 거예요. 지금쯤 불안해서 발을 동동거리고 있지 않을까 싶은데요."

줄리어스는 그 말을 마치고 밖으로 바로 나갔다.

"자, 터펜스 양, 당신이 이 집을 나보다 잘 아니까 말인데, 우리가 어디에서 쉬면 될지 말해 주시오."

제임스 경이 공손하게 말했다

터펜스는 잠시 생각하고는 말했다.

"제 생각에는 밴드마이어 부인의 내실이 가장 편할 것 같네요."

그러고는 내실로 안내해 주었다.

제임스 경은 마음에 드는 표정으로 내실을 둘러보았다.

"여기면 딱 좋겠군요. 당신도 어서 침대로 가서 잠을 좀 자 두도록 해요."

터펜스는 단호하게 고개를 저었다.

"고맙습니다만 그럴 순 없어요. 밤새도록 브라운에 대한 꿈을 꿀 것만 같아요!"

"하지만 많이 피곤할 텐데……."

"아니에요. 차라리 밤을 새우는 게 나아요."

제임스 경은 포기를 하고 두 손을 들었다.

줄리어스는 앨버트에게 후한 사례를 하고 몇 분 뒤에 다시 나타났다. 그도 역시 터펜스에게 눈을 좀 붙이라고 설득하다가 실패하고는 단호하게 말했다.

"어쨌든 지금 당장 뭐라도 먹어야 할 것 같네요. 식료품실이 어디에 있죠?"

터펜스가 줄리어스에게 위치를 알려 주자 몇 분 뒤에 그가 차가운 파이와 접시 세 개를 들고 돌아왔다.

든든하게 식사를 하고 나자, 터펜스는 30분 전에 자신이 한 생각에 대해 다시금 어리석었다는 생각이 들었다. 돈의 힘은 절대 실패할 리가 없었다.

"자, 터펜스 양, 이제 당신의 모험담을 듣고 싶소."

제임스 경이 웃으며 말했다.

"나도 궁금해요."

줄리어스도 동의하며 말했다.

터펜스는 약간은 만족스러운 기분으로 자신의 모험에 대해 이야기를 꺼냈다. 줄리어스는 가끔씩 '대단해요!'라는 감탄사로 말을 끊었다. 제임스 경은 그녀의 이야기가 끝날 때까지 아무런 말도 하지 않았다. 모든 이야기가 끝나자 제임스 경이 조용히 칭찬했다.

"잘했소, 터펜스 양."

그 덕에 터펜스는 기분이 좋아져서 얼굴이 발그레해졌다.

"그런데 이해가 가지 않는 부분이 있어요. 무엇 때문에 부인이 도망가려고 했던 걸까요?"

줄리어스가 고개를 갸웃거리며 물었다.

"그건 나도 모르겠어요."

터펜스도 솔직히 말했다. 제임스 경은 생각에 잠겨 턱을 쓰다듬었다.

"방은 매우 어지럽혀져 있었소. 그걸로 봐서 그녀가 미리 도망가려고 계획을 세운 건 아니라고 생각되는군. 어쩌면 누군가가 갑자기 경고를 해 주었을 수도 있소."

"아마도 브라운 씨겠죠."

줄리어스가 비웃듯이 말했다.

제임스 경은 아주 짧은 시간 동안 일부러 줄리어스를 조용히 응시한 뒤 말했다.

"필시 그럴 거요. 잘 생각해 보면 당신도 그에게 한 번 당하지 않았소?"

줄리어스는 분통함에 얼굴이 붉어졌다.

"제가 얌전한 양처럼 제인의 사진을 내준 걸 생각하면 아직도 화가 치밀어 오릅니다. 그것이 제 손 안에 있을 때로 다시 돌아간다면 저는 절대로 그 사진에서 손을 떼지 않을 겁니다!"

"그건 불가능하오."

제임스 경이 냉담하게 말했다.

"그래요. 그 말이 맞아요."

줄리어스는 솔직하게 말했다.

"그리고 어찌 됐든 제가 찾고자 하는 건 사진이 아니라 본인이지요. 그녀는 어디에 있을까요, 제임스 경?"

제임스 경은 고개를 저었다.

"뭐라 말할 수는 없지만 어디에 있었는지는 알 것 같소."

"그래요? 그곳이 어딘가요?"

제임스 경은 미소 지었다.

"당신이 한밤중에 모험을 하러 간 곳이오. 본머스의 요양소 말이오."

"거기요? 불가능해요. 제가 이미 물어봤는걸요."

"그렇지 않소. 당신은 제인 핀이라는 이름의 아가씨가 있었냐고 물었소. 만일 그 아가씨가 그곳에 있었다면 분명 가명을 썼을 확률이 크지."

"대단합니다! 저는 그 생각까지는 못했어요!"

줄리어스가 외쳤다.

"제법 뻔한 일 아니오?"

제임스 경이 심드렁하게 말했다.

"어쩌면 의사도 한편일지 몰라요."

터펜스가 말했다. 하지만 줄리어스가 고개를 저었다.

"저는 그렇게 생각하지 않아요. 그 사람이 어떤 사람인지 한눈에 알아볼 수 있었어요. 분명히 홀 씨는 괜찮은 사람이었어요."

"홀이라 했소? 참 별일이군. 정말 별일이야."

제임스 경이 말했다.

"왜요?"

터펜스가 물었다.

"왜냐하면 오늘 아침에 그 사람을 우연히 만났기 때문이오. 벌써 몇 년간 그 사람을 알아 왔는데 오늘 아침에는 길에서 딱 마주친 거요. 메트로폴 호텔에 있다고 했소."

제임스 경이 줄리어스를 돌아보며 물었다.

"런던으로 온다는 말을 하지 않았소?"

줄리어스는 조용히 고개를 저었다.

제임스 경이 놀란 듯 말했다.

"정말 별일이야. 오늘 오후에는 그 사람 이름을 말하지 않았잖소. 만일 그랬다면 당신에게 소개장을 주어서 더 많은 정보를 캐낼 수 있게 했을 텐데……."

"제가 바보예요. 가명을 사용했을 거란 생각 정도는 했어야 하는데……."

줄리어스는 평상시답지 않게 겸손한 말을 했다.

터펜스가 줄리어스를 위로했다.

"나무에서 떨어진 직후에 무슨 생각을 할 수 있었겠어요? 다른 사람이라면 그 즉시 죽었을 거예요."

"어쨌든 지금은 상관이 없어요. 밴드마이어 부인을 잡아 두었으니까요. 우리에게는 저 여자만 있으면 됩니다."

줄리어스가 다시 기운차게 말했다.

"그래요."

터펜스가 대답했지만 어쩐지 그녀의 목소리에는 확신이 없었다.

일행은 침묵했다. 점점 밤의 마력이 그들을 사로잡았다. 가구들이 갑자기 삐걱거렸고, 커튼이 미세하게 흔들거렸다. 갑자기 터펜스가 소리를 지르며 자리에서 일어났다.

"참을 수가 없어요. 브라운이 이곳 맨션 어딘가에 있어요! 나는 그걸 느낄 수가 있어요."

"터펜스 양, 그게 가능하리라 생각됩니까? 이 문은 현관 복도로 열려 있고 현관문으로 누군가가 들어온다면 우리가 보지 못할 리가 없잖아요."

"잘은 모르겠지만 그가 여기 있다는 게 느껴져요!"

터펜스가 호소하듯 제임스 경을 바라보자, 그가 근엄하게 대답했다.

"터펜스 양, 당신의 감정을 존중하지만 (실은 나도 그런 느낌이 든다오.) 누군가가 우리 모르게 이곳에 들어온다는 것은 물리적으로 불가능하오."

터펜스는 그의 말에 조금 마음이 편해졌다. 그녀가 실토했다.

"밤을 새우느라 감정이 약간 격해졌나 봐요."

"그래요. 지금 우리는 강령회를 하는 사람들과 비슷한 상황에 놓인 거요. 만일 영매라도 있었다면 오늘 저녁에 놀라운 걸 봤을 거요."

"강신술을 믿으세요?"

터펜스가 눈을 크게 뜨고 질문을 던졌다.

제임스 경은 어깨를 으쓱하며 대답했다.

"어느 정도 진실은 들어 있을 거라고 생각하오. 하지만 대부분의 법원에서는 그런 증언들을 인정하지 않지."

시간이 흘러 새벽 해가 밝아 오자 제임스 경이 일어나 커튼을 열어젖혔다. 일행은 태양이 천천히 솟아오르는 모습을 바라보았다. 런던 사람들은 좀처럼 보지 못하는 모습이었다. 환한 빛이 들어오자 지난밤의 두려움과 공포가 바보같이 느껴졌다. 터펜스는 평상시처럼 다시 활기를 되찾았다.

"만세! 오늘은 아주 멋진 날이 될 거예요. 토미를 찾을 수 있을 거예요. 그리고 제인 핀도요. 그러면 모든 게 완벽해요. 카터 씨에게 내가 데임(남자의 기사 작위에 해당하는, 귀부인에게 주어지는 칭호 — 옮긴이) 작위를 받을 수 있는지 물어봐야겠어요!"

터펜스가 신이 나서 말했다.

7시가 되자 터펜스는 자원해서 차를 끓이러 갔다. 그녀는 찻주전자와 네 개의 컵을 얹은 쟁반을 들고 돌아왔다.

"다른 컵 하나는 누구 거요?"

줄리어스가 물었다.

"물론 포로를 위한 거지요. 그렇게 불러도 되겠죠?"

"차를 가져다주다니 어젯밤과는 정반대 상황이군요."

줄리어스가 사려 깊게 말했다.

"그래요."

터펜스도 인정했다.

"그래도 가져다줄 거예요. 두 분도 모두 같이 가지 않겠어요? 만에 하나 밴드마이어 부인이 달려들지도 모르잖아요. 그녀가 어떤 기분으로 잠에서 깨어날지는 아무도 모르는 거 아니겠어요?"

제임스 경과 줄리어스는 그녀와 함께 문 앞으로 갔다.

"열쇠가 어디 있죠? 아, 맞다. 내가 갖고 있었지."

터펜스는 열쇠를 꽂아서 돌린 다음 잠시 숨을 멈추고 속삭였다.

"만약 도망갔으면 어쩌죠?"

"그건 불가능해요."

줄리어스가 확신하듯 말했다.

제임스 경은 아무 말도 하지 않았다.

터펜스는 길게 숨을 들이쉬고 방 안으로 들어갔다. 그러고는 침대 위에 얌전히 누워 있는 밴드마이어 부인을 보고 안도의 한숨을 내쉬었다.

터펜스가 활기차게 말했다.

"좋은 아침! 차를 좀 가져왔어요."

밴드마이어 부인은 대답하지 않았다. 터펜스는 침대 곁에 있는 탁자에 컵을 내려놓고 블라인드를 걷으려고 방을 가로질렀다. 그녀가 다시 돌아볼 때까지도 밴드마이어 부인은 전혀 움직이지 않았다. 갑작스러운 두려움에 사로잡힌 터펜스는 침대로 달려갔다. 밴드마이어 부인의 손은 얼음장처럼 차가웠다. 그녀는 이제 아무런 말도 못 하게 되었다…….

비명 소리에 다른 사람들이 뛰어 들어왔다. 두 사람은 단번에 사태를 파악했다. 밴드마이어 부인이 죽은 것이다. 죽은 지 벌써 몇 시간이 지난 뒤였다. 잠을 자다가 그대로 죽은 것처럼 보였다.

"운도 지지리도 없지."

줄리어스가 실망해서 외쳤다.

제임스 경은 좀 더 침착했지만 그의 눈에 뭔지 모를 기묘한 빛이 스치고 지나갔다.

"이걸 운이라고 볼 수 있겠소?"

제임스 경이 의심스러운 목소리로 말했다.

"그럼 혹시 누군가가……. 하지만 그건 불가능해요. 아무도 들어올 수가 없잖아요."

"물론 그 말이 맞소."

제임스 경도 동의하며 고개를 끄덕였다.

"놈들이 그랬을 수는 없소. 그렇지만 밴드마이어 부인은 브라운을 이미 배신하려고 했소. 그리고 죽었지. 그것을 단순히 운으로만 볼 수 있겠냐는 말이오."

"하지만 어떻게……."

"그렇소. 어떻게! 그것을 우리가 알아내야 하는 거요."

제임스 경은 부드럽게 턱을 쓰다듬으며 한참을 말없이 서 있었다.

"찾아내야만 해."

그는 조용히 말했지만 터펜스는 만약 자신이 브라운이었다면 몇 개의 단어만 툭툭 내뱉는 그의 말투를 매우 싫어했을 거라는 생각이 들었다.

줄리어스의 시선이 창문을 향해 있었다.

"창문이 열려 있네요. 그럼 혹시……?"

터펜스가 고개를 저었다.

"베란다가 내실로 연결되어 있어요. 내실에는 우리가 있었잖아요."

"하지만 몰래 들어왔을 수도……."

줄리어스가 제안했다. 하지만 제임스 경이 그의 말을 가로막았다.

"브라운의 수법은 그렇게 미숙하지 않소. 이렇게 시간을 허비할 게 아니라 어서 의사를 불러야겠소. 하지만 그 전에 이 방 안에 우리에게 필요한 중요한 단서가 있는지 찾아보는 게 어떻소?"

세 사람은 급히 방 안을 뒤지기 시작했다. 벽난로의 잿더미로 보건대 밴드마이어 부인은 짐을 싸기 직전에 많은 종이를 태운 것 같았다. 중요한 것은 하나도 남아 있지 않았지만 일행은 다른 방까지 모두 뒤져 보았다.

"저기에 뭔가가 있어요."

터펜스가 갑자기 작고 오래된 모양의 금고가 벽 안에 들어가 있는 것을 가리키며 말했다.

"보석을 넣어 두는 금고인 것 같은데 뭔가 다른 게 있을지도 몰라요."

다행히 열쇠가 자물쇠에 끼워져 있어서 줄리어스가 문을 열고 안을 살펴보았다.

"어때요?"

터펜스가 못 참겠다는 듯이 물었다.

줄리어스가 대답할 때까지는 시간이 좀 걸렸다. 그는 금고에서 머리를 빼내고 문을 닫았다.

"아무것도 없어요."

5분이 지나자 급하게 호출을 받은 젊은 의사가 도착했다. 그는 제임스 경을 알아보고 경의를 표했다.

"심장 마비 아니면 수면제를 과다 복용한 것입니다."

그는 킁킁거리며 냄새를 맡았다.

"방 안에 아직도 클로랄의 냄새가 남아 있군요."

터펜스는 그제야 자신이 뒤엎었던 잔을 기억해 냈다. 터펜스는 곧장 세면대로 달려가 밴드마이어 부인이 꺼내서 잔에 몇 방울 부었던 작은 병을 찾았다.

이전에는 병에 4분의 3 정도가 들어 있었는데, 지금은…… 비어 있었다.

자문

제임스 경의 능숙한 일 처리 덕분에 모든 일이 순조롭게 정리되었다. 터펜스로서는 그 상황이 조금은 어리둥절했다. 의사는 밴드마이어 부인이 클로랄을 과다 복용하여 죽었을 것이라는 가설을 쉽게 받아들였고, 검시할 필요도 없을 것이라고 생각했다. 하지만 만약 검시를 하게 되면 제임스 경에게 곧바로 알려 주겠다고 했다. 그는 밴드마이어 부인이 해외로 떠나기 직전이라서 하인들이 이미 떠나고 없었다는 사실도 그대로 받아들였다. 제임스 경과 젊은 친구들은 밴드마이어 부인을 방문했다가 그녀가 쓰러진 것을 목격했고, 아픈 그녀를 혼자 두고 갈 수가 없어서 밤새 같이 있었다고 했다. 다른 친척은 없을까? 그들 중 그것을 아는 사람은 없었지만 제임스 경은 자청하여 밴드마이어 부인의 자문 변호사라고 했다.

잠시 후 현장을 책임질 간호사가 도착하자 다른 사람들은 비로소 불길한 건물을 떠났다.

"어떡하죠? 이제 우리에게는 단서가 없어요."

줄리어스가 절망적인 몸짓을 하며 말했다.

제임스 경은 생각에 잠겨 다시 턱을 쓰다듬었다. 이윽고 그가 조용히 말했다.

"아니요. 홀 씨가 우리에게 뭔가를 말해 줄 거요."

"이런! 저는 완전히 잊고 있었지 뭡니까."

"가능성은 크지 않지만 배제할 수는 없소. 그가 메트로폴 호텔에 묵고 있다고 말하지 않았소? 되도록 빨리 그를 방문하는 것이 좋소. 하지만 일단 씻고 아침 식사를 한 뒤에 만나는 게 좋을 것 같군."

터펜스와 줄리어스는 리츠 호텔로 갔다가 나중에 다시 차를 타고 제임스 경을 데리러 가기로 약속했다. 모두가 정확하게 계획에 따랐고, 11시가 조금 넘어서 일행은 메트로폴 호텔에 도착했다. 홀 선생을 찾자 호텔 사환이 그를 찾으러 뛰어갔고 몇 분 뒤에 키가 작은 남자가 그들에게 다가왔다.

제임스 경이 활기 있게 말했다.

"홀 선생님, 몇 분만 시간을 내주시겠습니까? 카울리 양과 헤르사이머 씨를 소개하겠습니다. 헤르사이머 씨는 이미 알고 계시지요?"

줄리어스와 악수를 나누는 의사의 눈동자에 짓궂은 빛이 떠올랐다.

"아, 물론입니다. 나무 소동을 일으킨 젊은 친구로군요! 발목은 괜찮나요?"

"선생님의 뛰어난 치료 덕분에 다 나았습니다."

"하하, 그럼 그 가슴 아픈 사연은 어떻게 되었습니까?"

"아직 찾아다니는 중입니다."

줄리어스가 간결하게 대답했다.

"요점을 말하자면, 어디 조용한 곳에 가서 이야기를 좀 나눌 수 있을까요?"

제임스 경이 홀 선생에게 물었다.

"물론입니다. 이곳에 이야기를 나눌 만한 조용한 공간이 있을 겁니다."

홀 선생이 앞장서고 나머지 사람들은 뒤를 따라갔다. 모두가 자리에 앉았을 때 홀 선생은 호기심 어린 눈빛으로 제임스 경을 바라보았다.

"홀 선생님, 저는 어떤 젊은 아가씨를 꼭 찾아야 합니다. 그 숙녀에게 들어야 할 진술이 있기 때문입니다. 그녀가 본머스에 있는 선생님의 요양소에 있었다는 믿을 만한 증거가 있습니다. 제 질문이 의사로서의 불문율을 어기게 하는 건 아니겠지요?"

"그럼 이것은 일종의 증언이라 볼 수 있습니까?"

제임스 경은 잠시 망설이다가 대답했다

"그렇습니다."

"제가 알고 있는 모든 정보는 기꺼이 제공하겠습니다. 젊은 숙녀분의 이름이 뭔가요? 헤르사이머 씨가 말해 줘서 얼핏 생각이 나긴 하는데……."

홀 선생은 줄리어스에게 시선을 던지며 물었다.

제임스 경이 솔직하게 대답했다.

"이름은 중요하지 않습니다. 아마 요양소에는 가명으로 들어갔을 겁니다. 하지만 우선 밴드마이어 부인을 아시는지 여쭙고 싶습니다."

"사우스오들리 맨션 20호에 사는 밴드마이어 부인 말씀이신가요? 뭐, 그렇게 자세히는 모릅니다."

"무슨 일이 일어났는지 아십니까?"

"무슨 말씀이신지요?"

"밴드마이어 부인이 죽은 걸 모른다는 말씀이신가요?"

"저런, 저런! 전혀 몰랐습니다! 어떻게 된 거지요?"

"어제 저녁에 클로랄을 과다 복용했습니다."

"자살인가요?"

"사고처럼 보이긴 하지만 사실 저로서는 그것이 믿기지 않습니다. 어쨌든 오늘 아침에 시신으로 발견되었습니다."

"매우 애석합니다. 참으로 아름다운 여인이었지요. 이런 세세한 이야기들을 아는 걸 보니 무척 친하셨나 보군요."

"이런 이야기를 다 아는 건…… 그녀가 죽은 것을 저희가 발견했기 때문입니다."

"정말인가요?"

홀 선생은 깜짝 놀라며 물었다.

"예."

제임스 경이 대답을 한 뒤 습관처럼 턱을 쓰다듬었다.

"매우 슬픈 소식이군요. 하지만 그것과 제임스 경께서 찾는 사람과 무슨 관련이 있는지 모르겠습니다."

"제가 설명해 드리겠습니다. 밴드마이어 부인이 선생님의 요양소에 젊은 친척을 맡기지 않았습니까?"

줄리어스는 몸을 앞으로 기울이며 말했다.

"그렇습니다."

홀 선생이 조용히 대답했다.

"그 사람의 이름은?"

"재닛 밴드마이어였습니다. 밴드마이어 부인의 조카라고 들었습니다."

"언제 입원했습니까?"

"제 기억으로는 1915년 6월이나 7월경이었습니다."

"정신병이었습니까?"

"아니요. 그녀는 멀쩡했습니다. 그런 의미로 물으신 거라면요. 밴드마이어 부인의 말로는 루시타니아호가 가라앉을 때 부인과 함께 그곳에 있었다고 하더군요. 살아나긴 했지만 심한 충격을 받았다고 했어요."

"우리가 제대로 짚은 것 같군!"

제임스가 일행을 둘러보며 말했다.

"말했다시피 정말로 제가 바보였어요!"

줄리어스가 한탄하듯 말했다.

홀 선생은 신기하다는 듯이 일행을 둘러보더니 조심스럽게 입을 열었다.

"그녀에게 진술을 받아야 한다고 하셨지요? 하지만 어쩌면 진술을 하지 못할 수도 있습니다."

"뭐라고요? 그녀는 멀쩡하다고 했잖습니까?"

"예, 그렇습니다. 그렇지만 1915년 5월 7일 이전에 있었던 일에 대한 진술이라면 아마도 불가능할 것 같습니다."

일행은 당황해서 홀 선생을 쳐다보았다. 홀 선생이 활기차게 고개를 끄덕이며 말했다.

"유감스러운 일이지요. 매우 유감스럽습니다. 제임스 경, 중요한 문제라고 하니 더 안타깝군요. 그녀가 아무것도 말해 줄 수 없다는 건 분명한 사실입니다."

"하지만 왜요? 이런 젠장! 도대체 이유가 뭐죠?"

홀 선생은 여전히 호의를 가득 담은 시선으로 흥분한 젊은 미국인을 바라보았다.

"왜냐하면 재닛 밴드마이어는 기억 상실증에 걸렸기 때문입니다."

"뭐라고요?"

"그렇습니다. 매우 흥미롭죠. 하지만 일반 사람들이 생각하는 것처럼 그렇게 드문 경우는 아닙니다. 그와 비슷한 경우가 종종 있어요. 물론 제가 직접 그런 환자를 관찰하기는 처음이었습니다. 솔직히 말씀드리자면 저는 그 환자에게 대단한 흥미를 느꼈습니다."

홀 선생의 만족감은 다소 섬뜩하게 보였다.

"그러면 아무것도 기억을 하지 못한다는 말씀인가요?"

제임스 경이 침착하게 물었다.

"1915년 5월 7일 이전의 일은 아무것도 기억하지 못합니다. 하지만 그날 이후로는 저나 제임스 경처럼 아주 정상적으로 기억하고 있습니다."

"그러면 그녀의 기억 중 가장 오래된 것은 뭡니까?"

"생존자들과 함께 육지로 올라오는 겁니다. 그 이전은 모두 백지입니다. 자신의 이름도 모르고, 어디에서 왔는지, 지금 어디에 있는지도 모르더군요. 심지어 자신의 모국어도 구사하지 못했습니다."

"어떻게 그런 일이 일어날 수 있단 말입니까?"

줄리어스가 끼어들었다.

"아닙니다. 상황을 고려한다면 충분히 일어나고도 남지요. 신경계에 심각한 충격이 전해진 겁니다. 기억 상실은 보통 그와 같은 상황에서 나타난답니다. 그래서 제가 파리에 살고 있는 전문가를 추천해 주었습니다. 그는 이런 계통을 주로 연구하고 있지요. 하지만 밴드마이어 부인은 사람들에게 알려지는 것을 꺼려하더군요."

"당연히 그랬겠죠."

제임스 경이 근엄하게 말했다.

"저는 그녀의 의견에 동의했습니다. 좋지 않은 소문이라도 나면 큰일이니까요. 게다가 그 아가씨는 정말 어렸어요. 고작 19살 정도였으니까요. 만에 하나라도 그녀의 병이 사람들에게 알려진다면 앞날을 망치게 될지도 모르죠. 게다가 그런 병에는 특별한 치료제가 있는 것도 아닙니다. 다만 시간이 해결해 줄 뿐이죠."

"시간이요?"

"그래요. 언젠가는 기억이 돌아올 테니까요. 기억이 사라질 때처럼 갑작스럽게 돌아올 수도 있습니다. 하지만 그동안의 기억을 전부 잃어버릴 가능성도 없지 않습니다. 그렇게 되면 루시타니아호가 가라앉은 그 시점부터 다시 살게 되는 거지요."

"언제 그런 일이 일어날지 예상할 수는 없습니까?"

홀 선생은 어깨를 으쓱했다.

"아, 그건 저도 모릅니다. 때로는 수개월이 될 수도 있고 때로는 20년이 될 수도 있다고 하더군요! 또 어떤 경우에는 다시 한번 큰 충격을 받게 되면 기억을 되찾을 수도 있다고 하더군요. 첫 번째 충격으로 잃게 된 기억을 두 번째 충격으로 되찾는 겁니다."

"또 다른 충격이라고요?"

줄리어스가 생각에 잠겨 물었다.

"네, 그렇습니다. 콜로라도에서도 그런 경우가 있었습니다……."

홀 선생은 입심 좋게 이야기를 늘어놓았다.

줄리어스는 이야기를 듣는 것 같지 않았다. 그는 얼굴을 찌푸린 채 혼자만의 생각에 빠져 있었다. 그러다 갑자기 현실로 돌아와 주먹으로 탁자를 세게 내리치는 바람에 모두를 깜짝 놀라게 했다. 특히 홀 선생은 가장 놀랐다.

"알았어요! 선생님, 제가 생각해 낸 이 계획에 대해서 의학적인 의견을 주시기 바랍니다. 제인이 다시 배를 타고 대서양을 건너는 겁니다. 그리고 똑같은 일이 생기는 거죠. 잠수함, 가라앉는 배, 구명정에 오르는 사람들……. 그러면 되지 않을까요? 그녀의 잠재의

식에 어느 정도의 충격을 주면 기억이 돌아올 수 있지 않을까요?"

"매우 흥미로운 발상이군요, 헤르사이머 씨. 제 생각에는 성공할 것 같습니다. 하지만 제안하신 그런 일이 또 일어날 가능성이 거의 없다는 게 안타까울 뿐입니다."

"저절로 일어날 리는 없죠, 선생님. 제 말은 그렇게 보이도록 꾸미는 겁니다."

"꾸민다고요?"

"그래요. 뭐가 어렵겠습니까? 선박을 하나 사고……."

"선박이라고요?"

홀 선생이 희미하게 웅얼거렸다.

"여행객들도 좀 고용하는 겁니다. 잠수함도 한 척 구하면 되겠죠? 아마 그게 가장 어려운 문제일 것 같습니다. 정부에서는 전시에 사용하는 장비들을 숨기려는 경향이 있거든요. 선착순으로 아무 데서나 팔지는 않지요. 어쨌든 그 문제도 해결할 수는 있습니다. 혹시 '뇌물'이라고 들어 보셨나요? 뇌물은 많은 어려운 문제들을 해결해 줍니다! 어뢰를 발사할 필요까지는 없을 겁니다. 사람들이 분주하게 돌아다니고 배가 가라앉는다고 크게 소리를 지르고 다닌다면 제인처럼 순진한 여자아이는 충분히 겁을 먹을 테니까요. 그때쯤이면 그녀는 구명조끼를 입고 있을 테고 떠밀려서 구명보트에 오르겠죠. 그리고 잘 훈련된 배우들을 한 무리 고용해서 갑판에서 야단법석을 떨게 하는 거죠. 그러면 제인은 1915년 5월의 그날로 되돌아가게 될 거예요. 이 정도면 어떻습니까?"

홀 선생은 멍하니 줄리어스를 바라보았다. 그는 아무 말도 하지 않았지만 시선을 보니 어떤 생각을 하고 있는지 충분히 짐작이 갔다.

줄리어스가 그의 시선에 대해 대답했다.

"아니에요. 저는 미치지 않았어요. 그 일은 완벽하게 가능합니다. 미국에서는 영화를 찍기 위해 매일매일 그런 일을 하는걸요. 영화에서 기차가 부딪히는 장면을 본 적이 없나요? 기차를 사는 것과 선박을 사는 게 뭐가 다르겠어요? 물건만 구할 수 있다면 바로 시작할 수 있어요!"

홀 선생은 그제야 제 목소리를 되찾고는 크게 외쳤다.

"하지만 그 비용이 문제입니다. 그 비용이 어마어마할 겁니다!"

"돈에 대해서는 전혀 걱정할 것이 없습니다."

줄리어스가 간단하게 대답했다.

홀 선생은 마치 도움을 청하듯이 제임스 경을 바라보았다. 제임스 경은 그저 미소만 짓고 있었다.

"헤르사이머 씨는 재산이 많소. 그것도 아주 많다오."

홀 선생의 시선은 다시 줄리어스에게로 옮겨졌다. 미묘하지만 아까와는 분명히 다른 시선이었다. 앞에 앉은 사람은 더 이상 나무에서 떨어진 괴팍한 젊은이가 아니었다. 홀 선생의 시선에는 진짜 부자에 대한 부러움이 담겨 있었다.

"정말로 대단한 계획입니다. 아주 대단해요."

홀 선생은 웅얼거리는 목소리로 계속 이어서 말했다.

"영화라…… 물론 가능할 겁니다! 미국에서는 '시네마'라고 하던

가요? 아주 흥미로운 건 사실입니다. 우리 방법이 조금 뒤떨어졌다는 생각도 드네요. 그 계획을 정말로 실행에 옮길 생각입니까?"

"전 재산을 걸고 맹세할 수 있습니다."

홀 선생은 그의 말을 믿었다. 왜냐하면 앞에 앉은 사람이 바로 미국인이었기 때문이다. 만일 영국인이 그런 일을 하겠다고 했다면 그의 정신 상태를 심각하게 의심했을 것이다.

"그 방법이 확실히 치료가 된다는 보장은 못 하겠습니다. 그 점은 다시 한번 확실하게 말씀을 드려야 할 것 같군요."

홀 선생이 솔직하게 말했다.

"괜찮아요. 그냥 제인을 넘겨주시고 모든 걸 제게 맡기기만 하면 됩니다."

"제인?"

"재닛 밴드마이어 양 말입니다. 지금 당장 요양소로 전화를 해서 그녀를 보내 달라고 해 주십시오. 아니면 제가 차를 끌고 가서 데리고 올까요?"

홀 선생이 그를 망연히 쳐다보며 말했다.

"죄송합니다만 헤르사이머 씨, 이미 그 일에 대해 알고 있는 줄 알았습니다만……."

"알다니요?"

"밴드마이어 양은 제 손을 떠났습니다."

청혼을 받은 터펜스

"뭐라고요?"

줄리어스가 자리에서 벌떡 일어나며 소리쳤다.

"이미 알고 있는 줄 알았습니다."

"언제 떠났습니까?"

"가만있자…… 오늘이 월요일이지요? 지난 수요일인 것 같습니다. 그러니까…… 이런! 당신이 나무에서 떨어진 바로 그날이군요."

"그날 저녁이라고요? 저녁 전이었나요, 아니면 그 이후였나요?"

"그러니까…… 아, 그 이후입니다. 밴드마이어 부인에게서 급한 메시지가 왔더랬죠. 그래서 밴드마이어 양과 그녀를 돌보던 간호사가 밤 기차를 타고 바로 떠났습니다."

줄리어스는 다시 자리에 털썩 주저앉았다.

"이디스 간호사가…… 환자와 같이 떠났다고 했죠……. 그래요,

기억나요. 이럴 수가! 그렇게 가까이 있었는데!"

줄리어스는 혼이 빠진 것처럼 중얼거렸다.

홀 선생은 놀란 표정으로 물었다.

"이해할 수가 없습니다. 그러면 밴드마이어 양은 지금 고모와 있는 게 아닙니까?"

터펜스가 고개를 저었다. 그녀는 말을 꺼내려다 말고 제임스 경이 경고하는 듯한 시선을 보내 오는 것을 보고 다시 입을 다물어 버렸다. 제임스 경이 자리에서 일어나며 말했다.

"홀 선생님, 이렇게 자문을 주셔서 정말 감사합니다. 이제 우리는 다시 밴드마이어 양이 어디에 있는지 수소문해 봐야겠군요. 그녀와 같이 갔다는 간호사는 어떻게 되었습니까? 그녀가 지금 어디에 있는지 혹시 모르십니까?"

홀 선생은 고개를 가로저었다.

"그녀에게서도 아무 연락을 받지 못했습니다. 저는 이디스 간호사가 밴드마이어 양과 한동안 같이 있을 거라고 들었습니다. 하지만 어떻게 된 건지 궁금하군요. 밴드마이어 양이 납치라도 당했나요?"

"그건 확인해 봐야 알 수 있습니다."

제임스 경이 무거운 목소리로 말했다.

홀 선생이 망설이며 물었다.

"저도 경찰에 출두해야 할까요?"

"아닙니다. 아마도 밴드마이어 양은 다른 친척들과 함께 있을 겁니다."

홀 선생은 그 대답에 만족하지 않았다. 하지만 제임스 경이 더 이상 아무런 말도 하지 않으려는 것을 보고 이 유명한 왕실 변호사에게서 정보를 얻어 내려는 쓸데없는 노력은 하지 않기로 했다. 터펜스 일행은 홀 선생과 작별 인사를 나누고 호텔을 나왔다. 그리고 몇 분간 자동차 옆에 서서 이야기를 나누었다.

"정말 미치기 일보 직전이에요. 줄리어스가 몇 시간 동안이나 그녀와 같은 지붕 아래 있었다는 걸 생각해 봐요."

터펜스가 발을 구르며 소리쳤다.

"제가 정말 바보였어요."

줄리어스가 우울하게 대꾸했다.

"오, 아니에요! 그땐 당신도 몰랐잖아요."

터펜스가 줄리어스를 달래며 제임스 경에게도 도움을 청했다.

"그렇죠?"

"이미 엎지른 물이니 더 이상 신경 쓰지 마시오."

제임스 경이 친절하게 말했다.

"중요한 건 이제 우리가 무엇을 해야 할 것인가예요."

터펜스가 실용주의자답게 덧붙였다.

그러자 제임스 경이 어깨를 으쓱하며 말했다.

"제인 핀과 동행한 이디스라는 간호사를 찾는 광고를 낼 수도 있소. 지금 생각할 수 있는 건 그것밖에 없군. 하지만 큰 효과가 있으리라고 생각하지는 않소. 그 밖에는 달리 할 만한 게 없지 않소?"

"아무것도 없다고요? 그럼 토미는요?"

터펜스가 망연하게 말했다.

"무사하길 바랄 수밖에. 끝까지 희망을 버리지 맙시다."

제임스 경이 말했다. 하지만 고개를 떨구고 있는 터펜스의 머리 너머로 줄리어스와 눈이 마주치자, 그는 눈치채지 못할 정도로 살짝 고개를 저었다. 줄리어스는 제임스 경이 거의 가망이 없다고 생각하고 있다는 걸 알았다. 줄리어스의 얼굴이 어두워졌다. 제임스 경은 터펜스의 손을 잡고 말했다.

"만약 더 많은 걸 알게 된다면 내게도 꼭 알려 주시오. 내가 집을 비워도 편지는 항상 전달되니까 연락하시오."

터펜스는 멍한 눈으로 그를 바라보았다.

"어디로 가시나요?"

"말했던 것 같은데, 기억나지 않소? 스코틀랜드요."

"알아요, 하지만 저는……."

터펜스는 망설였다. 그러자 제임스 경이 어깨를 으쓱하며 말했다.

"친애하는 터펜스 양, 안타깝지만 이제 내가 할 수 있는 일은 아무것도 없소. 우리의 단서들이 모두 공기 중으로 사라져 버렸으니 말이오. 다시 말하면 지금으로서는 할 수 있는 일이 아무것도 없다는 거요. 만일 무슨 일이 생기거나 내가 도와줄 일이 있으면 언제든지 연락하시오."

제임스 경의 말에 터펜스는 갑자기 홀로 남겨진 듯한 생각이 들었다.

"당신 말씀이 옳아요. 어쨌든 우리를 도와주신 건 진심으로 감사드려요. 그럼 안녕히 가세요."

그녀가 아쉬운 목소리로 인사했다.

줄리어스는 자동차 너머로 몸을 숙여 인사했다. 터펜스의 풀 죽은 얼굴을 바라보는 제임스 경의 날카로운 시선에 순간적으로 유감스러운 빛이 지나갔다.

"너무 실망하지 마시오, 터펜스 양."

제임스 경이 낮은 목소리로 말했다.

"휴가라고 해서 하루 종일 노는 건 아니라오. 어떤 사람들은 그 와중에도 일을 하니까."

터펜스는 제임스 경의 말에서 묘한 낌새가 느껴져 시선을 들어 그를 올려다보았다. 제임스 경이 미소를 지으면서 고개를 저었다.

"아니요, 이쯤에서 말을 멈춰야겠소. 너무 말을 많이 하다 보면 실수를 하게 되거든. 하지만 기억하시오. 당신이 아는 걸 모두 말하지는 마시오. 당신과 가장 가까이에 있는 사람에게도 말이오. 알겠소? 그럼 잘 있어요."

제임스 경은 말을 마치고 성큼성큼 걸어갔다. 터펜스는 그의 뒷모습을 바라보았다. 그제야 제임스 경의 방법을 이해할 수 있을 것 같았다. 예전에도 그가 아무렇지 않게 그녀에게 조언을 해 준 게 기억났다. 이번 것은 무슨 뜻일까? 그의 마지막 몇 마디에 담겨 있는 의미는 무엇일까? 혹시 이번 사건에서 손을 떼지 않고 비밀리에 더 알아보겠다는 뜻일까?

그녀의 명상은 줄리어스에 의해 끊겼다.

"어서 타요."

줄리어스가 재촉했다.

"생각이 많은 것처럼 보이네요. 노인네가 무슨 이야기를 더 했나요?"

줄리어스가 차를 출발시키면서 물었다. 터펜스는 충동적으로 입을 열었지만 곧 닫아 버렸다. 제임스 경의 말이 귓가에 맴돌았다.

'당신이 아는 걸 모두 말하지는 마시오. 당신과 가장 가까이에 있는 사람에게도 말이오.'

줄리어스가 맨션에서 금고 앞에 서 있던 모습도 번개처럼 스치고 지나갔다. 터펜스가 물었을 때 그는 한참 들여다보다가 '아무것도 없어요.'라고 했지만, 정말 아무것도 없었을까? 혹시 뭔가를 발견하고 혼자 가지고 있는 것은 아닐까? 만일 그가 뭔가를 감추기로 했다면 그녀도 마찬가지로 감출 수밖에 없다.

"별다른 말은 하지 않았어요."

터펜스는 줄리어스가 자기를 흘깃 보는 것을 느낄 수 있었다.

"공원이나 한 바퀴 둘러볼래요?"

"원한다면 그렇게 해요."

잠시 동안 그들은 말없이 나무 아래를 달렸다. 날씨가 눈부시게 좋았다. 바람을 가로지르며 달리자 터펜스는 기분이 조금은 상쾌해지는 것 같았다.

"터펜스 양, 내가 과연 제인을 찾을 수 있을까요?"

줄리어스는 풀이 죽은 목소리로 물었다. 그와는 전혀 어울리지 않는 모습이라서 터펜스는 몸을 돌려 놀란 눈으로 그를 바라보았다. 그가 고개를 끄덕이며 말했다.

"그래요. 난 점점 지쳐 가고 있어요. 오늘 보니 제임스 경은 어떤 희망도 가지지 않은 것 같더군요. 눈치만 봐도 알아요. 나는 그가 썩 마음에 들지는 않아요. 물론 그 점에 대해서는 당신과 생각이 조금 다르지만요. 어쨌든 나는 이 사건에 가능성이 조금이라도 있었다면 그가 손을 떼지는 않았을 거라고 생각해요. 그렇지 않나요?"

터펜스는 마음이 무척 불편해졌다. 하지만 줄리어스가 뭔가를 숨기고 있다는 생각이 좀처럼 가시지 않았다. 그래서 태도를 계속 고수했다.

"제임스 경이 간호사를 찾는 광고를 내보라고 했잖아요."

터펜스는 줄리어스에게 그 사실을 상기시켜 주었다.

"맞아요. '헛된 희망'이라는 듯한 목소리였지만요! 나는 이제 지쳤어요. 당장에라도 미국으로 돌아가 버릴까 하는 생각뿐이에요."

"안 돼요! 토미를 찾아야 하잖아요."

터펜스가 큰 소리로 외쳤다.

"참, 내가 토미를 잊고 있었네요."

줄리어스는 미안한 듯 겸연쩍은 목소리로 말했다.

"그래요, 그를 찾아야 해요. 하지만 내심…… 나는 이번 여행을 시작하면서부터 줄곧 어처구니없는 꿈에 젖어 있지는 않았는지 의구심이 듭니다. 이제 그런 꿈일랑은 잊겠어요. 터펜스 양, 당신에게 묻고 싶은 게 있어요."

"뭐죠?"

"당신과 토미 말인데, 무슨 사이죠?"

"무슨 말인지 모르겠군요."

터펜스는 위엄 있게 말하고는 당치 않다는 듯이 한마디 덧붙였다.

"그리고 그게 뭐든 간에 당신이 틀렸어요!"

"두 사람이 서로 좋아하는 사이가 아닌가요?"

"절대 아니에요. 토미와 나는 그냥 친구예요. 그 이상도 그 이하도 아니에요."

터펜스가 애정이 섞인 목소리로 말했다.

"모든 연인들이 처음에는 다들 그렇게 말하잖아요."

"말도 안 되는 소리 말아요! 내가 만나는 남자마다 사랑에 빠지는 여자로 보이나요?"

터펜스가 톡 쏘아붙였다.

"아니에요. 그 반대로 당신은 남자들을 사랑에 빠지게 하는 부류처럼 보여요."

"어머! 그거 칭찬으로 받아들여도 되나요?"

터펜스가 당황해서 말했다.

"물론이죠. 그래서 말인데, 만약 우리가 토미를 영영 찾지 못한다면…… 그러면……."

"계속 말해 봐요! 그게 현실이라면 나도 받아들일 수 있어요. 그가 만약…… 죽었다면…… 그러면요?"

"이번 일이 다 끝나면 뭘 할 건가요?"

"그건 나도 모르겠어요."

터펜스는 막연하게 말했다.

"당신은 아주 외로울 수도 있어요. 가엾게도 말입니다."

"괜찮을 거예요."

동정이라면 딱 질색으로 여기는 터펜스가 톡 쏘아붙였다.

"결혼은 어때요? 결혼에 대해 생각해 본 적 있어요?"

줄리어스가 진지하게 물었다.

"물론 나도 언젠가는 결혼할 생각이에요. 만일……."

터펜스는 말을 멈추고 잠시 망설였지만 용감하게 생각하고 있던 것을 말했다.

"내 인생을 걸 수 있을 만큼 큰 부자를 만난다면 말이죠. 이게 내 솔직한 심정이에요. 그것 때문에 저를 경멸할지도 모르겠지만요."

"나는 그런 현실적인 성향을 절대로 경멸하지 않아요. 어느 정도면 될 것 같아요?"

"어느 정도라뇨? 키가 얼마나 되면 좋겠냐는 말인가요?"

터펜스가 당황해서 물었다.

"아니요, 수입을 말하는 거예요."

"오, 거기까진 아직 생각하지 못했어요."

"그럼 나는 어때요?"

"당신이요?"

"그래요."

"그럴 순 없어요!"

"왜요?"

"어쨌든 당신은 안 돼요."

"왜 안 된다는 거죠?"

"너무 어울리지 않아요. 불공평해요."

"불공평한 건 하나도 없어요. 괜히 발뺌하려고 둘러대는 것 아닌가요? 나는 터펜스 양을 좋아합니다. 당신은 내가 여태까지 만나 본 어떤 여자보다 훨씬 대단한 여자입니다. 그리고 용기 있는 사람이기도 하지요. 당신을 행복하게 해 주고 싶어요. 여기서 한마디만 하면 당장 고급 보석상으로 달려가서 결혼 반지를 맞출게요."

"그럴 수 없어요."

터펜스는 간신히 대답했다.

"토미 때문인가요?"

"아니, 그렇지 않아요!"

"그러면 무엇 때문이죠?"

터펜스는 계속해서 세차게 고개를 저을 뿐이었다.

"나보다 돈이 많은 사람을 원하는 건 아니겠죠?"

"아, 아니에요."

터펜스는 히스테릭한 웃음을 터뜨리며 간신히 말했다.

"정말 고맙지만 거절하는 게 좋을 것 같네요."

"내일까지 생각해 보고 다시 대답해 주세요."

"그래도 소용없을 거예요."

"그렇다 해도 내일 다시 말해 주세요."

"좋아요."

터펜스가 순순히 대답했다.

두 사람은 리츠 호텔에 도착할 때까지 아무 말도 하지 않았다.

터펜스는 자기 방으로 올라갔다. 줄리어스의 정열적인 구애에 시달리다 못해 녹초가 되고 말았다. 그녀는 거울 앞에 앉아서 몇 분 동안 거울 속에 있는 자신을 바라보았다.

터펜스가 한참 뒤에 얼굴을 찌푸리면서 웅얼거렸다.

"바보. 바보 같으니라고! 네가 원하던 것을 다 가지고 있는 이상형이잖아. 그런데도 멍청한 작은 양처럼 안 된다고 거절을 하다니! 이게 유일한 기회일지도 모르는데 왜 잡지 않은 거지? 당장 움켜쥐었어야 했어. 도대체 뭘 더 원하는 거야?"

터펜스는 마치 그 질문에 대답이라도 하듯이 화장대에 놓인 보잘것없는 액자 속에 들어 있는 토미의 사진을 보았다. 한동안 그녀는 스스로를 억제하려고 애를 썼다. 그러다가 결국 포기하고 사진을 집어 들어 입을 맞춘 뒤 울음을 터뜨렸다.

터펜스는 울부짖었다.

"아! 토미, 토미! 당신을 정말 사랑하나 봐. 이젠 다시는 당신을 못 볼지도 모른다니……."

5분 뒤 터펜스는 자리에서 일어나 앉아서 코를 풀고 머리를 다시 매만졌다. 그러고는 단호하게 말했다.

"그래. 이제 현실을 똑바로 바라보자. 나는 사랑에 빠진 거야. 그것도 나에게 눈곱만큼도 관심이 없는 바보 같은 남자를 좋아하게 되었지 뭐야."

여기서 그녀는 잠시 멈추었다.

"그건 그렇고 토미는 나한테 조금이라도 관심이 있을까?"

터펜스는 보이지 않는 상대와 논쟁이라도 하듯 계속 중얼거렸다.

"어쩌면 그런 말을 하고 싶었어도 감히 꺼내지 못했을 거야. 나는 감상적인 건 딱 질색인데, 오늘은 이 세상에서 가장 감상적인 사람이 되고 말았어. 내가 얼마나 바보 같은지 좀 봐! 오늘 밤 토미의 사진을 베개 밑에 넣고 자면 꿈에서 볼 수 있을까? 내 원칙을 어기다니 정말 끔찍해."

터펜스는 씁쓸하게 고개를 저으면서 달라진 자신의 마음을 들여다보았다.

"줄리어스에게는 뭐라고 해야 할지 고민이네. 아, 정말로 바보가 됐나 보네! 뭐라고 말해 줘야 하지? 그 사람은 미국인이라서 합당한 이유를 듣고 싶어 할 텐데……. 줄리어스가 금고 안에서 정말로 아무것도 보지 못했을까?"

터펜스의 고민은 다른 방향으로 흘러갔다. 그녀는 지난밤에 있었던 일들을 천천히 곱씹어 보았다. 제임스 경의 수수께끼 같은 말과 모든 게 연결되어 있는 것만 같았다.

갑자기 그녀는 소스라치게 놀랐다. 얼굴에서도 핏기가 사라졌다. 커다래진 눈동자는 너무 놀라 앞을 멍하니 보고 있었다.

그녀는 웅얼거렸다.

"불가능해. 절대 불가능해! 그런 걸 생각하다니 내 머리가 어떻게 된 거 아냐?"

터무니없지만 모든 것이 설명이 되었다…….

잠시 동안 곰곰이 생각한 터펜스는 자리에 앉아서 쪽지를 썼다. 단어 하나하나마다 힘을 주어 꾹꾹 써 내려갔다. 이윽고 그녀는 만족한 듯 고개를 끄덕이면서 쪽지를 봉투에 넣었다. 봉투에는 줄리어스의 이름을 적었다. 터펜스는 방을 나와 복도를 따라 내려간 뒤 줄리어스의 방문을 두드렸다. 예상대로 방은 비어 있었다. 그녀는 탁자에 쪽지를 두고 나왔다.

다시 그녀의 방으로 돌아오자 호텔 사환이 그녀의 방문 앞에 앉아 있었다.

"전보가 왔습니다."

터펜스는 쟁반에 놓인 봉투를 받아 별 생각 없이 뜯었다. 그러더니 갑자기 소리를 지르며 펄쩍펄쩍 뛰었다.

전보는 토미에게서 온 것이었다!

점점이 밝혀진 불빛에 어둠이 밀려나듯이, 토미도 천천히 의식을 되찾았다. 이윽고 눈을 뜬 토미는 관자놀이를 관통하는 극심한 고통 외에는 아무것도 느낄 수가 없었다. 낯선 환경에 대해서는 어렴풋이 감을 잡았다. 여기가 어디지? 도대체 무슨 일이 일어난 걸까? 토미는 무기력하게 눈을 껌뻑였다. 여기는 리츠 호텔에 있는 그의 방이 아니었다. 게다가 도대체 머리는 왜 이렇게 아픈 걸까?

"젠장!"

토미는 거칠게 중얼거리며 일어나 앉으려고 했다. 그제야 기억이 났다. 그는 소호에 있는 악당들의 집에 있었다. 토미는 신음 소리를 내면서 다시 쓰러졌다. 그렇지만 눈을 반쯤 뜨고 주변을 조심스럽게 탐색했다.

"정신을 차렸군."

토미의 귓가에 낯익은 목소리가 들렸다. 토미는 턱수염이 난 독일인의 목소리라는 것을 즉시 알아차릴 수 있었다. 그래서 일부러 움직이지 않고 가만히 누워 있었다. 너무 빨리 정신을 차리면 자신에게 불리할 것 같은 강한 예감이 든 데다가, 머리의 통증이라도 사라져야지 제대로 생각할 수 있기 때문이었다. 토미는 무슨 일이 일어난 건지 머릿속으로 돌이켜 보았다. 방 안에서의 대화를 엿듣고 있을 때 누군가가 등 뒤로 다가와서 머리를 내려친 것이 분명했다. 악당들은 그가 첩자인 줄 알 테니 자백을 받아 내려 할 것이 분명했다. 사면초가에 빠진 것이다. 그가 이곳에 있다는 사실을 아무도 모르고 있기 때문에 밖에서 누군가가 도와줄 거라는 희망도 없었다. 오로지 자신의 기지밖에 의지할 게 없었다.

"자, 시작해 보자."

토미가 스스로에게 다짐하듯 말했다. 그렇지만 잠시 후 조금 전에 한 말을 다시 내뱉었다.

"젠장!"

그는 다시 한번 시도했다. 이번에야 겨우 일어나 앉을 수 있었다.

잠시 후 독일인이 앞으로 다가와서 토미의 입술에 물잔을 대면서 짧게 말했다.

"마셔!"

토미는 순순히 따랐다. 물이 한꺼번에 꿀꺽 넘어가는 바람에 마른 목구멍이 찢어질 것 같았지만 머리는 신기할 정도로 맑아졌다.

토미는 회합이 있던 방의 소파에 누워 있었다. 그의 한쪽 옆에는 독일인이 있었고 다른 쪽에는 토미를 집 안으로 들여보내 준 험상궂은 문지기가 있었다. 다른 사람들은 약간 떨어진 곳에 모여 있었다. 그중에 한 사람이 보이지 않았다. 1번으로 불리던 사나이가 어디로 갔는지 거기에 없었다.

"이제 좀 낫나?"

독일인이 빈 물잔을 치우면서 말했다.

"그래요. 고맙군요."

토미가 대답했다.

"이보게, 젊은 친구! 자넨 두개골이 두꺼워서 운이 좋았어. 우리 콘래드가 그렇게 세게 내리쳤는데도 살아남다니."

독일인이 고갯짓으로 험상궂은 얼굴을 가진 문지기를 가리켰다. 문지기가 비열한 미소를 지어 보였다.

토미는 힘들게 고개를 돌려서 그를 보았다.

"아, 당신이 콘래드군요. 내 두개골이 두꺼운 건 당신한테도 운 좋은 일이에요. 사형 집행인의 손에 넘길 수 있었는데, 용케 빠져나오게 해 준 것 같아서 유감일 뿐이군요."

문지기가 사납게 으르렁거리자 독일인이 그를 저지했다.

"콘래드가 그런 위험에 처할 일은 없을 거야."

토미는 코웃음을 치며 말했다.

"당신만 좋다면 당장에라도 달려가서 경찰들을 데려올 수 있어요. 나로서도 그래야 더 마음이 놓일 것 같군요."

토미는 아주 태연하게 행동했다. 토미 베레스퍼드는 뛰어난 지능은 없어도 사면초가의 상황에서 동요하지 않고 평정심을 유지할 수 있는 젊은 영국인 가운데 하나였다. 게다가 그런 청년들은 타고난 조심성과 신중함도 갖추고 있었다.

토미는 자신의 기지를 최대한 발휘해야만 이곳을 벗어날 수 있으리라는 사실을 잘 알고 있었다. 그는 태연한 척하면서도 머릿속으로는 필사적으로 방법을 찾고 있었다.

독일인은 차가운 억양으로 대화를 이끌었다.

"첩자이긴 하지만 죽기 전에 남기고 싶은 말은 없나?"

"너무 많아서 탈이지요."

토미가 조금 전과 마찬가지로 태연하게 대답했다.

"저 문 뒤에서 우리 대화를 엿들은 건 부인하지 않겠지?"

"부인하지는 않겠어요. 그 점에 대해서는 사과하죠. 하지만 당신들의 대화가 너무나 흥미로워서 양심의 가책을 잊어버렸지 뭡니까."

"어떻게 들어왔지?"

"저기 친절한 콘래드가 들여보내 주었어요."

토미는 놀리는 표정으로 문지기에게 미소를 지어 보였다.

"충실한 하인을 자르라고 하긴 좀 그렇지만 당신들에게는 더 똑똑한 파수꾼이 필요할 것 같군요."

콘래드는 무기력하게 으르렁거리다가 독일인이 그를 돌아보자 새쭉하게 말했다.

"암호를 말했어요. 제가 어떻게 알았겠어요?"

"그래요. 그의 잘못은 아니지요. 저 불쌍한 사람을 너무 탓하진 마세요. 그의 경솔한 행동 덕분에 당신들이랑 이렇게 얼굴이라도 맞대고 있게 되었잖아요."

토미가 낭랑한 목소리로 말했다.

악당들은 토미가 생각한 대로 일순간 그의 말에 동요했다. 그러자 독일인이 손을 흔들어 그들을 진정시켰다.

"죽은 자는 말이 없지."

독일인은 차가운 목소리로 말했다.

"아! 하지만 나는 아직 죽지 않았지요."

"곧 죽게 될 거야, 젊은 친구."

독일인이 변함없는 어조로 말했다. 그러자 주위에서도 동조하는 소리가 터져 나왔다.

토미의 심장이 빨리 뛰기 시작했다. 하지만 전혀 아무렇지 않은 듯 발랄하면서도 단호하게 말했다.

"나는 그렇게 생각하지 않아요. 당신들은 날 쉽게 죽이지 못해요."

그 말에 상대방이 당황해하는 것이 역력히 보였다.

"우리가 너를 죽이지 못할 이유라도 있나?"

독일인이 나지막한 목소리로 물었다.

"여러 가지가 있어요."

토미가 대답을 하다 말고 도리어 질문을 던졌다.

"이것 보세요. 당신만 질문을 할 게 아니라 나도 하나만 물어봅시다. 왜 나를 처음에 발견했을 때나 제정신을 차리기 전에 죽이지 않은 겁니까?"

독일인이 망설이는 모습을 토미는 놓치지 않았다.

"내가 얼마나 아는지 몰라서가 아닌가요? 또 내가 그런 정보를 어디서 얻었는지도 궁금했을 테고. 만약 여기서 나를 죽이면 당신들은 그 사실을 영원히 알아낼 수 없을 거예요."

그 순간 보리스의 감정이 폭발했다. 보리스가 손을 흔들면서 앞으로 나섰다.

"이 빌어먹을 첩자 녀석! 당장 네놈을 죽여 주마. 어서 이놈을 죽이시오!"

보리스의 고함과 함께 사방에서 찬성하는 소리가 들렸다.

독일인이 토미를 노려보면서 말했다.

"들었나? 이제 뭐라고 할 건가?"

토미는 어깨를 으쓱하며 말했다.

"뭐라고 할 거냐고요? 바보들 같으니라고! 저들에게 스스로 물어보라고 하세요. 내가 여길 어떻게 왔을지 말이에요. 친애하는 콘래드가 한 말을 기억해 봐요. 나는 암호를 대고 집 안으로 들어왔다고요. 그렇지 않나요? 내가 어떻게 암호를 알아냈는지 궁금하지 않나요? 설마 내가 그냥 계단을 올라와서 내 머릿속에 떠오르는 단어를 아무거나 댔을 거라고 생각하는 건 아니겠죠?"

토미는 그렇게 말을 끝맺은 게 무척 마음에 들었다. 터펜스가 옆에서 그 말솜씨를 감상할 수 없다는 사실이 안타까울 뿐이었다.

"그건 맞는 말입니다. 우리는 배신을 당한 겁니다!"

노동자 옷을 입은 남자가 앞으로 나서며 말했다. 험상궂은 욕설

들이 쏟아져 나왔다. 토미는 그들의 의심을 북돋기 위해 비열한 미소까지 지어 보였다.

"이제 좀 낫군요. 머리를 쓰지 않고서야 어떻게 일이 성공하길 바랄 수 있겠습니까?"

"누가 우리를 배신했는지 말해. 물론 말한다 해도 너를 살려 줄 수는 없지. 암, 그렇고말고! 네가 아는 건 죄다 말하게 될 거야. 여기 있는 보리스는 사람들이 진실을 실토하게 만드는 방법들을 많이 알고 있거든!"

독일인이 싸늘하게 말했다.

"하! 당신들은 나를 고문하지도 죽이지도 못할 거예요."

토미가 속에서부터 올라오는 불쾌한 감정을 애써 억누르고 상대방을 경멸하듯이 말했다.

"그건 왜지?"

보리스가 물었다.

"황금알을 낳는 거위를 죽이는 꼴이 되기 때문이지요."

토미가 조용히 대답했다.

잠시 아무도 말을 하지 않았다. 토미의 자신만만한 태도가 먹힌 것 같았다. 그들은 이제 아무것도 확신하지 못했다. 허름한 옷을 입은 사내가 토미를 훑어보다 조용히 말했다.

"보리스, 저놈이 허풍을 치는 거야."

토미는 죽이고 싶을 만큼 그 사람이 싫었다. 혹시 자기의 속을 꿰뚫어 본 건 아닐까 불안하기도 했다.

독일인이 애써 태연한 표정을 지으며 토미를 향해 거칠게 몸을 돌렸다.

"그게 무슨 뜻이지?"

"당신이야말로 내가 무슨 말을 하고 있다고 생각합니까?"

토미는 질문을 되돌리면서 필사적으로 빠져나갈 구멍을 찾아 헤맸다.

보리스가 한 걸음 앞으로 나오더니 토미의 얼굴 앞에 주먹을 대고 흔들었다.

"어서 말해, 이 빌어먹을 영국 놈아. 어서 말하지 못해?"

토미가 차분하게 말했다.

"너무 흥분하지 말아요, 친구. 당신네 외국인들은 그게 가장 나빠요. 평정을 유지할 줄 모른다니까요. 자, 내가 하나 물어볼게요. 내가 당신들이 나를 죽일까 봐 조금이라도 겁먹은 사람처럼 보입니까?"

그는 자신만만하게 주위를 둘러보았다. 그러면서도 악당들이 세차게 뛰는 심장 소리를 듣지 못하는 것을 감사하게 생각했다.

"그런 것 같진 않군."

보리스가 우울하게 대답했다.

'다행이다! 녀석은 상대방의 속을 읽을 줄 몰라.'

토미는 큰 소리로 유리한 입장을 끌고 나갔다.

"그러면 내가 왜 이렇게 자신만만한지 생각해 봐요. 아마도 협상할 수 있는 어떤 정보를 가지고 있지 않을까요."

"협상?"

독일인이 그를 노려보았다.

"그래요, 협상. 내 목숨과 자유. 그 대가는……."

토미는 거기서 말을 끊었다.

"대가는?"

악당들은 그에게 더욱 압박을 가했다. 긴장감이 너무나 팽팽해서 바늘이 떨어지는 소리도 들릴 것 같았다.

토미가 천천히 입을 열었다.

"댄버스가 루시타니아호를 타고 미국에서 가져왔다는 문서입니다."

그 말의 효과는 가히 전기 충격과 같았다. 모든 사람들이 자리에서 벌떡 일어났다. 독일인이 손을 흔들어 그들을 진정시켰다. 토미를 향해 몸을 숙인 독일인의 얼굴은 이제 흥분으로 보라색으로 변해 있었다.

"힘멜(세상에)! 그렇다면 당신이 문서를 가지고 있다는 말인가?"

토미는 조금도 동요하지 않고 고개를 가로저었다.

"그럼 어디에 있는지 알고 있소?"

독일인이 집요하게 다그쳤다.

토미가 다시 고개를 저으며 말했다.

"전혀 모르지요."

"그렇다면 도대체 왜……."

독일인은 분노가 극에 달했는지 말을 잇지 못했다.

토미는 주위를 둘러보았다. 모두의 얼굴에서 분노와 흥분을 읽을 수 있었다. 하지만 침착하고 자신만만한 태도가 제대로 작용을 했는지 아무도 그가 허풍을 떤다고 생각하지는 않는 것 같았다.

"그 서류가 어디 있는지는 모르지만…… 찾을 수 있다고 확신해요. 내가 세운 가설에 의하면."

"하!"

토미가 손을 들자 야유를 보내던 악당들이 조용해졌다.

"가설이라고 하지만 제법 확실한 근거를 가지고 있습니다. 이건 나 혼자만 알고 있는 사실입니다. 당신들로서는 손해 볼 게 없지 않나요? 내가 서류를 찾아서 가져다주면 당신들은 그 대가로 내게 자유를 주는 겁니다. 그 정도면 제법 괜찮은 거래가 아닌가요?"

"만일 우리가 거절한다면?"

독일인이 낮은 목소리로 물었다.

토미는 소파에 다시 길게 드러누운 뒤, 신중하게 입을 열었다.

"29일까지는 앞으로 2주일도 남지 않았지요."

독일인은 잠시 망설이더니 콘래드에게 손짓을 했다.

"이놈을 다른 방으로 데려가."

5분 동안 토미는 지저분한 옆방 침대에 누워 있었다. 그때까지도 심장은 심하게 날뛰고 있었다. 그는 자신의 운을 모두 걸었다. 과연 그들이 어떤 결정을 내릴 것인가? 머릿속에서는 고통스러운 질문들이 끊임없이 쏟아졌지만 토미는 겉으로는 계속 태연하게 콘래드를 향해 이죽거렸다. 문지기의 분노는 극에 달해서 금방이라도 토미를 죽일 것만 같았다.

이윽고 문이 열리고 독일인이 급히 콘래드를 불렀다.

"판사가 검은 모자(판사가 사형 선고를 내릴 때 쓰는 모자의 색깔 — 옮긴이)를 쓰지 않았기만을 빌어야겠군."

토미가 콘래드를 따라가며 경박스럽게 말했다.

"그래, 콘래드. 나를 데리고 들어가라고. 신사 여러분, 죄수가 다시 피고석으로 나왔습니다."

독일인은 다시 탁자 뒤에 앉아 있었다. 그는 토미에게 반대편에 앉으라고 손짓하고는 거친 목소리로 말했다.

"받아들이겠다. 하지만 조건이 있다. 너를 풀어 주기 전에 문서가 우리 손에 들어와야 해."

"바보 같긴! 여기에 나를 묶어 두면 내가 어떻게 문서를 찾아올 수 있겠어요?"

토미가 친근한 목소리로 말했다.

"그럼 뭘 기대했나?"

"내가 일을 보러 돌아다닐 수 있도록 어느 정도의 자유는 주어야 할 것 아닙니까?"

독일인이 껄껄거리며 웃었다.

"헛된 약속 하나만 믿고 여기서 내보내 줄 만큼 우리가 애송이인 것 같나?"

"설마요! 만약 그랬다면 나한테는 훨씬 수월했겠지만 말이에요! 어차피 당신들이 찬성하리라 생각하지도 않았어요. 그럼 절충안을 마련하지요. 내게 콘래드를 붙여 주는 건 어때요? 저 사람은 의리가 강한 데다가 주먹도 세니까요."

토미가 차분하게 대답했다. 하지만 독일인은 차갑게 응수했다.

"우리가 바라는 건 네가 여기에 남는 거다. 그리고 우리 중 한 사람이 네 지시에 따라 움직이는 거지. 만약 복잡한 일이 생기면 돌아와서 다시 네 지시를 받으면 될 거야."

그러자 토미가 투덜거리며 말했다.

"내 손을 묶어 놓겠다는 말이군요. 하지만 이건 아주 조심스러운 일이에요. 만약 다른 사람이 나 대신 움직이다가 일이 틀어지기라도 하면 그 책임은 누가 지죠? 눈 씻고 봐도 당신들 중에는 재치라는 걸 가진 사람이 없어 보이는데요."

독일인은 초조하게 탁자를 두드렸다.

"이게 우리의 조건이다. 그게 아니면 죽음뿐이야!"

토미는 피곤한 듯 뒤로 기대앉았다.

"난 당신 같은 스타일이 마음에 들어요. 간결하지만 매력적이거든요. 좋아요. 어쩔 수 없지요. 하지만 한 가지는 꼭 약속해 주세요. 내가 그 아가씨를 만나야 해요."

"아가씨라니?"

"물론 제인 핀이지요."

독일인은 신기하다는 듯이 몇 분간 그를 빤히 쳐다보았다. 그리고 조심스럽게 단어를 고르며 천천히 입을 열었다.

"그녀가 네게 아무 말도 해 줄 수 없다는 걸 알고 있나?"

토미의 심장 박동이 더욱 빨라졌다. 제인 핀과 직접 만날 수 있다는 것인가?

"나한테 뭘 말해 달라고 만나려는 건 아니에요. 대답을 꼭 말로 들을 필요는 없지요."

토미가 침착하게 말했다.

"그럼 왜 그녀를 만나야 한다는 거지?"

토미는 잠시 침묵을 지켰다. 그러고는 잠시 후 이렇게 말했다.

"내 질문에 대한 그녀의 반응만 보면 돼요."

독일인의 눈에 조금 전처럼 이해할 수 없는 빛이 스쳤다.

"그녀는 네 질문에 어떤 대답도 못 해 줄 거야."

"그건 상관없어요. 나는 그녀의 얼굴만 보면 되거든요."

"그렇게 해서 뭔가를 알아낼 수 있다고 생각하는 건가?"

그는 짧은 웃음을 터뜨렸다. 토미는 어느 부분엔가 자신이 모르는 어떤 요인이 있다고 느꼈다. 독일인이 토미를 살펴보며 부드럽게 말했다.

"갑자기 우리가 생각하는 것만큼 네가 많이 알고 있는지 궁금해지는군."

토미는 조금 전보다 자신의 처지가 다소 불리해진 것을 알 수 있었다. 조금 당황스러웠다. 말실수라도 한 건 아닐까? 그는 머릿속에 떠오르는 대로 말을 했다.

"물론 내가 모르는 것 중에 당신들이 아는 것도 있겠지요. 그것들을 내가 모두 알고 있다고 말하지는 않겠어요. 그렇지만 반대로 내가 알고 있는 것 중에는 당신들이 모르는 것도 있지요. 그래서 내가 유리할 수 있는 거예요. 댄버스는 아주 똑똑한 친구라서…….”

토미는 마치 자신이 말을 너무 많이 했다는 듯이 서둘러 말을 끊었다.

그러자 독일인의 얼굴이 조금 전보다 훨씬 밝아졌다.

“댄버스라…… 알겠어…….”

그는 1분 정도 아무 말 없이 앉아 있다가 콘래드에게 손짓했다.

“이놈을 위층으로 끌고 가.”

“잠깐만요. 제인 핀은 어떻게 할 거죠?”

토미가 물었다.

“그건 주선해 보도록 하지.”

“꼭 만나게 해 주겠다고 약속해 줘요.”

“그건 두고 봐야 해. 그걸 결정할 수 있는 사람은 한 사람뿐이니까.”

“누구죠?”

토미는 질문을 던졌지만 이미 대답을 알고 있었다.

“브라운 씨가…….”

“나도 그를 만날 수 있나요?”

“글쎄!”

“가자.”

콘래드가 거칠게 잡아끌며 말했다. 토미는 순순히 따랐다. 문밖으로 나오자 콘래드가 토미에게 계단을 올라가라는 눈짓을 보냈다. 계단을 올라가자 콘래드는 방문 하나를 열더니 토미를 그 안으로 밀어 넣었다. 그런 다음 쉭쉭 소리가 나는 가스램프를 켜고는 밖으로 나갔다. 밖에서 열쇠로 잠그는 소리가 들렸다.

토미는 새로운 감옥을 자세히 살펴보기 시작했다. 아래층보다 작은 방이었고 환기가 되지 않는지 공기가 답답했다. 알고 보니 그 방에는 창문이 없었다. 벽은 다른 곳과 마찬가지로 매우 지저분했는데, 한쪽에 『파우스트』의 장면을 묘사한 그림 네 폭이 삐뚜름하게 걸려 있었다. 보석 상자를 가지고 있는 마르그리트, 교회 장면, 꽃다발을 들고 있는 지벨 그리고 파우스트와 메피스토펠레스였다. 마지막 그림을 보자 다시 브라운이 떠올랐다. 육중한 문에 갇힌 토미는 세상에서 완전히 단절된 것처럼 느껴졌다. 완벽하게 밀폐된 방에서 그는 대범죄자의 사악한 힘을 피부로 더 가깝게 느낄 수 있었다. 여기서 소리친다 해도 아무도 듣지 못할 것이다. 여기는 살아 있는 무덤인 것이다…….

토미는 기운을 잃지 않으려고 애를 썼다. 그는 침대에 누워서 잠시 생각에 잠겼다. 하지만 머리가 많이 아픈 데다가 배까지 고파 참을 수가 없었다. 주변의 적막함이 힘을 더욱 소진시켰다. 토미는 스스로를 위로했다.

"어쨌든 대장은 만나 보겠군. 미스터리에 싸인 브라운 말이야. 그리고 계속 운이 좋다면 제인 핀도 만나 볼 수 있겠지. 그 뒤에는……."

토미는 그 이후의 전망은 매우 어둡다는 사실을 인정할 수밖에 없었다.

어넷

미래에 대한 걱정은 당면한 문제에 그대로 묻혀 버렸다. 가장 시급한 문제는 바로 배고픔이었다. 토미는 건강하고 식욕이 왕성한 남자였다. 점심으로 감자튀김을 곁들인 스테이크를 먹은 것이 벌써 10년 전 일처럼 아득하기만 했다. 유감스럽지만 토미는 스스로 단식 투쟁 같은 건 절대 성공하지 못할 것이라고 생각했다.

그는 감옥 안을 이유 없이 어슬렁거렸다. 한두 번은 자존심을 버리고 문을 두드리기도 했다. 하지만 밖에서는 아무도 대답하지 않았다.

“빌어먹을! 설마 나를 굶겨 죽이려는 생각은 아니겠지?”

토미가 화가 나서 외쳤다.

새로운 두려움이 뇌리를 스치고 지나갔다. 어쩌면 보리스가 실토를 시킬 때 쓰는 좋은 방법이란 게 굶기는 건 아닐까? 하지만 잠시 생각한 뒤 그런 걱정은 접어 두기로 했다.

"이건 분명히 그 교활한 콘래드의 짓일 거야."

그는 결론을 내렸다.

"언젠가 꼭 복수를 해 주고 말 테다. 이건 분명히 놈의 농간이야."

콘래드의 달걀 같은 머리를 뭔가로 내려찍으면 기분이 매우 좋을 것 같았다. 토미는 머리를 부드럽게 쓰다듬으면서 상상을 즐겼다. 그때 퍼뜩 좋은 생각이 떠올랐다. 상상을 현실로 바꾸지 말란 법이 있는가? 콘래드는 이 집에 살고 있는 게 분명했다. 독일인을 포함한 다른 사람들은 이 집을 단지 회합 장소로만 사용하고 있을 것이다. 따라서 문 뒤에 숨어서 기다리고 있다가 콘래드가 들어오면 그의 머리를 의자나 기괴한 그림으로 정확하게 내려치는 것이다. 하지만 너무 세게 내려치지 않도록 주의해야 한다. 그리고…… 그대로 걸어 나가면 된다! 만약 내려가다 누군가를 만난다면……. 토미는 상대방을 주먹으로 때려눕히는 상상만으로도 기분이 한결 좋아졌다. 그런 일이야말로 오늘 오후의 입씨름보다 그가 훨씬 더 잘하는 것이다. 스스로의 계획에 심취한 토미는 악마와 파우스트의 그림을 벽에서 부드럽게 떼어 낸 뒤 자리를 잡고 기다렸다. 그는 희망으로 잔뜩 부풀어 올랐다. 계획은 매우 간단하면서도 완벽해 보였다.

시간이 계속 흘러갔지만 콘래드는 나타나지 않았다. 감옥에서는 창문이 없어서 밤이나 낮이나 똑같았다. 하지만 제법 정확한 토미의 손목시계가 저녁 9시임을 알려 주었다. 토미는 곧 저녁 식사가 오지 않으면 이제 아침 식사를 기다려야 한다는 우울한 생각에 기운이 빠졌다. 10시가 되자 그는 모든 희망을 버리고 침대에 대자로 드러누워 잠이라도 자려고 애를 썼다. 5분 뒤 그는 모든 걱정을 잊고 푹 곯아떨어졌다.

열쇠를 돌리는 소리에 토미는 깨어났다. 토미는 잠에서 깨는 순간부터 즉시 또렷한 정신과 완벽한 체력을 발휘하는 소설 속 남자 주인공과는 달랐다. 그는 한동안 천장을 보고 눈을 껌뻑거리면서 자기가 어디에 있는지 생각했다. 기억이 돌아오자 그는 바로 손목시계를 보았다. 8시였다.

"아마 이른 아침에 마시는 차이거나 아침 식사일 거야."

토미는 결론을 내렸다.

"후자였으면 더 좋겠는데!"

문이 활짝 열리는 순간, 그제야 토미는 어젯밤에 못된 콘래드를 때려눕힐 계획을 세운 것을 기억했다. 하지만 너무 늦었다. 다음 순간 그는 계획을 잊은 것이 천만다행이라고 생각했다. 방 안으로 들어온 사람이 콘래드가 아니라 웬 젊은 아가씨였기 때문이었다. 그녀는 쟁반을 가지고 와서 탁자에 내려놓았다.

가스 램프의 희미한 불빛 아래서 토미는 그녀에게 눈을 찡긋했다. 그녀는 여태까지 보아 온 어떤 여자보다도 아름다웠다. 갈색 머리카락은 풍성했는데, 머리카락 사이사이로 태양빛이 갇혀 있는 것처럼 금빛이 출렁거렸다. 얼굴은 마치 야생에 핀 장미 같았다. 넓은 미간에, 갈색 눈은 금빛이 도는 갈색이어서 머리카락과 마찬가지로 태양빛을 떠오르게 했다.

그 순간 불쑥 토미의 머릿속에 한 가지 생각이 스쳤다.

"당신이 제인 핀인가요?"

그는 숨죽인 목소리로 물었다.

여자는 이상하다는 듯이 고개를 저었다.

"제 이름은 어넷입니다, 무슈."

그녀는 부드럽긴 하지만 매우 어색한 영어 발음으로 대답했다.

"아! 프랑세즈(프랑스인)?"

토미는 약간 놀라서 물었다.

"위, 무슈. 무슈 팔르 프랑세(예, 선생님. 프랑스어를 할 줄 아세요)?"

"잘은 못해요. 이건 뭐죠? 아침인가요?"

토미가 물었다.

어넷이 고개를 끄덕이자 토미는 침대에서 얼른 내려와 쟁반 위의 내용물을 살폈다. 빵 한 덩어리와 마가린 그리고 커피 한 잔뿐이었다.

"리츠의 수준에는 전혀 못 미치는군. 하지만 일용할 양식을 주셔서 감사합니다, 아멘."

그는 한숨을 쉬며 말했다.

토미가 의자를 끌어당겨서 앉자 어넷은 문 쪽으로 몸을 돌렸다.

"잠깐만요. 물어보고 싶은 게 많아요, 어넷. 이 집에서는 뭘 하고 있는 거죠? 콘래드의 딸이라거나 조카라는 말은 하지 마세요. 전혀 믿을 수가 없으니까요."

토미가 외치듯 어넷을 잡고 물었다.

"저는 여기서 일하는 것뿐이에요, 무슈. 아무하고도 친척이 아니에요."

"그렇군요. 내가 조금 전에 물어본 그 이름을 혹시라도 들어 본 적이 있나요?"

토미가 다시 물었다.

"사람들이 이야기하는 걸 몇 번 들은 적은 있어요."

"그녀가 어디 있는지는 모르나요?"

어넷은 고개를 저었다.

"예를 들자면, 이 집 안에 혹시 없나요?"

"예, 무슈. 저는 이만 가 봐야겠어요. 사람들이 기다릴 거예요."

그녀는 서둘러서 나갔다. 밖에서 다시 자물쇠를 잠그는 소리가 들렸다.

"도대체 어떤 사람들이 기다린다는 거지?"

토미는 빵 한 덩어리를 씹어 먹으면서 생각했다.

"운이 좋다면 저 아가씨가 여기서 나가도록 도와줄지도 몰라. 악당들과 한편인 것처럼 보이진 않는데……."

1시가 되자 어넷이 쟁반을 들고 다시 나타났다. 이번에는 콘래드가 따라 들어왔다.

"좋은 아침! 하지만 자네는 향이 좋은 비누를 사용할 필요가 있어."

토미가 웃음 띤 얼굴로 친절하게 말했다.

콘래드는 위협적으로 으르렁거렸다.

"농담이라고는 전혀 모르는군, 안 그래? 자, 자, 진정하라고. 지성과 미모를 한꺼번에 가질 수는 없는 것 아닌가? 점심은 뭐지? 스튜?

내가 어떻게 알았냐고? 아주 간단해. 양파 냄새가 나는 걸 보니 틀림없어."

"맘껏 나불거려라. 이제 떠들 수 있는 시간도 얼마 안 남았으니까."

콘래드가 투덜거렸다.

듣기만 해도 기분이 나쁜 말이었다. 하지만 토미는 무시하고 탁자 앞에 앉았다.

그날 저녁 토미는 침대에 앉아서 곰곰이 생각해 보았다. 콘래드가 다시 어넷과 같이 방으로 들어올까? 만일 그렇지 않다면 그녀에게 도움을 요청해 보는 건 어떨까? 그는 어떤 방법이든 시도해 보기로 결심했다. 지금 그의 상황은 매우 절박했다.

8시가 되어 열쇠가 돌아가는 친숙한 소리가 들려오자 그는 벌떡 일어섰다. 어넷은 혼자 들어왔다.

"문을 닫아요. 당신이랑 이야기를 좀 해야겠어요."

토미가 명령조로 말하자 어넷은 순순히 따랐다.

"이것 봐요, 어넷. 혹시 내가 여기서 나가는 걸 도와줄 수 있나요?"

어넷은 고개를 저으며 말했다.

"불가능해요. 아래층에 세 사람이나 지키고 있어요."

토미는 마음속으로 그 정보에 내심 고마워했다.

"오! 하지만 나는 당신이 나를 도와줄 수 있으리라 믿어요."

"그렇지 않아요, 무슈."

"왜죠?"

어넷은 망설이다 입을 열었다.

"저는…… 그들이 제 편이라고 생각해요. 당신은 몰래 정보를 빼내려고 했어요. 그들이 당신을 이곳에 가둬 두는 건 당연하다고 생각해요."

"그 사람들은 악당이에요, 어넷. 만약 나를 도와주면 당신도 여기서 데리고 나가 줄게요. 어쩌면 많은 돈을 벌게 될 수도 있어요."

하지만 어넷은 미약하게 고개를 저을 뿐이었다.

"그럴 수 없어요, 무슈. 저는 그들이 두렵답니다."

어넷은 돌아서서 나가려고 했다.

"그럼 다른 아가씨를 돕기 위해서라고 해도 도와주지 않을 건가요? 나이도 당신이랑 비슷해요. 저들의 마수에서 그녀를 구해 낼 수 있도록 도와줘요."

토미가 외치듯 말했다.

"제인 핀을 말씀하시는 건가요?"

"그래요."

"그럼 여기는 그녀를 찾으러 온 건가요?"

"그래요."

어넷은 그를 바라보더니 이마에 손을 대고 천천히 말했다.

"제인 핀이라…… 많이 들어서 친숙한 이름이긴 해요."

귀가 솔깃해진 토미가 그녀에게 다가서며 물었다.

"뭔가를 알고 있는 게 틀림없어요, 그렇죠?"

하지만 어넷은 갑자기 몸을 돌렸다.

"저는 아무것도 몰라요. 그냥 이름만 생각날 뿐이라고요."

그녀는 문으로 걸어가다 말고 갑자기 짧은 비명을 터뜨렸다. 토미는 그녀가 왜 그런지 바라보았다. 어넷은 전날 토미가 벽에서 떼어 낸 그림을 보고 있었다. 그녀의 눈에 한순간 공포가 스치고 지나갔다. 토미는 그 이유를 알 수가 없었다. 혹시 토미가 그림으로 자신을 공격하려 했다고 상상이라도 한 걸까? 하지만 그건 아닌 것 같았다. 토미는 그림을 다시 제자리에 걸어놓았다.

끔찍할 정도로 무료한 시간이 사흘이나 더 흘러갔다. 토미는 신경이 팽팽해지는 것을 느낄 수 있었다. 그곳에서는 콘래드와 어넷을 제외하고는 아무도 볼 수가 없었다. 어넷은 완전히 벙어리가 되어 버렸다. 토미의 질문에도 짧은 단음절로만 겨우 대답할 뿐이었다. 그녀의 두 눈에 짙은 의심이 솟아오르는 걸 느낄 수 있었다. 이렇게 갇혀 있는 상태가 계속된다면 토미는 정말로 미쳐 버릴 것만 같았다. 콘래드에게서 들은 대로라면 그들은 브라운에게서 지령이 내려오길 기다리고 있었다. 토미는 어쩌면 브라운이 해외로 나가 있어서 그가 돌아오기만을 기다려야 하는 상황이 아닌가 생각했다.

하지만 사흘째 날 저녁에 그의 잠을 확 깨우는 일이 드디어 벌어졌다.

겨우 7시가 되었을 뿐인데 바깥 복도에서 쿵쾅거리는 발소리가 들렸다. 그다음 순간 문이 벌컥 열리더니 콘래드가 안으로 들어왔다. 그와 함께 악당처럼 생긴 14번도 함께 들어왔다. 토미는 두 사람을 보고 가슴이 철렁 내려앉았다.

"잘 지냈나, 친구?"

14번은 토미를 짓궂게 쳐다보며 인사했다. 그러고는 콘래드를 보고 거칠게 물었다.

"줄 가져왔어?"

콘래드는 아무 말도 하지 않고 제법 튼튼해 보이는 긴 줄을 내놓았다. 그다음 순서로 콘래드가 토미를 내리누르는 동안 14번은 매우 재빠른 손으로 토미의 팔다리에 그 줄을 친친 감았다.

"이게 도대체……?"

토미가 겨우 입을 열었다.

하지만 콘래드가 아무 말도 하지 않고 천천히 미소 짓는 것을 보고 토미는 말을 더 이을 수가 없었다.

14번은 능숙하게 임무를 수행했다. 다음 순간 토미는 꽁꽁 묶여서 아무것도 할 수 없는 짐짝이 되어 있었다. 그제야 콘래드가 말했다.

"우리를 속인 줄 알았지? 그렇지? 고작 몇 가지 아는 걸로 협상을 하려 들다니! 처음부터 모두 허풍이었어! 허풍이었다고! 네놈이 아는 건 아무것도 없어. 하지만 이제 그것도 끝이다, 이 쥐새끼 같은 녀석아!"

토미는 말을 잃고 가만히 누워 있었다. 더 이상 할 말이 없었다. 실패한 것이다. 전지전능한 브라운이 그의 허세를 알아차린 것이다. 갑자기 한 가지 생각이 떠올랐다.

토미는 순순히 인정했다.

"좋은 연설이었어, 콘래드. 하지만 왜 나를 꽁꽁 묶어 두는 거지? 왜 이 신사분이 지체 없이 내 목을 따지 않는 거야?"

예상을 깨고 14번이 불쑥 말했다.

"하! 설마 우리가 너를 여기서 죽일 만큼 어리석다고 생각하는 건 아니겠지? 경찰이 우리를 수상하게 여기도록 말이야. 어림없는 소리 마! 내일 아침에 너를 위해 차편을 준비해 두었다. 널 묶어 두는 건 그때까지 만전을 기하려는 것뿐이야. 알겠나?"

"네놈 말만큼 알아듣기 쉬운 게 또 있겠어? 하긴 네놈 얼굴이 그보다는 쉽겠군."

"닥쳐!"

14번이 말했다.

"기꺼이! 하지만 네놈들은 큰 실수를 하는 거야. 결국 네놈들 손해라고."

토미는 다시 한번 경고했다.

"그런 식으로 우리를 또다시 속일 수는 없을 거야. 아직도 화려한 리츠에 있는 줄 착각하는 것 같군, 안 그래?"

14번이 말했다.

토미는 대답하지 않았다. 그는 어떻게 브라운이 자신의 정체를 알아냈는지에 몰두하고 있었다. 토미는 불안감에 사로잡힌 터펜스가 경찰에 실종 신고를 한 것이 언론에 보도되었고, 그것을 본 악당들이 눈치를 채고 두 가지 사건을 연결했을 거라고 결론을 내렸다.

두 사람이 방을 나가고 문이 쾅 소리를 내며 닫혔다. 혼자 남겨진 토미는 앞으로의 일을 생각해 보았다. 매우 유쾌하지 못한 상상이었다. 벌써 팔다리가 저리고 뻣뻣해졌다. 그는 이제 아무것도 할 수 없었고 그 어디에도 희망은 보이지 않았다.

1시간 정도 흘렀을 때 조용히 열쇠 돌아가는 소리가 나더니 문이 열렸다. 어넷이었다. 토미의 심장이 조금 빨리 뛰기 시작했다. 그녀에 대해서는 까맣게 잊고 있었다. 그녀가 도와주러 온 걸까?

갑자기 콘래드의 목소리가 들렸다.

"나와라, 어넷. 오늘 저녁에는 식사를 줄 필요가 없어."

"위, 위, 쥬 세 비엥.(예, 예. 잘 알겠어요.) 여기 있는 그릇이 필요해서요."

"그럼 빨리 들고 나와."

콘래드가 투덜거렸다.

그녀는 토미는 쳐다보지도 않고 탁자로 가서 쟁반을 들어 올렸다. 그러더니 손을 들어 불을 껐다.

"이런 제길! 왜 불을 끈 거야?"

콘래드가 문 앞에 와서 소리쳤다.

"전 항상 불을 끄는걸요. 그게 아니라면 미리 말씀해 주지 그러셨어요. 다시 켤까요, 콘래드?"

"아니, 빨리 나오기나 해."

"르 보 프띠 무슈(어머나, 선생님)!"

어넷은 큰 소리로 말하며 어둠 속에서 침대 곁으로 다가와 섰다.

"아주 잘 묶어 놓으셨네요. 꼭 날개가 묶인 닭 같아요!"

토미는 그녀의 목소리에서 느껴지는 솔직한 여흥이 귀에 거슬렸다. 하지만 바로 그 순간 놀랍게도 그녀의 손이 묶여 있는 토미의 손을 더듬거리며 만지는 게 느껴졌다. 그녀는 작고 차가운 물건을 그의 손바닥에 올려놓았다.

"나와, 어넷."

"메 므 부알라(여기 왔어요)."

문이 닫혔다. 그리고 콘래드의 목소리가 들렸다.

"문을 잠근 뒤 열쇠는 나한테 줘."

발소리가 멀어졌다. 토미는 너무 놀라서 돌처럼 굳어 버렸다. 어넷이 손에 쥐여 준 물건은 날을 앞으로 빼놓은 조그만 주머니칼이었다. 그녀가 애써 그를 쳐다보지 않으려 한 것과 불을 끈 것을 보아 이 방은 감시당하고 있었다. 벽 어딘가에 뚫린 구멍으로 지켜보고 있는 것이 분명했다. 어넷이 항상 조심스럽게 행동한 것을 떠올리며 토미는 자신이 줄곧 감시를 받아 온 것은 아닐까 생각했다. 혹시 정체를 밝힐 만한 말을 하진 않았을까? 그럴 가능성은 없었다. 그는 도망가고 싶다는 의지를 드러냈고 제인 핀을 찾아야 한다는 말밖에 한 적이 없었다. 그중 토미의 정체를 알아차릴 만한 단서는 아무것도 없었다. 물론 어넷에게 했던 질문 중에 자신이 제인 핀과 개인적으로 모른다는 사실을 드러냈지만, 딱히 잘 아는 사이라고 거짓말을 한 적도 없었다. 어넷이 얼마나 많은 것을 알고 있는지 궁금했다. 그녀가 모른다고 한 것도 혹시 엿듣고 있는 사람들이 듣도록 일부러 한 말은 아닐까? 딱히 결론을 내릴 수가 없었다.

하지만 지금 이 순간 그는 더 중요한 문제에 집중해야 했다. 이렇게 묶인 상태로 자신을 묶은 줄을 끊을 수 있을까? 그는 팔목을 한데 묶어 놓은 줄에 칼날을 대고 아래위로 조심스럽게 문질렀다. 작업은 매우 힘들었고 칼날에 손목을 베는 바람에 신음 소리가 절로 흘러나왔다. 하지만 토미는 천천히 그리고 끈질기게 톱질하듯 줄을 잘라 냈다. 손목을 수도 없이 베었지만 결국에는 줄이 느슨해지는 것을 느낄 수 있었다. 자유로워진 손 덕분에 나머지 일은 훨씬 수월했다. 5분 뒤, 토미는 뻣뻣해진 팔다리 때문에 힘겹기는 했지만 자리에서 일어설 수 있었다. 그는 우선 피가 나는 손목을 동여매고 나서 침대 끝에 앉아 생각했다. 콘래드가 열쇠를 가지고 가 버려서 어넷에게 더 이상 도움을 기대할 수는 없었다. 방에서 나가는 유일한 길은 문밖에 없었다. 결국 토미는 두 사람이 자기를 다시 데리러 올 때까지 기다릴 수밖에 없었다. 두 사람이 들어오는 순간…… 토미는 미소를 지었다! 어두운 방에서 최대한 소리 내지 않고 움직인 끝에 문제의 그림을 벽에서 떼어 냈다. 이제 기다리는 것 외에는 달리 할 일이 없었다. 그는 숨을 죽이고 가만히 기다렸다.

밤은 매우 더디게 지나갔다. 토미에게는 그 시간이 영원처럼 느껴졌다. 이윽고 발소리가 들려오자 토미는 일어서서 그림을 꽉 쥐고 숨을 깊게 들이마셨다.

문이 열리자 희미한 빛이 밖에서부터 쏟아져 들어왔다. 콘래드는 가스 램프를 켜려고 곧장 탁자 쪽으로 걸어갔다. 토미는 콘래드가 먼저 들어왔다는 사실이 매우 유감스러웠다. 콘래드에게 복수를 할 수 있다면 기분이 더 좋았을 텐데 말이다. 14번이 뒤따라 들어왔다. 그가 문턱을 넘는 순간 토미는 그의 머리 위로 그림을 강하게 내리쳤다. 14번은 산산이 깨진 유리 조각과 함께 앞으로 푹 고꾸라졌다. 토미는 열린 문으로 빠져나가 문을 재빨리 닫았다. 열쇠 구멍에 열쇠가 끼워져 있었다. 그가 열쇠를 돌리고 빼내는 순간 콘래드가 욕지거리를 내뱉으며 방 안에서 문을 향해 힘껏 몸을 날렸다.

토미는 잠시 망설였다. 아래층에서는 사람들이 웅성거리는 소리가 들려왔다. 독일인의 목소리가 계단 위까지 들려왔다.

"고트 임 힘멜(이런, 세상에)! 콘래드, 무슨 일이야?"

그 순간 토미는 작은 손 하나가 자신의 손을 잡는 것을 느꼈다. 돌아보니 어넷이었다. 그녀가 다락방으로 연결되는 금방이라도 부서질 것 같은 낡은 사다리를 가리키며 말했다.

"빨리 저 위로!"

어넷은 토미를 잡아끌고 사다리를 올라갔다. 다음 순간 두 사람은 잡동사니가 널브러져 있는 먼지 쌓인 다락방 안에 서 있었다. 토미가 주변을 둘러보았다.

"여긴 안 돼요. 막다른 곳이라서 빠져나갈 수가 없어요."

"쉿! 기다려요."

어넷은 입술에 손가락을 갖다 댔다. 그리고 사다리 쪽으로 다가가서 귀를 기울였다.

아래쪽에서 문을 세차게 두드리는 소리가 들렸다. 독일인과 다른 사람들이 힘으로 문을 열려고 했다. 어넷은 귓속말로 상황을 설명했다.

"저 사람들은 당신이 방 안에 있는 줄 알 거예요. 문이 두꺼워서 콘래드가 뭐라고 하는지 전혀 안 들리니까요."

"나는 문 안쪽에서 소리를 밖에서도 들을 수 있는 줄 알았어요."

"옆방에서 들여다볼 수 있는 구멍이 있어요. 그걸 눈치챘다면 당신 머리가 좋은 거지요. 하지만 저 사람들은 미처 그 생각을 못 할 거예요. 지금 저렇게 들어가려고 안달 난 것 좀 봐요."

"그래요. 하지만 여긴……."

"제게 모두 맡기세요."

어넷은 몸을 숙이더니 놀랍게도 긴 줄을 깨진 물병 손잡이에 묶었다. 그녀는 조심스럽게 모든 준비를 끝내고는 토미에게 물었다.

"문 열쇠는 가지고 있죠?"

"그래요."

"제게 주세요."

토미는 열쇠를 건네주었다.

"저는 여기서 내려갈 거예요. 당신은 사다리를 반쯤 내려가서 저 사람들 눈에 띄지 않게 뒤쪽으로 가서 매달려 있어야 해요."

토미가 고개를 끄덕였다.

"사다리 뒤쪽에 커다란 찬장이 있을 거예요. 그 뒤에 이 줄 끝을 잡은 채로 숨어 있어야 해요. 제가 다른 사람들을 유인해 오면 줄을 잡아당기세요!"

토미가 질문을 던지기도 전에 그녀는 가볍게 사다리 밑으로 내려가더니 소란스러운 악당들 사이로 끼어들면서 크게 소리쳤다.

"몽 디외! 몽 디외! 케스킬리야(세상에나! 세상에나! 이게 무슨 일이에요)?"

독일인은 그녀를 보면서 거칠게 말을 내뱉었다.

"너는 빠져 있어. 어서 네 방으로 가!"

토미는 조심스럽게 몸을 움직여 사다리를 내려간 뒤 중간쯤에서 뒤로 돌아갔다. 그들이 돌아보지만 않는다면……. 모든 일이 순조로웠다. 그는 찬장 뒤에 몸을 웅크리고 숨었다. 악당들은 아직 그와 계단 사이에 있었다.

"어머!"

어넷은 뭔가를 밟은 것처럼 몸을 숙이고 살폈다.

"몽 디외, 부알라 라 클레프(이런, 여기 열쇠가 있어요)!"

독일인이 열쇠를 그녀의 손에서 낚아챘다. 그가 문을 열자 콘래드가 욕을 퍼부으면서 비틀거리며 밖으로 나왔다.

"놈은 어디 있어요? 잡았나요?"

"우리는 아무도 못 봤어."

독일인이 날카롭게 말했다. 그의 얼굴이 금세 창백해졌다.

"누굴 말하는 거지?"

콘래드는 다시 욕을 퍼부으며 말했다.

"그 녀석이 도망쳤어요."

"말도 안 돼. 우리를 지나치지 않고서는 아무도 밖으로 나갈 수 없다고."

그 순간 토미는 사악한 미소를 지으며 줄을 당겼다. 다락에서 뭔가 와장창 깨지는 소리가 났다. 악당들은 누가 먼저라고 할 것도 없이 우르르 사다리를 올라가 캄캄한 다락으로 사라졌다.

토미는 번개처럼 숨어 있던 곳에서 뛰쳐나와 어넷의 손을 붙잡고 계단 아래로 달려갔다. 현관 복도에는 아무도 없었다. 그는 쇠사슬과 빗장을 서둘러 풀었다. 이윽고 문이 열렸다. 그는 몸을 돌려 어넷을 찾았다. 하지만 어넷은 사라지고 없었다.

토미는 우두커니 서서 어쩔 줄 몰랐다. 어넷이 다시 위층으로 올라간 걸까? 그렇다면 미친 게 분명했다! 토미는 초조해서 미칠 것 같았지만 그 자리에 그대로 있었다. 그녀를 두고 혼자 도망칠 수는 없었다. 갑자기 독일인의 고함 소리가 크게 들려왔고, 뒤를 따라 어넷의 목소리가 크고 명확하게 들려왔다.

"마 푸아(어머나)! 그자가 도망갔어요! 빨리요! 누가 생각이나 했을까?"

토미는 아직도 땅에 들러붙은 것처럼 꼼짝도 하지 않고 서 있었다. 그녀의 말은 그에게 도망가라는 뜻일까? 그가 듣기에는 그랬다.

그러더니 그녀가 더 큰 소리로 소리쳤다.

"여긴 정말 끔찍한 집이에요. 나는 마르그리트에게 돌아갈 거예요. 마르그리트에게 말이에요!"

토미는 다시 계단 앞으로 뛰어갔다. 그녀는 자신을 두고 도망가길 바라고 있었지만 도대체 무엇 때문일까? 무슨 일이 있어도 그녀를 같이 데리고 가야만 했다. 그런데 계단 앞에서 그는 가슴이 철렁 내려앉았다. 콘래드가 그를 발견하고 심한 욕설을 퍼부으며 계단을 뛰어 내려왔기 때문이었다. 그의 뒤로 다른 사람들도 따라 내려왔다.

토미는 콘래드가 다가서는 것을 막기 위해 주먹으로 직격탄을 날렸다. 콘래드는 턱에 주먹을 얻어맞고 통나무처럼 나가떨어졌다. 두 번째 사내는 콘래드의 몸뚱이에 걸려 그 위로 고꾸라졌다. 그 순간 계단 위쪽에서 불이 번쩍하더니 총알이 토미의 귓전을 스치고 날아갔다. 그는 생명을 부지하려면 가능한 한 빨리 그 집에서 빠져나가야 한다고 생각했다. 어넷에 관해서는 그가 할 수 있는 일이 전혀 없었다. 한 가지 흡족한 것은 콘래드에게 복수를 했다는 것이다. 주먹이 제대로 먹혔다.

토미는 재빠르게 현관을 빠져나온 뒤 문을 뒤로 세게 닫았다. 광장은 텅 비어 있었다. 집 앞에는 빵 가게에서 쓰는 밴이 서 있었다. 분명 그 차는 토미를 태우고 런던을 빠져나갔을 것이고, 결국 그의 시체는 소호에서 몇 킬로미터 떨어진 곳에서 발견되었을 것이다. 운전사가 뛰어나와 토미의 길을 가로막으려고 했다. 다시 한번 토미의 주먹이 날아갔고 운전수는 인도에 나동그라졌다.

토미는 죽을힘을 다해 달렸다. 그 순간 대문이 열리고 뒤쪽에서 다시 총알이 날아왔다. 총알은 운 좋게도 모두 토미를 비껴갔다. 그는 광장 모퉁이를 돌았다.

“한 가지 분명한 건 그들이 계속 총을 쏠 수 없다는 거야. 총을 쏘면 곧 경찰의 주목을 받을 테니까. 설마 그런 모험은 하지 않겠지?”

뒤에서 쫓아오는 발소리가 들리자 토미는 두 배로 빨리 뛰었다. 뒷길에서 벗어나기만 하면 안전할 것이다. 경찰이 근처에서 순찰을 돌고 있을 수도 있다. 물론 일부러 경찰의 도움을 받지는 않을 것이다. 가능하면 그런 경우는 피하고 싶었다. 경찰을 만난다면 이것저것 설명을 해야 할 뿐 아니라 매우 번거롭기 때문이다. 다음 순간 그는 자신의 운에 크게 감사했다. 넘어질 듯 말 듯 소리를 질러 대며 거리를 내달린 토미는 얼른 어느 집 문간에 숨어들었다. 잠시 뒤 토미는 자신을 쫓는 두 추격자를 볼 수 있었다. 그중 한 사람은 독일인이었다. 그 두 사람은 전혀 엉뚱한 방향으로 부지런히 뛰어갔다!

토미는 조용히 문간에 앉아서 숨을 고른 뒤 천천히 반대편 방향으로 걸어갔다. 손목시계를 내려다보니 5시 30분이 조금 지난 시간이었다. 어슴푸레 날이 밝아오고 있었다. 토미는 다음 모퉁이에서 경찰관과 마주쳤다. 경찰은 수상한 듯 그를 빤히 쳐다보았다. 토미는 처음에는 약간 불쾌하게 생각했지만 자신의 얼굴을 만져 본 뒤 실소를 터뜨렸다. 3일 동안 면도도 하지 못하고 씻지도 못한 것이다! 얼마나 흉하게 보였을지 짐작이 갔다.

그는 주저하지 않고 밤새 영업을 하는 터키 목욕탕을 찾아갔다. 다시 부산한 아침 거리로 나섰을 때 토미는 새로운 계획을 세울 만반의 준비가 되어 있었다.

우선은 식사부터 든든하게 해야 했다. 어제 오후부터 아무것도 먹지 못했기 때문이다. 토미는 식당에 들어가 계란과 베이컨, 커피를 주문했다. 식사를 하는 동안 옆에 있는 조간신문을 집어 들고 읽었다. 그러다 갑자기 몸이 딱딱하게 굳었다. 신문에는 크라메닌이란 사람에 대한 긴 기사가 실려 있었는데, 러시아 볼셰비키의 배후 인물인 그가 얼마 전 비공식적으로 런던에 도착했다는 기사였다. 그의 약력에 대해서도 간단하게 설명되어 있었는데, 그저 명목상의 지도자가 아니라 실제로 러시아 혁명을 주도한 사람이라고 했다.

신문 한가운데에 그의 사진이 실려 있었다.

"1번이 바로 이 사람이었군."

토미는 계란과 베이컨을 입속에 가득 문 채로 말했다.

"확실해. 이자에 대해 좀 더 알아봐야겠어."

토미는 음식 값을 치르고 화이트홀로 달려갔다. 거기서 그는 자신의 이름을 밝힌 뒤 매우 급한 일이라는 전갈을 함께 올려 보냈다. 몇 분 뒤 토미는 그곳에서는 '카터'가 아닌 이름을 대고 도착한 한 남자와 대면하게 되었다. 카터는 얼굴을 찌푸리며 말했다.

"이런 식으로 나를 찾아와선 안 된다고 하지 않았나? 그 점에 대해서는 확실히 이해하고 있는 줄 알았는데?"

"예, 하지만 너무 중요한 일이라 조금도 지체할 수가 없었습니다."

토미는 가능한 짧고 분명하게 지난 며칠간 있었던 일을 털어놓았다.

이야기를 반쯤 했을 때 카터가 토미의 말을 잠시 끊고 전화로 몇 가지 수수께끼 같은 명령을 내렸다. 불쾌한 기색은 이제 그의 얼굴에서 사라지고 없었다. 토미가 말을 마치자 그는 힘차게 고개를 끄덕였다.

"잘했네. 낭비할 시간이 없어. 하지만 너무 늦은 게 아닌가 걱정이 되는군. 그들은 이미 집을 비웠을지도 모르네. 하지만 단서가 될 만한 것은 남겼을지도 모르지. 1번이라는 남자가 크라메닌인 걸 확신할 수 있다고 했나? 그건 아주 중요해. 내각이 쉽게 무너지지 않게 하려면 대응할 수 있는 정보들이 필요하지. 다른 사람들은 알아볼 수 없겠던가? 2명은 얼굴이 낯익다고 했지? 한 사람은 노동당원으로 보인다고 했는데, 혹시 이 사진들 중에 있는지 살펴보게."

잠시 후 토미가 사진 한 장을 집어 올리자 카터는 상당히 놀란 표정을 지었다.

"아, 웨스트웨이! 짐작했어야 했는데……. 온건주의자인 것처럼 보여서 전혀 예상하지 못했네. 다른 사람에 대해서는 나도 짐작 가는 사람이 있네."

카터는 다른 사진 한 장을 토미에게 보여 주었다. 그리고 토미가 놀란 표정을 짓자 살짝 미소를 지어 보였다.

"내가 맞았군. 이 사람이 누구냐고? 아일랜드 사람이지. 아주 유명한 통일당원(아일랜드 자치안에 반대하는 보수당원 — 옮긴이)이라네. 예측은 하고 있었지만 증거를 잡을 수가 없었는데, 자네가 한몫했군. 잘했네. 29일이 거사일이라고 했지? 그러면 시간이 별로 없군. 정말로 촉박해."

"하지만……."

토미가 망설이자 카터가 그의 생각을 읽고 말했다.

"일반적인 총파업은 감당할 수 있네. 확률은 반반이지만 승산이 있지! 하지만 만일 그 협약의 초안이 세상에 알려진다면 우린 끝이네. 영국은 무정부 상태가 되고 말 거야. 아, 뭐라고? 차가 준비됐나? 가세, 베레스퍼드. 자네가 잡혀 있었다는 집을 살펴보러 가자고."

소호에 있는 집 앞에는 경찰관이 2명 지키고 서 있었다. 그중 한 경관이 카터에게 낮은 목소리로 보고를 했다. 카터가 토미를 돌아보며 말했다.

“새가 벌써 둥지를 떠났다는군. 생각한 대로야. 그래도 일단 살펴보기나 하지.”

빈집을 둘러보며 토미는 자신이 꿈을 꾼 것 같았다. 모든 것이 그대로였다. 토미가 갇혀 있던 방에는 기괴한 그림이 걸려 있었고, 다락에는 깨진 물병이 있었다. 긴 탁자가 놓인 회의실도 그대로였다. 하지만 서류 같은 건 어디에도 남아 있지 않았다. 증거를 모두 태웠거나 깨끗이 챙겨 간 뒤였다. 어넷의 흔적도 보이지 않았다.

“자네가 말한 그 아가씨의 이야기는 사실 좀 당황스럽네. 그녀가 일부러 돌아갔다고?”

카터가 말했다.

“그런 것 같습니다. 제가 문을 여는 동안 위층으로 올라가 버렸습니다.”

“흠, 그러면 그녀도 악당들과 한편인가 보군. 다른 여자들처럼 호감이 가는 젊은 남자가 죽게 되는 것을 가만 보고만 있을 수 없었던 게지. 하지만 분명히 그녀도 한패야. 아니라면 왜 돌아갔겠나?”

“저는 그녀가 악당들과 한패라는 사실을 믿을 수 없습니다. 그녀는…… 너무 달라 보였어요…….”

“예쁘게 생겼겠지?”

카터가 미소를 지으며 말하자 토미는 그야말로 머리끝까지 빨개졌다. 쑥스러웠지만 그녀가 매우 아름다운 것은 인정했다.

"그건 그렇고, 터펜스 양에게 가 보았나? 터펜스 양은 자네를 찾아 달라고 내게 줄기차게 편지를 보냈다네."

"터펜스요? 그녀가 소란을 피웠나 보군요. 혹시 경찰에 신고한 건 아니겠죠?"

카터가 고개를 가로저었다.

"그렇지 않다면 어떻게 놈들이 제 정체를 알아냈는지 궁금해요."

카터가 질문을 던지듯 그를 바라보자 토미가 그 일에 대해 설명했다. 카터도 생각하는 얼굴로 고개를 끄덕였다.

"맞아. 자네 말대로 그 점이 매우 궁금하군. 리츠 호텔에 대한 언급이 우연한 것이었다고 볼 수 있을까?"

"그럴지도 모릅니다. 하지만 놈들이 어떻게 해서인지는 모르겠지만 분명히 저에 대해서 알아냈습니다."

"그러니까 말이네. 여기에서는 더 이상 아무 할 일이 없는 것 같군. 나하고 같이 점심이나 먹는 게 어떤가?"

카터가 주변을 둘러보며 말했다.

"감사합니다만 저는 돌아가서 터펜스를 먼저 찾아봐야 할 것 같습니다."

"당연히 그래야지. 그녀에게 안부를 전해 주고, 다음부터는 자네가 그렇게 쉽게 죽을 사람이 아니라는 것도 믿게 해 주게나."

"저는 그렇게 쉽게 죽지 않습니다."

토미가 미소 지으며 대답했다.

"내가 보기에도 그렇게 보이네. 자, 그럼 잘 가게. 그리고 이제는 얼굴이 드러났으니까 더욱 조심하게."

"감사합니다."

토미는 손을 흔들어 택시를 잡은 뒤 재빨리 올라탔다. 택시가 빠르게 리츠 호텔로 달려가는 동안 토미는 터펜스를 놀라게 해 줄 즐거운 상상으로 기분이 좋아졌다.

"무슨 일을 하고 지냈는지 모르겠네. 아마도 리타를 살피고 있었겠지? 어쩌면 어넷이 말한 마르그리트가 리타를 말한 건 아닐까? 그때는 미처 무슨 말인지 생각해 보지 않았는데……."

그런 생각이 들자 토미는 갑자기 슬퍼졌다. 만약 그렇게 된다면 밴드마이어 부인과 어넷이 매우 가까운 사이라는 뜻이기 때문이다.

택시가 리츠 호텔에 도달했다. 토미는 리츠의 신성한 문을 박차고 안으로 들어갔지만 즐거움은 곧 사라지고 말았다. 터펜스가 15분 전에 외출했다는 말을 전해 들었기 때문이다.

전보

토미는 잠시 당황했지만 이내 식당으로 들어가서 최고급 요리들을 주문했다. 나흘간 갇혀 있었던 그는 좋은 음식의 가치를 다시 한 번 절감하게 되었다.

토미는 신중히 고른 '솔 아 라 자네트(프랑스식 가자미 살코기 요리 — 옮긴이)' 한 점을 입에 넣으려는 순간 식당으로 들어오는 줄리어스를 발견했다. 토미는 메뉴판을 활기차게 흔들어 대서 줄리어스의 시선을 끌었다. 토미를 발견한 줄리어스는 금방이라도 눈이 튀어나올 것처럼 보였다. 그는 성큼성큼 식당을 가로질러 와 토미의 손을 펌프 손잡이처럼 과격하게 흔들어 댔다.

"이게 누구야? 정말로 베레스퍼드 맞나?"

줄리어스가 큰 소리로 외쳤다.

"물론이지. 그럼 안 되나?"

"그럼 안 되냐고? 우리는 자네가 죽은 줄 알고 거의 포기하고 있었네. 며칠만 더 지났으면 아마 엄숙한 진혼곡이라도 들었을 거야."

"도대체 내가 죽었다는 건 누가 생각해 낸 거지?"

"당연히 터펜스지."

"좋은 사람이 일찍 죽는다는 속담이라도 생각했나 보군. 하지만 이렇게 살아남은 거 보면 나도 좋은 사람은 아닌가 봐. 그런데 터펜스는 어디 간 건가?"

"호텔에 없어?"

"그래. 카운터에 물어보니 방금 전에 나갔다고 하더군."

"쇼핑이라도 갔나 보군. 1시간쯤 전에 내가 차로 여기까지 데려다줬거든. 하지만 그보다 그 영국인다운 침착성일랑 집어던지고 어서 이야기나 해 주게. 도대체 그동안 뭐 하고 다닌 건가?"

"여기서 식사를 할 거면 지금 주문해야 할 거야. 내 이야기가 좀 길거든."

줄리어스는 급히 맞은편에 있는 의자를 끌어내 앉고, 웨이터를 불러서 식사를 주문했다. 그러더니 곧바로 토미를 향해 돌아앉았다.

"시작해 봐. 그동안 크나큰 모험을 했나 보군."

"한두 가지 정도."

토미가 겸손하게 말하더니 이야기보따리를 풀기 시작했다.

줄리어스는 마법에 걸리기라도 한 것처럼 이야기를 경청했다. 그 앞에 놓인 음식이 절반 이상 그대로 남아 있었다. 이야기가 끝나자 줄리어스가 길게 한숨을 내쉬었다.

"대단해. 꼭 무슨 소설 같군."

"자, 그럼 이제 본부에서는 어떤 일이 있었는지 어서 말해 보게."

토미가 복숭아를 향해 손을 뻗으면서 말했다.

"글쎄, 우리도 모험을 좀 하긴 했네."

줄리어스가 점잔을 빼며 느릿하게 말했다.

이번에는 줄리어스가 이야기꾼 역할을 맡았다. 별 소득이 없었던 본머스로의 추적, 런던으로 돌아온 것과 차를 산 것, 그리고 불안해진 터펜스가 제임스 경을 방문한 것, 마지막으로 지난밤의 미묘한 일까지도 차근차근 설명했다.

"하지만 누가 밴드마이어 부인을 죽인 거지? 나는 그 부분이 이해가 잘 안 가는군."

토미가 고개를 갸웃하며 물었다.

"의사의 소견으로는 밴드마이어 부인이 약을 먹은 것 같다고 하더군."

줄리어스가 무미건조하게 대답했다.

"제임스 경은? 그 사람은 뭐라고 하던가?"

"법조계 인사인지라 무척 신중하게 굴더군. 판단을 조금 유보했다고 할 수 있지."

줄리어스가 대답하고는 아침에 있었던 일에 대해서도 자세히 설명했다.

"기억을 잃었다고?"

토미가 갑자기 흥미를 보이면서 말했다.

"어쩐지 내가 그녀에게 질문을 던진다고 했을 때 놈들이 이상하게 쳐다보더라니. 내가 판 함정에 내가 빠진 셈이네. 하지만 그런 사정이 있었는지 어떻게 알았겠어?"

"그들이 혹시 제인이 어디 있는지 단서 같은 거라도 주지 않았나?"

토미는 유감스럽다는 듯 고개를 저으며 말했다.

"한마디도 없었어. 알다시피 내가 좀 둔하잖아. 어떻게 해서든 놈들에게 더 많은 정보를 얻었어야 했는데……."

"살아서 돌아온 것만으로도 운이 좋았어. 아무튼 자네의 허풍은 정말 대단해. 도대체 그 순간에 어떻게 그런 생각을 해냈는지 놀라울 따름이야!"

"너무 다급해서 무언가라도 생각해 내지 않으면 안 됐지."

토미는 간단하게 대답했다.

둘은 잠시 동안 아무 말이 없었다. 그러다 토미가 갑자기 밴드마이어 부인의 죽음에 대해 물었다.

"정말로 클로랄을 과다 복용해서 죽은 게 확실해?"

"난 아닌 것 같긴 한데, 의사는 적어도 과다 복용으로 인한 심장마비이거나 그 비슷한 이유라고 하더군. 차라리 잘됐어. 우리한테 이것저것 따져 묻지 않아서 말이야. 하지만 나뿐만 아니라 터펜스와 그 고매하신 제임스 경까지 모두 다른 이유를 떠올렸지."

"브라운?"

토미가 의미심장하게 물었다.

"당연하지."

토미가 고개를 끄덕였다.

"그렇다 하더라도 브라운이 날개가 달린 것도 아닌데 어떻게 들어오고 나간 걸까?"

그러자 줄리어스가 생각에 잠겨 말했다.

"어떤 고도의 초능력이 있는 게 아닐까? 어떤 자기적 영향으로 밴드마이어 부인의 자살을 유도한 건……."

토미는 존경스러운 눈초리로 줄리어스를 바라보았다.

"멋지군, 줄리어스. 아주 그럴듯해. 특히 그 표현들이 마음에 드는군. 하지만 내 생각은 조금 달라. 브라운은 살과 피를 가진 평범한 인물일 뿐이야. 아마도 머리를 맞대고 브라운이 어떻게 들어오고 나갔는지 연구하다 보면 미스터리가 풀릴 거야. 어쨌든 범죄 현장을 좀 둘러보고 싶군. 터펜스를 먼저 만나 봤으면 좋을 텐데……. 리츠에서도 즐거운 회합 광경은 좋은 구경거리가 될 테니까."

프런트에 물어본 결과 터펜스는 아직 돌아오지 않았다.

"위층에 가서 확인해 보는 게 좋겠어. 내 방 응접실에 앉아 있을지도 모르니까."

줄리어스가 말하고는 위층으로 성큼성큼 올라갔다.

갑자기 토미의 팔꿈치 근처에서 키 작은 호텔 사환이 말을 걸었다.

"그 젊은 숙녀분은…… 기차를 타고 간 것 같아요."

그는 쑥스러운 듯 작은 목소리로 웅얼거렸다.

"뭐라고?"

토미는 몸을 돌려서 소년을 보았다.

소년은 얼굴이 더욱 발그레해졌다.

"택시를 타면서 운전수에게 채링크로스로 빨리 가자고 하는 걸 들었어요."

토미는 깜짝 놀라 눈을 둥그렇게 뜨고 소년을 뚫어져라 바라보았다. 조금 용기가 났는지 호텔 사환이 말을 이었다.

"저한테 ABC 철도 안내서랑 브래드쇼 철도 안내서를 주문했거든요. 그래서 당연히 기차를 탔을 거라고 생각했어요."

토미가 소년의 말을 중간에서 끊었다.

"ABC와 브래드쇼를 주문한 게 언제지?"

"전보를 갖다 드렸을 때요."

"전보?"

"예, 선생님."

"그게 언제였지?"

"12시 30분쯤이요."

"어떻게 된 일인지 정확하게 말해 주렴."

호텔 사환은 길게 숨을 내쉬었다.

"891호 방으로 전보를 갖다 드렸어요. 숙녀분이 거기 계셨거든요. 전보를 열어 보고 깜짝 놀라더니 이렇게 말씀하셨어요. '나한테 브래드쇼 철도 안내서를 좀 가져다줘. 그리고 ABC 철도 안내서도. 어서 서둘러. 헨리.' 제 이름은 헨리가 아니지만……."

"그런 건 아무래도 상관없으니 계속해서 말해 봐."

토미가 참을성 없게 재촉했다.

"예, 선생님. 제가 철도 안내서를 갖다 드리자 숙녀분이 제게 기다리라고 하더니 뭔가를 찾았어요. 그리고 시계를 보더니 '서두르렴. 내려가서 택시를 잡아 달라고 해.'라고 말하고는 거울 앞에서 모자를 푹 눌러썼어요. 아래층으로는 순식간에 내려왔어요. 저랑 거의 비슷하게 내려오더니 계단을 뛰어 내려가서 택시에 오르는 걸 봤어요. 그리고 제가 아까 말씀드린 것처럼 말했죠."

호텔 사환은 말을 멈추고 숨을 크게 들이쉬었다. 토미는 여전히 그를 바라보고 있었다. 그때 줄리어스가 다시 아래층으로 내려왔다. 손에는 편지가 들려 있었다.

"이봐, 줄리어스. 터펜스가 혼자서 조사하러 갔나 봐."

토미가 그에게 돌아서며 말했다.

"맙소사!"

"그러니까 말이네. 전보를 받자마자 택시를 타고 채링크로스로 급히 떠났다는군."

토미의 시선이 줄리어스의 손에 있는 편지로 향했다.

"아, 자네한테 쪽지를 남겼나 보군. 잘됐네. 어디로 간다던가?"

토미가 쪽지를 향해 무의식적으로 손을 뻗자 줄리어스는 쪽지를 접어 황급히 주머니에 넣어 버렸다. 매우 쑥스러워하는 것 같았다.

"이건 그 일과는 아무런 상관이 없는 거라네. 이건…… 그러니까 좀 다른 거야. 내가 그녀에게 어떤 문제에 대해 물어본 게 있는데, 이건 그것에 대한 답이지."

"그래?"

토미는 당황한 것처럼 보였다. 뭔가 설명을 더 해 주길 기다리는 듯도 했다.

"그래, 자네한테는 다 말하는 게 낫겠군. 오늘 아침에 터펜스 양에게 청혼을 했네."

줄리어스가 마지못해 입을 열었다.

"그래?"

토미는 기계적으로 대답했다. 하지만 내심 매우 혼란스러웠다. 줄리어스의 말은 전혀 예상치 못했던 것이었다. 순간적으로 두뇌가 기능을 멈춘 것 같았다.

줄리어스가 이어서 말했다.

"사실 터펜스 양에게 청혼하기 전에 자네에게 내 감정을 미리 말하는 게 도리라고 생각했네. 자네와 터펜스 양 사이에 괜히 끼어드는 짓 같은 건 하고 싶지 않았거든."

토미는 그제야 제정신을 차리고 조급하게 답변을 했다.

"그건 걱정 말게. 터펜스와 나는 여러 해 동안 친구 사이로 지냈어. 친구 이상은 아니야."

담배에 불을 붙이는 토미의 손끝이 약간 떨렸다.

"잘됐네. 터펜스는 항상……."

토미는 얼굴을 붉히며 거기서 말을 멈추었지만 줄리어스는 전혀 동요하지 않고 토미의 말을 받았다.

"돈이 많은 사람을 찾는다고? 터펜스 양은 그 얘기를 곧바로 나에게 귀띔해 주더군. 그녀는 가식하고는 거리가 멀지. 그런 점에서 그녀와 나는 아주 잘 맞을지도 몰라."

토미는 신기하다는 듯이 한참 동안 줄리어스를 바라보았다. 그는 무슨 말을 하려다가 마음을 바꾸고는 입을 다물어 버렸다. 터펜스와 줄리어스라! 안 될 이유는 없다. 그녀는 주변에 돈 많은 사람들이 없다는 사실에 슬퍼하지 않았던가? 기회만 된다면 돈 많은 사람과 결혼할 것이라고 선언하기도 했다. 백만장자 미국인 청년과 만난 것은 그녀에게 큰 기회였다. 그런 기회를 마다할 이유는 전혀 없다. 터펜스는 돈을 원했고, 항상 그렇게 말해 왔다. 그녀가 자신의 방침을 따른다고 해서 그 누가 비난할 수 있겠는가?

그럼에도 토미는 마음속으로 터펜스를 비난했다. 그는 아주 격렬한, 그리고 전혀 논리적이라고 말할 수 없는 분노에 사로잡혔다. 그런 말을 하는 것까지는 괜찮지만…… 정말로 돈을 보고 결혼하는 건 바람직하지 않다. 냉정하고 이기적인 터펜스 같은 여자는 차라리 영원히 보고 싶지 않았다. 정말로 썩어 빠진 세상이다!

줄리어스의 목소리에 토미는 상념에서 벗어났다.

"맞아, 터펜스 양과 나는 잘 맞을 거야. 여자들은 한 번은 꼭 거절한다지? 그것이 상례라고도 하던데……."

갑자기 토미가 줄리어스의 팔을 잡고 물었다.

"거절했다고? 방금 거절했다고 했나?"

"그래. 내가 말하지 않았나? 별다른 이유도 없이 그냥 '안 돼요.'라고만 대답했어. 독일인들 말처럼 진짜 여자인 게지. 하지만 터펜스는 곧 원래대로 돌아올 거야. 내가 그녀를 좀……."

토미는 예의도 차리지 않고 말을 끊으며 불쑥 끼어들었다.

"쪽지에는 뭐라고 씌어 있던가?"

토미의 질문은 조금 사납게 들렸다. 줄리어스는 어쩔 수 없이 쪽지를 토미에게 건네주었다.

"다시 말하지만 어디로 갔는지에 대해서는 아무런 단서가 없네. 내 말을 못 믿겠다면 직접 확인해 보게."

학생 글씨 같으면서도 낯이 익은 터펜스의 필체였다.

친애하는 줄리어스

그 문제에 대해서는 명백하게 밝히고 지나가는 게 좋을 것 같군요. 토미를 찾기 전에는 결혼에 대해 생각할 겨를이 없어요. 그 문제는 그때까지 미뤄 두기로 해요.

애정을 담아 터펜스

쪽지를 되돌려 주는 토미의 눈동자가 반짝거렸다. 그의 감정은 급속도로 뒤바뀌었다. 터펜스는 매우 고귀하고 순결한 사람임에 틀림없다. 조금도 망설이지 않고 줄리어스의 제안을 거절하지 않았는가? 사실 쪽지를 보면 약간 마음이 흔들리는 것이 아닌가 생각할 수도 있다. 하지만 그 정도는 이해할 수 있다. 오히려 토미를 찾는 일에 총력을 기울여 달라고 줄리어스에게 미끼를 던지는 것처럼 보였다. 하지만 그녀의 의도가 꼭 그것만은 아닌 것 같았다. 사랑스러운 터펜스! 그녀와 비교할 만한 아가씨는 온 세상을 뒤져도 없을 것이다! 그녀를 다시 만난다면……. 문득 그의 생각은 거기에서 멈추었다.

"자네 말대로네."

토미가 현실로 돌아오면서 말했다.

"여기에는 그녀가 어디로 갔는지 전혀 단서가 없군. 이봐, 헨리!"

호텔 사환은 부르는 소리를 듣고 순순히 다가왔다. 토미가 5실링을 꺼내 보이며 말했다.

"한 가지만 더 묻자. 젊은 숙녀분이 그 전보를 어떻게 했는지 기억나니?"

헨리가 침을 삼키며 대답했다.

"전보를 구겨서 공처럼 만든 다음, 벽난로로 던져 넣으면서 '오!'라고 했습니다, 선생님."

"아주 자세하구나, 헨리. 여기 5실링을 가져가거라. 가세, 줄리어스. 전보를 찾아야 해."

두 사람은 곧장 위층으로 뛰어 올라갔다. 터펜스는 문에 열쇠를 꽂아 놓은 채 외출했다. 방은 그녀가 나갔을 때와 변한 게 하나도 없었다. 벽난로 안을 살펴보니 과연 오렌지색과 흰색으로 된 종이 뭉치가 있었다. 토미는 얼른 그것을 끄집어내어 펼쳐 보았다.

지금 즉시 요크셔 에버리에 있는 모트 하우스로 와. 대단한 것을 알아냈어.

토미

토미와 줄리어스는 망연자실한 얼굴로 서로를 쳐다보았다. 줄리어스가 먼저 말을 꺼냈다.

"설마 자네가 보낸 전보는 아니겠지?"

"물론 아니지. 이게 도대체 어떻게 된 일이지?"

"최악의 상황을 의미하는 거야. 그자들이 그녀를 납치한 거야."

줄리어스가 굳은 목소리로 말했다.

"뭐라고?"

"뻔하잖아! 그들이 자네 이름으로 전보를 보냈고, 그녀는 순진한 양처럼 그 함정에 빠져 버린 거야."

"세상에! 이제 어떻게 해야 하지?"

"어서 그녀를 뒤쫓아 가야지! 지금 당장 가야 해! 시간을 허비해서는 안 된다고. 그녀가 전보를 가져가지 않은 게 정말 다행이야. 만약 그러지 않았다면 우리는 그녀를 쫓아가지 못했을 테니까. 하지만 서둘러야만 해. 그 브래드쇼 철도 안내서가 어디 있지?"

줄리어스의 활기는 전염성이 있었다. 혼자였다면 토미는 무엇을 할 것인지 결정하기 전에 적어도 30분 동안 자리에 앉아서 골똘히 생각만 하고 있을 것이다. 하지만 줄리어스 헤르사이머와 같이 있다 보면 서두르지 않고는 못 배겼다.

몇 번이나 욕지거리를 내뱉은 뒤 줄리어스는 브래드쇼 철도 안내서를 좀 더 잘 알아볼 수 있을 만한 사람에게 건네주었다. 하지만 토미는 브래드쇼가 아닌 ABC 철도 여행 안내서를 살펴보았다.

"여기 있어, 요크셔의 에버리. 킹스크로스에서 출발하든가, 아니면 세인트팬크라스에서 출발해. (그 호텔 사환 녀석이 실수를 한 모양이야. 채링크로스가 아니고 킹스크로스역이로군.) 12시 50분? 터펜스는 아마 이 기차를 탔을 거야. 2시 10분 기차는 지나갔고, 그다음 기차는 3시 20분이네. 그런데 완행열차야."

"차를 타고 가는 건 어때?"

토미는 고개를 저었다.

"나쁠 건 없지만 기차로 가는 편이 좋을 거야. 지금 중요한 건 조용히 가야 한다는 거야."

그러자 줄리어스가 투덜거렸다.

"그럴지도 모르겠군. 하지만 터펜스가 위험에 처해 있다고 생각하니 참을 수가 없군."

토미도 멍하니 고개를 끄덕였다. 그는 생각에 잠겨 있었다. 잠시 후 토미가 입을 열었다.

"줄리어스, 그들이 터펜스에게서 무엇을 바랄까?"

"갑자기 그게 무슨 말이야?"

토미는 골똘히 생각하느라 이마를 잔뜩 찌푸리며 말했다.

"내 예감에는 그들이 터펜스를 해칠 것 같지는 않아. 터펜스는 인질이라는 거지. 그뿐이야. 그래서 당장 어떻게 되지는 않을 거야. 만약 우리가 뭔가를 얻게 되면 그때야말로 터펜스를 유용하게 이용하겠지. 그들이 그녀를 붙잡고 있는 한 우리 손을 묶어 둘 수 있으니까. 내 말 알겠어?"

"그래. 그 말이 맞아."

줄리어스가 진지하게 생각하며 말했다.

"게다가……."

토미가 잠시 생각해 보고 나서 말을 이었다.

"나는 터펜스를 믿어."

기차 여행은 몹시 피곤했다. 기차에는 사람들도 빼곡했고 정차하는 역도 많았다. 게다가 2번이나 갈아타야 했다. 한 번은 동커스터에서 갈아탔고, 그다음은 작은 환승역에서 갈아탔다.

에버리는 매우 작은 데다 내리는 사람도 별로 없어서 짐꾼이 한 사람밖에 없었다. 토미가 짐꾼에게 물었다.

"모트 하우스는 어떻게 가야 합니까?"

"모트 하우스요? 여기서 상당히 멀어요. 바닷가에 있는 큰 집 말이죠?"

토미는 태연하게 고개를 끄덕였다. 짐꾼의 세심한 설명을 들은 뒤 두 사람은 기차역을 나섰다. 비가 내리기 시작해서 두 사람은 코트 깃을 세우고 질척거리는 길을 터벅터벅 걸어갔다. 갑자기 토미가 우뚝 멈추었다.

"잠깐 기다려 보게."

토미는 기차역으로 다시 뛰어가서 짐꾼에게 물었다.

"혹시 런던에서 12시 50분 기차를 타고 온 젊은 아가씨를 보셨습니까? 모트 하우스로 가는 길을 물어보았을지도 모르는데요."

토미는 최선을 다해 터펜스의 모습을 묘사했지만 짐꾼은 고개를 가로저었다. 토미가 말한 그 기차에서는 몇 사람이 내렸다. 짐꾼은 젊은 숙녀에 대해서는 기억하지 못했지만 아무도 모트 하우스로 가는 길을 물어보지 않았다는 것만은 분명히 기억했다.

토미는 다시 줄리어스에게 뛰어와서 그 사실을 말해 주었다. 실망의 무게가 마치 납덩어리처럼 그를 내리눌렀다. 토미는 임무에 성공하지 못할 것이라는 불길한 생각이 들었다. 적들은 그들보다 이미 3시간이나 앞서 있었다. 3시간이면 브라운에게는 충분하고도 남았다. 그자는 전보가 발견될 가능성도 배제하지 않았을 것이다.

길은 끝이 없는 것 같았다. 한번 길을 잘못 접어드는 바람에 거의 1킬로미터나 더 갔다가 돌아왔다. 길에서 만난 작은 소년이 모트 하우스는 다음 모퉁이를 돌면 있다고 말해 주었을 때는 이미 7시가 지난 시간이었다.

녹슨 철문이 경첩에 매달려 우울하게 흔들리고 있었고, 집으로 들어가는 길목은 낙엽으로 온통 뒤덮여 있었다. 그 스산한 모습에 저도 모르게 심장이 오그라들었다. 두 사람은 말없이 텅 빈 길을 따라 올라갔다. 낙엽이 쌓여 있어서 다행히 발소리가 들리지 않았다. 해는 이미 사라진 지 오래였고, 금방이라도 귀신이 튀어나올 것만 같았다. 머리 위로는 나뭇가지가 흔들리면서 기괴한 소리를 냈다. 이따금씩 눅눅하게 젖은 나뭇잎이 조용히 얼굴 옆을 스치며 떨어졌는데, 그때마다 두 사람은 깜짝깜짝 놀라곤 했다.

마지막 모퉁이를 돌자 모트 하우스가 드디어 눈에 들어왔다. 하지만 아무도 살지 않는 집 같았다. 덧문은 굳게 닫혀 있었고 현관으로 올라가는 계단에는 이끼가 자라 있었다. 이 황량한 장소에 과연 터펜스가 속아서 온 것일까? 수개월 동안 아무도 이 길을 따라 들어오지 않은 것이 분명했다.

줄리어스는 녹슨 초인종 손잡이를 당겼다. 불협화음 같은 종소리가 텅 빈 집 안 가득 메아리가 되어 울렸다. 한참을 기다렸지만 아무도 나오지 않았다. 그들은 계속해서 초인종을 눌러 보았다. 여전히 사람의 기척은 느껴지지 않았다. 그들은 집을 한 바퀴 빙 둘러보았다. 사방이 쥐 죽은 듯 조용했고 창문에도 덧문이 내려져 있었다. 그 집이 빈집이라는 것은 의심할 여지가 없었다.

"더 이상 볼 게 없어."

줄리어스가 씁쓸히 말했다. 그들은 다시 대문을 나와 천천히 길을 내려왔다.

"근처에 마을이 있을 거야. 거기 가서 물어보면 이곳에 대해 뭔가를 말해 주겠지. 최근에 누가 여기 머물렀는지도 알 수 있을 거야."

줄리어스가 말했다.

"그래. 그거 나쁘지 않은 생각이야."

얼마 걷지 않아서 두 사람은 작은 마을을 발견했다. 마을의 외곽에서 두 사람은 연장 가방을 멘 작업복 차림의 남자를 만났다. 토미가 그에게 다가가 질문을 했다.

"모트 하우스요? 거긴 비어 있어요. 벌써 수년 동안 비어 있었죠. 들어가 보고 싶다면 스위니 부인이 열쇠를 가지고 있으니까 찾아가 보세요. 우체국 바로 옆집이에요."

토미는 그에게 고맙다고 인사를 했다. 두 사람은 사탕 가게와 일반 잡화점을 겸하고 있는 우체국을 쉽게 찾았다. 그들은 곧바로 우체국 옆집 대문을 두드렸다. 깔끔하고 건강해 보이는 여인이 문을 열고 나왔다. 스위니 부인은 기꺼이 모트 하우스의 열쇠를 내주었다.

"집이 마음에 들지 모르겠네요. 상태가 아주 나빠서 수선도 많이 해야 할 거예요. 천장도 비가 새요. 돈이 아주 많이 들지도 몰라요."

"고맙습니다. 우리 기대에는 못 미칠지 모르지만, 요즘은 집을 구하기가 힘들어서요."

토미가 활달하게 말했다.

"그래요. 제 딸과 사위도 얼마 전부터 적당한 집을 찾고 있는데, 거의 전쟁이나 다름없어요. 실망스러울 때가 한두 번이 아니에요. 그건 그렇고, 지금은 모트 하우스를 제대로 보러 가기엔 너무 어두울 것 같은데요. 내일까지 기다리는 게 좋지 않을까요?"

스위니 부인이 다정하게 말했다.

"괜찮습니다. 어쨌거나 우리는 오늘 저녁밖에 시간이 없어요. 일찍 오려고 했는데 길을 잃었지요. 이 근처에서 하룻밤을 묵을 만한 적당한 곳이 있습니까?"

스위니 부인은 두 사람을 훑어보며 말했다.

"요크셔 암스 여관이 있어요. 하지만 두 분 같은 신사분들이 묵을 만한 장소는 아닌데요."

"아니요, 괜찮습니다. 그것도 감사하지요. 그건 그렇고, 혹시 오늘 열쇠를 달라고 찾아온 젊은 숙녀는 없었나요?"

스위니 부인은 고개를 저었다.

"그 장소를 보러 온 사람은 오랫동안 아무도 없었어요."

"알겠습니다. 정말 고맙습니다."

두 사람은 다시 모트 하우스로 향했다. 현관문이 경첩에 매달린 채 시끄러운 소리를 내며 열리자 줄리어스는 바닥을 살피기 위해 성냥불을 켰다. 그러더니 고개를 저으며 말했다.

"아무도 여기를 지나가지 않았어. 먼지를 봐. 아주 두껍게 쌓여 있잖아. 발자국이 하나도 없어."

두 사람은 빈 집을 구석구석 둘러보았다. 다른 곳도 모두 마찬가지였다. 두껍게 쌓인 먼지만 있을 뿐 사람의 흔적은 전혀 없었다.

"미치겠군. 터펜스는 여기에 오지도 않았나 봐."

줄리어스가 실망한 목소리로 말했다.

"아냐, 틀림없이 왔을 거야."

토미의 말에 줄리어스는 대답은 하지 않고 고개만 저을 뿐이었다.

"내일 다시 한번 찾아보세. 밝은 낮이면 뭔가를 더 찾을 수 있을지도 모르니까."

토미가 발걸음을 돌리며 말했다.

다음 날 두 사람은 다시 한번 수색에 나섰다. 하지만 바람과는 달리 그 집에는 오랫동안 아무도 오지 않았다는 결론에 도달하게 되었다. 토미가 운좋게 무언가를 발견하지 못했다면 두 사람은 마을을 그대로 떠났을 것이다. 대문을 나오다 말고 토미가 갑자기 외마디 비명을 지르며 몸을 숙이더니, 나뭇잎 사이에서 뭔가를 집어 들어 줄리어스에게 보여 주었다. 작은 금 브로치였다.

"이건 터펜스가 달고 있던 거야!"

"확실한가?"

"물론이지. 터펜스가 이 브로치를 달고 있는 걸 여러 번 본 적이 있어."

줄리어스가 깊게 숨을 들이쉬었다.

"그럼 터펜스가 여기까지 온 건 확실해졌군. 그 여관을 우리 본부로 삼고 이 주변을 샅샅이 수색해 보세. 누군가는 틀림없이 그녀를 봤을 거야."

그들은 조사에 착수했다. 토미와 줄리어스는 때로는 따로, 또 때로는 같이 움직였지만 결과는 매번 똑같았다. 주변 사람들은 하나같이 터펜스와 닮은 사람은 본 적이 없다고 했다. 두 사람은 속으로 적잖이 당황했지만 절망하지는 않았다. 결국 두 사람은 전략을 변경하기로 했다. 터펜스는 모트 하우스 주변에서 그리 오랜 시간을 보내지 않은 것이 분명했다. 정황상 차로 끌려갔을 수도 있다. 그래서 조사 방향을 다시 정비했다. 그날 모트 하우스 근처에 세워진 차를 본 사람은 없을까? 하지만 이번에도 실패로 끝났다.

줄리어스는 롤스로이스를 보내 달라고 런던으로 전보를 보냈고, 그사이에도 두 사람은 지칠 줄 모르고 주변을 이 잡듯 뒤지고 다녔다.

차가 도착하자 그들은 일말의 희망을 품은 채 롤스로이스를 타고 해러게이트까지 갔다. 단서는 얻지 못했지만 미혼 여성들의 선망 어린 시선을 받기에는 충분했다.

두 사람은 매일 새로운 수색에 나섰다. 줄리어스는 마치 목줄에 매인 사냥개 같았다. 아무리 사소한 단서라도 냉큼 쫓아갔다. 그는 그 운명의 날에 그 지역을 지나간 모든 차량을 추적했다. 심지어는 집집이 돌아다니며 자동차 소유자들을 만나 자동차 안까지 샅샅이 뒤졌다. 그러고는 언제나처럼 그 특유의 사과 방법을 활용했는데, 상대방의 분노를 가라앉히는 데는 별 어려움이 없었다. 하지만 며칠이 지났는데도 터펜스의 행방은 전혀 알아낼 수가 없었다. 너무나 치밀하게 계획된 납치라서 마치 터펜스가 공중으로 사라져 버린 것 같았다.

어느 날 문득 토미의 뇌리에 또 다른 생각이 스쳤다.

"우리가 여기에 얼마 동안 있었는지 알아?"

토미는 줄리어스와 마주 앉아서 아침 식사를 하다 말고 물었다.

"일주일이야! 터펜스가 어디 있는지 전혀 알아내지도 못했는데, 벌써 다음 주 일요일이 29일이란 말이지!"

"이런! 나는 29일에 대해서는 거의 잊고 있었어. 터펜스 말고는 다른 것을 생각할 여력이 없었거든."

줄리어스가 심각한 표정으로 대답했다.

"그건 나도 마찬가지야. 29일에 대해서 완전히 잊어버리진 않았지만 터펜스를 찾는 것에 비하면 전혀 중요하지 않다고 생각했지. 하지만 오늘이 23일이니까 시간이 얼마 안 남았어. 어떻게든 29일 이전에 터펜스를 찾아야 해. 그 이후에는 터펜스의 목숨을 보장할 수 없어. 그때가 되면 인질극도 소용없을 테니까. 조사 방법이 애초에 잘못된 것은 아니었는지 의문이 드는군. 시간을 이렇게 낭비했는데도 전혀 진전이 없으니 말이네."

"그 점은 나도 동의해. 바보처럼 우리의 능력을 너무 과대평가했어. 당장 이 바보 같은 짓을 그만둬야 해!"

"무슨 뜻이지?"

"우리가 일주일 전에 당연히 했어야 할 일을 하는 거야. 런던으로 돌아가서 이 문제를 런던 경시청에 넘겨야겠어. 스스로 무슨 탐정이라도 되는 것처럼 착각을 했던 거야. 탐정이라니! 정말 바보 같은 생각이지 뭐야! 이걸로 충분해! 이제 런던 경시청에 맡길 거야!"

토미가 천천히 말했다.

"자네가 옳아. 그날 곧바로 갔어야 하는 건데……. 늦었다고 생각할 때가 가장 빠른 때야. 우리는 마치 '멀버리 부시' 놀이('멀버리 덤불을 돌아간다.'라고 노래 부르며 손을 잡고 원형으로 춤추는 어린이 놀이 — 옮긴이)라도 하는 꼬맹이들처럼 어리석었어. 이제 런던 경시청에 가서 어떻게 해야 할지 물어보는 게 나을 거야. 우리 같은 아마추어보다는 훨씬 나을 테니까. 나랑 같이 가겠나?"

토미는 고개를 가로저었다.

"뭐 하러 둘씩이나 가지? 1명이면 충분해. 나는 여기에 남아서 좀 더 둘러볼게. 혹시라도 뭔가를 더 발견할지도 모르니까."

"좋아. 그럼 그렇게 해. 나는 런던에 가서 경시청 친구들을 만나 보고 올게. 가장 똑똑하고 유능한 경감으로 붙여 달라고 해야겠군."

하지만 줄리어스의 계획은 지켜지지 않았다. 그날 오후 토미는 전보를 받았다.

맨체스터 미들랜드 호텔로 곧바로 오게. 중요한 뉴스가 기다리고 있네.

줄리어스

그날 저녁 7시 30분에 토미는 느린 완행열차에서 내렸다. 줄리어스는 플랫폼에 이미 나와 있었다.

"내 전보를 곧바로 받았다면 이번 기차로 도착할 거라고 생각했네."

토미가 줄리어스의 팔을 움켜쥐었다.

"무슨 일이지? 터펜스를 찾기라도 했나?"

줄리어스가 고개를 저었다.

"아니. 하지만 런던에 도착하자 이게 와 있었어. 도착하기 바로 전에 온 거라고 하더군."

줄리어스는 토미에게 전보를 건네주었다. 토미는 눈을 동그랗게 뜨고 읽었다.

제인 핀을 찾았으니 전보를 보는 즉시 맨체스터 미들랜드 호텔로 오시오.

제임스 필 에저턴

줄리어스가 전보를 받아 다시 접어 넣더니 생각에 잠겨 말했다.

"뜻밖이야. 나는 그 변호사 양반이 완전히 손을 뗐다고 생각했는데……."

제인 핀

"내가 탄 기차는 30분 전에 여기 도착했네."

줄리어스가 기차역을 나서면서 말했다.

"런던을 떠나기 전에 나는 자네가 이번 기차로 올 거라 생각하고 그에 맞게 제임스 경에게 전보를 보냈다네. 그가 우리를 위해 호텔에 방을 예약해 놓았는데, 8시쯤 식사하러 온다는군."

"이번 사건에서 그 사람이 손을 뗐다고 생각하게 된 다른 이유라도 있나?"

토미가 신기한 듯 물었다.

"그 사람이 한 말 때문이야. 노인네들은 도대체가 말을 안 하니 속을 알 수가 없어. 대개 변호사들은 확신이 서지 않으면 아무 말도 하지 않잖아."

줄리어스가 냉담하게 말했다.

"과연 그럴까?"

토미가 생각에 잠겨 말했다. 그러자 줄리어스가 토미를 바라보며 물었다.

"뭐가 말인가?"

"그게 정말로 이유였을까?"

"물론이지. 그렇다는 데 내 목숨이라도 걸 수 있어."

토미는 믿을 수 없다는 듯 고개를 저었다.

제임스 경은 정확하게 8시에 도착했다. 줄리어스가 토미를 소개하자 제임스 경은 따뜻하게 악수를 청해 왔다.

"만나게 되어 반갑소, 베레스퍼드 씨. 터펜스 양에게 당신에 대한 이야기는 많이 들었소. 그래서인지 이미 알던 사이처럼 아주 친근하게 여겨지는군요."

그는 습관처럼 미소를 지으며 말했다.

"감사합니다."

활기차게 웃으며 대답한 토미는 그 위대한 변호사를 샅샅이 훑어보았다. 터펜스처럼 토미도 상대방의 몸에서 뿜어져 나오는 강력한 흡인력을 느낄 수 있었다. 제임스 경을 보고 있자니 카터가 생각났다. 두 사람은 전혀 다르게 생겼지만 아주 유사한 공통점을 가지고 있었다. 한 사람은 지친 듯한 표정을, 다른 사람은 직업적인 절제된 표정을 보였지만 둘 다 그 밑으로 도끼날처럼 번뜩이는 두뇌를 가지고 있었다.

그동안에도 토미는 제임스 경이 자신을 자세히 관찰하고 있다는 것을 느낄 수 있었다. 변호사와 시선이 마주치자 토미는 상대방이 마치 책을 펼쳐 보듯 자신을 꿰뚫어 보는 듯한 느낌을 받았다. 그는 제임스 경이 자신에 대해 어떻게 평가했는지 궁금했지만 알아낼 방법은 없었다. 제임스 경은 모든 것을 흡수하면서도 밖으로는 자신이 선택한 것만 내보일 뿐이었다. 그러한 판단은 거의 즉각적으로 이루어졌다.

첫인사가 끝나자 줄리어스가 질문을 쏟아부었다. 어떻게 제임스 경이 제인을 찾아낸 것인지, 이 사건을 계속 수사하고 있다는 것을 왜 알려 주지 않은 것인지 숨 가쁘게 물었다.

제임스 경은 턱을 쓰다듬으면서 슬쩍 미소를 지었다. 이윽고 그가 입을 열었다.

"어찌 됐든 제인을 찾았소. 그거면 된 것 아니오?"

"물론입니다. 하지만 도대체 어떻게 그녀를 찾아낸 겁니까? 터펜스 양과 저는 제임스 경이 이 일에서 완전히 손을 떼신 줄로만 알았습니다."

"아!"

변호사는 날카로운 시선으로 줄리어스를 보고는 다시 턱을 쓰다듬었다.

"정말 그렇게 생각했소? 흠, 그랬단 말이지요."

"하지만 우리가 잘못 생각한 것 같군요."

"꼭 그렇게 말한 건 아니었소만……. 하지만 제인 핀을 찾아내는데 성공한 것은 우리 모두에게 다 좋은 일 아니오?"

"그녀는 어디에 있죠?"

줄리어스가 화제를 돌렸다.

"우리는 제임스 경이 제인을 데려올 거라고 생각했어요."

"그건 조금 어려운 일이오."

제임스 경이 어두운 표정으로 말했다.

"그게 무슨 말이죠?"

"그 젊은 숙녀분은 길에서 사고가 나서 쓰러졌는데, 머리에 약간 충격을 입었소. 정신이 들자 그녀는 자신의 이름을 제인 핀이라고 밝혔소. 나는 그 이야기를 듣고 즉시 그녀를 평소 알고 지내던 병원으로 옮겼소. 그리고 곧바로 당신에게 전보를 보낸 거요. 하지만 그녀는 다시 의식을 잃었고 그 이후로 아직까지 깨어나지 않고 있소."

"심각하게 다친 건가요?"

"아니요. 한두 군데 타박상만 있을 뿐이오. 의학적으로 볼 때, 그런 상황이라면 훨씬 부상이 클 텐데 생각보다 가볍다고 하더군. 아마도 기억을 되찾은 정신적 충격 때문에 쓰러진 게 아닌가 생각되오."

"기억이 돌아왔습니까?"

줄리어스가 흥분해서 외쳤다.

제임스 경은 조금은 언짢은 듯 탁자를 가볍게 두드렸다.

"확실하오. 본인의 이름을 말한 걸 보면 더욱 그렇지. 그 정도는 인지할 수 있으리라 생각했소만."

"공교롭게 제임스 경이 그 현장에 계셨다는 건가요? 마치 무슨 동화에나 나올 법한 이야기 같군요."

토미가 끼어들며 말했다.

제임스 경은 아주 조심스러운 사람이라 토미의 유도 신문에 끌려가지 않았다.

"우연이란 매우 신비로운 것이오."

제임스 경이 단호하게 말했다.

그럼에도 토미는 자신의 의심에 어느 정도 확신을 얻게 되었다. 제임스 경이 맨체스터에 있었던 것은 우연이 아니었다. 줄리어스가 생각한 것처럼 사건에서 손을 뗀 것이 아니라 자신만의 방법으로 제인을 추적한 것이다. 토미가 이해할 수 없는 건 그가 왜 그토록 비밀스럽게 움직였는가 하는 것이다. 토미는 결국 변호사 특유의 직업 정신 때문이라고 결론을 지었다.

줄리어스가 다시 선언하듯 말했다.

"저녁을 먹고 나서 제인을 곧바로 만나 보러 가겠습니다."

"유감스럽지만 그건 불가능하오. 이렇게 늦은 밤에는 면회를 허락해 주지 않을 거요. 내일 아침 10시에 가는 걸로 합시다."

제임스 경이 무뚝뚝하게 말했다.

줄리어스는 얼굴을 붉혔다. 제임스 경에게는 항상 줄리어스의 반발심을 불러일으키는 뭔가가 있었다. 두 사람의 권위적인 성향이 서로 충돌을 일으키기 때문일 것이다.

"그렇다고 해도 저는 오늘 저녁에 병원을 찾아가서 바보 같은 규칙을 바꿀 방법이 있는지 알아보겠습니다."

"헤르사이머 씨, 그건 소용없는 짓이오."

토미는 제임스 경의 총성처럼 날카로운 목소리에 깜짝 놀라 고개를 들었다. 줄리어스는 몹시 흥분한 상태였다. 컵을 들어 올려 입술에 갖다 대는 손이 약간 떨렸지만 도전적인 시선은 제임스 경을 향하고 있었다. 잠시 두 사람 사이에 흐르는 적대감이 불꽃을 일으킬 듯했다. 하지만 결국 줄리어스가 패배를 인정하고 시선을 깔았다.

"지금은 당신이 대장이니 그 말에 따르도록 하겠습니다."

"감사하오."

제임스 경이 정중하게 대답하고 재차 확인하듯 물었다.

"그러면 내일 10시에 보는 거요?"

제임스 경은 다시 편안한 시선으로 토미를 돌아보았다.

"베레스퍼드 씨, 솔직히 당신을 여기서 보게 되다니 매우 놀랐소. 지난번에 당신에 대한 이야기를 전해 들었을 때만 해도 당신 친구들은 매우 불안해하고 있었소. 한동안 당신에게서 아무런 연락이 없자 터펜스 양은 당신이 큰 곤경에 처해 있는 건 아닐지 걱정했다오."

"곤경에 처해 있었던 건 사실입니다!"

토미가 기억을 떠올리며 쓰디쓴 미소를 지어 보였다.

"제 평생 그런 곤경에 처한 건 처음이라고 할 수 있죠."

토미는 제임스 경의 요청에 자신의 모험담을 간략하게 설명해 주었다. 제임스 경은 이야기가 끝날 때쯤 신선한 호기심을 가지고 토미를 바라보았다.

"위험한 상황에서 아주 잘 빠져나왔소. 정말 축하해야겠군. 뛰어난 기지와 연기도 정말 놀라울 따름이오."

제임스 경이 진지하게 말했다.

토미는 과분한 칭찬에 얼굴을 붉혔다.

"그 아가씨의 도움이 없었다면 도망칠 수 없었을 겁니다."

"그녀가 당신을 좋아하게 된 게 천만다행이었군."

제임스 경이 미소를 지으며 말했다. 토미는 그 말에 반박하려 했지만 그 전에 제임스 경이 계속 이어서 말했다.

"그렇다면 그녀가 그들 일원이라는 데에는 의심할 여지가 없는 거요?"

"유감스럽지만 그런 것 같습니다. 어쩌면 그들이 그녀를 강제로 붙잡고 있는 게 아닐까 생각했지만 그녀의 행동을 보니 꼭 그런 것 같지도 않아요. 충분히 도망칠 수 있었는데 다시 돌아간 걸 보면 말이에요."

제임스 경은 신중한 표정으로 고개를 끄덕였다.

"아까 그녀가 뭐라고 말했다고 했소? 다시 마르그리트에게 돌아가고 싶다고 했나?"

"예, 맞습니다. 저는 밴드마이어 부인을 말하는 게 아닐까 생각합니다만."

"그녀는 항상 리타 밴드마이어라는 이름을 썼었소. 친구들은 그녀를 모두 리타라고 불렀소. 그 아가씨는 부인의 원래 이름을 불렀나 보군. 하지만 그 아가씨가 부인의 이름을 부르짖고 있을 때 밴드마이어 부인은 이미 죽었거나 죽어 가고 있었소! 이상하지 않소? 한두 가지 이해가 되지 않는 부분이 있소. 예를 들어 그들이 갑자기 베레스퍼드 씨에 대한 태도를 바꾼 것도 그렇소. 참, 그 집은 수색해 봤소?"

"예. 하지만 모두 자취를 감춘 뒤였습니다."

"그랬겠지."

제임스 경이 건조한 목소리로 말했다.

"단서도 전혀 남기지 않았습니다."

"그렇단 말이지……."

제임스 경은 깊은 생각에 빠져 탁자를 톡톡 두들겼다. 제임스 경의 목소리에 담겨 있는 이상한 여운에 토미는 시선을 들고 그를 보았다. 혹시 제임스 경이라면 다른 사람들이 못 보고 지나친 걸 볼 수도 있지 않을까? 토미는 충동적으로 말을 꺼냈다.

"그 집에 함께 가서 살펴봤다면 좋았을 텐데 아쉽군요!"

"그랬다면 좋았겠지."

제임스 경이 조용하게 대꾸했다. 그는 잠시 아무 말도 하지 않고 가만히 앉아 있었다. 그러더니 시선을 들고 다시 물었다.

"그 이후엔 무슨 일을 했소?"

잠시 동안 토미는 제임스 경을 멀뚱히 쳐다보았다. 그러고는 제임스 경이 그간의 일을 당연히 모르고 있다는 사실을 깨달았다.

"터펜스에 대해 모르고 계신다는 사실을 잊었군요."

토미가 천천히 말했다. 제인 핀을 찾았다는 흥분 때문에 잠시 잊고 있었던 걱정이 다시 한꺼번에 밀려왔다.

제임스 경은 나이프와 포크를 내려놓으면서 날카로운 목소리로 물었다.

"터펜스 양에게 무슨 일이 일어났소?"

"사라졌습니다."

줄리어스가 대신 대답했다.

"언제?"

"일주일 전입니다."

"어쩌다가 그렇게 된 거요?"

제임스 경은 끊임없이 질문을 퍼부었다. 토미와 줄리어스는 지난 일주일 동안 있었던 소득 없는 수색에 대해 모두 말해 주었다.

제임스 경은 즉시 문제의 핵심을 찔렀다.

"베레스퍼드 씨의 이름으로 전보가 왔다고 했소? 그렇다면 상대방은 이미 당신 두 사람에 대해 충분히 알고 있다는 거로군. 그들은 베레스퍼드 씨가 그 집 안에서 얼마나 많은 것을 들었는지 확신이 서지 않았던 거요. 따라서 베레스퍼드 씨의 탈출에 대한 대응으로 터펜스 양을 납치했다고 볼 수 있소. 필요에 따라서는 그녀를 인질로 베레스퍼드 씨가 입을 열지 못하도록 협박해 올 거요."

토미가 고개를 끄덕였다.

"저도 그렇게 생각하고 있습니다."

제임스 경은 날카롭게 토미를 쳐다보았다.

"그 정도는 꿰뚫고 있었단 말이오? 나쁘지는 않군. 좋소, 이 시점에서 확실한 건 처음에 그자들이 당신을 잡았을 때는 당신에 대해 전혀 모르고 있었다는 점이오. 혹시 자신에 대한 정보를 무의식적으로라도 흘리지는 않았소?"

토미가 고개를 세차게 저었다.

"누군가가 그들에게 정보를 흘린 게 분명합니다. 그것도 일요일 오후가 지나서 말입니다."

줄리어스가 확신하듯 고개를 끄덕이며 말했다.

"하지만 누가 그랬단 말이오?"

"물론 전지전능한 브라운 씨겠죠!"

줄리어스의 목소리에는 희미한 비웃음이 섞여 있었다. 제임스 경이 그를 날카롭게 쳐다보며 물었다.

"헤르사이머 씨, 당신은 브라운의 존재를 믿지 않소?"

"예, 저는 믿지 않습니다."

줄리어스는 강조하듯 다시 이어서 설명했다.

"다시 말씀드리자면 사람들이 말하는 그대로는 믿지 않습니다. 브라운은 일종의 상징적인 존재일 것이라고 생각합니다. 사람들에게 겁을 주기 위한 유령 같은 이름인 거죠. 이번 일의 진짜 우두머리는 크라메닌이라는 러시아인이라고 생각합니다. 그 사람 정도면 마음먹기에 따라서 세 나라에 동시에 혁명을 일으킬 수 있지 않습니까? 아마도 휘팅턴은 영국 지부의 수장일 테고요."

"나는 동의하지 않소. 브라운은 분명히 존재하오."

제임스 경이 짧게 대답하고는 토미를 돌아보며 물었다.

"어디서 온 전보인지 혹시 확인해 보았소?"

"아니요. 유감스럽지만 거기까지는 확인하지 못했습니다."

"흠! 지금 가지고 있소?"

"위층에 있습니다. 제 짐 속에요."

"다음에 보여 주시오. 지금 당장은 괜찮소. 이미 일주일이나 낭비했으니……."

토미는 쥐구멍에라도 들어가고 싶었다.

"하루 정도는 큰 영향이 없을 거요. 먼저 제인 핀의 일부터 해결하고 나서 터펜스 양을 구할 방도를 생각해 봅시다. 터펜스 양은 지금 당장 위험하지는 않을 거요. 어디까지나 우리가 제인 핀을 데리고 있다는 것과 그녀의 기억이 돌아왔다는 사실을 놈들이 모른다면 말이오. 그러니 무슨 일이 있어도 비밀을 유지해야 하오, 알겠소?"

줄리어스와 토미가 그 말에 동의하자, 제임스 경은 내일 아침에 만나기로 약속을 하고 자리를 떴다.

다음 날 10시가 되자 두 젊은이는 어김없이 약속 장소에 나타났다. 제임스 경은 문 앞에서 두 사람을 기다리고 있었다. 두 사람에 비해 그는 그다지 흥분하지 않은 것처럼 보였다. 제임스 경은 두 사람을 의사에게 소개했다.

"헤르사이머 씨, 베레스퍼드 씨. 그리고 이쪽은 의사인 로이랜스 씨요. 환자는 어떻소?"

"잘 지내고 있습니다. 시간이 얼마나 흘렀는지 전혀 모르는 게 분명합니다. 오늘 아침에는 루시타니아호에서 몇 명이나 살아남았냐고 묻더군요. 신문에 났는지도 물었어요. 물론 어느 정도 예상하고 있던 일입니다. 그런데 뭔가 골똘히 생각하고 있는 듯한 표정이었어요."

"우리가 그녀의 불안감을 덜어 줄 수 있을 거요. 올라가 봐도 되겠소?"

"물론입니다."

의사를 따라 위층으로 올라가면서 토미는 심장이 매우 빠르게 뛰는 걸 느낄 수 있었다. 드디어 제인 핀을 만나다니! 오랫동안 추적해 왔고, 결코 찾아낼 수 없을 거라 생각한 제인 핀을 만나다니! 정말 믿을 수 없는 일이 벌어진 것만 같았다. 바로 이 집에 기적적으로 기억이 돌아온 제인 핀이 영국의 미래를 쥐고 누워 있는 것이다. 토미의 입술 사이로 신음 소리가 빠져나왔다. 터펜스가 곁에 있어서 이 승리의 기쁨을 함께 나눌 수 있다면 얼마나 좋을까. 하지만 일단 터펜스에 대한 생각은 접어 두기로 했다. 제임스 경에 대한 신뢰도 더욱 커졌다. 제임스 경이라면 터펜스가 어디 있는지 금세 찾아줄 것이다. 그러니 일단은 제인 핀부터 생각하자! 그 순간 갑자기 두려움이 토미를 사로잡았다. 너무 쉬운 게 아닌가……. 만약 터펜스가 죽은 채로 발견된다면? 그녀가 브라운의 손에 살해라도 당한다면?

토미는 허무맹랑한 자신의 상상력에 실소를 터뜨렸다. 의사가 문을 열고 일행이 안으로 들어가게 해 주었다. 하얀 침대에는 붕대로 머리를 휘감은 아가씨가 얌전히 누워 있었다. 왠지 모든 광경이 현실 같지 않았다. 모든 것이 누구라도 예상할 수 있는 모습에서 한 치의 어긋남도 없는 게 꼭 의도적으로 잘 맞추어진 것 같았다.

아가씨는 놀란 듯 눈을 커다랗게 뜨고 한 사람씩 돌아가며 살펴보았다.

제임스 경이 먼저 말을 꺼냈다.

"핀 양, 이분은 사촌인 줄리어스 P. 헤르사이머입니다."

줄리어스가 다가가서 손을 붙잡자 아가씨의 얼굴은 약간 붉어졌다.

"안녕, 제인?"

줄리어스는 가볍게 인사했다. 하지만 토미는 그의 목소리에 깔린 긴장을 감지할 수 있었다.

"정말로 하이럼 삼촌의 아들이에요?"

그녀가 놀란 듯이 물었다.

서부 억양이 섞인 그녀의 목소리에는 흥분한 기색이 역력했다. 토미는 그 억양이 매우 익숙했지만 애써 그 생각을 떨쳐 버렸다.

"물론이지."

그녀가 낮고 부드러운 목소리로 말했다.

"하이럼 삼촌에 대해서는 신문에서 읽곤 했어요. 하지만 이렇게 만나게 될 줄은 꿈에도 생각지 못했어요. 어머니는 하이럼 삼촌이 화가 나서 자신을 절대 용서하지 않을 거라고 말씀하셨어요."

"아버지는 완고하신 분이지. 하지만 우리 세대는 좀 달라야 한다고 생각해. 가족들끼리 싸워 봤자 무슨 소용이 있겠니? 전쟁이 끝나자마자 가장 먼저 너부터 찾아야겠다고 생각했단다."

"사람들이 제게 얼마나 끔찍한 일이 일어났는지 말해 줬어요. 제가 기억을 잃어버린 채로 몇 년이 흘렀다고요. 제 인생에서 몇 년이 사라져 버린 거죠."

"전혀 기억나지 않는 거니?"

아가씨의 눈이 더 커졌다.

"전혀 기억나지 않아요. 구명보트로 옮겨 탄 것이 바로 어제 일 같아요. 지금도 그때 상황이 눈에 선해요."

그녀는 떨면서 눈을 감았다.

줄리어스는 제임스 경을 돌아보았고, 제임스 경은 고개를 끄덕였다.

"걱정하지 마. 이젠 걱정할 필요 없어. 자, 여길 봐, 제인. 우리는 한 가지 알고 싶은 게 있어. 그 배에는 아주 중요한 문서를 가지고 탄 사람이 있었어. 그리고 이 나라의 몇몇 정부 인사들은 그 문서가 네게 전달되었다고 알고 있단다. 그게 사실이니?"

아가씨는 망설이면서 다른 두 사람을 흘깃 쳐다보았다. 줄리어스는 그녀의 심정을 충분히 이해했다.

"베레스퍼드 씨는 영국 정부의 의뢰를 받아 그 문서를 찾으려는 사람이야. 제임스 필 에저턴 경은 영국 의회의 일원이고 내각에서도 중요한 위치를 차지하고 있단다. 너를 이렇게 찾아내게 된 것도 모두 이분 덕이라고 할 수 있지. 그러니까 마음 놓고 모든 이야기를 해도 돼. 댄버스가 네게 그 문서를 넘겨주었니?"

"그래요. 그는 제가 문서를 가지고 있는 게 더 좋을 것 같다고 말했어요. 왜냐하면 여자와 아이들이 먼저 구조될 테니까요."

"우리가 생각한 대로군."

제임스 경이 말했다.

"그는 그 문서가 매우 중요하다고 했어요. 연합군의 전세에 큰 변화를 줄 수 있을 거라고요. 하지만 시간도 이렇게 많이 지나고 전쟁도 끝났는데, 그게 아직도 중요한가요?"

"역사는 끊임없이 반복되는 거야, 제인. 처음에는 그 문서를 찾으려고 큰 난리가 났어. 하지만 모두 실패했지. 그러다가 지금 다시 그 문서를 찾으려고 혈안이 되어 있지. 이번에는 그 이유가 조금 다르긴 하지만 말이야. 그 문서를 우리에게 건네줄 수 있겠니?"

"아니요. 난 그럴 수가 없어요."

"왜지?"

"제 수중에 없기 때문이에요."

"네…… 수중에…… 없다고?"

줄리어스가 제인의 말을 한 마디씩 따라 하며 되물었다.

"정확히 말하자면 제가 숨겨 놓았어요."

"숨겨 놓았다고?"

"예. 불안했거든요. 누군가 저를 줄곧 감시하는 것 같았어요. 그래서 무척 겁이 났어요. 그것도 아주 많이요."

그녀는 손으로 머리를 감쌌다.

"병원에서 깨어나기 전의 기억 가운데서 가장 나중의 것은……."

"계속해 봐요. 뭘 기억하고 있죠?"

제임스 경이 조용하지만 깊이 꿰뚫어 보는 듯한 목소리로 채근

했다.

그녀는 순종적으로 그를 올려다보았다.

"홀리헤드(영국 웨일스 북서쪽에 있는 지역 — 옮긴이)였어요. 잘은 기억나지 않지만 저는 그곳에 있었어요……."

"괜찮으니 계속 말하세요."

"부두가 혼란한 틈을 타서 저는 몰래 빠져나왔어요. 아무도 저를 보지 못했죠. 택시를 잡아타고 운전수에게 시외로 가 달라고 했어요. 다행히 따라오는 차는 보이지 않았답니다. 한적한 길로 나왔을 때 주변을 둘러보았어요. 길옆으로 작은 길이 있는 걸 보고 운전수에게 거기서 잠시 기다려 달라고 했어요."

그녀는 잠시 말을 멈추었다가 계속해서 말했다.

"작은 길은 해안 절벽으로 이어지는 길이었어요. 양쪽으로는 황금빛 불꽃 같은 노란색 가시금작화 덤불이 있었는데 그 사이로 바다가 내려다보였어요. 주변을 살펴보았지만 적당한 장소가 보이지 않았어요. 그때 머리 높이에 있는 절벽 바위에 구멍이 있는 게 눈에 띄었어요. 아주 작은 구멍이었죠. 간신히 손을 넣을 수 있었는데 그리 깊지는 않았어요. 저는 목에 걸고 있던 가죽 주머니를 풀어서 가능한 한 깊숙이 집어넣었어요. 그리고 가시금작화를 조금 꺾었어요. 맞아요. 그때 가시에 세게 찔린 기억이 나요. 저는 구멍을 가리기 위해 꺾은 가지를 쑤셔 넣었어요. 그러고는 머릿속으로 장소를 기억해 두었어요. 다시 가서 찾을 수 있도록 말이에요. 바로 옆에 매우 특이하게 생긴 바윗돌이 하나 있었어요. 마치 웅크리고 앉아 있는 개처럼 생겼어요. 저는 다시 찻길로 나와서 기다리고 있던 택시를 타고 기차역으로 돌아왔지요. 저는 겨우겨우 기차를 탈 수 있었어요. 괜히 상상력이 앞지른 건 아닌가 하는 생각에 제 행동이 조금 쑥스럽게 여겨지기도 했어요. 하지만 얼마 뒤 제 앞에 앉은 남자가 제 옆에 앉은 여자한테 살짝 윙크를 하는 것을 보았어요. 저는 다시 더럭 겁이 났죠. 하지만 문서를 안전하게 숨겨 두었다는 생각에 마음을 놓았어요. 저는 신선한 공기를 마시는 척 복도로 나갔다가 다른 객차로 가려고 했어요. 하지만 그 여자가 뭔가를 떨어뜨렸다고 저를 부르지 뭐예요? 그래서 몸을 숙여서 살펴보려고 했는데 뭔가가 저를 세게 내리쳤어요. 여기를요."

그녀는 손을 뒤통수에 갖다 댔다.

"그러고는 병원에서 깨어날 때까지 아무것도 기억나지 않아요."

잠시 침묵이 흘렀다.

"감사합니다, 핀 양."

말을 꺼낸 것은 제임스 경이었다.

"저희 때문에 피곤한 건 아니겠죠?"

"오! 괜찮아요. 머리가 좀 아프긴 하지만 그것 빼고는 괜찮아요."

줄리어스는 앞으로 다가가 그녀의 손을 다시 잡았다.

"잘 있어, 제인. 나는 그 문서를 가지러 가야겠어. 하지만 곧 돌아와서 너를 런던으로 데려갈 거야. 미국으로 돌아가기 전에 멋진 시간을 같이 보내도록 하자꾸나! 내 말은…… 그러니까 빨리 나으라는 거야."

길에서 그들은 임시로 대책 회의를 가졌다. 제임스 경은 주머니에서 시계를 꺼내 보았다.

"홀리헤드로 가는 기차는 체스터에서 12시 14분에 정차하니까, 지금 출발하면 그 기차를 탈 수 있을 거요."

토미는 놀라서 제임스 경을 바라보았다.

"서두를 필요가 있을까요? 오늘은 겨우 24일입니다."

"아침에 일찍 일어나는 새가 먹이를 찾는 법이지. 당장 기차역으로 가자고."

변호사가 대답할 겨를도 주지 않고 줄리어스가 성급하게 말했다.

제임스 경은 미간을 약간 찌푸렸다.

"나도 같이 갔으면 좋겠지만 오후 2시에 중요한 연설이 있어서 동행할 수는 없소. 운이 나쁘군."

그의 목소리에는 아쉬움이 가득 배어 있었다. 반면 줄리어스는 일행 중 한 명과 헤어지는 것에 전혀 개의치 않았다.

“이번 일은 전혀 복잡하거나 어렵지 않아요. 그냥 숨바꼭질 놀이일 뿐입니다.”

“나도 그러길 바라오.”

“물론입니다. 달리 무슨 일이 있겠습니까?”

“헤르사이머 씨, 당신은 아직 너무 젊소. 하지만 내 나이쯤 되면 한 가지는 확실히 배우게 될 거요. ‘절대로 적을 과소평가하지 마라.’는 것이오.”

제임스 경의 목소리가 지닌 무게감에 토미는 깊은 인상을 받았다. 하지만 줄리어스는 별로 영향을 받은 것 같지 않았다.

“브라운이 쫓아와서 손이라도 쓸 거 같습니까? 만약 그렇다 하더라도 저는 놈과 싸울 준비가 되어 있습니다.”

줄리어스는 안쪽 주머니를 톡톡 두드리며 말을 이었다.

“저는 총을 갖고 있습니다. 여기 있는 이 꼬마 윌리는 제가 어딜 가든 늘 함께한답니다.”

급기야 무시무시해 보이는 자동 권총을 꺼내 사랑스러운 듯 톡톡 두들겨 주고는 다시 주머니에 집어 넣으며 단언했다.

“하지만 이번 여행에서는 요 녀석이 전혀 필요하지 않을 겁니다. 브라운은 전혀 모르고 있을 테니까요.”

제임스 경은 어깨를 으쓱했다.

“밴드마이어 부인이 배신을 할 거라는 사실도 브라운에게 알려 줄 사람은 없었소. 그럼에도 밴드마이어 부인은 쥐도 새도 모르게 살해당했소."

줄리어스는 아무 말도 하지 못했다. 그러자 제임스 경이 조금은 가벼운 말투로 덧붙였다.

"그저 나는 당신들이 조심하길 바라는 것뿐이오. 잘 가시오. 그리고 행운을 빌겠소. 일단 문서를 손에 넣으면 불필요한 모험은 절대 하지 마시오. 만약 누군가가 미행한다고 여겨지면 문서를 즉시 파괴해 버리시오. 다시 한번 행운을 빌겠소. 이제 모든 승패는 당신들 손에 달렸소."

제임스 경은 두 사람과 악수를 나누었다.

10분 뒤 두 젊은 남자는 체스터를 경유하는 기차의 일등석 객차에 앉아 있었다.

한동안 두 사람은 입을 열지 않았다. 한참 뒤 줄리어스가 침묵을 깨고 전혀 예상하지 못한 말을 불쑥 꺼냈다.

"자네 혹시 단 한 번이라도 여자 얼굴만 보고 바보짓을 해 본 적이 있나?"

토미는 잠시 놀랐지만 곧 머릿속을 뒤져 보았다. 이윽고 토미가 고개를 저으며 대답했다.

"잘 기억나지는 않지만 그런 적은 없는 것 같아. 그런데 그건 왜 묻지?"

"왜냐하면 지난 두 달 동안 나는 제인 때문에 감상에 빠져 완전히 바보짓을 하고 다녔거든! 처음 제인의 사진을 보았을 때 소설책에

나 나오는 것처럼 심장이 마구 날뛰지 뭔가. 인정하긴 쑥스럽지만 내가 여기에 온 건 그녀를 찾아 모든 일을 바로잡은 뒤, 그녀를 헤르사이머 부인으로 삼아서 돌아가기 위해서였어!"

"와!"

토미는 놀라서 감탄사밖에 내뱉을 수 없었다.

줄리어스는 꼬고 있던 다리를 풀면서 불만 섞인 목소리로 계속 말했다.

"어쩜 그렇게 바보짓을 할 수 있는 걸까? 하지만 실제로 그녀를 대면하고 꿈에서 깼네."

토미는 할 말을 잃고 다시 한번 감탄사를 내뱉었다.

"와!"

줄리어스가 계속 말했다.

"물론 제인을 비하하는 건 아니야. 정말 괜찮은 여자 같아. 누구라도 그녀를 보면 한눈에 반할 거야."

"나는 그녀가 꽤 예쁘게 생겼다고 생각하는데……."

토미는 그제야 할 말을 찾았다.

"그래, 예쁘긴 하지. 하지만 사진과는 하나도 닮지 않았어. 어떻게 보면 닮긴 했지. 적어도 곧바로 그녀를 알아보긴 했으니까. 만약 많은 사람들 사이에 있는 그녀를 보았다면 '저기에 내가 아는 여자가 있다.'고 망설이지 않고 말할 거야. 하지만 그 사진과는 확실히 달라 보였어."

줄리어스는 고개를 저으면서 깊이 한숨을 내쉬었다.

"사랑이라는 건 정말 예측할 수 없어!"

"그런 것 같네. 여자 얼굴만 보고 사랑에 빠져 여기까지 왔다가 2주일 만에 다른 여자한테 청혼을 하는 것을 보면 말이네."

토미가 차갑게 대꾸했다.

줄리어스는 당황한 기색을 애써 감추려고 하지는 않았다.

"그게 말이지, 그때는 나도 거의 자포자기 상태여서 제인을 절대 찾을 수 없을 거라고 생각했다네. 물론 내 생각이 얼마나 바보 같은 것인지 알게 되었지만 말이야. 그런 점에서 프랑스 사람들은 좀 더 감각적으로 대처하는 경향이 있지. 그들은 연애와 결혼은 별개라고 생각하니까……."

토미는 얼굴을 붉히며 화를 냈다.

"빌어먹을! 도대체 그게 무슨 말이지? 만일 그게……."

줄리어스가 서둘러서 토미의 말을 가로막았다.

"너무 성급하게 앞질러 가지 말게. 내 말뜻은 그런 게 아니야. 자네 영국인들이 생각하는 것보다 미국인들은 도덕관념이 훨씬 높은 편이야. 내 말은 프랑스 사람들은 결혼을 사업적으로 생각한다는 거야. 먼저 조건이 맞는 사람들끼리 만나서 모든 문제를 계산적으로 처리하지."

"만약 내 의견을 묻는 거라면, 요즘 사람들은 너무나 계산적인 것 같아. 모든 일에 '돈이 될까?' 하고 묻잖나. 남자들만 해도 충분히 속물인데 여자들은 더 형편없어!"

토미가 격앙된 목소리로 말했다.

"진정해. 너무 그렇게 화내지 마."

"열 받아 미칠 지경이야."

줄리어스는 토미를 보며 더 이상은 말하지 말아야겠다고 생각했다.

홀리헤드까지 가는 동안 토미는 화를 가라앉힐 시간이 충분했다. 그들이 목적지에 도착했을 때쯤 토미는 활기찬 미소를 띠고 있었다.

사람들에게 물어보고 지도로도 살펴본 뒤 두 사람은 어느 쪽으로 갈지 방향을 정했다. 그리고 곧바로 택시를 잡아타고 트리어더베이 쪽으로 가자고 했다. 그들은 운전수에게 천천히 가 달라고 부탁하고는 길을 찾기 위해 눈을 크게 뜨고 찻길 주변을 살폈다. 시내를 나온 지 한참 지나서야 그들은 문제의 그 길을 찾았다. 토미는 재빨리 차를 세우게 한 뒤 그 길이 바다로 이어지는지 물었다. 운전수가 그렇다고 하자 택시 요금을 넉넉하게 치르고 택시를 돌려보냈다.

잠시 후 택시는 덜컹거리면서 천천히 홀리헤드로 돌아갔다. 토미와 줄리어스는 택시가 시야에서 사라질 때까지 바라보고 있다가 그 좁은 길로 접어들었다.

"이 길이 맞겠지? 이쪽으로 가면 정말 언덕이 나올까? 어쩐지 너무 쉬운 것 같은데……."

토미가 의심스러운 듯 물었다.

"아냐, 맞아. 저기 가시금작화를 좀 봐. 제인이 한 말 기억나?"

토미는 길 양쪽으로 높은 담장처럼 자란 황금색 꽃들을 보고 줄리어스의 말에 동의했다.

그들은 한 줄로 길을 따라갔다. 줄리어스가 앞으로 갔다. 토미는 불안한지 2번이나 고개를 돌려 뒤를 살폈다. 줄리어스가 뒤돌아보며 물었다.

"왜 그러지?"

"모르겠어. 이상하게도 누군가가 뒤따라오는 것 같아서 말이야."

"그럴 리가 없어. 따라온다면 빤히 보일 거야."

줄리어스가 낙관적으로 말했다.

토미는 줄리어스의 말이 사실이라고 인정했다. 그럼에도 불안감은 더욱 커졌다. 인정하고 싶지는 않지만 전지전능한 적의 존재를 믿고 있었던 것이다.

"난 차라리 그자가 따라왔으면 좋겠네."

줄리어스가 주머니를 두드리며 말했다.

"여기 꼬마 윌리가 좀이 쑤신가 봐."

"항상 총을 가지고 다니나?"

토미가 호기심이 가득한 목소리로 물어보았다.

"거의 그렇지. 언제 무슨 일이 일어날지 모르니까."

토미는 경의를 표하며 입을 다물었다. 토미는 꼬마 윌리에게 깊은 인상을 받았다. 꼬마 윌리가 브라운의 위협도 멀리 쫓아 버린 것 같았다.

좁다란 길은 바다를 바라보고 있는 절벽으로 이어졌다. 갑자기 줄리어스가 걸음을 멈추는 바람에 토미는 뒤에서 그를 들이받을 뻔했다.

"무슨 일이야?"

토미가 물었다.

"저길 봐. 정말 놀랍지 않아?"

토미도 보았다. 길을 반쯤 가로막은 커다란 돌덩어리는 웅크리고 앉아 있는 테리어 개의 모습과 매우 비슷했다.

"이미 예상하고 있지 않았나?"

토미는 줄리어스와 감정을 나눠 갖기를 거부하면서 침착하게 말했다. 줄리어스는 그를 바라보며 슬픈 듯이 고개를 저었다.

"영국인들이란 정말 무덤덤해서 탈이야! 물론 예상하고 있었지. 하지만 그렇다 하더라도 흥분되지 않나? 우리가 예상한 것을 찾아서 보게 되었으니 말이야!"

토미의 침착함은 타고났다기보다는 애써서 유지하는 쪽에 가까웠다. 토미는 성급하게 발을 움직였다.

"어서 가 보자고! 구멍이 어디 있지?"

두 사람은 절벽을 샅샅이 뒤졌다.

"벌써 몇 년이나 지났으니 구멍에 가시금작화가 없을지도 몰라."

토미가 자신 없는 목소리로 말했다.

"자네 말이 맞을지도 몰라."

줄리어스가 엄숙하게 대답했다.

그 순간 토미가 떨리는 손으로 한 곳을 가리켰다.

"저기 있는 저 틈이 아닐까?"

줄리어스는 긴장한 목소리로 대답했다.

"그래, 저거야……. 확실해."

두 사람은 서로를 마주 보았다. 토미가 회상에 잠긴 목소리로 입을 열었다.

"내가 프랑스 전선에 있을 때 말인데, 당번병이 나를 호출하지 못할 때마다 항상 현기증이 났다고 하더군. 나는 한 번도 그 말을 믿지 않았지. 하지만 그가 현기증을 느꼈든 그렇지 않든 그런 감각이 있는 건 사실이야. 나도 지금 현기증이 나거든! 그것도 아주 심하게 말이야!"

토미는 바위에 있는 구멍을 바라보며 참을 수 없다는 듯이 열정적으로 외쳤다.

"제길! 이건 불가능해! 5년이나 지났어! 생각해 봐! 새 둥지를 찾는 남자 아이들, 소풍을 나온 사람들, 수천 명이나 되는 사람들이 여기를 지나갔을 거야! 아직까지 여기 남아 있을 리가 없어! 그대로 있을 확률이 얼마나 되겠어? 이성적으로 생각하면 정말 말도 안 되는 일이야!"

토미는 진심으로 불가능하다고 느꼈다. 어쩌면 모든 사람들이 실패한 일을 자신이 성공할 리 없다는 생각이 더욱 크게 지배했는지도 모른다. 너무 쉬웠고, 그렇기 때문에 더욱 믿을 수가 없었다. 어쩌면 구멍은 텅 비어 있을지도 모른다.

줄리어스가 활짝 미소를 지으며 토미를 바라보았다. 그러고는 조금은 즐기듯이 점잔을 빼며 말했다.

"자네도 이제야 떨리는 모양이지? 자, 그럼 찾아볼까?"

줄리어스가 구멍에 손을 집어넣으면서 인상을 크게 찡그렸다.

"정말로 좁은걸. 제인의 손은 내 손보다 훨씬 작았나 봐. 아무것도 잡히지 않는데…… 아니, 잠깐만! 이게 뭐지? 세상에!"

줄리어스는 과장된 동작으로 색이 바랜 작은 주머니를 꺼내 높이 흔들었다.

"우리가 찾던 거 맞지? 기름 먹인 가죽을 기워서 만든 주머니야. 내가 칼을 꺼낼 동안 좀 들고 있어 봐."

도저히 믿을 수 없는 일이 일어났다. 토미는 그 중요한 주머니를 두 손으로 받쳐 들고 있었다. 그들은 성공했다!

"정말 이상하군. 실이 다 썩었을 줄 알았는데, 이건 거의 새것처럼 보이잖아."

토미는 조금은 어리둥절한 상태로 중얼거렸다.

두 사람은 기름 먹인 가죽을 조심스럽게 잘라서 주머니를 열어 보았다. 안에는 잘 접힌 종이가 한 장이 들어 있었다. 두 사람은 떨리는 손으로 조심스럽게 종이를 펼쳤다. 종이에는 아무것도 적혀 있지 않았다! 두 사람은 당황한 표정으로 서로를 바라보았다.

"가짜야. 혹시 댄버스가 처음부터 적을 속이려는 미끼는 아니었을까?"

줄리어스가 힘겹게 입을 열었다.

토미는 고개를 가로저었다. 그 답안은 전혀 마음에 들지 않았다. 갑자기 그의 얼굴이 환하게 밝아졌다.

"알았다! 이건 보이지 않는 잉크야!"

"정말 그럴까?"

"손해 볼 건 없잖아. 한번 시도해 보자고. 보통은 열을 쬐면 돼. 자, 불을 피울 수 있도록 나뭇가지를 좀 모아 봐."

몇 분 뒤에 잔가지와 나뭇잎으로 만든 작은 불꽃이 이글거리며 타올랐다. 토미는 종잇조각을 불꽃에 가까이 댔다. 열을 받자 종이가 약간 우그러들었다. 하지만 여전히 아무것도 보이지 않았다.

갑자기 줄리어스가 토미의 팔을 붙잡으면서 옅은 갈색 글자들이 나타나는 곳을 가리켰다.

"이런 세상에! 자네가 옳았어! 어떻게 이런 생각을 한 거야? 나는 생각지도 못했는데 말이야."

토미는 종이를 들고 그 상태로 좀 더 있었다. 그는 종이가 열을 충분히 받았다고 여겨질 때까지 불 가까이에 대고 있었다. 그러고는 종이를 불에서 떼어 내 살펴보았다. 잠시 후 그가 비명을 질렀다.

종이에는 깔끔한 갈색 글씨로 이렇게 씌어 있었다.

브라운 씨가 경의를 표하며 바칩니다.

토미의 발견

잠시 충격에 휩싸인 두 사람은 멍하니 서로의 얼굴만 바라보았다. 어떻게 된 일인지 알 수는 없지만 브라운이 선수를 친 것은 틀림없었다. 토미는 조용히 패배를 인정했다. 하지만 줄리어스는 달랐다.

"도대체 어떻게 우리보다 앞설 수 있었지? 정말 이해할 수 없어!"

줄리어스가 격분하여 말했다. 토미는 고개를 저으며 뒤늦게 말했다.

"실밥이 새것인 걸 보고 진작 알아차렸어야 했는데……."

"실밥 같은 건 아무러면 어때? 중요한 건 놈이 어떻게 우리보다 앞섰냐는 거야. 우리는 조금도 지체하지 않고 왔어. 누가 됐든 우리보다 더 빨리 오는 건 불가능해. 그건 그렇다 치더라도, 도대체 어떻게 알아냈을까? 제인의 방에 도청 장치라도 있었던 걸까? 그런 게 틀림없어."

하지만 토미는 상식적으로 문제에 접근했다.

"제인이 그곳으로 올지는 아무도 몰랐어. 게다가 바로 그 방으로 말이지."

"그건 그래."

줄리어스도 인정했다.

"그렇다면 악당과 한편인 간호사 하나가 문 뒤에서 엿들은 게 아닐까? 그건 어때?"

"이제 와서 그게 뭐 중요하겠어? 놈은 벌써 몇 개월 전에 그 사실을 알아내고 문서를 빼 갔는지도 몰라. 그리고…… 아니야. 그건 말도 안 돼! 놈들은 그 즉시 문서를 발표했을 테니까."

토미가 피곤한 듯 말했다.

"당연하지! 우리보다 누군가가 1시간 정도 빨리 도착한 게 틀림없어. 하지만 어떻게 그럴 수 있었는지 도무지 모르겠군."

"제임스 경이 우리랑 같이 왔더라면 좋았을걸."

토미가 생각에 잠긴 목소리로 말했다.

"어째서 그렇게 생각하지? 어차피 우리가 오기 전에 일은 다 끝나 있었잖아."

줄리어스가 토미를 쳐다보며 말했다.

"그건 그래……."

토미는 머뭇거렸다. 왕실 변호사가 같이 온 것만으로 불행을 피할 수 있지 않을까 하는 비논리적인 생각을 줄리어스에게 어떻게 설명할 수 있겠는가. 토미는 다시 처음으로 되돌아갔다.

"어떻게 된 건지 따지는 건 말장난밖에 안 돼. 이미 끝났어. 우리는 실패한 거야. 이제 할 일은 한 가지뿐이야."

"그게 뭐지?"

"런던으로 가능한 한 빨리 돌아가는 것. 가서 카터 씨에게 경고를 해 주어야 해. 이제 재난이 닥치는 건 시간문제야. 하지만 카터 씨도 최악의 상황임을 알고 있어야 한다고 생각해."

그 임무는 매우 달갑지 않은 것이었다. 하지만 피할 도리가 없었다. 토미는 자신의 실패를 카터에게 보고해야만 했다. 그걸로 토미의 일은 모두 끝날 것이다. 그는 런던으로 가는 밤차를 탔다. 줄리어스는 홀리헤드에서 하루를 더 묵기로 했다.

런던에 도착한 지 30분쯤 지난 뒤, 토미는 초췌하고 창백한 얼굴로 카터 앞에 서 있었다.

"보고하러 왔습니다. 저는 완전히 실패했습니다."

카터가 그를 날카롭게 바라보았다.

"그러면 그 문서는……."

"브라운의 수중으로 들어갔습니다."

"이런!"

카터는 애써 침착한 모습을 유지했다. 표정은 변하지 않았지만 토미는 카터의 눈동자에 실망의 빛이 어리는 걸 놓치지 않았다. 그보다 더 비관적인 미래를 보여 주는 건 없었다.

잠시 후에 카터가 말했다.

"그래. 하지만 우리도 이대로 무릎 꿇을 수만은 없지. 어쨌든 명확하게 알게 되어서 다행이네. 이제 우리도 할 수 있는 조치는 모두 취해 봐야지."

한 가지 생각이 토미의 머릿속을 꿰뚫고 지나갔다.

"가망이 없습니다. 그도 그것을 잘 알고 있어요!"

카터가 잠시 토미를 물끄러미 바라보더니 온화한 목소리로 말했다.

"너무 실망하지 말게. 자네는 최선을 다했네. 어쩌면 금세기 최고의 두뇌와 겨룬 것인지도 모르지. 그리고 거의 성공할 뻔했어. 그 점을 기억하게."

"감사합니다. 그렇게 말씀해 주시다니 정말 고마울 따름입니다."

"모두 내 책임이야. 나는 이미 다른 한 가지 소식을 들었을 때부터 스스로를 자책하고 있었네."

카터의 목소리에는 토미의 관심을 끌 만한 뭔가가 있었다. 새로운 두려움이 토미의 심장을 움켜쥐었다.

"뭔가…… 다른 문제가 있습니까?"

"유감스럽게도 그렇네."

카터가 엄숙하게 말하고는 책상에 놓인 종이로 손을 뻗었다.

"터펜스……?"

토미가 말끝을 흐렸다.

"직접 읽어 보게."

타자기로 쓴 단어들이 눈앞에서 춤을 추었다. 녹색 모자와 호주머니에 'P.L.C'라는 머리글자가 수놓인 손수건이 들어 있는 코트에 대한 설명이 있었다. 그는 괴로운 표정으로 카터를 바라보았다.

"에버리 근처에 있는 요크셔 해안에서 발견되었다고 하더군. 유감스럽지만 놈들 짓으로 보이네."

"이럴 수가! 터펜스! 이 악마 놈들…… 그자들에게 복수를 하고야 말겠습니다! 놈들을 추적해서…… 내가……."

토미가 부르르 떨며 외쳤다.

카터의 얼굴에 나타난 연민이 토미의 흥분을 가라앉혔다.

"어떤 기분인지 잘 아네. 하지만 그건 소용없어. 괜히 자네의 힘만 낭비할 뿐이야. 잔인하게 들릴지 모르겠지만 굳이 충고를 하자면 다 잊어버리라는 거네. 시간이 도움이 될 거야. 다 잊게 될 테니까."

"터펜스를 잊을 수 있다고요? 절대로 그렇지 않아요!"

카터는 고개를 저었다.

"지금은 그렇겠지. 그렇게 용감하고 귀여운 아가씨를 잊는다는 건 쉽지 않지. 이번 일은 정말 유감이네……. 정말 가슴 아픈 일이야."

토미는 흠칫 제정신을 차렸다.

"제가 카터 씨의 시간을 너무 빼앗았군요."

토미는 힘겹게 말을 이었다.

"카터 씨가 스스로를 자책할 필요는 없습니다. 저희 두 사람이 어리석게도 자처한 일이었습니다. 카터 씨는 분명히 저희에게 경고를 하였습니다. 하지만 차라리 일을 당한 게 저였더라면 더 좋았을 텐데…… 정말 안타깝군요. 그럼 안녕히 계십시오."

리츠 호텔로 돌아온 토미는 넋이 나간 채 기계적으로 자신의 물건들을 쌌다. 터펜스가 죽었다는 비극적인 소식이 전혀 믿어지지 않았다. 두 사람이 즐거운 시간들을 얼마나 많이 보냈는가! 그런데…… 그럴 리가 없는데…… 사실이 아닐 거야! 터펜스가…… 죽다니! 사랑스러운 터펜스, 그 생기발랄한 터펜스가 죽다니! 꿈만 같았다. 끔찍한 꿈이 틀림없었다.

토미는 편지 한 통을 받았다. 신문을 읽은 제임스 경이 동정 어린 단어 몇 개를 적어 보낸 것이었다. (신문에 '전 간호 구급 봉사 대원, 익사체로 발견'이라는 큼지막한 기사가 실렸다.) 제임스 경은 편지의 마지막 부분에 개인적으로 잘 알고 있는 아르헨티나의 한 농장에서 일해 보지 않겠느냐고 제안했다.

"친절한 노인네 같으니라고!"

토미는 중얼거리며 편지를 옆으로 치워 놓았다.

그 순간 문이 벌컥 열리면서 언제나처럼 줄리어스가 과격하게 뛰어 들어왔다. 그는 한 손에 신문을 구겨 쥐고 있었다.

"이봐, 이게 다 뭐야? 터펜스에 대해서 터무니없는 기사를 써 놓았지 뭔가?"

"사실이야."

토미가 차분하게 말했다.

"그럼 놈들이 그녀를 살해했단 말인가?"

토미가 고개를 끄덕였다.

"문서를 손에 넣었으니 그녀도 더 이상 쓸모없었겠지. 그냥 놔줄 수도 없었을 테고."

"젠장!"

줄리어스가 소리쳤다.

"불쌍한 터펜스! 그녀는 내가 만나 본 여자들 중에 가장 활기차고……."

그 순간 토미는 갑자기 이성을 잃고 벌떡 일어서서 소리쳤다.

"여기서 당장 나가 주게! 자네와는 전혀 상관없는 일이니 말이야. 젠장! 자넨 터펜스의 마음도 살피지 않고 형편없이 청혼을 했지만 난 정말로 그녀를 사랑했네. 그녀를 구할 수만 있다면 장담하건대 영혼이라도 내놓았을 거야. 그리고 자네가 만약 그녀를 행복하게 해 줄 수만 있다면 나는 아무 말 하지 않고 기꺼이 그녀를 보내 주었을 거라고. 나는 돈 한 푼 없는 불쌍한 건달이니까! 하지만 내가 그녀를 사랑하지 않아서는 절대 아니야!"

"이봐, 토미."

줄리어스가 절제된 목소리로 입을 열었다.

"흥, 악마한테나 가 버려! 불쌍한 터펜스가 어떻다느니 하는 자네 말 따윈 듣기 싫으니까. 가서 자네 사촌이나 잘 돌보라고. 터펜스는 내 여자였어! 난 항상 그녀를 사랑했지. 우리가 아주 어렸을 적부터 말이야. 우리는 내내 같이 자랐고 함께해 왔어. 내가 병원에 있을 때 그녀가 그 바보 같은 모자와 앞치마를 두르고 병실로 들어온 날을 평생 잊을 수 없어! 내가 사랑하던 여자가 간호사 복장을 하고 나타난 것은 정말 기적 같은 일이었다고……."

줄리어스가 토미의 말을 끊었다.

"간호사 복장이라고? 세상에! 내 정신이 어떻게 된 게 틀림없어!

나는 제인이 간호사 복장을 한 것을 본 적이 있어. 하지만 도대체 언제 본 거지? 그렇지! 이제 알았어. 본머스에 있는 요양소에서 휘팅턴이랑 이야기하던 여자가 바로 제인이었어. 그녀는 환자가 아니라 간호사였다고!"

토미가 여전히 화난 목소리로 말했다.

"그녀는 처음부터 놈들과 한패였는지 모르지. 그녀가 댄버스에게 문서를 훔쳐서 가져다준 건지 알 게 뭔가?"

"그럴 리가 없어! 그녀는 내 사촌이야. 그리고 누구보다도 애국심이 깊어."

줄리어스가 소리쳤다.

"난 그녀가 어떤 사람인지 관심 없어. 그러니 지금 당장 여기서 나가게!"

토미는 있는 힘껏 고함을 질렀다.

두 사람은 금방이라도 치고 받고 싸울 상황까지 치달았다. 하지만 갑자기 마술처럼 줄리어스가 급격하게 분노를 가라앉히며 침착한 어조로 말했다.

"좋아. 난 가겠네. 자네가 어떤 말을 하든 자네를 탓할 생각은 없네. 하지만 자네가 한 말 때문에 오히려 운이 좋았어. 나는 세상에 존재한 그 어떤 바보보다 멍청한 돌대가리야. 진정하게."

토미가 참을 수 없다는 듯한 몸짓을 하는 걸 보며 줄리어스는 말을 맺었다.

"혹시나 궁금할까 봐 그러는데, 난 곧바로 런던으로 가서 노스웨스턴 기차역으로 갈 거야."

"자네가 어딜 가는지 나는 전혀 관심 없네."

토미가 으르렁거리며 말했다.

줄리어스가 나가고 문이 닫히자 토미는 다시 옷가방을 챙겼다.

"이것뿐인가?"

토미는 중얼거리며 벨을 눌렀다.

"내 가방을 가지고 내려가 주게."

"예, 선생님. 어디로 가십니까?"

"나는 악마한테 갈 생각이야."

토미는 호텔 사환이 어떻게 생각하든 개의치 않았다.

사환도 더욱 공손하게 대답했다.

"예, 선생님. 택시를 부를까요?"

토미는 고개를 끄덕였다.

어디로 가야 할까? 머릿속이 텅 빈 것마냥 아무것도 떠오르지 않았다. 브라운에게 복수를 하고 말겠다는 생각 외에는 아무런 생각도 떠오르지 않았다. 그는 제임스 경의 편지를 다시 집어서 읽고 고개를 저었다. 먼저 터펜스의 복수를 해야 한다. 그러나 제임스 경의 호의를 무시할 수는 없었다.

"어찌 됐든 대답은 해야겠지."

그는 방을 가로질러 책상으로 다가갔다. 보통 객실 문구류가 그렇듯이 봉투는 많아도 편지지는 없었다. 벨을 울렸지만 아무도 오지 않았다. 토미는 더 기다릴 수가 없었다. 그 순간 줄리어스의 방에 문구류가 많던 것이 떠올랐다. 줄리어스는 곧바로 떠난다고 했으니 그와 마주칠 걱정은 없었다. 혹시 만난다고 해도 크게 상관없었다. 반면에 토미는 자신이 한 말에 대해 점점 부끄러워졌다. 착한 줄리어스가 잘 참아 준 것이다. 줄리어스가 방에 있다면 사과를 해야지.

하지만 방에는 아무도 없었다. 토미는 책상으로 곧장 걸어가서 가운데 서랍을 열었다. 아무렇게나 던져 넣어 둔 사진 한 장이 그의 시선을 사로잡았다. 잠시 동안 토미는 그 자리에 얼어붙은 것처럼 꼼짝하지 않았다. 잠시 후 사진을 집어 들고 서랍을 닫았다. 그러고는 천천히 안락의자로 걸어가서 앉은 뒤에 손에 든 사진을 들여다보았다.

어떻게 해서 그 프랑스 아가씨 어넷의 사진이 줄리어스의 책상에 들어가 있게 된 것일까?

다우닝가에서

총리는 불안한 듯 앞에 있는 책상을 손가락으로 가볍게 두드리고 있었다. 그의 얼굴은 매우 피곤하고 힘겨워 보였다. 그는 카터와의 대화를 다시 이어 나갔다.

"이해할 수가 없네. 정말로 상황이 그렇게까지 절망적이지는 않다는 말인가?"

"그 청년은 그렇게 생각하고 있습니다."

"그의 편지를 다시 한번 보세나."

카터는 편지를 총리에게 건네주었다. 편지는 조금은 서툰 필체로 휘갈겨져 있었다.

카터 씨께

제게 깜짝 놀랄 만한 일이 하나 생겼습니다. 물론 제가 잘못 생각하는 것일 수도 있겠지만 꼭 그렇지는 않다고 봅니다. 만약 제 생각이 맞는다면 맨체스터에서 만난 그 여자는 가짜입니다. 이 모든 일은 사전에 계획된 것으로, 우리가 이번 일에 손을 떼게 하려는 속임수인 것 같습니다. 아마도 우리가 너무 바짝 따라붙었나 봅니다.

저는 진짜 제인 핀이 누구인지, 그리고 그 문서가 어디에 있는지 대충 알 것 같습니다. 문서의 위치는 순전히 짐작일 뿐이지만 거의 확실하다는 예감이 듭니다. 어쨌든 제가 동봉해서 보내는 편지 봉투에 그 정보가 들어 있습니다. 봉투는 마지막 순간, 정확히 말하면 28일 자정까지 절대 열지 마시기 바랍니다. 왜 그런지는 이해하시리라 생각합니다. 터펜스의 일도 꾸며진 일이라고 생각합니다. 그녀는 절대 익사하지 않았습니다. 제 가정에 따르면, 마지막 방법으로 그들은 제인 핀이 일부러 도망가도록 내버려 둘 것입니다. 그녀가 기억을 잃었다는 것이 모두 연극이길 바라면서 말입니다. 일단 자유롭게 되면 그녀가 문서를 숨겨 둔 곳으로 찾아갈지도 모르니까요. 물론 그건 그들에게 커다란 모험일 겁니다. 하지만 지금 그들은 절박하게 문서를 찾고 있습니다. 만약 그 문서가 우리 손에 있다는 사실을 안다면 두 아가씨의 목숨은 그들에게 아무런 가치가 없을 겁니다. 저는 어떻게 해서든 제인이 도망가기 전에 터펜스를 구해 낼 생각입니다.

우선 터펜스가 리츠 호텔에서 받은 그 전보의 원본을 다시 보았으면 합니다. 제임스 필 에저턴 경의 말에 의하면 카터 씨가 그걸 주선해 줄 수 있다고 하더군요. 제임스 경은 정말 믿음직한 사람임에 틀림없습니다. 마지막으로 소호에 있는 집을 밤낮이고 철저하게 감시해 주십시오.

토머스 베레스퍼드 드림

총리는 고개를 들고 카터를 보았다.

"동봉한 봉투가 있었나?"

카터가 단호한 미소를 지어 보였다.

"은행 금고에 있습니다. 누구도 손대지 못할 겁니다."

총리는 잠시 망설이다가 말했다.

"미리 열어 보는 것이 좋지 않겠나? 문서는 우리가 반드시 확보해야 하네. 그 젊은이의 추측이 옳다 하더라도 즉시 확보하는 게 낫지 않나? 문서를 확보했다는 사실은 비밀로 유지하면 될 거야."

"정말 그럴 수 있을까요? 저는 확신할 수 없습니다. 우리는 첩자들에게 둘러싸여 있습니다. 그 사실이 알려짐과 동시에 두 아가씨의 목숨은 끝나고 말 겁니다. 이렇게요!"

카터는 목을 긋는 동작을 하고는 말을 맺었다.

"그 청년은 저를 믿고 있습니다. 따라서 저도 그를 실망시킬 수는 없습니다."

"좋아. 그럼 그대로 두도록 하게. 그 청년 말인데, 어떤 사람인가?"

"외모로 본다면 그는 아주 평범하면서도 조금은 고지식한 젊은 영국 청년입니다. 생각은 좀 느린 편입니다. 반면에 잘못된 상상력으로 일을 그르치지는 않습니다. 따라서 속이기도 쉽지 않습니다. 매우 느리게 움직이는 편이지만 일단 뭔가를 잡으면 절대 놓치지 않습니다. 젊은 아가씨는 그와는 정반대입니다. 상식보다는 직관에 의존하는 편이지요. 그래서 두 사람이 만나면 매우 훌륭한 한 쌍이 되는 겁니다. 속도와 끈기가 멋지게 조화를 이루는 것이지요."

"매우 믿음직스러운 친구들이로군."

총리가 곰곰이 생각하며 말했다.

"예. 그래서 저도 희망을 가지고 있습니다. 그는 분명한 확신이 서지 않는 한은 절대로 의견을 내놓지 않는 유형이니까요."

총리의 입꼬리가 슬쩍 올라갔다.

"이 젊은이가 우리 시대 최고의 지능범을 잡을 거란 말인가?"

"예. 각하 말씀대로 이 젊은이가 바로 그 일을 해낼 겁니다! 하지만 저는 그 뒤에 누군가가 있다고 생각됩니다."

"무슨 뜻인가?"

"필 에저턴 경입니다."

"필 에저턴 경?"

총리는 깜짝 놀라며 되물었다.

"예. 여기에도 그가 관련되어 있습니다."

카터는 펼쳐져 있는 편지지를 가리키며 말했다.

"필 에저턴 경은 분명히 여기 있습니다. 어둠 속에서 조용히 아무도 모르게 일하고 있습니다. 만약 브라운에 대적할 만한 누군가가 있다면 바로 필 에저턴 경이 아닐까 생각됩니다. 지금 그가 이 사건에 참여하고 있는 것입니다. 하지만 앞으로 드러나고 싶어 하지는 않습니다. 며칠 전에는 그에게 매우 특이한 요청을 받았습니다."

"뭔가?"

"미국에서 발행된 신문 한 조각을 오려서 보내 왔습니다. 3주 전 뉴욕 부둣가에서 발견된 한 남자의 시체에 대한 기사였습니다. 필 에저턴 경은 그 사건에 대한 어떤 정보라도 모아 달라고 하더군요."

"그래?"

카터는 어깨를 으쓱했다.

"별로 모을 만한 정보는 없었습니다. 젊은이는 35살이고 옷은 엉망진창인 데다가 얼굴도 알아볼 수 없을 만큼 망가져 있었답니다. 그가 누구인지는 신분이 밝혀지지 않았습니다."

"그 일이 이번 일과 어떤 관련이 있다고 생각하는 건가?"

"예, 그렇게 생각합니다. 물론 제가 틀렸을 수도 있지만 말입니다."

잠시 두 사람 사이에 침묵이 흘렀다. 카터가 입을 열었다.

"저는 필 에저턴 경에게 오늘 이리로 와 달라고 요청했습니다. 물론 그가 원하지 않는 이상 아무 말도 들을 수 없을 겁니다. 그는 법률가적인 본능이 매우 강한 사람입니다. 하지만 베레스퍼드 씨의 편지에 있는 몇 가지 의문 사항에 대해서는 밝혀 줄 수 있을 겁니다. 아! 저기 왔습니다!"

두 사람은 새로 도착한 사람을 반기기 위해 자리에서 일어났다. 총리의 머릿속에는 문득 한 가지 생각이 스치고 지나갔다.

'어쩌면 나의 후임자가 될 사람이 아닐까?'

카터가 곧바로 요점을 전달했다.

"베레스퍼드 씨에게서 편지가 왔습니다. 그를 만나 보셨지요?"

"당신 짐작이 틀렸소."

제임스 경이 말했다.

"그래요?"

카터는 난감해했다.

제임스 경이 턱을 쓰다듬으며 미소를 짓더니 먼저 말했다.

"그가 전화를 했소."

"두 사람 사이에서 정확히 무슨 이야기가 오갔는지 알려 주실 수 있습니까?"

"물론입니다. 제가 쓴 편지에 대해서 고맙다는 인사를 하더군요. 제가 그에게 일자리를 제안했거든요. 그러고 나서 카울리 양을 꼬여 낸 전보에 대해서 전에 제가 한 말을 언급하더군요. 뭔가 안 좋은 일이 생겼는지 물었더니 그렇다고 하더군요. 헤르사이머 씨의 방 서랍에서 사진 1장을 보았다고요."

제임스 경은 잠시 말을 멈추었다가 이어서 말했다.

"저는 그 사진에 캘리포니아 사진관의 주소와 이름이 있는지 보라고 했습니다. 그가 '네, 있습니다.'라고 대답하더군요. 그러고는 제가 모르고 있던 사실을 알려 주었어요. 그 사진의 인물이 바로 자신의 목숨을 살려 준 프랑스 아가씨 어넷이라고요."

"뭐라고요?"

"그렇습니다. 제가 그에게 사진을 어떻게 했냐고 물었더니 원래 있던 장소에 다시 놓아두었다고 하더군요."

변호사는 다시 말을 멈추었다.

"그건 잘한 겁니다. 분명히 잘한 거예요. 그는 제법 머리가 좋은 젊은이예요. 저는 축하를 해 주었습니다. 그 발견은 커다란 행운인 셈이지요. 물론 맨체스터에 있는 여자가 함정이라는 사실도 완전히 밝혀지게 되었습니다. 베레스퍼드는 어떤 도움도 받지 않고 혼자서 그 사실을 알아냈습니다. 하지만 카울리 양에 대한 문제는 확신이 서지 않았나 봅니다. 그녀가 살아 있다고 보는지 묻더군요. 그래서 말해 주었지요. 정황으로 보면 그녀가 살아 있을 가능성이 분명히 크다고 말입니다. 그래서 다시 전보에 관심을 가지게 되었습니다."

"그래서요?"

"저는 그에게 전보의 원본을 받아 볼 수 있도록 당신에게 부탁해 보라고 조언했지요. 제 생각에는 카울리 양이 전보용지를 바닥에 떨어뜨리고 나간 뒤 누군가가 들어와 단어를 지우거나 변경해서 수색대로 하여금 잘못된 방향으로 추적하게 했으리라 봅니다."

카터가 고개를 끄덕였다. 그는 주머니에서 쪽지를 꺼내 소리 내어 읽었다.

지금 즉시 켄트의 게이트하우스에 있는 애스틀리 프라이어스로 와. 대단한 것을 알아냈어.

토미

"매우 간단하면서도 제법 똑똑한 방법이죠. 단어 몇 개만 바꾸면 일은 간단합니다. 하지만 두 젊은이는 중요한 단서를 놓치고 말았습니다."

제임스 경이 말했다.

"그게 뭡니까?"

"호텔 사환이 카울리 양이 채링크로스역으로 갔다고 했음에도 두 사람은 지나친 확신 때문에 오히려 호텔 사환이 잘못 알고 있었다고 여긴 것입니다."

"현재 베레스퍼드는 어디 있습니까?"

"켄트에 있는 게이트하우스입니다. 제가 잘못 알고 있는 게 아니라면 말입니다."

카터가 호기심에 찬 눈빛으로 제임스 경을 바라보았다.

"제임스 경은 왜 같이 가지 않으셨습니까?"

"저는 지금 다른 일 때문에 무척 바쁩니다."

"휴가 중인 것으로 알았습니다만?"

"아! 아직 의뢰를 받은 것은 아닙니다. 더 정확히 말하자면 어떤 사건에 대해 미리 준비를 하고 있다는 게 맞겠군요. 그 미국인에 대한 정보는 더 없습니까?"

"죄송하지만 없습니다. 그가 누구인지 알아내는 것이 중요합니까?"

"아! 그가 누구인지는 알고 있습니다. 입증할 수는 없지만 말입니다."

제임스 경이 의외로 선선히 대답했다.

다른 두 사람은 더 이상 묻지 않았다. 질문을 해도 말해 주지 않을 것이라는 사실을 본능적으로 알았기 때문이다.

그때 총리가 갑자기 말을 꺼냈다.

"제가 이해할 수 없는 것은 헤르사이머 씨의 서랍에 어떻게 해서 그 사진이 들어가 있었는가 하는 것입니다."

"어쩌면 애초에 잃어버리지도 않은 것인지 모릅니다."

제임스 경이 조심스러운 목소리로 말했다.

"하지만 그 가짜 경감이 가져갔다고 하지 않았나요? 브라운 경감이라고 했던가?"

"아! 그렇군요."

제임스 경이 생각에 잠긴 듯 말하고는 자리에서 일어섰다.

"업무를 보셔야 할 텐데 제가 너무 많은 시간을 빼앗았군요. 저는 그만 돌아가 보도록 하겠습니다. 제 사건으로 말입니다."

이틀 후, 줄리어스 헤르사이머가 맨체스터에서 돌아왔다. 토미의 쪽지가 책상에 놓여 있었다.

친애하는 헤르사이머

괜히 성질을 부려서 미안하네. 어쩌면 다시 못 보게 될지도 모르겠군. 미리 작별 인사를 하겠네. 잘 가게. 나는 아르헨티나에 있는 직장을 소개받았네. 그래서 그곳으로 일하러 갈 생각이야.

토미 베레스퍼드

줄리어스의 얼굴에 야릇한 미소가 번졌다. 그는 편지를 쓰레기통에 던져 넣으며 중얼거렸다.

"바보 같으니!"

시간과의 경주

제임스 경에게 전화를 한 뒤, 토미는 곧바로 사우스오들리 맨션을 찾아갔다. 그는 자신의 임무에 충실히 임하고 있는 앨버트를 보고 가까이 다가가서 자신이 터펜스의 친구라고 밝혔다. 앨버트는 즉시 몸을 바로 세웠다.

"여기는 최근에 매우 조용했습니다. 터펜스 양은 잘 지내고 있지요?"

앨버트가 눈치 빠르게 말했다.

"그게 문제란다, 앨버트. 그녀가 사라졌어."

"네? 설마 악당들이 그녀를 잡아간 건 아니겠죠? 지하 세계로 말이에요."

"아니야. 아직 이 세상에 있어!"

"그냥 표현 방식일 뿐이에요."

앨버트가 설명했다.

"영화에 보면 항상 지하 세계에 악당들의 은신처가 있잖아요. 그런데 악당들이 터펜스 양을 해쳤나요?"

"그렇지 않길 바랄 뿐이야. 그건 그렇고, 혹시 친척 중에 갑자기 죽었다고 꾸며 댈 만한 사람이 있니?"

앨버트의 얼굴에 미소가 번졌다.

"알겠습니다, 선생님. 시골에 사는 불쌍한 고모가 한동안 병석에 누워 있는데, 갑자기 돌아가실 것 같아서 저를 많이 보고 싶어 하셔요. 이 정도면 되죠?"

토미는 대견하다는 듯이 고개를 끄덕여 주었다.

"그럼 그렇게 이야기를 하고 1시간 안에 채링크로스역으로 오거라."

"그럴게요. 저만 믿으셔요."

토미가 예상한 대로 앨버트는 대단한 아군이었다. 두 사람은 게이트하우스에 있는 여관에 둥지를 틀었다. 앨버트에게는 정보를 모아 오는 임무가 주어졌다. 그건 그다지 어렵지 않았다.

애스틀리 프라이어스는 애덤스라는 의사의 소유였다. 애덤스는 은퇴해서 더 이상 진료를 하지는 않았지만 개인적으로 몇 명의 환자를 돌보고 있다고 했다. 이 이야기에 다다랐을 때 앨버트는 자신의 이마를 톡톡 두드렸다.

"정신병자 말이에요! 아시겠죠?"

애덤스는 마을에서 제법 유명한 인사였고 지역 스포츠 행사에도 꽤 많은 기부금을 내놓곤 했다. 그를 보고 모두들 '아주 훌륭하고 정중한 신사'라고 했다. 이곳에만 10년도 넘게 살았다고 했다. 과학자이기도 해서 런던에서 교수나 다른 사람들이 종종 내려와 그를 만나고 가곤 했다. 어쨌든 그 집은 항상 손님들이 끊이지 않았다.

이 모든 잡다한 정보를 듣고 나서 토미는 한 가지 의구심이 생겼다. 그렇게 친절하고 저명한 인사가 위험한 범죄자라는 사실을 믿을 수 있겠는가? 애덤스의 삶은 무척 개방되어 있고 공정해 보였다. 뭔가 숨기고 있는 듯한 기미는 전혀 없었다. 이 모든 것이 큰 착오는 아닐까? 토미는 그 생각만으로도 또다시 등골이 서늘해졌다.

토미는 애덤스가 개인적으로 돌보고 있는 환자들을 생각했다. 토미는 그중에 터펜스처럼 생긴 젊은 여자가 있는지 물어보았다. 하지만 환자들에 대해서는 알려진 바가 거의 없었다. 환자들은 건물 밖으로 나오는 일이 거의 없다고 했다. 어넷을 묘사했지만 알아보는 사람이 없기는 마찬가지였다.

애스틀리 프라이어스는 빨간 벽돌로 만들어진 멋진 집이었다. 집 주변으로 나무가 울창한 숲이 에워싸고 있었기 때문에 길에서 집 안을 관찰할 수는 없었다.

첫날 저녁 토미는 앨버트를 대동하고 집 주변을 탐색했다. 앨버트가 하도 우기는 바람에 두 사람은 배를 땅에 대고 엎드려서 기어갔는데, 걸어서 가는 것보다 훨씬 더 시끄러운 소음을 냈다. 하지만 그런 조심은 사실상 조금도 필요가 없었다. 밤이 되자 숲 주변은 다른 집들과 마찬가지로 적막에 휩싸였다.

토미는 무서운 개라도 지키고 있지 않을까 생각했다. 앨버트는 퓨마나 길들인 코브라가 지키고 있을 거라고 상상했다. 그러나 그들은 집 근처에 있는 관목 덤불 앞까지 다가갈 동안 아무런 제지도 받지 않았다.

식당 창문에 있는 블라인드는 올려져 있었다. 식탁 주변에는 많은 사람들이 모여 있었다. 손에서 손으로 잔이 건네졌고, 사람들은 매우 유쾌하고 평범해 보였다. 열린 창문 너머로 밤공기를 가르며 말소리가 드문드문 들려왔다. 전국 크리켓 대항전에 대한 열띤 토론이었다!

다시 한번 토미는 불안한 생각으로 몸을 떨었다. 이들이 보이는 모습과 달리 뭔가를 숨기고 있다는 것 자체가 불가능한 일 같았다. 또 속은 건 아닐까? 엷은 색 턱수염을 기른 안경 쓴 신사가 식탁의 가장 윗자리에 앉아 있었다. 매우 정직하고 평범해 보였다.

토미는 그날 저녁 잠을 푹 자지 못했다. 그래서인지 다음 날 아침에는 몸이 더 피곤했다. 앨버트는 이미 동네 채소 가게 소년과 친구가 되었다. 그는 가게에서 소년 대신 몰트하우스로 심부름을 갔다가 그곳 요리사의 환심을 샀다. 토미는 요리사가 분명히 악당들 중 한 사람일 거라는 정보를 가지고 돌아왔지만 토미는 그의 상상력을 믿지 않았다. 앨버트는 자신의 직감 외에 그녀가 수상한 사람이라는 의견을 뒷받침해 줄 만한 어떤 정보도 내놓지 못했다. 앨버트의 말에 의하면 그런 건 한눈에 알아보는 것이라고 했다.

앨버트는 다음 날에도 채소 가게에 가서 심부름꾼 소년의 일을 대신 해 주었다. 덕분에 채소 가게 소년만 이득을 보았지만 말이다.

그날 앨버트는 희망적인 소식을 가지고 돌아왔다. 그 집에 젊은 프랑스인 숙녀가 살고 있다는 것이다. 토미는 그동안의 의심을 깡그리 버렸다. 그의 가설을 입증해 주는 정보인 것이다. 하지만 시간이 모자랐다. 벌써 27일이었다. 29일은 노동절이었고 온갖 소문들이 미친 듯이 나돌고 있었다. 신문 지면도 점점 달아오르고 있었다. 노동자들이 폭동을 일으킬 조짐이 보인다는 뉴스가 공공연히 보도되었다. 정부는 아무런 반응도 보이지 않고 있었다. 그러나 정부는 이미 그 일을 알고 있었고 충분히 준비하고 있었다. 노조 간부들 사이에서 불화가 있다는 소문도 간간이 있었다. 그들도 뜻이 다 같은 것은 아니었다. 그들 중에 더 멀리 내다보는 사람들은 그들이 사랑해 마지않는 영국이 치명적인 타격을 입을지도 모른다는 것을 알고 있었다. 그들은 파업이 불러올 기아와 빈곤을 걱정하며 정부와 중간선에서 타협을 보려고 했다. 하지만 그들 배후에는 훨씬 강력한 힘이 작용하며 잘못된 행정에 대한 오랜 기억들을 북돋우고 중도파의 약점을 비난하는 둥 오해를 조장하고 있었다.

토미는 카터 덕분에 상황을 제법 정확하게 이해하고 있었다. 브라운의 손에 그 치명적인 문서가 들어간다면 일반인들도 극단주의자들과 혁명주의자들 편을 들게 될 것이다. 그렇지 않다면 승산은 반반이었다. 정부와 병력 그리고 경찰력까지 동원된다면 이길지도 모른다. 하지만 엄청난 대가를 치르게 될 것이다. 토미는 약간은 허무맹랑한 꿈을 꾸었다. 브라운의 정체를 밝히고 그를 잡기만 한다면 전 조직이 무너질 수도 있다는 것이다. 보이지 않는 대장의 영향이 조직을 한데 묶어 놓고 있었기 때문에, 그만 없다면 조직은 몹시 당황하게 될 것이고 영향에서 벗어난 정직한 사람들을 상대로 협상이 가능할 것이다.

토미가 혼자서 중얼거렸다.

"이건 한 사람이 꾸민 쇼야. 지금 가장 시급한 일은 브라운을 잡는 거야."

카터에게 동봉한 봉투를 열지 말아 달라고 요청한 것은 그 뜻을 이루기 위해서였다. 비밀 문서는 토미의 미끼일 뿐이었다. 토미는 가끔씩 자신의 추리력에 깜짝깜짝 놀라곤 했다. 수없이 많은 그 현명한 사람들이 놓친 것을 자신이 발견했다고 생각하다니 얼마나 건방진 일인가. 그럼에도 토미는 자신의 생각을 고수했다.

그날 저녁 그와 앨버트는 애스틀리 프라이어스를 에워싼 숲을 다시 한번 뚫고 들어가 보았다. 토미의 야심은 그 집 안으로 어떻게든 들어가 보는 것이었다. 조심스럽게 집 쪽으로 다가가던 토미가 갑자기 숨을 멈추었다.

2층 창문가에 누군가가 서 있었는데, 불빛 때문에 블라인드에 실루엣이 드리워진 것이다. 토미가 어디에서라도 한눈에 알아볼 수 있는 실루엣이었다! 터펜스가 그 집 안에 있는 것이다!

그는 앨버트의 어깨를 움켜쥐었다.

"여기 있어! 내가 노래를 부르는 동안 저 창문을 잘 보고 있도록 해."

그는 재빨리 뒤로 물러나서 집 앞에 있는 큰길에 섰다. 그러고는 약간 불안정한 음정이지만 술 취한 사람처럼 크게 소리를 지르면서 노래를 불렀다.

나는야 영국의 군인,

내 발을 보면

내가 군인인 걸 알 수 있지.

터펜스가 병원에 있을 때 축음기에서 매일 흘러나오던 노래였다. 토미는 분명히 터펜스가 그 노래를 듣고 눈치를 채면 뭔가 스스로 판단을 내릴 것이라고 생각했다.

토미에게는 음악적 소질이 부족했지만 폐활량만은 누구보다 훌륭했다. 그가 만드는 소음은 정말 대단했다.

결국 죄 없는 집사가 마찬가지로 죄 없는 하인을 대동하고 정문으로 나왔다. 집사가 토미에게 항의했다. 토미는 집사에게 '사랑스러운 콧수염'이라는 애정 어린 별명을 붙여 가며 노래를 계속 불러댔다. 결국 집사와 하인은 토미의 양팔을 잡고 입구까지 끌고 나가서는 문밖으로 토미를 쫓아내 버렸다. 집사는 토미에게 다시 한번 침범해 들어오면 경찰을 부르겠다고 협박했다. 집사는 매우 진중하고 예의 바르게 행동했다. 누구라도 그 집사를 보면 진짜 집사라고 할 것이다. 하인을 보고도 마찬가지로 생각했을 것이다. 하지만 그 하인은 바로 휘팅턴이었다! 토미는 여관으로 돌아와서 앨버트가 돌아오길 기다렸다. 이윽고 앨버트가 씩씩하게 돌아왔다.

"어떻게 됐지?"

토미가 간절하게 외치듯 물었다.

"잘됐어요. 놈들이 선생님을 끌고 가는 동안 창문이 열렸고, 누군가가 뭔가를 집어 던졌어요."

그는 종잇조각을 토미에게 내보였다.

"돌멩이를 종이로 싸서 내던졌어요."

종이에는 세 단어가 적혀 있었다.

내일 같은 시간

"잘됐어! 이제 시작이군."

토미가 외쳤다.

"저도 종잇조각에 글을 쓴 다음, 돌멩이를 싸서 창문 안으로 던져넣었어요."

앨버트가 숨도 쉬지 않고 말했다.

토미가 신음 소리를 냈다.

"네 의욕이 우리 일을 망칠 수도 있어, 앨버트. 그래, 뭐라고 썼지?"

"우리가 이 여관에 머무르고 있다고요. 만약 도망칠 수 있다면 이리로 와서 개구리 소리를 내라고 했어요."

"그녀는 너라는 걸 알았을 거야."

토미는 안도의 한숨을 내쉬며 말했다.

"너는 상상력이 너무 멀리 갔어, 앨버트. 설사 개구리 소리를 들었다 해도 알아차리기는 힘들어."

앨버트는 풀이 죽은 것 같았다. 그러자 토미가 따뜻하게 다독이며 말했다.

"기운 내. 너를 야단치려던 건 아니야. 그 집사는 나도 잘 아는 사람이었어. 그는 아무 말도 하지 않았지만 내가 누구인지 알아봤을 거야. 그들은 의심하고 있다는 것을 내보여서는 안 돼. 여태까지 별일이 없었던 것도 그 때문이지. 우리를 애써 막으려고 하지도 않았어. 반대로 너무 쉽게 일이 풀리게 하지도 않아. 이 게임에서 나는 꼭두각시에 불과해. 앨버트, 내 위치가 바로 이거란다. 만약 거미가 파리를 너무 쉽게 내보내 주면 파리는 그걸 의심하고 오히려 속임수가 있다고 생각할 거야. 그래서 그들을 위해 적절한 타이밍에 뛰어든 토미 베레스퍼드의 이용 가치가 더 커지는 거지. 하지만 나중에는 베레스퍼드를 조심해야 할걸!"

토미는 약간 의기양양한 기분으로 잠자리에 들었다. 그는 다음날 저녁을 위한 계획을 꼼꼼히 세웠다. 애스틀리 프라이어스에 있는 사람들은 어느 시점이 될 때까지 그의 행동을 방해하지 않을 것이다. 토미는 그들에게 놀라운 일을 선사할 계획이었다.

12시쯤 되었을 때 그의 침착함은 크게 동요되었다. 누군가가 바에서 그를 찾는다고 했다. 그를 찾아온 사람은 덕지덕지 진흙이 묻은 옷을 입은 다소 무례해 보이는 마부였다.

"그래, 무엇 때문에 날 찾았습니까?"

토미가 물었다.

"이게 당신 물건이 아닌가 하고요."

마부는 매우 지저분한 쪽지를 내밀었다. 쪽지는 접혀 있었고, 겉에는 '이 종이를 애스틀리 프라이어스 부근에 있는 여관에 가서 거기 머물고 있는 신사분께 주시면 10실링을 받을 수 있을 겁니다.'라고 씌어 있었다.

글씨는 터펜스의 필체였다. 토미는 자신이 가명으로 숙박하고 있을지도 모른다는 사실까지 넘겨짚은 터펜스의 재빠른 재치에 감탄했다. 그는 얼른 종이를 잡아채며 말했다.

"제대로 찾아왔습니다."

마부는 쪽지를 내놓지 않았다.

"내 10실링은요?"

토미가 재빨리 10실링짜리 지폐를 꺼내자 마부는 그제야 자신이 가져온 쪽지를 내놓았다. 토미는 쪽지를 펼쳐서 읽어 보았다.

친애하는 토미

어젯밤 그 사람이 바로 당신인 걸 알고 있어요. 오늘 저녁에는 오지 마요. 그들이 당신을 잡으려고 기다리고 있을 테니까. 그들은 오늘 아침 우리를 다른 곳으로 데리고 간다고 했어요. 웨일스에 있는 홀리헤드 어디라고 들은 것 같아요. 기회를 봐서 이 쪽지를 길에 떨어뜨릴 거예요. 어넷이 당신이 도망친 이야기를 해 주었어요. 기운 내요.

당신의 투펜스

토미는 쪽지를 제대로 채 읽기도 전에 앨버트를 소리쳐 불렀다.

"앨버트, 짐을 싸라! 지금 즉시 가야 해!"

"예, 선생님!"

앨버트가 위층으로 부지런히 달려가는 소리가 났다. 홀리헤드라고? 그렇다면 결국은……. 토미는 혼란스러웠다. 천천히 편지를 다시 읽어 보았다.

위층에서 앨버트의 부츠가 분주한 소리를 냈다.

두 번째 외침이 아래층에서 들려왔다.

"앨버트! 내가 어리석었어! 다시 가방을 풀어라!"

"예, 선생님."

토미는 생각에 잠겨 쪽지를 매끈하게 폈다. 이윽고 부드럽게 말했다.

"그래, 정말 바보였어. 그렇지만 그런 건 다른 사람에게나 통하지! 드디어 누구인지 알아냈어!"

줄리어스의 개입

클래리지 호텔의 스위트룸에서 크라메닌은 소파에 비스듬히 앉은 자세로 비서에게 러시아어로 지시를 하고 있었다.

얼마 뒤에 비서의 팔꿈치 곁에 있던 전화가 울렸다. 비서는 수화기를 들고 몇 분 동안 이야기를 나누었다. 그러고는 크라메닌을 돌아보며 말했다.

"아래층에 누군가가 찾아왔다고 합니다."

"누구지?"

"줄리어스 P. 헤르사이머라고 합니다."

"헤르사이머? 어디선가 한 번 들어 본 적이 있는 이름 같은데……."

크라메닌은 골똘히 생각하며 이름을 되뇌었다.

"그의 아버지가 미국의 철강왕이었습니다."

비서는 모든 것을 꿰고 있는 것 같았다.

"이 사람의 재산만 해도 수백만, 아니 그 몇 배나 될 겁니다."

크라메닌의 눈이 가늘어졌다.

"이반, 내려가서 그를 한번 만나 보게. 그가 원하는 게 뭔지 알아봐."

비서는 그의 명령에 따라 조용히 문을 닫고 나갔다가 몇 분 뒤에 돌아왔다.

"매우 개인적인 일이라면서 직접 만나 이야기를 하겠다고 합니다."

크라메닌이 중얼거렸다.

"대부호라……. 그를 데리고 오게, 이반."

비서는 다시 방을 나가서 줄리어스를 데리고 돌아왔다.

"크라메닌 씨입니까?"

줄리어스가 딱딱한 목소리로 물었다.

크라메닌은 창백하고 독기 어린 눈동자로 조심스럽게 상대방을 살펴본 뒤 머리를 숙여 인사를 했다.

미국인이 정중히 말했다.

"만나 뵙게 되어서 반갑습니다. 당신과 의논해야 할 아주 중요한 일이 있습니다. 둘이서만 이야기를 나누었으면 합니다만."

줄리어스는 옆에 서 있는 비서를 불편한 시선으로 바라보았다.

"내 비서인 그리버요. 나는 비서와 아무런 비밀도 없소."

"그럴지 몰라도 저는 비밀을 지키고 싶습니다. 비서에게 나가 달라고 해 주시면 정말 고맙겠습니다."

줄리어스가 냉담하게 말했다.

“이반, 옆방에 잠깐 가 있게나.”

러시아인이 부드럽게 말했다.

“옆방도 안 됩니다. 나도 이곳 스위트룸의 구조는 잘 알고 있습니다. 이번 일은 당신과 나 외에는 아무도 몰랐으면 합니다. 그에게 가게에 가서 땅콩 1페니어치만 사 오라고 시키십시오.”

줄리어스가 예민하게 말했다.

크라메닌은 젊은 미국인의 독단적인 말투가 마음에 들지는 않았지만 무슨 일인지 부쩍 호기심이 생겼다.

“시간이 오래 걸릴 것 같소?”

“마음만 동한다면 밤새 할 수도 있습니다.”

“좋아, 이반. 오늘 저녁에는 자네가 더 필요가 없을 것 같네. 오늘 밤은 극장에라도 가서 실컷 놀다 오게.”

“감사합니다, 각하.”

비서는 반듯하게 인사를 하고 자리를 떠났다.

줄리어스는 문가에 서서 비서가 나가는 모습을 지켜보았다. 그리고 만족스러운 듯 한숨을 쉬고는 문을 닫고 방 한가운데로 돌아왔다.

“자, 헤르사이머 씨. 이제 마음 놓고 무슨 일인지 말씀해 보십시오.”

“내 생각엔 그다지 오래 걸리지는 않을 것 같습니다.”

줄리어스가 점잔을 빼며 말하더니 갑자기 태도가 돌변했다.

“손 들어! 순순히 따르지 않으면 방아쇠를 당길 테다!”

잠시 크라메닌은 커다란 자동 권총을 멍하니 바라보고 있었다.

그러더니 아주 우스꽝스러운 동작으로 손을 머리 위로 번쩍 들어 올렸다. 그 순간 줄리어스는 자신의 방식이 제대로 맞아떨어진 것을 알았다. 그가 상대한 남자는 겁쟁이니 나머지 일도 쉽게 풀릴 것이다.

러시아인이 격앙된 목소리로 외쳤다.

"이런 무례한 행동이 어디 있소? 이 무슨 난폭한 짓이란 말이오? 설마 나를 죽일 셈은 아니겠지?"

"목소리를 낮추면 고려해 보겠다. 벨이 있는 쪽으로 움직일 생각일랑 깨끗이 집어치워. 그래, 좋아."

"뭘 원하시오? 제발 성급한 짓은 하지 마시오. 러시아에서 내 목숨이 얼마나 소중한지 모르진 않겠지? 나에게 무슨 일이 생긴다면……."

"이것 봐, 당신 몸에 구멍을 뚫어 놓는 사람이야말로 인류사에 큰 기여를 하는 셈이야. 하지만 너무 걱정하지 않아도 돼. 지금 당장은 당신을 죽일 생각은 없으니까. 물론 당신이 잘 도와줘야 하겠지."

러시아인은 줄리어스의 위협적인 눈동자에 크게 위축되었다. 그는 혀로 마른 입술을 적셨다.

"원하는 게 뭐요? 돈이오?"

"아니, 나는 제인 핀을 원해."

"제인 핀? 나는 그런 이름은 들어 본 적도 없소!"

"거짓말! 내가 누굴 말하는지 잘 알고 있을 텐데?"

"난 그런 아가씨 이름은 한 번도 들어 본 적이 없소."

"한 가지 분명히 말할 게 있는데, 여기 이 귀여운 윌리가 불을 내뿜고 싶어서 안달이 나 있어!"

줄리어스가 날카롭게 말했다.

러시아인은 눈에 띄게 풀이 죽었다.

"설마……."

"아니! 쏠 거야!"

크라메닌은 줄리어스의 목소리가 매우 확고한 것을 느꼈는지 침울하게 말했다.

"그래, 안다고 칩시다. 그게 뭐 어쨌다는 거요?"

"지금 당장 그녀가 어디에 있는지 말해."

크라메닌은 고개를 저었다.

"그럴 수 없소."

"왜지?"

"그것만은 가르쳐 줄 수 없소. 당신은 내게 불가능한 요구를 하고 있소."

"두렵단 말이지? 누가? 브라운? 아, 이름만 듣고도 놀라는군! 그러면 그가 실제로 존재하는 사람이란 말인가? 믿을 수 없군. 그의 이름을 말하는 것만으로도 이렇게 놀라서 뻣뻣해지다니!"

러시아인은 천천히 입을 열었다.

"나는 그를 만난 적이 있소. 그와 얼굴을 대면하고 말한 적이 있소. 물론 그 사실을 한참이 지나서야 알았지만 말이오. 그는 무리 중에 섞여 있었고, 그를 다시 봐도 알아볼 수는 없을 거요. 그가 정말로 누구인지는 나도 모르오. 하지만 이것 하나는 확실하지. 그가 몹시 두려운 존재라는 사실 말이오."

"그는 절대 모를 거야."

줄리어스가 말했다.

"그는 항상 모든 것을 알고 있소……. 게다가 그의 복수는 아주 재빠르지. 심지어 나 크라메닌도 예외는 아니오!"

"그러면 내 질문에 대답하지 않겠다는 말인가?"

"당신은 불가능한 것을 요구하고 있소."

"그거 참 안된 일이군."

줄리어스가 즐거운 듯 말했다.

"하지만 세상은 덕분에 좋아지겠지."

줄리어스는 권총을 서서히 들어 올렸다.

"멈춰! 정말로 쏠 생각은 아니겠지?"

러시아인이 소리쳤다.

"물론 쏠 거야. 당신네 혁명주의자들은 목숨 같은 건 가볍게 여긴다고 들었는데, 자기 목숨은 다른가 보지? 그 더러운 목숨을 구할 수 있도록 한 번 더 기회를 주지. 이번 기회는 붙잡는 게 좋을 거야!"

"그들이 날 죽일 거요!"

"그건 너한테 달렸어. 하지만 한 가지는 일러 주지. 내 귀여운 윌리는 목숨을 확실하게 끊어 놓지. 살고 싶으면 차라리 브라운을 피하는 게 나을걸."

줄리어스가 쾌활하게 말했다.

"나를 쏘면 당신도 교수형을 당하고 말 거요."

러시아인이 우물쭈물하며 말했다.

"아니지. 그건 당신이 틀렸어. 내 돈의 위력을 잊은 모양이군. 한 무리의 변호사들이 달라붙게 될 것이고, 저명한 의사들이 증인으로 나설 거야. 의사들이 내 두뇌에 이상이 있다고 하고 나는 몇 달 동안 조용한 정신 병원에 앉아 있기만 하면 돼. 그러다 의사들이 다 나았다고 하면 퇴원하면 되지. 줄리어스를 위한 해피엔딩인 셈이지. 너를 세상에서 제거하는 일이라면 몇 개월 정도의 대가는 충분히 치를 수 있어. 그러니 내가 교수형을 받을 거라는 생각은 깨끗이 잊어버리는 게 좋아!"

러시아인은 그의 말을 믿었다. 그 역시 부패한 사람이라서 돈의 힘을 누구보다 잘 알고 있었던 것이다. 그는 살인 사건에 대한 미국의 재판이 줄리어스의 말대로 이루어진다는 글을 읽은 적이 있었다. 그 자신도 자주 정의를 사고판 사람이었다. 거들먹거리는 말투의 이 강건한 미국인이 총자루를 쥐고 있는 것이다.

줄리어스가 말했다.

"지금부터 다섯을 세겠다. 만약 넷을 셀 때까지 아무런 말도 하지 않는다면 브라운에 대해서는 걱정하지 않아도 돼. 아마도 네 장례식에 꽃다발은 보내 오겠지. 하지만 너는 그 꽃향기를 맡을 수는 없을 거야. 자, 준비됐나? 숫자를 세겠다. 하나…… 둘…… 셋…… 넷……."

러시아인은 비명을 지르며 줄리어스를 가로막았다.

"쏘지 마시오. 시키는 대로 다 하겠소."

줄리어스는 총구를 내렸다.

"당신에게도 판단력이 있으리라 생각했지. 제인 핀은 어디 있지?"

"켄트에 있는 게이트하우스에 있소. 애스틀리 프라이어스가 그곳 이름이오."

"거기에 갇혀 있나?"

"집을 나갈 수만 없을 뿐이오. 그 외에는 충분히 잘 지내고 있소. 그 바보 같은 여자가 기억을 잃어버렸소!"

"그래. 그래서 너랑 네놈 친구들이 화가 났다지? 그럼 다른 여자는 어떻게 됐나? 네놈들이 일주일 전에 미끼로 꼬여 낸 그 여자 말이야."

"같이 있소."

러시아인이 우울하게 대답했다.

"잘됐군. 일이 의외로 쉽게 풀리겠어. 게다가 드라이브를 하기에도 좋은 밤이야!"

줄리어스가 기분 좋은 목소리로 말했다.

"무슨 드라이브를 간단 말이오?"

크라메닌이 줄리어스를 노려보면서 물었다.

"물론 게이트하우스로 가는 거지. 드라이브 좋아하나?"

"무슨 말을 하는 거요? 나는 절대 가지 않겠소."

"화나게 하지 마. 내가 당신을 여기에 두고 갈 정도로 어리숙하게 보이나? 내가 떠나자마자 가장 먼저 친구들에게 전화로 연락을 할 테지? 하!"

줄리어스는 상대방의 얼굴이 찌푸려지는 것을 보았다.

"자, 이제 어쩔 도리가 없어. 그래, 나랑 같이 가는 거야. 옆방이 침실인가? 자, 어서 들어가. 귀여운 윌리와 내가 바로 뒤에서 따라가겠다. 두꺼운 코트를 입도록 해. 모피로군? 그러고도 네놈이 사회주의자야? 자, 이제 준비가 다 됐군. 아래층으로 천천히 내려가서 내 차가 있는 곳으로 갈 거야. 내려가는 동안 내가 뒤에 바짝 따라가고 있다는 걸 명심해. 코트 주머니에서도 총을 쏘는 건 쉬워. 다시 말해 제복 입은 사람들을 흘깃 쳐다보기만 해도 유황불이 끓는 지옥으로 떨어질 각오를 하는 게 좋을 거야!"

두 사람은 함께 계단을 내려와서 차가 기다리고 있는 곳으로 갔다. 러시아인은 분노로 온몸을 부르르 떨었다. 호텔 직원들이 주위에 있었지만, 러시아인은 입술 끝에 맴도는 비명을 삼킬 수밖에 없었다. 미국인은 자신이 뱉은 말을 반드시 지킬 것이다.

두 사람이 차가 있는 곳에 도착했을 때 줄리어스는 안도의 한숨을 내쉬었다. 위험한 지역은 모두 지나온 것이었다. 지금까지는 공포심을 조장해서 크라메닌을 성공적으로 조종할 수 있었다.

"올라타."

줄리어스가 명령했다. 그러고는 크라메닌이 옆으로 눈길을 돌리는 것을 보고 말했다.

"아니. 운전사는 당신을 전혀 도와주지 않을 거야. 해군 출신이지. 혁명이 일어났을 때는 러시아에 있는 잠수함에 타고 있었어. 네놈들 때문에 그의 형제가 죽었다고 하더군. 이봐, 조지!"

"예, 선생님!"

운전수가 고개를 돌렸다.

"여기 이 신사분은 러시아의 볼셰비키야. 총을 쏘아서는 안 되겠지만 필요할지도 모르네. 무슨 말인지 알겠지?"

"예, 선생님."

"이제 켄트에 있는 게이트하우스로 가세. 가는 길을 잘 알고 있나?"

"예. 1시간 30분 정도 걸립니다."

"1시간 내에 가도록 하세. 좀 급하거든."

"최선을 다하겠습니다."

자동차는 차량들 사이를 뚫고 빠르게 달려갔다.

줄리어스는 자신이 사로잡은 포로 옆에 편안하게 앉아 있었다. 한 손은 코트 주머니에 넣고 있었지만 태도는 몹시 태연해 보였다.

"내가 애리조나에서 총으로 쏜 남자가 있었는데……."

줄리어스는 활기차게 말을 꺼냈다.

1시간이 지났을 때 불쌍한 크라메닌은 사색이 다 되어 있었다. 애리조나에서 죽은 남자 이야기에 이어 프리스코와 로키 산맥에서 만난 불한당 이야기가 이어졌다. 줄리어스의 이야기는 정확하지는 않았지만 생생했다!

운전수가 속도를 늦추면서 어깨 너머로 게이트하우스에 다 왔다고 말했다. 줄리어스는 러시아인에게 방향을 알려 달라고 지시했다. 줄리어스의 계획은 그 집 안으로 차를 몰고 가는 것이었다. 거기서 크라메닌이 두 아가씨를 보내 달라고 하는 것이다. 줄리어스는 귀여운 윌리는 실패를 참지 못한다고 덧붙여 말했다. 크라메닌은 그때쯤 이미 줄리어스의 꼭두각시 인형처럼 굴었다. 게다가 차가 달려온 속도만큼이나 그는 무기력해져 있었다. 그는 모퉁이를 돌 때마다 벌써 죽은 목숨이라도 된 것처럼 체념했다.

자동차는 대문으로 들어가서 현관 앞에 정확히 멈추어 섰다. 운전수는 다른 명령을 기다리며 뒤를 돌아보았다.

"조지, 우선 차를 돌려 놓은 다음 초인종을 울리게. 그런 뒤 자네 자리로 돌아와 앉아 있어. 엔진은 계속 켜 두고 내 말이 떨어지자마자 미친 듯이 도망갈 태세를 하게."

"알겠습니다, 선생님."

현관문은 집사가 열어 주었다. 크라메닌은 옆구리에 들이댄 서늘한 총구를 느낄 수 있었다.

"자, 이제부터 조심해."

줄리어스가 나지막한 목소리로 경고했다.

러시아인이 손짓을 했다. 그의 입술은 하얗게 질렸고 목소리도 불안정했다.

"나다, 크라메닌! 즉시 여자들을 데리고 내려오도록 해! 시간이 없다!"

휘팅턴이 계단을 내려왔다. 그는 상대방을 보고 깜짝 놀라 감탄사를 내뱉었다.

"아니, 여기는 어쩐 일입니까? 우리 계획을 알고 있을 텐데……."

크라메닌이 그의 말을 가로막았다.

"우리는 배신당했어! 계획을 버려야 하네. 우리 목숨이 위태롭게 되었다는 말이네. 그 여자를 당장 데려와! 그것만이 우리가 살 수 있는 유일한 방법이야."

크라메닌의 말 한마디 한마디가 불필요한 공포심을 불러일으켰다.

휘팅턴은 망설였지만 금세 마음을 바꾸었다.

"지시를 받은 겁니까…… 그분에게서?"

"당연하지! 안 그러면 내가 여기 왜 왔겠나? 서둘러! 낭비할 시간이 없어. 다른 여자도 함께 데려오도록 해."

휘팅턴은 돌아서서 집 안으로 뛰어 들어갔다. 초조한 몇 분이 흘렀다. 그러더니 망토를 뒤집어쓴 두 사람이 계단을 끌려 내려와 차 안으로 떠밀려 들어갔다. 둘 중에 키가 작은 쪽이 심하게 저항하려 해서 휘팅턴이 더 난폭하게 떠밀어야 했다. 줄리어스가 몸을 앞으로 기울이자 열린 문으로 쏟아져 나온 불빛이 그의 얼굴을 비추었다. 계단에 서 있던 사람 중 하나가 당황한 목소리로 짧은 비명을 내뱉었다. 속임수는 끝났다.

"빨리 가, 조지."

줄리어스가 다급하게 외쳤다.

운전수가 클러치를 넣자 차가 크게 한 번 흔들리더니 앞으로 튀어 나갔다.

계단에 있던 남자가 고래고래 소리를 질렀다. 그러고는 손을 주머니에 넣었다. 불꽃과 총성이 터져 나왔다. 총알은 키가 큰 여자를 거의 맞힐 뻔했다.

줄리어스가 외쳤다.

"고개 숙여, 제인. 차 바닥에 납작하게 엎드리도록 해."

그는 그녀를 앞으로 확 밀치더니 자세를 잡고 조준하여 총을 쐈다.

"맞혔어요?"

터펜스가 흥분한 목소리로 물었다.

"물론이죠! 하지만 죽지는 않았어요. 악당이라 쉽게 죽지도 않는군. 당신은 괜찮아요, 터펜스?"

줄리어스가 물었다.

"물론 괜찮죠. 토미는 어디 있어요? 그리고 이 사람은 누구죠?"

그녀는 떨고 있는 크라메닌을 가리키며 물었다.

"토미는 아르헨티나로 떠날 겁니다. 녀석은 당신이 죽었다고 생각하고 있어요. 문을 그대로 통과해서 나가게, 조지! 그래, 좋아. 아마도 우리를 뒤쫓아 오려면 5분 정도는 걸릴 거야. 전화로 연락을 해 둘 수도 있으니까 조심해야 해. 함정을 파 놓고 기다릴지도 모르니 잘 피하도록 해. 터펜스, 이 사람이 누구냐고 물었나요? 크라메닌 선생을 소개하지요. 건강상의 이유로 함께 여행을 오게 된 것입니다."

러시아인은 여전히 공포에 사로잡혀서 아무런 말도 하지 못했다.

"어떻게 해서 그들이 우리를 보내 준 거죠?"

터펜스가 의심스러운 어조로 물었다.

"여기 있는 크라메닌이 너무 불쌍하게 간청해서 놈들이 거절할 수가 없었던 거지요!"

러시아인은 더 참을 수가 없었는지 갑자기 격렬하게 소리를 질렀다.

"나쁜 자식! 지옥에나 떨어져라! 이제 저들은 내가 배신한 사실을 다 알 거야. 내 목숨은 이제 이 나라에서는 1시간도 안전하지 않아."

"그렇군. 즉시 러시아로 떠나는 게 좋을 거야."

줄리어스도 동의했다.

"그렇다면 나를 놔줘. 당신이 해 달라는 건 다 해 주었잖아? 왜 나를 계속 붙잡아 두는 거지?"

상대방이 외치듯 말했다.

"누구는 좋아서 이러는 줄 아나? 원한다면 언제라도 내려 줄 수 있어. 하지만 도리상 런던까지 모셔다 주려고 한 것뿐이야."

"당신은 런던까지 절대 못 갈 거요. 그러니 지금 당장 여기서 나를 풀어 줘."

크라메닌이 으르렁거리며 말했다.

"좋아. 조지, 잠깐 세워 보게. 이 신사분은 런던까지 함께 가지 않겠다는군. 크라메닌 선생, 만약 내가 러시아에 가면 말이야, 아주 열렬한 환영을 받을 거로 예상되는데……."

줄리어스의 말이 채 끝내기도 전에, 그리고 차가 완전히 멈추기도 전에 러시아인은 문을 열고 어둠 속으로 사라져 버렸다.

"정말 떠나고 싶었나 보네."

차가 다시 속력을 내자 줄리어스가 한마디 했다.

"예의 바르게 숙녀분들에게 잘 가란 인사도 할 줄 모르는 위인이야. 제인, 이제 일어나 앉아도 좋아."

그녀가 몸을 일으키며 처음으로 입을 열었다.

"어떻게 저 사람을 설득할 수 있었죠?"

그녀가 의아해하며 물었다. 줄리어스는 주머니에 있는 총을 두드리며 말했다.

"모두 여기 이 귀여운 윌리 덕분이지!"

"멋지군요!"

그녀가 기쁘게 외쳤다. 얼굴에 화색이 돌면서 그녀는 줄리어스를 존경스럽다는 듯이 바라보았다.

"어넷과 나는 무슨 일이 일어날지 전혀 예상하지도 못했어요. 휘팅턴이 우리를 서둘러서 끌어냈거든요. 우린 도살장으로 끌려가게 되는 건 아닌가 걱정했는데……."

터펜스가 웃으며 말했다.

"어넷? 어넷이라고 불러요?"

줄리어스는 상황을 이해하려고 애쓰는 눈치였다.

"그녀의 이름이에요."

터펜스가 눈을 크게 뜨면서 말했다.

"이런! 그게 자신의 이름인지 알고 있겠군요. 기억을 잃었으니까 말이에요. 불쌍한 아가씨 같으니라고! 하지만 우리가 데리고 있는 이 사람은 제인 핀이에요."

줄리어스가 안타까운 목소리로 말했다.

"뭐라고요?"

터펜스가 외마디 비명을 질렀다.

하지만 그녀는 더 말을 잇지 못했다. 총알이 빠르게 날아와서 머리 뒤에 있는 의자 쿠션에 박혔기 때문이다.

"모두 머리 숙여요. 습격이에요! 놈들이 제법 빠르게 뒤쫓아 왔군. 조지, 좀 더 속도를 내 봐!"

줄리어스가 외쳤다.

자동차는 앞으로 돌진했다. 총성이 3번 더 들려왔지만 다행스럽게도 모두 비껴갔다. 줄리어스는 몸을 세우고 뒤를 돌아보며 조금은 우울한 목소리로 말했다.

"더 이상 총알이 날아오지 않아요. 하지만 곧 또 다른 매복이 기다리고 있을 거야. 아!"

줄리어스가 손을 들어 볼을 만졌다.

"다쳤어요?"

제인이 재빨리 물었다.

"스쳤을 뿐이야."

제인이 벌떡 일어서며 신경질적으로 외쳤다.

"내려 줘요! 내려 주란 말이에요! 제발 차를 멈춰요. 그들이 추격하는 건 나예요. 그들이 원하는 건 나라고요. 나 때문에 그 누구도 죽어서는 안 돼요. 제발 나를 보내 줘요."

그녀는 잠긴 자동차 손잡이를 잡고 흔들었다.

줄리어스가 그녀를 두 손으로 붙잡고 얼굴을 바라보았다. 외국인 같은 억양은 전혀 찾아볼 수가 없었다.

"앉아. 기억을 잃은 게 아니었구나. 여태까지 연기를 했던 거지? 그렇지?"

줄리어스가 부드럽게 말했다.

제인은 그를 바라보고 고개를 끄덕인 다음, 눈물을 터뜨렸다. 줄리어스가 그녀의 어깨를 다독여 주었다.

"괜찮아, 괜찮아. 그냥 앉아 있어. 우리는 너를 절대 보내지 않을 거야."

그녀는 훌쩍거리면서 웅얼거리는 목소리로 말했다.

"당신은 미국에서 왔군요. 목소리만 들어도 알 수 있어요. 정말 집에 가고 싶어요."

"그래, 난 미국에서 왔어. 난 네 사촌 줄리어스 헤르사이머야. 너를 찾으려고 미국에서 여기 유럽까지 온 거란다. 나를 이렇게 흥미로운 일에 끌어들이다니!"

차가 속도를 조금 늦추었다. 조지가 어깨 너머로 말했다.

"앞에 갈림길이 있습니다. 어느 쪽으로 가야 할지 모르겠습니다."

차는 점점 속도를 줄이다 결국은 멈추었다. 그러자 갑자기 누군가가 뒤에서 차 위로 올라오더니 그들 가운데로 머리를 내밀었다.

"미안."

토미가 자세를 바로잡으며 말했다.

일행의 혼란스러운 감탄사가 그를 맞았다. 그는 여러 가지 질문에 성실하게 답변을 해 주었다.

"그 집 현관으로 가는 길옆에 있는 덤불에 숨어 있다가 차 뒤에 매달려 왔어. 차가 너무 빨리 달려서 내 존재를 미처 알릴 수가 없었지. 그냥 매달려 있기도 힘들었어. 자, 그건 그렇고, 아가씨들, 어서 내리세요!"

"내리다니?"

"그래. 이 길을 죽 따라가면 기차역이 있어. 3분 뒤에 기차가 출발하니까, 서두르면 탈 수 있을 거야."

"도대체 지금 무슨 짓을 하려는 거야? 차를 버리면 그들을 따돌릴 수 있을 것 같아?"

줄리어스가 물었다.

"자네와 나는 그냥 차에 남아 있을 거야. 아가씨들만 내리는 거지."

"자네 미쳤군, 베레스퍼드. 확실히 미친 게 틀림없어! 아가씨 둘이서만 가도록 내버려 둘 순 없다고. 만약 그렇게 되면 모든 게 끝장이야."

토미는 아랑곳하지 않고 터펜스에게 말했다.

"터펜스, 즉시 어넷을 데리고 기차역으로 가도록 해. 아무도 너를 해치지 않을 거야. 너는 안전해. 런던으로 기차를 타고 가서 제임스 필 에저턴 경을 곧장 찾아가. 카터는 시외에 있으니까 제임스 경이랑 있으면 더 안전할 거야."

"토미, 자넨 미쳤어. 제인, 그냥 앉아 있어."

줄리어스가 소리쳤다.

토미는 아주 재빠른 동작으로 줄리어스의 손에 있던 권총을 가로 채 그에게 겨누었다.

"자, 이제 내가 진심이라는 걸 믿을래? 두 사람은 여기서 빨리 나가도록 해. 내가 시킨 대로 하면 돼. 서둘러!"

터펜스가 머뭇거리는 제인을 끌고 그곳을 빠져나갔다.

"빨리 와요. 믿어도 돼요. 토미가 확실하다면 정말 확실한 거예요. 빨리! 기차를 놓칠지도 몰라요."

두 사람은 달리기 시작했다.

줄리어스는 분통이 터져 참을 수가 없었다.

"지금 도대체……."

토미가 그의 말을 가로막았다.

"가만있어! 너와는 아주 중요한 할 말이 있어, 줄리어스 헤르사이머."

제인의 이야기

터펜스는 제인의 팔에 팔짱을 끼고 거의 끌다시피 기차역에 도착했다. 벌써 기차가 들어오는 소리가 들렸다.

터펜스는 헐떡거리며 말했다.

"어서 서둘러요. 그렇지 않으면 놓칠 거예요."

그들은 기차가 들어와서 멈출 때 플랫폼에 정확히 도착했다. 터펜스는 비어 있는 일등석 객실의 문을 열었다. 두 아가씨는 숨을 몰아쉬며 의자 쿠션에 푹 꺼지듯 주저앉았다.

한 사람이 안을 들여다보더니 옆 칸으로 갔다. 제인은 두려워서 놀란 표정이었다. 그녀의 눈동자는 공포로 가득했다. 제인은 터펜스에게 의문의 시선을 던졌다.

그녀가 숨을 헐떡이며 물었다.

"그자도 악당들 중에 한 사람일까요?"

터펜스는 고개를 저었다.

"아니에요. 괜찮을 거예요."

제인의 손을 꼭 붙잡으며 계속 다독였다.

"만약 우리의 안전이 확실하지 않다면 토미가 이런 일을 시킬 리가 없어요."

"하지만 놈들에 대해 잘 알지 못하잖아요! 이해하지 못할 거예요. 5년이에요! 5년이라는 긴 세월이었다고요! 가끔은 정말로 제가 미쳐 버리는 줄 알았어요."

제인은 몸을 떨었다.

"잊어버려요. 이제 모두 끝났어요."

"정말일까요?"

기차가 움직이기 시작했고 어두운 밤공기 속으로 점점 속도를 높여 달렸다. 갑자기 제인 핀이 깜짝 놀라며 물었다.

"방금 그게 뭐였죠? 창문으로 누군가 들여다보는 것 같았어요."

"아니에요. 아무것도 없어요. 자, 봐요."

터펜스는 창가로 다가가서 가죽 손잡이를 올리고 창문을 내렸다.

"확실해요?"

"그럼요. 확실해요."

제인은 자신의 행동을 어색하게 변명했다.

"제가 무슨 놀란 토끼처럼 구는 것 같지만 어쩔 수가 없어요. 지금 다시 잡힌다면 그들은……."

그녀는 더욱 커진 눈으로 허공을 응시했다.

"안 돼요! 뒤로 기대 누워요. 그리고 다른 생각은 아무것도 하지 말아요. 토미는 빈말 같은 건 하지 않는 사람이니까 믿어도 돼요."

터펜스가 간청하다시피 말했다.

"내 사촌 오빠는 그렇게 생각하지 않았잖아요. 그는 우리가 떠나는 걸 바라지 않았어요."

"아니에요."

터펜스가 약간 당황해하며 말했다.

"무슨 생각 하세요?"

제인이 날카롭게 물었다.

"왜 그렇게 물어보지요?"

"목소리가…… 이상해서요!"

터펜스가 자백했다.

"뭔가를 좀 생각하는 중이었어요. 하지만 말하고 싶진 않아요. 내가 틀렸는지 모르겠지만 꼭 그렇지는 않은 것 같아요. 오래전부터 나 혼자 생각해 왔던 건데, 토미도 같은 생각을 한 게 틀림없어요. 확실해요. 하지만 걱정은 하지 말아요. 아직 시간은 충분히 많아요. 그리고 우리의 예상이 빗나갈 수도 있고요! 내가 시키는 대로만 하면 돼요. 뒤로 기대고 아무런 생각도 하지 말아요."

"노력해 보겠어요."

갈색 눈동자 위로 긴 속눈썹이 드리워졌다.

터펜스는 허리를 꼿꼿이 세우고 앉아 있었다. 마치 주변을 지키는 테리어 강아지 같은 자세였다. 그럴 생각은 아니었지만 신경이 많이 쓰였다. 그녀의 눈은 계속해서 창문 2개를 번갈아 가면서 노려보았다. 기차를 세우는 비상용 줄이 어디에 있는지 눈여겨보았다. 무엇을 두려워하고 있는지 딱히 꼬집어서 설명할 수는 없었다. 하지만 그녀는 스스로 말한 것만큼 큰 자신감을 갖고 있지는 않았다. 토미를 못 믿는 것은 아니었지만 토미처럼 정직하고 단순한 사람이 대범죄자의 사악한 마수에 대적할 수 있을지 의심이 가자 몸이 미세하게 떨려 왔다.

만약 그들이 안전하게 제임스 필 에저턴 경에게로 간다면 그때부터는 모든 것이 잘될 것이다. 하지만 정말 무사히 도착할 수 있을까? 아무 소리 없이 움직이는 브라운이 그들을 기다리고 있는 것은 아닐까? 조금 전 권총을 들고 있던 토미의 모습을 떠올려 봤지만 도무지 안심이 되지 않았다. 지금쯤 혹시 수적으로 우세한 적에게 눌려서……. 터펜스는 나름대로 계획을 세우기 시작했다.

한참 뒤, 기차가 채링크로스역에 도착하자 제인 핀은 깜짝 놀라 허리를 꼿꼿이 세우고 앉았다.

“도착한 거예요? 무사히 도착할 거라고는 솔직히 생각하지 못했어요!”

“오, 난 런던까지는 무사히 올 수 있을 거라 생각했어요. 만약 무슨 일이 생긴다면 바로 지금부터예요. 어서 나가서 곧장 택시를 타야 해요.”

다음 순간 그들은 개찰구를 나서자마자 재빨리 택시 안으로 미끄러져 들어갔다.

"킹스크로스요."

터펜스가 빠르게 지시했다. 그러고는 놀라서 펄쩍 뛰었다. 택시가 출발하려고 할 때 웬 남자가 창문 안을 들여다보았기 때문이다. 기차에서 바로 옆 칸에 타고 있던 남자가 분명했다. 적들에게 사방으로 에워싸여 있다는 두려움이 엄습해 왔다.

"있잖아요, 우리가 제임스 경에게 갈 것처럼 굴면 놈들은 허를 찔렸다고 생각할 거예요. 지금 놈들은 우리가 카터에게 갈 거라 짐작할걸요. 그의 저택은 런던 북쪽 지방에 있지요."

택시는 홀본을 가로지르고 어느 건물 앞에서 잠시 정차했다. 터펜스가 기다리던 순간이었다.

터펜스가 제인에게 낮은 목소리로 속삭였다.

"빨리 오른쪽 문을 열어요!"

두 아가씨는 반대편 문으로 나가서 찻길로 내려섰다. 2분 뒤에 두 사람은 다른 택시를 타고 왔던 길을 되돌아갔다. 이번에는 칼턴 하우스 테라스 방면으로 향했다.

터펜스가 만족해하며 말했다.

"자, 이제 됐어요. 내가 생각해도 난 너무 똑똑한 것 같아요! 그 택시 운전수가 얼마나 욕할까요! 하지만 내가 그 사람 번호를 봐 뒀으니까 내일 우편환으로 돈을 보내면 될 거예요. 그 사람이 진짜 택시 기사라면 손해를 보게 되진 않겠지요. 저기 흔들거리는 게 뭐지? 앗!"

뭔가가 쿵 하고 들이받는 소리와 더불어 큰 충격이 느껴졌다. 다른 택시가 달려와 그들이 탄 차에 부딪힌 것이다.

터펜스는 지체하지 않고 인도로 내려섰다. 경찰이 다가오고 있었다. 터펜스는 운전수에게 재빨리 5실링을 건네준 뒤 제인과 함께 군중 속에 섞여 들어갔다.

"이제 몇 발자국 안 남았어요."

터펜스가 숨을 헐떡이며 말했다. 사고는 트라팔가 광장에서 일어났다.

"그 사고가 우연이었을까요? 아니면 일부러 낸 걸까요?"

"나도 몰라요. 둘 다 가능성은 있지요."

두 숙녀는 손을 잡고 길 위를 빠르게 달렸다.

터펜스가 갑자기 말했다.

"어쩌면 내 상상력이 과한 걸지도 몰라요. 하지만 누군가가 우리를 뒤쫓고 있는 건 분명해요."

제인이 낮은 목소리로 말했다.

"빨리! 빨리요!"

칼턴 하우스 테라스 모퉁이에 도착하자 두 사람은 마음이 훨씬 가벼워졌다. 그 순간 갑자기 몸집이 크고 술에 취한 듯한 남자가 앞을 가로막았다.

"좋은 저녁이야, 아가씨들! 어디를 그렇게 서둘러 가시나?"

그가 딸꾹질을 했다.

"지나가게 해 주세요."

터펜스가 다급하게 말했다.

"나는 옆에 있는 이 예쁜 아가씨랑 딱 한마디만 하고 싶은데……."

그가 흐느적거리는 손을 뻗어서 제인의 어깨를 잡았다. 터펜스는 뒤에서 나는 발소리를 들었다. 그녀는 그들이 친구인지 적인지 알아내기 위해 멈추지 않았다. 그저 어린 시절 늘 써먹던 방법을 시도했다. 고개를 낮추고 앞을 가로막은 괴한의 널찍한 배를 있는 힘껏 들이받았던 것이다. 약간은 비열했지만 전략은 즉시 성공했다. 사내가 인도에 고꾸라진 것이다. 터펜스와 제인은 힘껏 달렸다. 그들이 찾는 집은 조금 더 가야만 했다. 뒤편에서 발소리가 크게 울렸다. 두 사람은 숨이 턱까지 차오른 상태로 제임스 경의 현관 앞에 도착했다. 터펜스는 초인종을 움켜쥐고 제인은 손잡이를 움켜쥐었다.

두 사람을 가로막았던 사내는 계단 아래까지 와 있었다. 잠시 동안 그는 망설이는 것처럼 보였다. 그 순간 문이 열렸고 두 사람은 현관으로 쓰러지듯 들어섰다. 제임스 경은 서재 문에서 현관으로 다가왔다.

"안녕하시오! 이게 무슨 일이지?"

제임스 경은 앞으로 나와 떨고 있는 제인을 감싸 안았다. 그는 그녀를 서재로 데려갔고 가죽 소파에 그녀를 앉게 했다. 그러고는 탁자에 놓여 있던 술병에서 브랜디 몇 방울을 따라 그녀에게 마시게 했다. 제인은 한숨을 쉬면서 일어나 앉았지만 눈동자는 여전히 두려움으로 가득했다.

"괜찮소. 겁내지 마시오. 이제 안전해요."

그녀의 호흡이 정상이 되었고 얼굴에도 혈색이 돌아왔다. 제임스 경은 궁금하다는 듯이 터펜스를 쳐다보았다.

"죽지 않았군요, 터펜스 양. 토미가 생각한 것보다 훨씬 펄펄하게 살아 있었어요!"

"청년 모험가들은 쉽게 죽지 않으니까요."

터펜스가 자랑했다. 제임스 경이 무미건조하게 말했다.

"그런 것 같소. 청년 모험가 주식회사가 성공적으로 일을 끝낸 것 같군. 그리고 이쪽이……."

그는 소파에 앉아 있는 아가씨 쪽으로 몸을 돌렸다.

"제인 핀 양이오?"

제인이 반듯이 일어나 앉았다.

"예, 제가 제인 핀이에요. 드릴 이야기가 많아요."

그녀가 조용히 대답했다.

"좀 더 회복이 되면……."

"아니요! 지금 해야 돼요! 모든 걸 말하고 나면 좀 더 마음이 편해질 것 같아요."

그녀의 목소리 톤이 조금 높아졌다.

"좋을 대로 하시오."

변호사가 말했다. 그는 소파를 바라보고 있는 커다란 안락의자에 앉았다. 제인은 낮은 목소리로 이야기를 시작했다.

"저는 파리에 일하러 가기 위해 루시타니아호를 탔어요. 그 당시 저는 전쟁에 대해 매우 애통하게 생각하고 있었기 때문에 어떻게든 돕고 싶은 마음뿐이었지요. 프랑스어를 공부하고 있었는데, 저를 가르치는 선생님이 파리 병원에서는 일손이 매우 부족하다고 하더군요. 그 말을 듣고 저는 지원하는 편지를 썼고, 오라는 답변을 받았지요. 저는 부모님이 안 계셔서 일을 정리하기가 훨씬 수월했어요.

루시타니아호가 어뢰를 맞았을 때 한 남자가 제게 다가왔어요. 그 전에도 몇 번 그 사람을 눈여겨본 적이 있었어요. 그 사람은 늘 뭔가를 두려워하고 있었죠. 그는 제게 조국을 사랑하는지 물어보았고, 또 연합군의 생사가 달린 비밀 문서를 가지고 있다고 했어요. 그리고 그 문서를 제게 맡기고 싶어 했지요. 《타임스》에 광고를 싣겠다고 했어요. 만약 광고가 실리지 않으면 미국 대사관으로 직접 들고 가면 된다고 하더군요.

그 이후의 일들은 마치 악몽과 같아요. 가끔 꿈에서도 보여요……. 그 부분은 간략하게 말할게요. 댄버스 씨는 조심하라고 당부했어요. 그는 뉴욕에서부터 미행을 당했을 수도 있지만 자기가 생각하기에 그런 것 같지는 않다고 했죠. 처음에는 저도 별 의심이 없었어요. 하지만 홀리헤드로 가는 보트에서 조금씩 불안해지기 시작했어요. 저를 돌봐 주려고 일부러 애를 쓰는 한 여인을 만났거든요. 밴드마이어 부인이라고 했어요. 처음엔 저도 그 친절이 고마울 뿐이었지요. 하지만 그녀에게는 마음에 들지 않는 뭔가가 있었어요. 결정적으로 작은 어선에 옮겨 탔을 때 그녀가 이상한 사람이랑 이야기를 나누는 것을 보았어요. 그리고 그들의 행동을 주시한 결과 두 사람이 저에 대해 이야기를 나누고 있다는 것을 알아냈죠. 저는 루시타니아호에서 댄버스 씨가 제게 가죽 주머니를 건네주었을 때 그녀가 제법 가까이 있었다는 것을 기억해 냈어요. 그리고 그 전에 그녀가 댄버스 씨와 대화를 하려고 시도한 것도요. 저는 겁이 나기 시작했죠. 그렇지만 어떻게 해야 할지 방법이 얼른 떠오르지 않았어요.

그날 런던까지 가지 않고 홀리헤드에서 내릴까 하는 생각도 했어요. 하지만 그건 바보 같은 생각이란 것을 곧 깨달았지요. 유일한 방법은 아무것도 모르는 것처럼 행동하면서 별일 없기만을 바라는 수밖에 없었어요. 조금만 주의한다면 그들도 어떻게 할 수는 없을 거라고 생각했답니다. 저는 만약을 대비해서 기름 먹인 가죽 주머니를 열어서 빈 종이를 넣고 다시 꿰매었어요. 누군가가 훔쳐 간다고 해도 별 상관 없게 말이에요.

진짜 서류를 어떻게 할 것인가는 줄곧 걱정거리로 따라다녔어요. 결국 저는 그걸 넓게 펼쳤답니다. 두 장밖에 되지 않았지요. 그것을 잡지의 광고 페이지 사이에 끼웠어요. 그리고 펼친 두 페이지의 테두리에 편지 봉투에서 긁은 끈끈한 접착제를 묻혀 가장자리끼리 서로 마주 닿게 살짝 붙였지요. 그러고 나서 외투 주머니에 아무렇지 않게 꽂고 다녔어요.

홀리헤드에서는 일부러 선량해 보이는 사람들과 함께 기차 칸에 오르려고 했어요. 하지만 제 주변에는 항상 저를 원치 않는 방향으로 밀어붙이는 사람들이 꼭 있었어요. 으스스하고 무서운 일이었지요. 결국 저는 밴드마이어 부인과 다시 같은 칸에 올랐어요. 복도로 나가려고 했지만 다른 칸은 모두 사람들로 꽉 차 있었기 때문에 도로 그 자리에 돌아가 앉을 수밖에 없었어요. 런던을 벗어날 때까지 아주 불편했어요. 저는 몸을 뒤로 기대고 눈을 감았지요. 놈들은 제가 잠든 줄 알았겠지만 완전히 눈을 감은 건 아니었어요. 잘생긴 남자가 자기 가방에서 뭔가를 꺼내 밴드마이어 부인에게 건네주면서 윙크를 하는 걸 보았어요.

그것을 보고 저는 얼어붙어 버렸어요. 가능한 한 빨리 복도로 도망가야겠다고 생각했죠. 최대한 자연스럽게 일어나서 나가려고 했어요. 어쩌면 그들이 그것을 눈치챘는지도 몰라요. 갑자기 밴드마이어 부인이 이렇게 말했어요. '지금이야!' 저는 소리를 지르려고 했어요. 하지만 그 순간 그들이 제 입을 막으면서 뭔가로 제 머리를 세게 내리쳤어요."

제인은 몸을 부르르 떨었다. 제임스 경은 몇 마디 위로의 말을 건네주었다. 1분 뒤 그녀는 이야기를 다시 이어 갔다.

"제가 얼마나 의식을 잃고 있었는지 모르겠어요. 아주 많이 아팠어요. 저는 더러운 침대 위에 누워 있었죠. 침대를 빙 둘러 막이 쳐져 있었고, 두 사람이 방 안에서 이야기를 주고받는 걸 들을 수 있었지요. 그중 한 사람이 밴드마이어 부인이었지요. 저는 처음엔 그들이 무슨 말을 하는지 이해하지 못했어요. 그러다 무슨 일이 일어나고 있는지 파악하게 되자 그 순간 너무 두려웠어요! 비명을 지르지 않은 것이 천만다행이었지요.

그들은 문서를 찾아내지 못했어요. 빈 종이가 들어 있는 기름 먹인 가죽 주머니만 찾았을 뿐이죠. 그들은 화가 나 있었어요! 제가 문서를 바꿔치기 했는지, 아니면 댄버스가 애초에 가짜 문서를 가지고 있었고, 진짜 문서는 따로 전달된 것인지 궁금해했죠. 그들은…… 저를 고문해서라도 알아내야겠다고 말했어요!"

제인은 괴로운 듯 눈을 꼭 감으며 말을 이었다.

"그날 이전까지 저는 진정한 공포가 무엇인지 잘 몰랐어요! 그들이 저를 보러 오자 저는 눈을 감고 의식이 없는 척했어요. 하지만 제 심장이 뛰는 소리를 들을까 봐 무척 두려웠답니다. 어쨌든 그들은 다시 사라졌어요. 저는 미친 듯이 머리를 굴렸죠. 어떻게 해야 할까? 저는 고문을 견뎌 낼 자신은 없었어요.

갑자기 기억 상실이라는 단어가 떠올랐어요. 저는 예전부터 기억 상실증에 관심이 많았기 때문에 그에 관한 책을 많이 읽었어요. 기억 상실증에 대해서라면 매우 잘 알고 있었어요. 제가 거짓말을 하는 데 성공한다면 무사히 살아남을 수 있을 거라고 생각했지요. 저는 기도를 하고 깊게 숨을 들이쉬었어요. 그러고는 눈을 뜨고 프랑스어로 지껄이기 시작했죠!

밴드마이어 부인이 막을 걷고 즉시 달려왔어요. 그녀의 얼굴은 너무 사악해 보여서 소름이 끼쳤지만 저는 그녀를 보고 억지로 미소를 지어 보였어요. 저는 그녀에게 프랑스어로 여기가 어디냐고 물어보았어요. 그녀가 혼란스러워하는 게 틀림없었어요. 그녀는 함께 이야기를 나누던 남자를 불렀어요. 그는 막 뒤에 그림자처럼 서 있었어요. 그가 프랑스어로 제게 말을 걸었어요. 그의 목소리는 평범하고 조용했어요. 이유는 알 수 없지만 밴드마이어 부인보다 그 목소리가 더 무서웠어요. 그가 제 마음을 훤히 꿰뚫어 보는 듯했지만 저는 계속 연극을 했어요. 제가 어디에 있는 건지 물어보고 계속 해서 제가 꼭 기억해 내야만 하는 것이 있는데 뭔지 모르겠다고 중얼거렸지요. 저는 스스로 계속 스트레스를 받고 있는 것처럼 굴었죠. 그가 제 이름을 물었어요. 저는 모른다고 했지요. 아무것도 기억이 나지 않는다고요.

그러자 갑자기 그가 제 팔목을 움켜쥐고 세게 비틀지 뭐예요? 끔찍하게 아팠어요. 저는 크게 소리를 질렀어요. 그는 아랑곳하지 않고 계속 힘을 가했지요. 저도 프랑스어로 계속 소리를 질렀어요. 얼마 동안 그러고 있었는데, 운이 좋게도 제가 그만 기절해 버렸어요. 제가 마지막으로 기억하는 것은 그가 이렇게 말하는 소리였어요. '저건 허풍이 아니야. 게다가 저렇게 어린 여자가 뭘 알겠어?' 그 사람은 미국 아가씨들이 같은 나이의 영국 아가씨들보다 훨씬 더 성숙하다는 걸, 그리고 과학적인 주제에 관심이 많다는 걸 모른 것 같았어요.

정신을 차렸을 때 밴드마이어 부인은 제게 매우 부드럽게 대해 주었어요. 아마도 지시를 받았겠죠. 프랑스어로 이야기를 걸더니 충격을 받아서 제가 많이 아프다고 하더군요. 곧 좋아질 거라고도 했어요. 저는 멍한 표정으로 의사가 제 팔목을 아프게 했다고 하소연했지요. 그녀는 제 말에 무척 안심한 표정을 지어 보였어요.

시간이 지나자 그녀는 방에서 완전히 나가 버렸어요. 저는 그때까지 의심을 받고 있었기 때문에 한동안 조용히 누워 있었어요. 그러다 일어나서 방을 조심스럽게 살펴보았어요. 만약 누군가가 어딘가에서 저를 감시하고 있다면 그렇게 하는 게 그 상황에서는 훨씬 자연스럽다고 생각했죠. 그곳은 매우 누추하고 지저분한 장소였고, 이상하게도 창문이 없었어요. 문은 잠겨 있을 것이 뻔했으니 저는 열려고 하지도 않았어요. 벽에는 초라해진 오래된 그림들이 걸려 있었어요. 『파우스트』의 한 장면이었죠."

제인의 말을 듣고 있던 두 사람은 동시에 감탄사를 크게 내뱉었다.

"아!"

제인이 고개를 끄덕였다.

"맞아요. 그곳은 소호에 있는 집이었어요. 베레스퍼드 씨가 갇혀 있던 집이지요. 물론 그때까지는 제가 런던에 있는지조차 몰랐어요. 당시에는 다른 한 가지 걱정이 머릿속을 매우 어지럽혔어요. 의자 뒤에 제 외투가 걸려 있는 걸 보고 제 심장은 두근거리기 시작했어요. 주머니에는 그때까지 잡지가 말린 채 꽂혀 있었거든요!

만약 누군가가 지켜보지 않는지 알아보고 싶었어요! 저는 벽을 둘러보았어요. 구멍은 보이지 않았지만 어디엔가 분명히 구멍이 있으리라는 확신이 들었어요. 갑자기 저는 탁자 언저리에 앉아서 손으로 얼굴을 감싸고 '몽 디외! 몽 디외(세상에 이런 일이)!' 하며 울기 시작했어요. 저는 귀가 매우 밝은 편이에요. 드레스가 부스럭거리는 소리와 삐걱거리는 작은 소리를 들었지요. 그 정도면 확실했어요. 저는 감시당하고 있었던 거예요! 저는 다시 침대에 누웠고, 조금 있다가 밴드마이어 부인이 제게 저녁 식사를 가져다주었어요. 그녀는 그때까지 제게 몹시 부드럽게 대해 주었어요. 아마도 환심을 사라고 지시를 받은 것 같았어요. 결국 그녀는 기름 먹인 가죽 주머니를 내놓고는 알아보겠냐고 물었어요. 승냥이처럼 저를 살피면서 말이에요.

저는 당황한 듯이 그것을 집어 들고 뒤집어 보았어요. 그러고는 고개를 저으며 꼭 기억해 내야만 하는 게 있는 것 같은데, 기억이 날 것 같으면서도 그 기억을 붙잡으려고 하면 곧 사라져 버린다고 했어요. 그러자 그녀는 저를 자기의 조카라고 하면서 자신을 '리타 숙모'라고 부르라고 했어요. 저는 순순히 따랐고, 그녀는 걱정하지 말라고 했어요. 기억이 곧 돌아올 거라고 하면서요.

그날 저녁은 끔찍했어요. 저는 그녀를 기다리면서 계획을 세웠어요. 그때까지 문서는 안전했어요. 하지만 그대로 더 놔둘 수가 없었죠. 그들이 잡지를 언제 버릴지 모르는 일이니까요. 저는 누워서 새벽 2시까지 기다렸다가, 가능한 한 조용히 일어나서 어둠 속에서 벽을 손으로 더듬었어요. 그러고는 아주 부드럽게 그림 하나를 못에서 빼냈어요. 마르그리트와 보석 상자가 있는 그림이었어요. 저는 외투가 걸려 있는 곳으로 기어가서 주머니에 쑤셔 넣었던 편지 봉투와 잡지를 꺼냈어요. 그런 다음 세면대로 가서 그림 뒤에 있는 갈색 종이 가장자리를 적셔 그 종이를 떼어 냈어요. 그리고 잡지에서 가장자리를 붙인 두 페이지를 찢어 내서 소중한 문서를 끼워 둔 채로 그림과 갈색 종이 사이에 넣어 두었지요. 갈색 종이는 편지 봉투의 끈끈한 접착제를 이용해 원래대로 붙여 놓았어요. 아무도 그림에 손을 댔으리라고는 생각지 않았을 거예요. 저는 그림을 벽에 걸고 잡지는 외투 주머니에 넣은 다음 다시 침대에 누웠어요. 저는 문서를 숨긴 장소에 매우 만족했어요. 그들이 자기네 그림 중 하나를 내려 볼 생각은 전혀 못 할 테니까요. 저는 그들이 댄버스가 애시당초 가짜를 가지고 있었다고 결론을 내리길 바랐어요. 그러면 결국엔 저를 보내 줄 테니까요.

사실은 그들도 처음에는 그렇게 생각했던 것 같아요. 그렇지만 어떤 경우라도 저는 위험할 수밖에 없었어요. 나중에 안 사실이지만 그들은 저를 그냥 처리해 버리려고 했던 것 같아요. 그냥 보내 줄 생각은 애초에 없었던 거죠. 하지만 처음 만났던 남자가, 그러니까 그 사람이 대장인 것 같았는데, 제가 문서를 숨겼을지도 모르니 제 기억이 돌아올 경우를 대비해서 저를 살려 두는 것이 좋겠다고 생각했나 봐요. 그들은 몇 주 동안이나 저를 끈질기게 살폈어요. 가끔씩은 몇 시간 동안이나 신문을 하기도 했어요. 다행히 그들에게 정신병에 대한 상식은 전혀 없는 것 같았어요. 어떻게든 저는 그들을 속이는 데 성공했어요. 그 스트레스는 끔찍했지만요…….

그들은 저를 다시 아일랜드로 데리고 갔어요. 그리고 돌아오는 길에 모든 과정을 되풀이했지요. 혹시라도 제가 이동 중에 뭔가를 숨겼을까 생각한 거죠. 밴드마이어 부인이랑 또 다른 여자가 제 곁을 떠나지 않고 계속 지키고 있었어요. 그들은 제가 밴드마이어 부인의 젊은 친척인데 루시타니아호의 충격으로 정신이 이상해진 사람이라고 했어요. 그들이 알아차리지 못하게 도움을 요청할 사람은 아무도 없었어요. 그리고 만약 시도했다가 실패할 경우…… 밴드마이어 부인은 부유해 보이고 옷도 잘 차려입었으니, 밴드마이어 부인의 말보다 제 말을 믿어 줄 사람이 없다고 생각했죠. 게다가 괴롭힘을 받고 있다고 착각하는 것도 정신 이상 증세의 일부라고 한다면……. 게다가 만약 거짓말한 것이 들통난다면 제게는 더 끔찍한 일이 닥칠 게 불 보듯 뻔했어요."

제임스 경은 모든 걸 이해한다는 듯 고개를 끄덕였다.

"밴드마이어 부인은 대단한 여자였소. 거기에다 그녀의 사회적 지위까지 합해진다면 아가씨의 말보다 훨씬 설득력이 있었을 거요. 아가씨가 고발을 한다고 해도 아무도 믿어 주지 않았을 테지."

"저도 그렇게 생각했어요. 결국 저는 본머스에 있는 요양소로 보내졌어요. 처음에는 거짓말을 하고 있는 건지 진짜를 말하고 있는 건지 저도 구별하지 못했어요. 간호사 1명이 저를 담당했죠. 저는 특별 환자였어요. 간호사가 너무 좋고 평범한 사람이라 저는 그녀를 믿었어요. 그런데 운 좋게 함정에 빠지지 않을 수 있었죠. 제 방문이 약간 열려 있었는데 그녀가 복도에서 누군가와 이야기를 나누는 걸 들었어요. 그녀도 그들과 한패였던 거예요! 그들은 아직도 제가 거짓말을 하고 있다고 생각하고 있었고, 그것을 확실히 알아보기 위해서 그 간호사를 붙여 놓았던 거예요! 그 이후로 저는 제정신이 아니었어요. 아무도 믿을 수가 없었죠.

저는 자기 최면에 빠졌어요. 시간이 지나자 제가 제인 핀이라는 사실까지 거의 잊게 되었어요. 재닛 밴드마이어의 역할을 하는 데 너무 익숙해져서 제 머리가 이상해지기 시작한 거죠. 저는 정말로 아팠어요. 수개월 동안이나 일종의 혼수 상태에 빠져 있었어요. 제가 곧 죽을 거라고 생각했고, 아무래도 상관없었어요. 멀쩡한 사람도 정신 병원에 갇히면 이상해지곤 하잖아요. 아마 저도 그랬던 것 같아요. 연기 속의 재닛 밴드마이어는 또 다른 내 본성이 되었어요. 나중에는 불행하다고 생각하지도 못하고 무신경해졌지요. 모든 게 심드렁했어요. 그렇게 몇 년이 흘렀지요.

그러다가 갑자기 상황이 변하기 시작했어요. 밴드마이어 부인이 런던에서 내려왔고, 그녀는 의사와 함께 저에게 많은 질문을 던졌죠. 그리고 여러 가지 치료 방법을 시도해 보았어요. 저를 파리에 있는 전문가에게 보낸다는 이야기도 있었어요. 하지만 그건 너무 위험해서 실행하지는 못했어요. 한번은 다른 사람들이 저를 찾고 있다는 말도 엿들었어요. 나중에 저를 돌보던 간호사가 파리로 갔고 저인 것처럼 행세해 전문가에게 대신 상담을 받았다고 하더군요. 그는 그녀에게 일종의 테스트를 실시했는데, 결국 그녀가 기억을 상실했다는 말이 거짓말인 게 밝혀졌다고 하더군요. 그녀는 방법을 모두 적어 와서 제게 그대로 적용해 보았어요. 아마도 그 전문가가 직접 했다면 저는 1분도 안 돼 들통나고 말았을 거예요. 평생 한쪽 방면만 연구한 전문가는 뭐가 달라도 다르니까요. 하지만 그들을 상대로 한 거짓말은 들키지 않았어요. 오랫동안 제 자신이 제인 핀이 아니라고 생각하고 지낸 것이 큰 도움이 되었지요.

어느 날 저녁 저는 갑작스러운 연락을 받고 런던으로 끌려왔어요. 그들은 저를 소호에 있는 집으로 데리고 갔어요. 일단 요양소를 벗어나자 살 것 같았어요. 마치 제 안에 있는 뭔가가, 그것도 아주 오랫동안 묻혀 있던 뭔가가 다시 꿈틀꿈틀 일어나는 것만 같았죠.

놈들은 제게 베레스퍼드 씨 시중을 들게 만들었어요. 물론 당시에는 그의 이름을 몰랐죠. 저는 그게 또 다른 함정이 아닐까 의심했어요. 하지만 그는 너무 정직해 보였고 그게 함정이라는 걸 믿을 수가 없었죠. 어쨌든 저는 모든 말을 조심해서 했어요. 저희 대화를 엿듣고 있을 게 분명했으니까요. 그 방 벽에는 조금 높은 곳에 작은 구멍이 있어요.

하지만 일요일 오후에 그 집에 편지가 1통 배달되어 왔어요. 그를 죽이라는 명령이었지요. 모두가 깜짝 놀랐어요. 그들이 눈치채지 못하게 저도 엿듣고 있었어요. 그다음 이야기는 하지 않아도 이미 알고 계실 거예요. 저는 탈출하려다 말고 다시 올라가서 문서를 꺼내오려고 했지만 붙잡히고 말았어요. 그래서 그가 도망칠 때 크게 소리를 질렀죠. 마르그리트에게 돌아가고 싶다고 말이에요. 이름을 세 번이나 큰 소리로 외쳤어요. 다른 사람들은 밴드마이어 부인을 말하는 거라고 생각하겠지만 저는 베레스퍼드 씨가 그림을 떠올리기를 바랐어요. 그가 첫날 그림 하나를 벽에서 내렸거든요. 그게 제가 그분을 믿는 데 망설인 이유기도 하고요."

제인은 잠시 말을 멈추었다.

"그렇다면 그 문서는 아직도 그 방 그림 뒤에 붙어 있다는 말이오?"

제임스 경이 느릿느릿 물었다.

"그래요."

제인은 긴 이야기를 하느라 지쳤는지 소파에 기대었다.

제임스 경이 자리에서 일어나며 손목시계를 들여다보았다.

그가 말했다.

"갑시다. 즉시 가야 하오."

"오늘 밤에요?"

터펜스가 놀라서 물었다.

"내일이면 너무 늦을지도 모르지."

제임스 경이 진지하게 말했다.

"게다가 오늘 밤에 가면 그 위대한 범죄자 브라운을 잡을 수도 있을 거요!"

잠시 침묵이 흘렀다. 제임스 경이 연이어 말했다.

"당신들은 이곳까지 미행을 당했소. 그건 의심의 여지가 없소. 우리가 집을 나가면 그들은 다시 미행을 할 것이오. 하지만 방해받진 않을 거요. 왜냐하면 문서가 있는 곳까지 브라운을 인도해 주길 바랄 테니까. 하지만 소호의 집은 경찰이 밤낮으로 지키고 있소. 여러 명이 감시하고 있지. 우리가 그곳에 들어가면 브라운도 따라 들어올 거요. 모든 위험을 감수하고서라도 문서를 손에 넣으려고 할 테지. 하지만 위험이 그다지 크지는 않을 거라고 착각하고 있을 거요. 왜냐하면 그는 친구인 척 들어올 테니까!"

터펜스는 얼굴을 붉혔다. 그리고 충동적으로 말을 꺼냈다.

"하지만 제임스 경께서 모르시는 게 한 가지 있어요. 저희가 아직 말하지 않은 것이 있어요."

그녀의 눈은 당혹스러운 듯 제인을 바라보았다.

"그게 뭐요? 망설일 필요 없소, 터펜스 양. 뭐든 확실한 게 좋은 거니까."

제임스 경이 날카롭게 물었다.

하지만 터펜스는 잠시 동안 말을 잊은 듯 입을 다물고 있었다.

"매우 난감해요. 왜냐하면 제가 틀렸다면…… 아, 이건 끔찍한 일이에요."

그녀는 아무것도 모르는 제인을 보며 얼굴을 찡그리고는 알쏭달쏭한 한마디를 던졌다.

"나를 용서하지 마요."

"내가 도와주길 바라는 거요, 그렇소?"

"예, 부탁드립니다. 누가 브라운인지 알고 있죠? 그렇죠?"

"그렇소. 결국 나는 알아냈소."

제임스 경은 근엄하게 대답했다.

"결국이라고요? 하지만 제 생각에는……."

터펜스는 의심스러운 듯 말하다가 멈추었다.

"터펜스 양, 당신 생각이 옳소. 한동안 그의 정체에 대해 심증만 있었소. 밴드마이어 부인이 의문스러운 죽음을 당한 날부터요."

"아!"

터펜스가 짧은 신음 소리를 냈다.

"거기서 우리는 논리에 맞지 않는 사실들을 접했소. 이유는 두 가지뿐이었소. 정말 말도 안 되는 가설이지만 그녀가 직접 클로랄을 복용했든가, 그게 아니면…….”

“아니면?”

“당신이 건네준 브랜디에 클로랄이 들어 있었던 거요. 그 브랜디는 세 사람이 만졌소. 터펜스 양, 나, 그리고 또 한 사람…… 줄리어스 헤르사이머요!”

제인은 충격을 받아서 자리에서 벌떡 일어나 앉았다. 그리고 놀란 눈으로 제임스 경을 바라보았다.

“처음엔 불가능한 것처럼 보였소. 헤르사이머 씨는 매우 유명한 백만장자의 아들로 미국에서는 꽤 알려진 인물이오. 그와 브라운이 동일 인물이라는 게 불가능해 보였소. 하지만 합리적 사실을 끝까지 외면할 수는 없는 법이오. 사실이 그러하니 받아들일 수밖에 없었소. 밴드마이어 부인이 갑자기 이유 없이 흥분한 것을 기억해 보시오. 또 다른 증거를 댈 수도 있소. 증거가 필요하다면…….

나는 일찍이 당신에게 힌트를 주려고 했소. 맨체스터에서 헤르사이머 씨가 하는 말을 듣고 나는 당신이 그 힌트를 알아듣고 그에 준해서 행동한 것이라고 생각했소. 그래서 불가능한 가능성을 증명해 보이려고 했소. 베레스퍼드 씨도 내게 전화를 해서 의심하고 있던 바를 말했고, 제인 핀 양의 사진이 헤르사이머 씨의 수중에서 떠난 적이 없다고 말해 주었소.”

하지만 제인이 그 말을 가로막았다. 그녀는 벌떡 일어나면서 화가 난 목소리로 외쳤다.

“무슨 말씀이세요? 도대체 뭘 말씀하시려는 거죠? 브라운이 줄리어스라고요? 줄리어스는 제 사촌이에요!"

"아니요, 핀 양. 당신 사촌이 아니오. 줄리어스 헤르사이머라고 자신을 지칭하는 그 남자는 당신과 아무런 관계가 없는 사람이오."

제임스 경이 예상을 깨고 전혀 뜻밖의 대답을 했다.

브라운

제임스 경의 말은 마치 폭탄 같았다. 두 숙녀는 크게 당황했다. 변호사는 책상으로 가서 작은 신문 조각을 들고 돌아와 제인에게 건네주었다. 터펜스는 어깨 너머로 신문을 읽었다. 카터라면 그것을 한눈에 알아보았을 것이다. 그것은 뉴욕에서 발견된 변사체에 대한 기사였다.

제임스 경이 다시 말을 이었다.

"터펜스 양에게 이미 말했듯이 나는 불가능해 보이는 일이 가능하다는 것을 증명하고자 조사에 뛰어들었소. 가장 걸림돌이 되는 것은 줄리어스 헤르사이머가 실존 인물이라는 거였소. 그러다 몇 개의 사진을 찾아보고는 문제가 해결되었소. 실제로 줄리어스 헤르사이머는 사촌을 찾기 위해 나섰소. 그는 서부로 갔다가 그녀의 소식을 들었고, 수색에 도움이 될 만한 사진을 얻었소. 하지만 뉴욕을 떠나기 전날 그는 살해당했소. 시체에는 낡은 옷이 입혀 있었고 누구인지 알아볼 수 없을 정도로 얼굴이 심하게 망가져 있었소. 브라운이 그의 자리를 차지한 거요. 그는 즉시 영국으로 배를 타고 왔소. 진짜 헤르사이머의 친구나 가까운 사람 중에는 그가 배를 타고 떠나기 전에 만나 본 사람이 없었소. 하지만 만약 만났더라도 아무런 문제가 없었을 거요. 분장이 완벽했기 때문이오. 그 이후로 그는 자신을 잡으려는 사람들의 편이 되었소. 상대방이 알고 있는 모든 비밀은 그에게도 알려졌소. 딱 한 번 그는 정체가 노출될 뻔했소. 그의 비밀을 알고 있는 밴드마이어 부인 때문이었소. 그녀가 거액에 매수될 수도 있다는 건 예측하지 못했으니까. 터펜스 양이 운 좋게도 계획을 바꾸지 않았더라면 우리가 도착할 때쯤 밴드마이어 부인은 이미 떠나고 없었을 거요. 그는 정체가 발각될 위기에 처했소. 그래서 자신의 정체를 숨기기 위해 절박한 상황에서 다른 대안을 생각해 낸 것이오. 그는 거의 성공했지만 완벽하진 않았소."

"믿을 수 없어요. 그는 정말 좋은 사람 같았어요."

제인이 웅얼거리며 말했다.

"진짜 줄리어스 헤르사이머는 멋진 친구였을 거요! 그리고 브라운은 원숙한 배우요. 터펜스 양은 한 번도 그를 의심한 적이 없소?"

제인은 아무 말 하지 않고 터펜스를 바라보았다. 터펜스는 고개를 끄덕였다.

"말하고 싶진 않았어요, 제인. 당신이 가슴 아파 할까 봐요. 그리고 어쨌든 나도 확신하지 못했지요. 그런데 그가 브라운이라면 왜 우리를 구출해 주었는지 모르겠군요."

"당신들이 도망가도록 도와준 게 줄리어스 헤르사이머였소?"

터펜스는 저녁에 있었던 사건들을 설명해 주었다.

"하지만 왜 그랬을까요?"

"모르겠소? 나는 충분히 짐작이 가오. 베레스퍼드 씨도 이미 알고 있을 거요. 그의 행동을 보면 알 수 있지. 그들은 마지막 방책으로 제인 핀을 놓아준 것이오. 물론 함정이라고 의심하지 않도록 조심스럽게 도망시켜야 했소. 놈들은 베레스퍼드 씨가 근처에 와 있는 걸 알면서도 막지 않았소. 그리고 만약 필요할 수도 있으니까 당신과도 연락하도록 내버려 둔 것이오. 놈들은 적당한 때가 오면 그를 제거해 버릴 생각을 하고 있었을 거요. 그 뒤에 줄리어스 헤르사이머가 달려와서 아주 멋지게 당신들을 구출해 내는 거요. 총알이 날아다녔지만 아무도 맞히지는 않았소. 그다음엔 무슨 일이 일어났을 것 같소? 당신은 즉시 소호에 있는 집으로 달려가서 문서를 꺼냈을 거요. 그리고 믿어 마지않는 사촌에게 문서를 넘겨주겠지. 아니면 줄리어스 헤르사이머 혼자 수색하고는 은신처가 이미 뒤집혀 있었다고 핑계 댈 수도 있을 거요. 그 상황을 처리할 방법만 12가지가 넘을 거요. 하지만 결과는 똑같았겠지. 아마도 두 사람도 무사하진 못했을 거요. 당신들은 불편할 만큼 많이 알고 있으니까. 이것도 대충 줄거리만 생각해 낸 거요. 나는 방심했지만 누군가는 철저히 준비를 하고 있었소."

"토미 말씀이시군요."

터펜스가 부드럽게 말했다.

"그래요. 적당한 시기가 오면 그를 제거하려 했겠지만 토미가 너무 똑똑했던 거요. 그렇다고 해도 나는 지금 안심이 되지 않소."

"왜요?"

"왜냐하면 줄리어스 헤르사이머가 브라운이기 때문이오. 브라운을 저지하려면 권총 한 자루로는 부족할 거요."

제임스 경이 진지하게 말했다. 터펜스의 얼굴이 매우 창백해졌다.

"우리가 뭘 할 수 있죠?"

"소호에 있는 집에 가기 전에는 아무것도 할 게 없소. 만약 베레스퍼드 씨가 아직도 유리한 입장이라면 걱정할 건 없소. 하지만 그 반대라면 적들은 우리를 찾으러 올 테고, 그때쯤엔 우리도 준비가 되어 있어야 하오!"

책상 서랍에서 그가 권총을 꺼내서 외투 주머니에 넣었다.

"이제 준비가 됐소. 터펜스 양, 당신은 당연히 여기에서 가만히 기다리고 있지는 않겠지요?"

"물론이죠!"

"하지만 핀 양은 여기 남아 있으라고 하고 싶소. 여기는 완벽하게 안전할 곳인 데다 핀 양은 그동안의 일 때문에 몹시 지쳐 있으니 말이오."

그 말에 제인이 고개를 저어서 터펜스는 깜짝 놀랐다.

"아니요. 저도 갈 거예요. 그 문서는 제 책임이에요. 끝까지 제가 지켜봐야죠. 그리고 지금은 많이 좋아졌어요."

제임스 경은 차를 불렀다. 잠시 차를 타고 가는 동안 터펜스의 심장이 요란하게 뛰었다. 토미에 대한 걱정 때문에 불안했지만 그 가운데서도 매우 즐거운 흥분을 느낄 수 있었다. 승리가 눈앞에 있는 것이다!

광장의 한쪽 모퉁이에 자동차가 섰고 일행은 차에서 내렸다. 제임스 경은 임무를 서고 있는 평복 차림의 경관과 그 부하들에게 다가가서 말을 걸었다. 그리고 다시 아가씨들에게 돌아왔다.

"아직까지 아무도 집 안으로 들어가지 않았소. 뒷문도 감시를 당하고 있으니 그건 확실하오. 우리가 들어간 이후로 그 집에 들어가려고 하는 사람들은 누구든 즉시 체포될 것이오. 이제 들어가겠소?"

한 경관이 열쇠를 건네주었다. 그들은 모두 제임스 경을 잘 알고 있었다. 또한 터펜스에 대해서도 지시를 받아 알고 있었다. 세 명 중에 그들에게 낯선 사람은 오직 제인뿐이었다. 세 사람은 집 안으로 들어가서 문을 닫았다. 그들은 낡은 계단을 천천히 올라갔다. 계단 꼭대기에는 토미가 예전에 숨어 있던 커튼이 드리워져 있었다. 터펜스는 제인을 통해 그 이야기를 들었다. 그녀는 흥미를 가지고 벨벳 커튼을 바라보았다. 순간 커튼 안에 누군가 숨어 있기라도 한 것처럼 살짝 흔들렸다. 그 환각이 너무 강해서 마치 사람의 형태가 보이는 것 같았다. 브라운…… 줄리어스가…… 이곳에서 기다리고 있다면…….

물론 불가능한 일이었다! 그녀는 다시 돌아가서 커튼을 걷어 직접 확인하고 싶었다.

그들은 감옥처럼 생긴 그 방으로 들어갔다. 터펜스는 방에는 그 어디에도 숨을 만한 곳이 없다고 생각했다. 그녀는 안도의 숨을 내쉬면서도 스스로를 타일렀다. 그녀는 바보 같은 공상에 사로잡혀 있었다. 하지만 브라운이 집 안 어딘가에 있을 것 같다는 느낌은 계속 사라지지 않았다……. 가만! 방금 그건 무슨 소리였지? 계단을 조용히 밟고 올라오는 소리가 들리지 않았나? 이 집에는 누군가가 있는 게 틀림없다! 그녀의 히스테리는 거의 병적이었다.

제인은 곧바로 마르그리트의 그림으로 다가갔다. 그리고 익숙한 손길로 그림을 내렸다. 그림에는 먼지가 두껍게 쌓여 있었고, 그림과 벽 사이에도 거미줄이 한 다발이나 늘어져 있었다. 제임스 경이 주머니칼을 건네주자, 그녀는 칼날로 갈색 종이를 찢은 뒤 글씨가 빽빽하게 적힌 얇은 종이 두 장을 꺼냈다.

이번엔 가짜가 아니라 진짜였다!

"우리가 찾았어요. 결국……."

터펜스가 감정에 북받친 목소리로 말했다.

그 순간은 숨도 쉴 수 없었다. 조금 전에 들은 상상 속 희미한 소음에 대해서도 까맣게 잊어버렸다. 제인이 손에 들고 있는 종이에서 모두 눈을 떼지 못했다.

제임스 경이 종이를 받아 들고 조심스럽게 살폈다.

"그래요, 이게 그 문제의 비밀 문서로군!"

제임스 경이 나지막한 목소리로 말했다.

"우리가 성공했어요."

터펜스가 말했다. 그녀의 목소리에는 형언할 수 없는 기쁨과 경외심이 가득했다.

제임스 경은 종이를 조심스럽게 접으면서 그녀의 말을 따라 했다. 그리고 수첩에 끼워서 주머니에 넣었다. 그러고는 신기한 듯 지저분한 방을 둘러보며 말했다.

"이곳이 우리의 젊은 친구가 오랫동안 갇혀 있었다는 곳인가? 정말 지저분한 방이군. 창문도 없고 틈새 하나 없는 문 하나뿐이군. 여기서 무슨 일이 일어난다 해도 밖에서는 절대 못 듣겠소."

터펜스는 몸서리를 쳤다. 제임스 경의 말은 그녀에게 희미한 경고 같았다. 정말로 누군가가 집 안에 숨어 있다면? 그 누군가가 그들을 가두고 독에 갇힌 쥐처럼 죽어 가도록 내버려 둔다면? 그녀는 자신의 질문이 말도 안 된다고 생각했다. 이 집은 경찰들로 에워싸여 있고, 만약 일행이 다시 밖으로 나오지 않는다면 들어와서 샅샅이 찾아볼 것이다. 그녀는 자신의 바보 같은 생각에 실소를 머금었다. 고개를 들자 놀랍게도 제임스 경이 자신을 주시하고 있었다. 그는 이해할 수 있다는 듯이 고개를 가볍게 끄덕였다.

"맞아요, 터펜스 양. 위험을 감지했군요. 나도 그렇소. 핀 양도 마찬가지군요."

"그래요. 이상하게…… 저도 어쩔 수가 없군요."

제인도 인정했다.

제임스 경은 다시 고개를 끄덕였다.

"당신이 느끼고 있는 건 우리 모두가 느끼고 있는 거요. 다름 아닌 브라운의 존재 말이오."

터펜스가 흠칫하자 제임스 경이 말을 이었다.

"의심할 여지 없이 브라운은 바로 여기에 있소."

"이 집 안에 말인가요?"

"이 방 안이오……. 이해하지 못하겠나? 내가 바로 브라운이라는 것을!"

두 사람은 믿을 수 없다는 듯이 돌처럼 굳어서 그를 바라보았다. 제임스 경의 얼굴선이 완전히 바뀌어 있었다. 눈앞에 서 있는 사람은 조금 전과는 완전히 다른 사람이었다. 그는 매우 잔인한 미소를 지어 보였다.

"당신 두 사람은 살아서 이 방을 나가지 못할 거야! 방금 우리가 성공했다고 말했나? 틀렸어. 내가 성공한 거야! 문서는 내 것이지."

터펜스를 바라보는 그의 미소가 점점 커졌다.

"앞으로 어떻게 될 건지 알고 싶나? 언젠가는 경찰이 들어오겠지. 그들은 브라운에게 당한 세 사람을 찾아낼 거야. 두 사람이 아니고 세 사람이지. 운 좋게도 세 번째 피해자는 죽지 않고 다치기만 했어. 그는 적의 공격을 자세하게 설명할 수 있을 거야! 문서는 어떻게 됐냐고? 당연히 브라운이 가져가는 거지. 제임스 필 에저턴 경의 주머니는 아무도 뒤지지 않을 거니까!"

그는 제인을 돌아보았다.

"네가 나보다 더 똑똑하게 군 건 인정하겠어. 하지만 이제 다시는 그럴 수 없을 거야."

뒤에서 희미한 소리가 났지만 성공에 도취한 제임스 경은 돌아보지 않았다.

제임스 경이 주머니에 손을 넣었다.

"잘 가시오, 청년 모험가 여러분."

제임스 경은 이렇게 말하며 커다란 자동 권총을 천천히 들어 올렸다. 하지만 총을 들어 올리다 말고 뒤쪽에서 무쇠 같은 손이 자신을 잡는 것을 느꼈다. 손에 들고 있던 총은 빼앗겼다. 그리고 줄리어스 헤르사이머의 느릿느릿한 목소리가 들려왔다.

"현행범으로 잡히셨습니다."

왕실 고문 변호사는 얼굴이 붉게 상기된 와중에도 놀라운 자제력을 발휘하여 자신을 잡고 있는 줄리어스와 토미의 얼굴을 차례차례 바라보았다. 그중에서도 토미를 가장 오랫동안 노려보았다.

"네놈이! 진작에 눈치챘어야 했는데……."

제임스 경이 낮은 소리로 으르렁거렸다.

제임스 경에게 저항할 의지가 전혀 없음을 알게 되자 뒤에서 그를 붙잡은 손이 약간 느슨해졌다. 그 순간 제임스 경은 커다란 도장 반지를 낀 왼손을 전광석화와 같이 입술로 가져갔다.

"아베 카이사르! 테 모리투리 살루탄트(카이사르여! 죽으려는 자의 인사를 받으소서)!"

그는 토미를 바라보며 외쳤다. 얼굴 표정이 일그러지더니 한참 동안 경련하다가 앞으로 푹 고꾸라졌다. 씁쓰름한 아몬드 향이 방 안 가득 퍼졌다.

줄리어스 헤르사이머가 몇몇 친구들을 위해 준비한 저녁 파티는 30일 저녁에 있었다. 그 파티는 요식업계에서도 오랫동안 기억될 만한 사건이었다. 파티는 특실에서 열렸는데, 줄리어스의 지시는 간략하면서도 힘이 있었다. 그는 백지 수표를 내놓았다. 백만장자가 백지 수표를 내놓는다면 그에 해당하는 결과를 원하는 것이다!

모든 계절별 별미가 준비되었고, 웨이터들은 오래 숙성된 고급 와인들을 매우 조심스럽게 들고 나왔다. 계절이 무색한 꽃 장식과 더불어 5월과 11월의 과일들이 나란히 놓여 있었다. 손님 목록도 매우 간단하고 선별적이었다. 미국 대사인 카터, 그리고 카터가 데려온 윌리엄 베레스퍼드 경, 카울리 부주교, 홀 선생, 젊은 두 모험가인 프루던스 카울리 양과 토머스 베레스퍼드 씨, 그리고 마지막으로 그날의 주인공인 제인 핀 양이 있었다.

줄리어스는 제인의 등장을 그 어느 때보다 빛나게 해 주고 싶었다. 터펜스와 제인이 같이 지내는 방문을 누군가가 노크했다. 터펜스가 문으로 나가 보니 줄리어스였다. 그의 손에는 수표가 들려 있었다.

줄리어스가 말했다.

"터펜스 양, 제 부탁 하나만 들어주겠어요? 이걸 가지고 가서 제인을 오늘 저녁에 어울릴 만큼 아름답게 꾸며 주세요. 모두들 오늘 저녁 식사는 사보이에서 하는 겁니다. 들었죠? 비용은 아끼지 마세요."

"물론이죠. 우리는 즐거운 시간을 보낼 거예요. 제인에게 예쁜 옷을 사 입히는 건 틀림없이 즐거운 일일 거예요. 내가 본 사람 중에 가장 예쁜 아가씨인걸요."

터펜스가 그의 말투를 흉내 내며 대꾸했다.

"그래요."

줄리어스는 진지하게 동의했다. 그의 진심을 본 터펜스의 눈동자에 순간적으로 장난기가 발동했다.

그녀는 새침을 떨면서 말했다.

"그건 그렇고, 줄리어스, 난 아직 대답을 못 했는데요."

"대답이요?"

줄리어스의 얼굴이 창백해졌다.

"줄리어스도 알다시피 청혼을 받았을 때는……."

터펜스는 더듬거리면서 말했다. 그녀의 시선은 마치 빅토리아 시대의 여주인공처럼 수줍은 듯 아래를 향하고 있었다.

“나도 곰곰이 잘 생각해 봤어요…….”

“그래서요?”

줄리어스가 초조하게 되물었다. 그의 이마에는 땀이 송글송글 맺혔다.

터펜스는 갑자기 상냥하게 변했다.

“당신은 바보예요! 무엇 때문에 그런 말을 한 거예요? 내게 청혼했을 땐 나를 좋아하지도 않았으면서!”

“그렇지 않아요. 나는 당신을 아주 존경하고 있었고, 지금도 그래요…….”

“흠! 그런 감정은 다른 감정이 생기면 금세 사라지는 감정이죠? 안 그런가요?”

“무슨 말인지 모르겠어요.”

줄리어스가 뻣뻣하게 말했다. 하지만 그의 얼굴은 홍조를 띠고 있었다.

“그럴 리가요!”

터펜스가 반박하고는 웃으며 문을 닫았다. 그리고 문을 다시 열고 위엄 있게 말했다.

“나는 항상 기억할 거예요. 당신이 나를 차 버린 걸 말이에요!”

제인은 터펜스가 돌아오자 물었다.

“무슨 일이에요?”

“줄리어스예요.”

“무슨 일로 왔대요?”

“내 생각에는 당신을 보고 싶어 온 것 같았지만 설사 그렇다 하더라도 내가 허락하지 않았을 거예요. 오늘 저녁이 되기 전까지는 안 돼요. 마치 솔로몬 왕의 영광처럼 모든 사람들 앞에서 당신이 빛나는 그 순간까지는 절대 만날 수 없어요. 자, 가요! 쇼핑하러 가는 거예요!”

그토록 많이 논란이 되었던 29일 노동절은 다른 여느 날과 똑같이 지나갔다. 공원과 트라팔가 광장에서는 연설이 있었다. 산발적인 행렬과 공산 혁명 투쟁가를 부르는 무리도 있었고, 별 목적 없이 길을 거니는 사람들도 있었다. 신문은 총파업와 공포 정치의 시작을 경고했지만 결국 위신이 떨어진 간부들이 숨는 것으로 일단락되었다. 그들 중 좀 더 대담하고 기민한 사람들은 그나마 자신들의 조언에 따랐기 때문에 평화가 유지될 수 있었다고 했다. 일요일 신문에는 유명한 왕실 변호사인 제임스 필 에저턴 경의 죽음이 실렸다. 월요일 신문에서는 죽은 사람의 이력이 소개되었다. 그가 어떻게 갑자기 죽었는지는 실리지 않았다.

토미의 예상이 옳았다. 대장이 없어지자 조직은 뿔뿔이 흩어졌다. 크라메닌은 일요일 오전에 급히 러시아로 돌아가 버렸다. 애스틀리 프라이어스에 있던 무리도 허둥지둥 떠났다. 너무나 급하게 떠나는 바람에 그들에게 불리한 내용이 담긴 문서도 채 파기하지 못했다. 이런 음모의 증거들과 모든 계획이 낱낱이 기록되어 있는, 죽은 남자의 주머니에서 나온 작은 갈색 수첩의 도움을 받아 정부는 회합을 열었다. 노동당의 지도자들은 자신들이 이용당했음을 인정할 수밖에 없었다. 정부는 특정 협의 사항들을 제안했고 그들은 기꺼이 받아들였다. 결과는 전쟁이 아니라 평화였다!

하지만 영국 정부는 얼마나 아슬아슬하게 이 끔찍한 재난을 피했는지 잘 알고 있었다. 카터는 소호의 저택에서 그 전날 일어났던 사건을 생생하게 기억했다.

그는 그 위대한 인물을 찾아서 누추한 방 안으로 들어갔다. 평생 동안 친구였지만 스스로 배신을 인정했고, 지금은 죽어 있었다. 죽은 사람의 수첩에서 불운한 문서를 찾아냈다. 그리고 다른 네 사람이 있는 그 장소에서 문서를 태워 재로 만들었다. 영국을 구해 낸 것이다!

그리고 30일 저녁이 되자, 사보이 호텔 특실에서 줄리어스 P. 헤르사이머는 손님을 맞고 있었다.

카터가 가장 먼저 도착했다. 그는 성마른 듯 보이는 노신사를 데리고 왔는데, 그를 보고 토미는 머리 끝까지 빨갛게 변하고 말았다. 그가 쭈뼛쭈뼛 앞으로 나섰다.

"하!"

노신사가 화가 난 듯 그를 노려보며 말했다.

"그래, 네가 나의 조카로구나. 그렇지? 별로 볼품은 없지만 대단한 일을 했더구나. 너의 어머니가 너를 잘 키운 것 같다. 지난 일은 그만 묻어 두자. 차머 파크를 네 집처럼 생각해 주지 않겠니?"

"감사합니다, 삼촌. 정말 고맙습니다."

"참, 네가 만날 이야기하던 그 젊은 아가씨는 어디 있지?"

토미는 터펜스를 소개했다.

"오! 요즘 아가씨들은 우리 젊었을 때랑은 달라도 너무 다르군."

윌리엄 경이 터펜스를 훑어보며 말했다.

"아니요, 그렇지 않아요. 옷은 달라졌을지 모르지만 본모습은 똑같답니다."

터펜스가 대꾸했다.

"그래, 그 말이 맞는지도 모르지. 그때도 말괄량이였고 지금도 말괄량이니까!"

"바로 그거예요. 저는 못 말리는 말괄량이예요."

"그 말은 인정하지."

노신사가 키득거리면서 말했다. 그리고 기분이 아주 좋아서 터펜스의 귀를 살짝 꼬집었다. 대부분의 젊은 여자들은 '늙은 곰'이라 불리는 이 노신사를 매우 두려워했다. 하지만 터펜스의 활발함은 나이 든 여성 차별주의자를 기쁘게 해 주었다.

뒤따라 들어온 부주교는 주변의 사람들의 지위에 약간 놀라면서도 자신의 딸이 제법 대접을 받는 것을 보고 내심 기뻐했다. 그러면서도 딸이 경박스러운 행동은 하지 않는지 불안해하며 흘깃흘깃 딸을 쳐다보았다. 하지만 터펜스는 매우 우아하게 행동했다. 다리를 꼬지도 않았고, 말도 함부로 하지 않았으며, 담배를 피우지도 않았다.

홀 선생이 다음으로 들어왔고, 그다음으로 미국 대사가 들어왔다.

줄리어스가 손님들을 모두 소개한 다음 말했다.

"이제 다들 앉으시죠."

그러고는 터펜스를 상석으로 손짓해 불렀다.

"이쪽으로 오세요."

하지만 터펜스가 고개를 저었다.

"아니에요. 거기는 제인의 자리예요! 그 오랜 세월 동안 참아 온 것을 생각해 보면 오늘 행사의 여왕은 그녀가 되어야만 해요."

줄리어스는 그녀에게 감사의 눈빛을 보냈다. 제인은 쑥스러운 듯 상석으로 나왔다. 예전에도 아름다워 보였지만 지금처럼 완벽하게 꾸미고 있으니 예전의 미모는 비교할 바가 아니었다. 터펜스는 자신의 임무를 충실히 수행해 냈다. 제인이 입은 드레스는 유명한 드레스 가게의 작품으로, '참나리'라고 이름 붙은 드레스였다. 금색, 빨간색, 갈색으로 이루어진 드레스와 제인의 백옥 같은 피부가 조화를 잘 이루었다. 게다가 짙은 금발까지 아름답게 흘러내리고 있었다. 제인이 자리에 앉는 것을 바라보는 사람들의 눈에는 저마다 감탄의 빛이 어렸다.

곧 파티가 절정에 달했고, 토미는 사건의 전말을 이야기해 달라는 요청을 받았다.

줄리어스가 토미를 몰아세웠다.

"자네가 모든 일을 가까이에서 지켜보았잖아. 자네는 마치 아르헨티나로 떠나는 것처럼 우리 모두가 믿게 만들었어. 뭐 나름대로 이유가 있으리라 생각했지만! 자네와 터펜스가 모두 브라운 때문에 나를 저버렸을 때는 정말 죽을 만큼 괴로웠네!"

카터가 진지하게 말했다.

"그건 두 사람의 생각이 아니었소. 그건 제안을 받은 거였소. 자신에게 독약이 될지도 모르고 브라운이 고안해 낸 거지. 뉴욕 신문에 실린 기사가 그에게 계획을 세울 빌미를 주었고, 결국 당신이 곤란하게 될 수밖에 없는 거미줄을 짠 거요."

줄리어스가 말했다.

"저는 그 사람이 마음에 들지 않았어요. 처음부터 뭔가 수상하다고 생각했죠. 밴드마이어 부인을 적절한 시기에 입 다물게 만든 것도 그가 아닐까 하고 의심했어요. 게다가 토미에 대해 브라운이 지시한 것이 일요일에 이야기를 나눈 직후라는 사실을 깨닫고 그가 바로 그 위대한 범죄자가 아닐까 부쩍 의심을 했지요."

"저는 한 번도 의심해 본 적이 없었어요. 저는 항상 토미보다 제가 훨씬 똑똑하다고 생각했는데, 이번에는 확실히 토미가 저보다 나았어요."

터펜스가 슬프게 말하자, 줄리어스도 동의했다.

"토미는 이번 사건에서 최고였어요! 거기에 꿀 먹은 벙어리처럼 앉아 있지 말고, 우리한테 빨리 이야기를 들려줘요."

"그래요, 들어 봅시다!"

토미가 매우 불편해하면서 말했다.

"딱히 할 만한 이야기는 없어요. 저는 정말 바보였어요. 어넷의 사진을 찾았을 때 그제야 그녀가 제인 핀이라는 사실을 깨달았지요. 그리고 그녀가 얼마나 집요하게 마르그리트라는 단어를 외쳤는지 떠올렸어요. 그리고 그림을 생각해 냈답니다……. 그래요, 그렇게 된 거예요. 처음부터 제가 스스로 바보짓을 한 것은 없는지 전부 다시 검토해 보았죠."

"계속하게나."

토미가 이야기를 그만 두려고 하자 카터가 재촉했다.

"밴드마이어 부인의 일을 줄리어스에게 들었을 때 매우 걱정이 되었어요. 외면상으로는 줄리어스나 제임스 경이 살인을 한 것 같았거든요. 하지만 어느 쪽인지 알 수가 없었죠. 서랍에서 사진을 찾고 나서 브라운 경감이 그 사진을 가져갔다는 말을 떠올리고 저는 줄리어스를 의심했어요. 그렇지만 가짜 제인 핀을 찾아낸 사람이 제임스 경이라는 사실도 떠올랐어요. 결국 저는 결론을 내릴 수가 없었지요. 그래서 양쪽으로 모험을 해 보기로 결정했어요. 줄리어스가 브라운일 경우를 대비해서 줄리어스에게 제가 아르헨티나로 떠난다고 쪽지를 남겼어요. 그리고 제임스 경의 편지를 책상 옆에 떨어뜨려 놓아서 그게 진짜인 것처럼 보이려고 했지요. 그리고 카터 씨에게 편지를 쓴 뒤 제임스 경에게는 전화를 했어요. 저는 어떤 경우라 하더라도 제임스 경의 신뢰를 받는 것이 득이 되리라고 생각했어요. 그래서 그에게 모든 것을 말하면서도 문서가 어디에 숨겨져 있는지는 말하지 않았어요. 그가 터펜스와 어넷이 어디 있는지 찾도록 도와주는 것을 보고 어느 정도 경계를 풀었지만 완전히 푼 것은 아니었어요. 저는 두 사람 모두 여전히 가능성이 있다고 생각했죠. 결정적으로는 터펜스에게 가짜 쪽지를 받은 다음에야 알았어요!"

"하지만 어떻게?"

토미는 문제의 쪽지를 주머니에서 꺼내서 주변 사람들에게 돌려 보게 했다.

"이건 터펜스 글씨가 맞습니다만 사인을 보고 그녀가 아니라는 것을 알았습니다. 그녀는 절대로 투펜스라고 쓰지 않거든요. 하지만 그녀가 이름 쓰는 걸 보지 않은 사람이라면 그런 실수를 쉽게 할 수 있죠. 줄리어스는 본 적이 있을 거예요. 그녀가 그에게 보낸 쪽지를 제게 보여 준 적이 있거든요. 그렇지만 제임스 경은 본 적이 없었습니다! 그 이후로는 모든 게 수월하게 진행되었습니다. 저는 카터 씨에게 보내는 편지를 부치고 오라고 앨버트를 우체국으로 보냈죠. 그리고 돌아가는 척하다가 다시 그곳으로 돌아갔습니다. 줄리어스가 차를 타고 왔을 때 그것은 브라운의 계획이 아니라고 생각했어요. 그리고 문제가 있을 것도 예상했습니다. 만약 제임스 경을 현장에서 붙잡지 못한다면 카터 씨는 절대로 제 말을 믿어 주지 않을 거라고 말입니다……."

"난 믿지 않았지."

카터가 후회하듯 말을 끊었다.

"그래서 제가 두 숙녀분들을 제임스 경 집으로 보낸 겁니다. 그녀들이 소호의 집으로 그를 데리고 올 거라고 확신하고 있었죠. 줄리어스를 권총으로 위협한 것은 그 내용을 터펜스가 제임스 경에게 그대로 전하길 바라서였어요. 그래야 우리에 대한 걱정을 하지 않을 테니까요. 아가씨들이 시야에서 사라진 이후에 저는 줄리어스에게 쏜살같이 런던으로 차를 몰고 가라고 요구했죠. 런던으로 가면서 모든 이야기를 줄리어스에게 해 주었어요. 그러고는 먼저 소호의 집으로 가서 카터 씨를 은밀히 밖에서 만났습니다. 카터 씨와 함께 일을 꾸며 놓은 다음, 우리는 커튼 뒤로 들어가 숨었지요. 경찰들에게도 만약 누가 물으면 집 안에 아무도 없다고 대답하도록 지시하였습니다. 그것뿐입니다."

토미는 말을 멈추었다. 모두들 감탄했는지 한동안 말이 없었다.

줄리어스가 갑자기 말을 꺼냈다.

"그건 그렇고, 제인 사진에 대해서는 자네가 틀렸어. 그 사진은 빼앗긴 게 확실하지만 내가 다시 찾은 거야."

"어디서요?"

터펜스가 외쳤다.

"밴드마이어 부인의 침실에 있던 작은 금고에서."

"어쩐지 뭔가를 찾은 것 같았어요. 사실을 말하자면 그 때문에 당신을 의심하기 시작했어요. 왜 말하지 않았어요?"

터펜스가 쑥스러운 듯이 말했다.

"아무래도 제 행동이 의심을 살 만했죠. 손에서 한 번 떠났기 때문에 그 복사본을 12개 이상 만들어 놓기 전에는 안심할 수 없었어요!"

"우리 모두 뭔가를 숨기고 있었네요."

터펜스가 생각에 잠겨 말했다.

"아무래도 해결사 일을 하다 보면 그렇게 되는가 봐요!"

잠깐의 휴식 시간 동안 카터는 주머니에서 조그맣고 낡은 갈색 수첩을 꺼냈다.

"베레스퍼드가 방금 제임스 경을 현장에서 체포하지 않는 한 제가 제임스 필 에저턴 경이 범죄자라는 사실을 믿지 않을 거라고 했지요? 그건 사실입니다. 정말로 저는 이 작은 수첩에 쓰인 것을 읽기 전에는 전적으로 믿을 수가 없었습니다. 이 수첩은 런던 경시청으로 전해지겠지만 공개되지는 않을 겁니다. 제임스 경이 오랫동안 법조계에 있었기 때문에 이를 밝히는 것은 썩 유쾌한 일은 아닐 겁니다. 하지만 진실을 알고 계시는 여러분께는 제가 특정 내용들을 읽어 드리죠. 아마도 이 위대한 사람의 독특한 의식 세계를 알아볼 수 있는 기회가 될 겁니다."

그는 수첩을 열었다. 그리고 얄팍한 종이를 넘겼다.

"……이 책을 쓰는 것 자체가 미친 짓이다. 나도 그것은 안다. 이 글은 내게 불리한 문서가 될 수 있다. 하지만 한 번도 그것 때문에 그만두려고 한 적은 없었다. 어디까지나 내 자신이 어떤 사람인지 밝히는 게 더 중요하다. 이 글은 아마도 내가 죽은 다음에야 다른 사람들이 볼 수 있을 것이다.

……나는 어릴 때부터 내게 특출한 능력이 있다는 것을 알고 있었다. 자신의 능력을 과소평가하는 것은 바보짓이다. 내 두뇌는 일반 사람들보다 훨씬 뛰어나다. 나는 성공하기 위해 태어난 것이다. 외모만이 나의 약점이다. 나는 항상 조용하고 눈에 띄지 않는다. 특징도 전혀 없다…….

……소년이었을 때 나는 매우 유명한 암살 사건 재판을 본 적이 있다. 범죄자를 변호하는 변호사의 달변과 강력함에 나는 강한 인

상을 받았다. 내 재주를 특정 시장에서 활용하는 것을 처음으로 생각하게 되었다……. 그래서 그 범죄에 대해 집중적으로 연구하기 시작하였다……. 그 인간은 바보였다. 믿을 수 없을 만큼 멍청했다. 그는 변호사의 능변과 뛰어난 업적에도 불구하고 유죄 판결을 받을 게 분명했다. 나는 그 인간에게 매우 화가 났다. 범죄의 수준이 매우 낮은 것이다. 범죄자의 길로 흘러드는 사람들은 모두 문명 사회의 쓰레기고 실패자였다……. 범죄 속에 비범한 기회가 있음을 똑똑한 사람들이 알아차리지 못하는 게 이상하다……. 나는 그 생각을 좀 더 발전시켰다……. 얼마나 흡입력이 있는 분야인지, 그리고 얼마나 많은 가능성이 있는지…… 그것이 나를 자극했다…….

……범죄와 범죄자에 대한 일반적인 글을 읽었다. 모든 책들이 내 의견을 확인해 주었다. 퇴행, 질병……. 높은 사람들이 그쪽 분야의 일을 계획적으로 이끄는 경우는 없었다. 그래서 나는 생각했다. 만약 내 최종적인 야심을 현실화시킬 수 있다면 어떨까? 내가 변호사가 되어서 그 분야에서 최고에 오른다면? 내가 정치인이 된다면? 예를 들어서 영국의 총리가 된다면 어떻게 될까? 그게 권력일까? 동료들에게 방해를 받아야 하고, 민주주의 시스템의 족쇄를 차야 할 뿐만 아니라 그저 상징적인 존재가 될 뿐이다! 아니다. 내가 꿈꾸는 권력은 절대적인 것이다! 독재자! 그리고 그런 힘은 법 테두리 밖에서만 얻을 수 있는 것이다. 인간 본성의 약점을 가지고 놀아야 한다. 그리고 국가의 약점을 가지고 놀아야 한다. 거대한 조직을 유지하고 조절하려면, 그리고 현존하는 체제를 뒤집어엎으려면, 그

리고 지배하려면……. 이런 생각들이 나를 강하게 유혹했다…….

……나는 2개의 삶을 살아야 한다는 것을 깨달았다. 나 같은 사람은 주목을 받게 되어 있다. 성공적인 위치를 유지해서 내 진정한 활동을 가릴 수 있어야 한다……. 나만의 개성을 계발해야 한다. 나는 유명한 왕실 변호사를 목표로 삼았다. 나는 그들의 특징과 매력을 따라 했다. 만일 내가 배우가 되기로 마음먹었더라면 나는 살아 있는 배우 중 가장 위대한 배우가 되었을 것이다! 변장도 필요 없고, 기름기 섞인 분장도 필요 없다. 턱수염도 필요 없었다! 개성만이 중요하다! 나는 그것을 장갑처럼 갈아 끼울 수 있다! 그걸 빼 버리면 나는 나 자신으로 돌아와 조용하고 겸손한 평범한 사람이 되는 것이다. 나는 나 자신을 브라운 씨라 부른다. 브라운이라는 이름을 가진 사람은 수백 명이나 된다. 나처럼 생긴 사람도 수백 명이나 있는 것처럼…….

……나는 내 가짜 직업에 성공했다. 나는 성공할 수밖에 없다. 나는 다른 일에서도 성공할 것이다. 나 같은 남자는 실패할 수 없다…….

……나폴레옹의 삶에 대해 읽어 보았다. 그는 나와 공통점이 많다…….

……나는 범죄자를 변호하는 연습을 한다. 사람은 동족들을 보호할 줄 알아야 한다…….

……한두 번은 나도 겁이 난다. 처음 겁이 난 것은 이탈리아에서였다. 저녁 식사를 하러 갔다가 한 교수를 만났다. 대단한 정신과 의

사였다. 이야기는 정신 이상으로 이어졌다. 그는 '많은 위대한 인물들은 미쳐 있지만 아무도 그 사실을 모릅니다. 본인들도 마찬가지입니다.'라고 했다. 왜 그가 그 말을 하면서 나를 바라보았는지 이해할 수 없다. 그의 시선은 어딘지 마음에 들지 않았다…….

……전쟁의 결과는 매우 혼란스럽다……. 나는 전쟁이 나의 계획을 도울 줄 알았다. 독일인들은 매우 효율적이었다. 그들의 스파이 조직도 매우 훌륭했다. 길거리에는 카키색 옷을 입은 남자들로 넘쳐났다. 머리가 빈 젊은 바보들……. 하지만 나는 모르겠다……. 그들이 전쟁에서 이겼다……. 그래서 더욱 혼란스럽다…….

……내 계획은 잘 진행되고 있다……. 그런데 한 여자아이가 끼어들었다……. 내 생각엔 그녀는 거의 아는 바가 없었던 것 같다……. 하지만 우리는 에스토니아를 포기해야 한다……. 이제 위험은 없다…….

……모든 것이 잘되고 있다. 기억 상실증은 정말 짜증이 난다. 거짓말은 아닌 것 같다. 그 누구도 나를 속일 순 없다!

……29일…… 그건 너무 이르다……."

카터가 읽기를 멈추었다.

"쿠데타에 대한 자세한 계획은 읽어 드리지 않겠습니다. 하지만 여기에 당신들 세 사람에 대한 짧은 글이 두 군데 있습니다. 사건과 관계해서 읽으면 매우 흥미롭습니다.

……제 발로 찾아오도록 만들었기 때문에 그녀의 의심을 살 걱정은 없었다. 하지만 그녀의 직관적이고 번뜩이는 생각은 위험할지도

모른다……. 그녀를 제거해야만 한다……. 미국인에 대해서는 걱정할 게 없다. 그는 나를 의심하고 싫어한다. 하지만 그는 알 길이 없다. 나의 갑옷은 완전무결하기 때문이다…….

가끔 나는 다른 젊은이를 과소평가한 건 아닌가 걱정된다. 그는 똑똑하진 않지만 진실로부터 그의 눈을 가리는 것은 쉽지 않다…….”

카터는 책을 덮으며 말했다.

“대단한 사람입니다. 천재이지만 미쳤는지도 모릅니다. 그 누가 알겠습니까?”

모두가 침묵했다. 잠시 후 카터가 자리에서 일어났다.

“축배를 듭시다. 성공적으로 일을 수행해서 그 존재의 가치를 충분히 입증해 보인 청년 모험가 주식회사를 위하여!”

모두들 환호를 하며 축배를 들었다.

“듣고 싶은 이야기가 더 있습니다.”

카터가 미국 대사를 바라보며 말했다.

“이것은 대사님의 입장을 대변하는 것이기도 합니다. 제인 핀 양에게 터펜스 양만 들었던 이야기를 다시 묻도록 하겠습니다. 하지만 이야기를 시작하기 전에 핀 양의 건강을 위해 축배를 들겠습니다. 미국의 가장 용감한 딸의 건강을 위해! 두 나라의 감사를 받아 마땅한 분에게!”

"제인, 그건 정말 대단한 축배였어."

줄리어스가 사촌과 함께 롤스로이스를 타고 리츠 호텔로 돌아가면서 말했다.

"청년 모험가 주식회사에 대한 것 말이야?"

"아니, 너를 위한 거. 온 세상을 뒤져도 너처럼 그런 일을 해낼 수 있는 여자는 없을 거야. 너는 정말 대단해!"

제인은 고개를 저었다.

"나는 그렇게 대단하게 생각하지 않아, 오빠. 마음속으로 나는 그냥 지치고 외로울 뿐이야. 그리고 고국으로 돌아가고 싶어."

"그러면 내가 하고 싶은 말을 할 수 있겠구나. 대사님이 너한테 하는 말을 들었어. 대사 부인이 널 당장 대사관으로 데려왔으면 좋겠다고 했다지? 그것도 좋지만 나에겐 다른 계획이 있어. 제인, 나는 너랑 결혼하고 싶어! 겁난다고 단번에 거절하지 않았으면 좋겠어. 지금 당장 나를 사랑하기는 곤란할 거야. 물론 그건 불가능하지. 하지만 난 네 사진을 본 순간부터 너를 사랑해 왔어. 그리고 너를 직접 보고 나서는 너 때문에 미쳐 버릴 것만 같아! 만일 네가 나와 결혼해 준다면 최고로 행복하게 해 줄게. 혼자 여유를 두고 오랫동안 생각을 해도 좋아. 어쩌면 네가 나를 사랑하는 날이 영영 오지 않을지도 모르지. 그리고 만약 그렇다면 나는 어떻게든 너를 보내 줄 거야. 하지만 너를 돌봐 줄 수 있는 권리는 내게 줘."

제인은 갈망에 가득 차서 대답했다.

"그건 나도 바라는 바야. 내게 잘해 주는 누군가가 필요해. 아, 내가 얼마나 외로웠는지 오빠는 모를 거야!"

"내가 곁에 있어 줄게. 모든 준비는 나한테 맡겨. 내일 당장에라도 신부님을 만나 보고 결혼식을 할 수 있는지 알아볼게."

"오, 줄리어스 오빠!"

"너무 급하게 서두르고 싶진 않아, 제인. 하지만 기다리는 건 아무런 의미가 없어. 겁내지 마. 네가 당장 나를 사랑할 거라고 기대하지는 않으니까."

제인의 작은 손이 줄리어스의 손을 붙잡았다.

"나는 오빠를 사랑해."

제인 핀이 말했다.

"차 안에서 오빠를 처음 봤을 때부터, 총알이 오빠 얼굴을 스치던 그때부터 오빠를 사랑했어……."

5분 뒤에 제인은 부드럽게 속삭였다.

"줄리어스, 나는 런던은 잘 모르지만 사보이에서 리츠까지 이렇게 멀어?"

"어느 길로 가느냐에 따라 달라."

줄리어스가 뻔뻔스럽게 설명했다.

"우리는 리젠트 파크 옆으로 가고 있는 거야!"

"오, 줄리어스. 운전수가 이상하게 생각하면 어쩌려고?"

"내가 주는 월급을 받으면 스스로 생각하지 않는 게 좋다는 것쯤은 알고 있을 거야. 제인, 내가 사보이에서 저녁 식사를 한 건 그래야만 너를 집으로 데려다줄 수 있기 때문이야. 그렇지 않으면 너랑 단둘이 있게 될 기회가 없거든. 너와 터펜스는 꼭 쌍둥이처럼 붙어 다녔잖아. 하루만 더 그런 너를 보고 있었다면 나랑 베레스퍼드는 둘 다 완전히 돌아 버렸을 거야!"

"아, 그 사람도……?"

"물론이지. 터펜스에게 완전히 푹 빠졌어."

"그럴 거라 생각했어."

제인도 생각에 잠겨 말했다.

"왜?"

"그냥. 하지만 터펜스는 아무 말도 안 했어!"

"네가 나보다 낫다."

줄리어스가 말했다. 제인은 웃음을 터뜨릴 뿐이었다.

그러는 동안 두 청년 모험가들도 역시 리젠트 파크를 돌아서 리츠 호텔로 가는 택시에 어색하고 뻣뻣하게 앉아 있었다.

두 사람 사이에는 심각할 정도의 어색함이 자리를 잡고 있었다. 무슨 일이 일어났는지 모르는 채 모든 것이 변해 버렸다. 두 사람은 말을 잃고 마비된 듯 앉아 있었다. 오래된 동지애는 사라졌다.

터펜스는 무슨 말을 해야 할지 몰랐다. 그것은 토미도 마찬가지였다.

두 사람은 똑바로 앉아서 서로를 바라보지 않았다.

이윽고 터펜스가 절박한 심정으로 노력해 보았다.

"재미있죠, 그렇죠?"

"그래."

터펜스가 다시 말했다.

"나는 줄리어스가 좋아요."

토미는 갑자기 전기라도 통한 듯 살아나 명령조로 말했다.

"그놈이랑 결혼하면 안 돼, 터펜스! 내가 못 하게 할 거야."

"오!"

터펜스가 약하게 말했다.

"절대로! 알겠지?"

"줄리어스는 나랑 결혼하고 싶어 하는 게 아니에요. 전에는 그저 친절함 때문에 그렇게 말한 것뿐인걸요."

"별로 친절한 사람은 아닌 것 같은데!"

토미가 비웃었다.

"정말이에요. 그 사람은 제인한테 반해 있거든요. 아마도 지금 청혼하고 있을걸요."

"제인은 줄리어스랑 매우 잘 어울리지."

토미는 짐짓 겸손하게 말했다.

"정말 세상에서 가장 아름다운 아가씨죠."

"그래. 내가 봐도 그래."

"당신은 우리 나라 여자들을 더 좋아하는 거 아니었어요?"

터펜스가 새침을 떼며 말했다.

"난…… 아, 이런 젠장! 터펜스, 당신도 알잖아!"

터펜스는 급히 주제를 돌리기로 했다.

"토미, 난 당신 삼촌이 마음에 들어요. 그건 그렇고 이제 뭐 할 거예요? 카터 씨의 제안을 받아들여서 정부 일을 시작할 거예요? 아니면 줄리어스의 초대를 받아들여서 미국에 있는 그의 농장에서 높은 보수를 받으면서 일할 거예요?"

"나는 그냥 살던 곳에서 살 거야. 줄리어스의 제안은 정말 고맙지만 난 당신이 런던에 있는 걸 더 좋아할 거라고 생각했거든."

"왜 내가 상관이 있는지 모르겠는데요?"

"나는 알아."

토미가 긍정적으로 대답했다.

터펜스는 옆으로 그를 흘깃 쳐다보았다.

"게다가 돈도 있고요."

그녀는 진지하게 말했다.

"무슨 돈?"

"우리는 각각 수표를 받게 될 거예요. 카터 씨가 그랬어요."

"얼마인지 물어봤어?"

토미가 빈정거리듯 물었다.

"그래요. 하지만 당신한테 말해 주진 않을 거예요."

터펜스가 승리감에 취해 말했다.

"터펜스, 그게 당신의 한계야!"

"그동안 재미있었죠? 안 그래요, 토미? 앞으로도 많은 모험을 했으면 좋겠어요."

"당신은 만족을 모르는군, 터펜스. 나는 충분히 모험을 많이 했어."

"그게 아니면 쇼핑을 하는 것도 좋아요. 오래된 가구랑 밝은 색 카펫을 살 거예요. 그리고 미래적인 분위기의 실크 커튼이랑 매끈한 식탁, 그리고 푹신푹신한 소파도 살 거고."

터펜스는 꿈꾸듯 말했다.

"잠깐만! 뭐 때문에 그걸 다 사겠다는 거야?"

"집에 들여놓을 거예요. 아마도 아파트가 좋겠죠?"

"누구 아파트?"

"당신은 내가 말 못 할 줄 아는 모양인데, 나는 전혀 상관하지 않아요! 우리 집 말이에요! 됐어요?"

토미가 터펜스를 껴안으며 말했다.

"당신, 정말! 당신이 먼저 말하게 만들려고 얼마나 애를 썼는 줄 알아? 내가 분위기를 잡으려고 할 때마다 당신이 분위기를 깨는 바람에 심술이 났지 뭐야."

터펜스는 고개를 들어 그의 얼굴을 보았다. 택시는 리젠트 파크의 북쪽을 돌아가고 있었다.

"당신은 아직 제대로 청혼하지 않았어요. 우리 할머니가 청혼이라고 부를 만한 것 말이에요. 하지만 줄리어스의 형편없는 청혼을 들어 보니 이쯤으로 그만 봐줄까 싶기도 하네요."

"당신은 나랑 결혼하지 않고서는 못 배길걸."

"얼마나 재미있을까? 결혼은 여러 가지 이름이 있잖아요. 천국이라고도 하고 도피, 왕관을 쓰는 영광, 굴종이라고도 해요. 그 외에도 많아요. 나는 뭐라고 생각하는지 알아요?"

"뭔데?"

"스포츠!"

"그래! 정말 훌륭한 스포츠라고 할 수 있지."

〈끝〉

옮긴이 | 이수경

1975년 서울에서 태어나 한국외국어대학교 노어과를 졸업하고 현재 인트랜스 번역원 전문번역가로 활동하고 있다. 옮긴 책으로 『에너지 버스』(공역), 『전쟁의 기술』(공역), 『끌어당김의 법칙』, 『어둠 속의 다이버』, 『펫져 이야기』, 『점프』, 『평범한 그 여자는 어떻게 억대 사업가가 됐을까』, 『P2P, 비즈니스 혁명』, 『현대 군주론』 등이 있다.

애거서 크리스티 전집

비밀 결사

3판 1쇄 찍음 2023년 11월 17일
3판 1쇄 펴냄 2023년 11월 24일

지은이 | 애거서 크리스티
옮긴이 | 이수경
발행인 | 박근섭
편집인 | 김준혁
펴낸곳 | 황금가지

출판등록 | 2009. 10. 8 (제2009-000273호)
주소 | 06027 서울 강남구 도산대로 1길 62 강남출판문화센터 5층
전화 | **영업부** 515-2000 **편집부** 3446-8774 **팩시밀리** 515-2007
홈페이지 | www.goldenbough.co.kr

도서 파본 등의 이유로 반송이 필요할 경우에는 구매처에서 교환하시고
출판사 교환이 필요할 경우에는 아래 주소로 반송 사유를 적어 도서와 함께 보내주세요.
06027 서울 강남구 도산대로 1길 62 강남출판문화센터 6층 민음인 마케팅부

ISBN 978-89-8273-733-6 04840
ISBN 978-89-8273-700-8 04840 (set)

㈜민음인은 민음사 출판 그룹의 자회사입니다.
황금가지는 ㈜민음인의 픽션 전문 출간 브랜드입니다.